Susanne Mischke

DON'T KISS RAY

Roman

dtv

Ausführliche Informationen über
unsere Autoren und Bücher
www.dtv.de

FSC
www.fsc.org
MIX
Papier aus verantwortungsvollen Quellen
FSC® C083411

Originalausgabe

Umschlaggestaltung: Frauke Schneider
Umschlagbilder: shutterstock; eyeem; www.d31.com
Gesetzt aus der Arno
Satz: pagina GmbH, Tübingen
Druck und Bindung: CPI – Ebner & Spiegel, Ulm
Gedruckt auf säurefreiem, chlorfrei gebleichtem Papier
Printed in Germany · ISBN 978-3-423-74026-5

1

Samstagmorgen, wir stehen auf dem Schulparkplatz und hören uns zum tausendsten Mal die Warnungen unserer Eltern vor Drogen, Alkohol und Sex an. Dann, endlich, steigen wir in den Van, und Paul, der seit einem Monat den Führerschein hat, lässt den Motor an und gibt Gas. Ich sehe meine Mutter winken und werfe ihr eine Kusshand zu, ehe wir um die Ecke biegen.

»YES!«, schnauft Fabienne. »Das wäre geschafft. Leute, die Freiheit liegt vor uns, ist das nicht der Wahnsinn?« Mit glänzenden Augen dreht sie sich zu uns um.

»Mann, ich dachte schon, sie hören nie mehr auf, uns vollzulabern«, stöhnt Jonas. Er sitzt mit Katja Händchen haltend ganz hinten, Linda und ich haben die mittlere Bank der Familienkutsche, die Pauls und Fabiennes Eltern gehört.

»Nur weil die sich vor hundert Jahren auf den Open Airs bis zum Anschlag zugedröhnt haben, denken sie, wir machen das genauso«, analysiert Linda glasklar, und ich sage: »Ein Wunder, dass sie uns überhaupt weggelassen haben.«

»Das habt ihr nur mir zu verdanken«, verkündet Paul. »Eurer erwachsenen, volljährigen Aufsichtsperson. Also benehmt euch, Kiddies, und tut immer schön, was ich sage.« Er sucht im Rückspiegel Augenkontakt mit Linda und mir und fügt breit grinsend hinzu: »Und ihr Mädels überlegt euch schon mal, wie ihr euch bei mir revanchieren könnt.«

»Träum weiter«, sagt Linda.

Hinter uns lässt Jonas sein typisches grunzendes Lachen hören.

»Komm wieder runter und schau gefälligst auf die Straße.« Um ihre Worte zu unterstreichen, schnippt Fabienne, die neben Paul sitzt, mit dem Finger gegen sein rechtes Ohr.

Die Fahrt ist lang und die Gegend öde, und weil ich vor lauter Aufregung zu einer aberwitzigen Zeit aufgestanden bin, döse ich nach einer Weile ein.

Um die Mittagszeit kommen wir auf dem Festivalgelände an. Es ist schon einiges los, aber schließlich finden wir eine freie Stelle, die groß genug ist für drei Zelte, und laden unseren Krempel aus. Dann stehen wir da, umringt von Taschen, Schlafsäcken und eingepackten Zelten, und grinsen uns gegenseitig an. Da sind wir also. Das Mixtape, unser erstes Festival.

Was ich bis jetzt davon gesehen habe, gleicht einem großen, chaotischen Zeltlager. Auf der Hauptbühne macht eine Band gerade Soundcheck. Verheißungsvolle Sirenenklänge in unseren Ohren, sodass wir Mühe haben, genauso cool zu wirken wie die vier Schluffis neben uns, die in ausgeleierten Trainingshosen auf Klappstühlen vor einem Uralt-Wohnmobil herumhängen. Wir sagen »Hi«, machen eine Runde Small Talk, und beginnen mit dem Aufstellen der Zelte. Fabienne hatte angeboten, ein Zelt für Linda, sich und mich zu organisieren, was wir dankbar angenommen haben. Jetzt packt sie es aus und Linda und ich bekommen prompt einen Schreikrampf: Zum Vorschein kommt etwas, das so quietschrosa ist, dass einem davon die Augen tränen.

»Das ist ein dunkles Pink«, erklärt Fabienne, was es aber nicht besser macht. Fehlt nur noch ein riesiges Hello-Kitty-Emblem obendrauf! Paul und Jonas fotografieren das Ding mit ihren Handys. Zwar gibt es hier in der Einöde kein Netz, das haben wir gleich als Erstes ausgetestet, aber natürlich werden sie es sofort nach unserer Rückkehr in die Zivilisation posten.

»Eher schlafe ich im Freien als da drin«, verkünde ich.

»Bitte schön«, meint Fabienne. »Du kannst ja zu Paul ins Zelt ziehen. Aber der schnarcht und furzt und garantiert wird er dich begrapschen.«

»Niemand schläft im Zelt des Häuptlings«, erklärt Paul und verschränkt die Arme vor seiner breiten Brust.

Ich versuche es bei Katja und Jonas: »Wollen wir nicht tauschen? Diese Farbe ist doch eher was für Frischverliebte.«

»No way«, schallt es mir synchron entgegen, und schon sitzen sie schnäbelnd wie die Wellensittiche vor ihrem Pop-up-Zelt und machen Selfies.

»Denkt heute Nacht daran, die Liebesblase, in der ihr euch befindet, ist nicht schalldicht!«, ermahne ich die beiden.

Katja kuschelt sich demonstrativ noch enger an Jonas und antwortet: »Aus dir spricht der blanke Neid, Jill, aber ich verzeihe dir.«

Da mag etwas dran sein. Es ist nicht so, dass ich Katja um Jonas beneide. Jonas ist eher farblos und manchmal noch ziemlich kindisch mit seinen siebzehn Jahren. Und Katja ist meine Freundin, schon deshalb gönne ihr alles Glück der Welt. Doch da ist dieses Leuchten in Katjas Augen, wenn sie ihn ansieht, und da ist dieser neue Klang in ihrer Stimme, wenn sie mit ihm redet, und darum habe ich Angst, dass sich jetzt alles ändern könnte.

Linda, Fabienne, Katja und ich. Seit wir vor sechs Jahren zusammen aufs Gymnasium gekommen sind, ist dieser Viererbund eine feste Größe. Besonders während der vergangenen Monate waren meine drei Freundinnen für mich der einzig sichere Anker, an den ich mich klammern konnte, während sich der Rest meiner Welt in Stücke auflöste. Nein, ich mag keine Veränderungen, und schon gar nicht jetzt. Aber wen kümmert schon, was ich mag und was nicht?

Natürlich ist Katja noch immer unsere Freundin, aber dennoch gehört sie auf einmal in eine andere Kategorie: Sie ist jetzt eine, die einen festen Freund hat. Es war uns immer klar, dass so etwas früher oder später passieren würde, und für diesen Fall haben wir uns gegenseitig hoch und heilig geschworen, trotz Freund und Verliebtsein auf keinen Fall abzutauchen und die Freundinnen zu vernachlässigen. Bis jetzt hat Katja diesen Spagat zwischen Jonas und uns dreien recht passabel hingekriegt, das muss man ihr lassen.

Ich gebe klein bei und pfeffere meine Sporttasche und den Schlafsack in die pinkfarbene Höhle. Wenigstens hat die Ätzfarbe den Vorteil, dass man unsere Behausung tagsüber schon von Weitem sofort erkennt, was sich bei meinem miserablen Orientierungssinn noch als Vorteil erweisen dürfte.

Kaum stehen die Zelte, setzt sich Fabienne vor den Eingang, zwirbelt ihr langes blondes Haar zu einem Knoten und beginnt, sich zu schminken, wobei sie den Spiegel zwischen den Knien eingeklemmt hält.

»Wie, du brezelst dich jetzt schon auf?«, fragt Linda.

»Klar. Könnte ja sein, dass ihr in der nächsten Minute ihr Traumtyp begegnet«, lästere ich.

»Sehr wahrscheinlich, bei dem Meer an Eleganz, das uns hier umgibt.« Linda deutet nach nebenan, wo uns die Schluffis mit ihren Bierdosen zuprosten.

»*You better be prepared.* Man kann nie wissen.« Unbeirrt kleistert Fabienne weiter ihre langen, hochgebogenen Wimpern mit Mascara zu. Es ist mir schleierhaft, wie sie überhaupt noch die Augen aufhalten kann. Aber in Wahrheit hätte ich auch gern solche Wimpern und so große blaue Puppenaugen.

»Garantiert lauert ihr ein Model-Scout bei den Dixiklos auf«, kichere ich.

»Könnt ihr Mädchen eigentlich auch mal an was anderes denken als an Kerle und euer Aussehen?«, nölt Paul.

»Was schlägst du denn vor?«, entgegnet Fabienne.

»Essen.«

Wir Mädchen sehen uns an und verdrehen synchron die Augen, weil wir haargenau dasselbe denken: *typisch Jungs!*

»Richtig«, hakt Jonas sofort ein. »Ich verhungere.«

»Hast du nicht im Getränkemarkt sechs Gläser Würstchen eingepackt?«, erinnert Fabienne ihren Bruder.

»Ja, schon. Aber die schmecken scheiße.«

»Warum hast du sie dann gekauft?«, frage ich.

»Für mein Lieblingsgetränk, Wodka-Wurstwasser«, erklärt er, woraufhin Fabienne sich von ihrem Spiegelbild losreißt, die Arme in die Luft wirft und mit theatralischer Verzweiflung ruft: »Da seht ihr, was ich seit sechzehn Jahren durchmache! Ich lebe praktisch mit einem Orang-Utan in einem Haushalt.«

Jonas meint, er hätte vorhin, beim Reinfahren, einen Stand mit Crêpes gesehen.

»Crêpes«, röchelt Linda, und auch mir läuft beim Gedanken daran die Spucke im Mund zusammen.

»Wer geht los und holt welche?«, fragt Fabienne. Sie ist meistens diejenige, die organisiert. Auch dass wir hier zusammen auf dem Mixtape sind, hat im Großen und Ganzen sie in die Wege geleitet.

Das Ergebnis ist mau. Jeder erfindet blitzschnell eine Ausrede und Paul braucht gar nichts zu sagen, denn es ist ohnehin klar, dass er in den kommenden zwei Tagen keinen Finger rühren wird. Wir werden von Glück sagen können, wenn wir ihn nicht mit einer Sänfte herumtragen müssen. Aber auch ich habe nicht das geringste Bedürfnis, mich aufzudrängen. Ich sollte stattdessen lieber duschen gehen, erkenne ich, nachdem ich verstohlen an meiner Achselhöhle geschnüffelt habe.

Fabienne stößt einen Seufzer aus: »Okay, Leute, ihr wollt es nicht anders: Arschkarte.«

Immerhin eine Chance von 5 : 1, davonzukommen.

Wir setzen uns zwischen unsere drei Zelte im Kreis auf Strandmatten und heben reihum je eine Karte von dem Stapel in der Mitte ab. In der dritten Runde ziehe ich das Herzass. Die Arschkarte. »Weil ein Herz wie ein umgedrehter Arsch aussieht«, hat Linda irgendwann einmal erklärt, und natürlich auch wegen Ass – *ass*.

Linda und ich befinden uns gerade auf einem heftigen Anti-Romantik-Trip. Lindas Grund dafür liegt auf der Hand: Eine Ewigkeit von sechs langen Monaten hat sie einen gewissen Tom aus ihrer Nachbarschaft angeschmachtet. Bis sie vor ein paar Wochen erleben musste, wie er zur Party von ihrem sechzehnten Geburtstag eine Tussi anschleppte, die direkt aus einer RTL-II-Reality-Show entsprungen zu sein schien.

»Wenn *das* sein Geschmack ist, mach drei Kreuze«, haben wir sie zu trösten versucht. Linda hat tapfer genickt, aber ich weiß genau, dass sie wegen Tom immer noch geknickt ist, auch wenn sie so tut, als wäre sie längst drüber weg.

Bei mir ist die Sache komplizierter. Zum einen ist mir bis jetzt schlichtweg noch kein passendes Liebesobjekt über den Weg gelaufen. Die Jungs in meinem Alter kann man durch die Bank abhaken. Deren Persönlichkeitsentwicklung befindet sich auf dem Level von Primaten und auch rein optisch liegt da einiges im Argen. Unter den älteren Jungs, die ich kenne, gibt es zwar den einen oder anderen, der nicht völlig beknackt aussieht, und manche von ihnen scheinen sogar Verstand und Umgangsformen zu besitzen, aber noch keiner hat bei mir die berühmten Schmetterlinge im Bauch zum Flattern gebracht. Vielleicht bin ich einfach nicht der Typ für so was. Oder es stimmt was nicht mit mir. Ich meine, hey, ich bin sechzehn und war noch nie richtig verliebt. Das ist doch nicht normal, oder? Wenn man der Literatur und der Filmindustrie glauben darf, dann verlieben sich Teenager doch andauernd. Aber selbst wenn mir eines Tages einer gefallen sollte, so ist es höchst fraglich, ob derjenige sich dann auch für mich begeistern kann. Denn dazu braucht es garantiert mehr, als ich zu bieten habe. Kein seidiges Blondhaar wallt um meine Schultern, weder kann ich Melonenbrüste vorweisen noch große, blaue Fabienne-Kulleraugen. Mein Haar ist braun und die Locken machen meistens, was sie wollen. Meine Augenfarbe schwankt zwischen braun und grün, meine Figur wäre okay, wenn ich endlich mal drei Kilo abnehmen würde, aber selbst dann wäre sie weit entfernt davon, Jungs den Atem zu rauben. Davon abgesehen habe ich von der Liebe bereits die Nase gründlich voll, auch ohne sie am eigenen Leib erfahren zu haben. Denn die sogenannte Liebe war es, die meine Familie in Fetzen gerissen und zu Kleinholz zerlegt hat.

Es fing damit an, dass sich mein Vater in seine *Assistentin der Geschäftsleitung* verknallte. Schlimm genug, sich als Ehemann und Vater einer Teenager-Tochter in eine andere Frau zu verlieben, aber hätte es nicht wenigstens etwas Originelleres sein können, was weiß ich, eine Opernsängerin oder eine Delfinforscherin? Jedenfalls nicht diese graue Maus, der man jeden Morgen auf den Hintern starrt, wenn sie einem den Kaffee hinstellt. Das ist ja noch ärmer, als wenn ich mich in den schnuckeligen Englisch-Referendar unserer Schule vergucken würde.

Meinen Vater schien das nicht zu stören und meine Mutter kam natürlich dahinter. Das Resultat waren monatelanger Streit und miese Stimmung. Dennoch brach es mir das Herz, als er schließlich auszog.

Am Anfang war es dann aber gar nicht so schlimm, denn eine Weile lang hatte ich ihn tatsächlich, wie er es versprochen hatte, jeden Samstag ganz für mich. Unterm Strich war das sogar mehr als früher, und sein schlechtes Gewissen ließ bald meinen Kleiderschrank überquellen und bescherte mir das neueste iPhone.

Meine Mutter wiederum scheint froh zu sein, dass sie wenigstens noch mich hat. Inzwischen behandelt sie mich manchmal fast wie eine Erwachsene, und wenn wir zusammen neue Rezepte für ihren Partyservice Pasta Basta ausprobieren oder eine Tischdeko entwerfen, fühle ich mich wie ihre Geschäftspartnerin. Sie lobt mich für meine Ideen und ich sehe in ihr nicht mehr nur die lästige Autorität, die mir alles verbietet, was Spaß macht.

Vor einem halben Jahr bekamen mein Vater und seine neue Frau ein Baby. Seither sehe ich Dad nur noch unregelmäßig, weil er immer so furchtbar beschäftigt ist oder weil Klein-Leo krank ist oder weil ich Mum helfen muss. Wenn es dann doch endlich klappt und ich ihn besuche, fühle ich mich wie ein Eindringling in ihrer Puppenstubenwelt. Irgendwie kommt es mir so vor, als hätte mein Vater mich einfach abgehakt und durch ein neues Kind ersetzt. Das tut verdammt weh.

Noch immer warte ich darauf, dass sich bei mir schwesterliche Gefühle einstellen, doch die paar Gene, die Leo und ich gemeinsam haben, lösen bei mir gar nichts aus. Leo sieht aus wie jedes andere Baby auch und fast immer läuft ihm Spucke aus dem Mundwinkel. Einzig seine winzigen Finger finde ich ganz niedlich. Trotzdem ist es mir ein Rätsel, was die Leute immer mit Babys haben, wo doch jeder Hundewelpe einen zehnmal höheren Niedlichkeitsfaktor besitzt. Wie gesagt, schon möglich, dass mit mir irgendwas nicht stimmt.

Als wäre das alles noch nicht genug Stress für meine zarte Teenagerseele, hat sich meine Mutter vor ein paar Wochen ebenfalls einen neuen Lover angelacht. Festhalten, der Typ heißt August. Okay, dafür kann er nichts, aber er ist auch sonst nicht mein Fall. Es gibt nichts Konkretes, was ich ihm ankreiden könnte, außer vielleicht, dass er Lehrer ist. Mathe und Philosophie. Zum Glück wenigstens nicht an meiner Schule, sondern an einer humanistisch ausgerichteten Privatschule. So viel Anstand hatte Mum dann doch. August ist jedenfalls ein ziemlicher Kauz und sieht auch so aus, mit seiner viel zu großen Brille und dem Vollbart. Er benutzt kauzige Worte und trägt fast immer Norwegerpullover.

Man muss kein Psychologe sein, um zu erkennen, dass ich eifersüchtig bin und an Verlustängsten leide. Gleichzeitig komme ich mir fies und egoistisch vor. Müsste ich mich denn nicht für meine Mum freuen, nachdem mein Vater sie so übel behandelt hat? Stattdessen finde ich es nur peinlich, mitansehen zu müssen, wie die eigene Mutter sich benimmt wie ein verliebter Teenager. Sie verbringt neuerdings Stunden im Bad und im Fitnessstudio, sie schmachtet und gurrt ins Telefon, und wenn er mal nicht anruft, tigerte sie unruhig herum und starrt alle zwei Minuten auf ihr Handy. Eine erwachsene Frau von sechsundvierzig Jahren! Nein, habe ich mir geschworen, so weit werde ich es niemals kommen lassen, so tief werde ich niemals sinken, nie, nie, nie!

Fairerweise muss ich einräumen, dass ich es dem Kauz verdanke, dass ich überhaupt hier bin. Ohne seine Fürsprache hätte mich Mum bestimmt nicht zum Mixtape gelassen. »Du bist noch zu jung dafür, man weiß doch, wie es bei solchen Festivals zugeht.«

August hingegen war auf meiner Seite. Keine Ahnung, wie er das hingekriegt hat, aber völlig überraschend stimmte Mum schließlich doch zu. Mag sein, dass sie und der Kauz unser Reihenhäuschen mal zwei Tage ganz für sich allein haben wollen, um nach Herzenslust Alte-Leute-Sex zu praktizieren. Oder er will sich bei mir einschleimen.

Zigmal habe ich Mum während der letzten Tage versprechen müssen, keine Drogen zu nehmen, mich nicht ins Koma zu saufen und Tag und Nacht mit meinen Freundinnen zusammenzubleiben. Was anderes habe ich auch gar nicht vor. Beinahe hätte sie dann doch noch einen Rückzieher gemacht, als nämlich durchsickerte, dass es mit dem Handyempfang auf dem Festivalgelände, das auf einem Acker irgendwo im Nichts von Meck-Pomm liegt, ein Problem geben könnte. Aber der Kauz legte ihr seine Pranke um die Schulter und meinte: »Deine Tochter ist ein vernunftbegabtes Wesen. Lerne, ihr zu vertrauen.«

Also hat sie mich ziehen lassen, während ich mir lieber erst gar nicht vorstellen mag, was sich momentan in meinem Zuhause abspielt.

Ich nehme die Crêpe-Bestellungen entgegen – Ahornsirup, Marmelade, Nutella, Vanillesauce …

»Wenn du schon unterwegs bist, kannst du mir doch gleich noch einen Green-Smoothie mitbringen, oder?«, säuselt Fabienne.

Typisch. Es muss ihr doch klar sein, dass das zweimal Anstehen bedeutete. »Vergiss es. Die Arschkarte gilt nur für Crêpes«, gebe ich zurück, noch immer etwas grummelig, weil ich die Karte gezogen habe. Fabienne nennt mich eine Erbsenzählerin und ich sie eine Diva, aber wir sind nicht ernsthaft sauer. Sie wirft mir sogar eine Kusshand zu, ehe ich mich auf den Weg mache. Vielleicht, überlege ich, bringe ich ihr ja doch ihren bescheuerten Smoothie mit. Es ist schwierig, Fabienne etwas abzuschlagen, ohne hinterher ein schlechtes Gewissen zu haben. Keine Ahnung, wie sie das anstellt. Wenn es so etwas wie das Prinzessinnen-Gen gibt, dann hat sie es jedenfalls.

Linda begleitet mich ein Stück, sie will zu den Duschen. Die Modeikonen von nebenan winken uns lässig zu und wir winken lässig zurück. Wenn ich mich so umsehe, dann scheint ihre Wahl des Outfits stilbildend auf die meisten Festivalbesucher gewirkt zu haben.

»Merkt euch den Weg, Mädels«, ermahnt uns Paul.

Pauls Hinweis ist nicht so ganz unberechtigt. Angeblich tummeln sich hier jedes Jahr etwa dreißigtausend Leute, das kann rasch unübersichtlich werden. Aber alle scheinen relaxed und gut drauf zu sein. Das Mixtape gilt als Festival für Nachwuchsbands, deshalb sind die meisten Besucher zwischen sechzehn und Anfang zwanzig. Abgesehen von ein paar derben Ausreißern: Bei einigen Bedauernswerten sind offenbar die Eltern mitgekommen. Ob Mum wohl auch hier wäre, hätte sie das gewusst? Womöglich zusammen mit dem Kauz? Lieber Himmel!

»Glaubst du, dass Katja und Jonas Sex haben?«, fragt Linda, kaum dass wir außer Hörweite der anderen sind.

»Keine Ahnung.«

»Mir graust allein bei der Vorstellung«, meint Linda. »Noch dazu hat Jonas Pickel auf dem Rücken.«

»Iih, du bist eklig! Jetzt krieg ich das Bild nicht mehr aus dem Kopf!«

Wir schaudern und kichern dazu.

»Sie ist noch immer unsere Freundin, aber es ist anders«, spricht mir Linda aus der Seele.

»Ich dachte immer, Fabienne würde die Erste sein«, sage ich.

»Fabienne wird eher die Letzte sein.«

»Hä?« Das kapiere ich nicht. Fabienne ist haargenau der Typ, auf den die Jungs abfahren wie Affen auf Erdnüsse. Natürlich weiß sie das und suhlt sich nur zu gern in deren Bewunderung. Aber eines ist auch wahr: Sobald es ernst wird, lässt Fabienne die Typen abblitzen.

»Glaub mir«, sagt Linda feierlich, »tief in ihrem hollywoodverseuchten Herzen ist Fabienne felsenfest überzeugt, dass das Schicksal *den Einen* für sie bereithält. Für den spart sie sich auf, auch wenn sie immer so tut, als wäre sie die übelste Bitch aller Zeiten.«

Ich bin jedenfalls heilfroh, dass es nicht Linda ist, die in Sachen »fester Freund« den Anfang gemacht hat. Linda und ich kennen uns seit Sandkastentagen und seither hängen wir zusammen. Wie Schwestern. Aber im Gegensatz zu echten Schwestern streiten wir uns so gut wie nie, vielleicht, weil wir nicht um die Gunst gemeinsamer Eltern buhlen müssen. Jedenfalls wäre es schwierig für mich, Linda mit einem Jungen teilen zu müssen. Oder sie an einen zu verlieren. Denn Schwur hin oder her – dass solche Dinge vorkommen, habe ich bei anderen aus unserer Schule oft genug beobachtet.

Wir lassen das Thema fallen und überlegen, zu welchen Bands wir gehen sollen. Es gibt eine Hauptbühne und zwei kleinere, die sich in ehemaligen Flugzeughangars befinden.

»Also auf jeden Fall schon mal kein Techno und kein Softrock«, steckt Linda die Grenzen ab.

»Einverstanden.«

»Ansonsten weiß ich nur, dass wir später garantiert zu den Broken Biscuits gehen. Fabienne fährt total auf den Sänger ab.«

»Und ewig grüßt das Murmeltier«, seufze ich. Fabiennes Zimmer ist zugepflastert mit Postern von halb nackten Kerlen, die alle irgendwie denselben Gesichtsausdruck haben. Wenn sie uns deren YouTube-Clips vorspielt, sabbert sie wie eine Dogge.

»Broken Biscuits? Ich meine, ich hätte den Namen schon gehört«, grüble ich.

»Eine vielversprechende Newcomer-Band, wie es so schön heißt. Momentan laufen sie unter Geheimtipp.«

»Wer hätte das gedacht?« Bis auf die Headliner treten auf dem Mixtape praktisch lauter »Geheimtipps« auf.

»Mir sind sie manchmal ein bisschen zu soft, aber Fabienne hat nicht unrecht. Der Sänger ist ein Schnuckelchen«, fährt Linda fort.

Ich werfe ihr einen schrägen Blick zu. »Seit wann schwärmst du für Rockstars?«

»Ich *schwärme* für überhaupt niemanden«, stellt Linda richtig. »Ich habe lediglich ganz objektiv festgestellt, dass es sich bei dem Sänger um einen äußerlich attraktiven Menschen handelt.« Sie greift in die hintere Tasche ihrer Jeans und will ihr Handy herausziehen, um mir den Typen zu zeigen, aber mitten in der Bewegung fällt ihr ein, dass das ja nicht geht.

»Verdammte Axt, das darf doch nicht wahr sein!« Linda hat die Schlange vor den Containern mit den Duschen bemerkt.

»Tja, dann viel Spaß«, wünsche ich. »Ich glaube, ich dusche erst wieder, wenn ich zu Hause bin.«

»Ferkel!«

»Bis später!«

»Verlauf dich nicht, Jill! Hier ist kein Netz, wir können dich nicht retten.«

2

Kein Netz. Ich bin unerreichbar. Ein total ungewohnter Zustand, ein bisschen fühle ich mich, als wäre ich nackt. Oder wie ein Seiltänzer ohne ... äh, ja ... Netz. Seit ich elf bin, besitze ich ein Handy, seit drei Jahren ein Smartphone, ich kann mir ein Leben ohne gar nicht mehr vorstellen. Aber bis jetzt vermisse ich die digitale Welt kein bisschen, im Gegenteil, es ist regelrecht befreiend. Endlich einmal, so wird mir schlagartig klar, bin ich wirklich weg. Außer Reichweite meiner Mutter und der restlichen Welt. Zum ersten Mal seit Monaten fühle ich mich richtig gut. Wozu, spinne ich übermütig rum, brauchte ich Telefon und Rechner? Ein Lebensgefühl wie dieses hier kann man nicht downloaden.

»Ich schaffe das schon«, versichere ich Linda, bevor ich weiterziehe. Allerdings muss ich mich wirklich konzentrieren und mir Anhaltspunkte einprägen. Der knallrote Falafel-Stand. Das Zelt mit den Tibetischen Gebetsfahnen. Der Bus von den Typen, die Häkelmützen verkaufen ...

Ich kann den Stand mit den Crêpes schon riechen, bevor ich ihn sehe. Im Geist schlage ich bereits meine Zähne in den weichen, süßen Teig und schmecke den Ahornsirup. Aber auch andere sind auf die Idee gekommen: Mindestens zwanzig Leute warten vor dem Tresen und der Typ dahinter scheint die Ruhe weg zu haben.

Scheiß Arschkarte! Im Geist repetiere ich gerade die Bestellung meiner Freunde, als sich ein langer Typ in einem Hoodie frech vor mich schiebt. Das gibt meiner Laune den Rest. »He, Lulatsch! Für wen hältst du dich, stell dich gefälligst hinten an!«, motze ich drauflos, denn als waschechte Berlinerin bin ich es gewohnt, kein Blatt vor den Mund zu nehmen.

Er macht einen Schritt zur Seite. »Sorry, ich dachte, du überlegst noch.«

Eine melodiöse Jungsstimme, voll, aber nicht zu tief.

»Nein, ich steh an«, erwidere ich um eine winzige Nuance milder und schaue in sein Gesicht. Die Augen werden von einer dunklen Sonnenbrille verdeckt, der Rest sieht nicht übel aus: schmale, gerade Nase, kühn geschwungene Lippen, hohe Wangenknochen. Ein paar dunkle Haarsträhnen fallen ihm in die Stirn, das übrige Haar steckt unter der Kapuze. Der Hoodie ist nicht ganz sauber und viel zu babyblau für einen Kerl, aber ihm steht die Farbe, denn sie lässt seine Augen leuchten wie Saphire. Das erkenne ich jetzt, als er seine Sonnenbrille abnimmt und mich mit einem Ausdruck ansieht, mit dem man eine Kakerlake auf einer Käsetorte betrachten würde.

Ich habe keine Lust, klein beizugeben, also halte ich seinem Blick grimmig stand. *Okay*, sage ich mir, *der Kerl sieht gut aus, aber deswegen hat er noch lange keinen Anspruch auf eine Sonderbehandlung, das wäre ja noch schöner!*

Wie lange starren wir uns eigentlich schon an? Es ist verdammt schwer auszuhalten, aber Wegsehen heißt Aufgeben, und das kommt gar nicht in die Tüte.

Inzwischen hat sich sein Gesichtsausdruck verändert. Sein Blick ist freundlicher geworden und ein Lächeln umspielt seine Lippen, als würde er sich klammheimlich über mich amüsieren. Und wieso steht der Typ jetzt eigentlich *neben* mir, und nicht schon längst hinter mir? Was soll die Grinserei, was ist so witzig an mir? Auf einmal fühle ich mich unwohl. Wäre ich sanftmütig und klug wie Katja, cool und pragmatisch wie Linda oder eine selbstbewusste Prinzessin wie Fabienne, würde ich ihm den Vortritt lassen. Vielleicht mit einem charmanten oder gönnerhaften Spruch dazu. Jetzt stehe ich lediglich da wie eine sture Rechthaberin. *Erbsenzählerin*. Hat mich nicht Fabienne gerade so genannt? Warum benehme ich mich immer wieder wie jemand, der ich gar nicht sein will?

Ich zermartere mir das Hirn auf der Suche nach Worten, um die verkrampfte Situation etwas aufzulockern, aber mir fällt ums Verrecken nichts ein. Mein Mund klappt auf und wieder zu, ohne dass dabei ein Laut herauskommt, wie bei einem Karpfen. Herr im Himmel, das Ganze wird immer peinlicher! Ich gebe mich geschlagen, wende den Blick ab und sage: »Geh vor, wenn's dich glücklich macht.« Das kommt schon wieder viel grantiger rüber, als ich eigentlich gewollt habe.

»Wie wär's mit einem Duell?«, schlägt er vor.

Hä? Tickt der noch ganz richtig? Will der sich etwa mit mir prügeln? Ein Kerl mit einem Mädchen? Noch dazu ein Typ, der fast einen Kopf größer ist als ich? Mir wird ein wenig mulmig. Hätte ich doch bloß meine freche Klappe nicht so weit aufgerissen.

Noch immer schaut er mich auf diese intensive Weise an. Diese Augen! So blau wie bei einem Husky. Sie scheinen die Fähigkeit zu haben, meinen Blick wie mit unsichtbaren Drähten festzuhalten. *Vorsicht, Jill. Wahrscheinlich ist der Kerl besoffen, bekifft oder sonst irgendwie neben dem Gleis.*

»Was hältst du von Schnick Schnack Schnuck?«

»Schnick Schnack Schnuck?«, wiederhole ich verblüfft.

»Kennst du doch, oder?«

»Klar. Also gut, meinetwegen.« Schon stehen wir uns gegenüber und schütteln unsere Fäuste. Er hat seine Sonnenbrille wieder aufgesetzt. Will wohl einen auf cool machen, aber das wird ihm nichts nützen, denn ich bin gut im Schnick Schnack Schnuck. Gegen Fabienne und Katja gewinne ich immer, einzig Linda hat eine Chance gegen mich.

Ich gebe mir wirklich Mühe. Dennoch verliere ich zwei Mal hintereinander und beim dritten Mal habe ich den Verdacht, dass er mich absichtlich gewinnen lässt.

»Großer Meister, der Platz vor mir in der Schlange gebührt Ihnen«, sage ich mit einer kleinen Verbeugung, und dafür, dass ich gerade ein Spiel verloren habe und jetzt noch länger vor einer Fressbude rumhängen muss, bin ich auf einmal ziemlich gut gelaunt.

Er bleibt jedoch neben mir stehen und sagt: »Ich bin Ray. Ray wie Raymond.«

»Ich bin Jill. Jill wie … Jill.«

Jill wie Jill! Was rede ich denn da für einen Mist daher? Und warum bin ich auf einmal so hibbelig?

Er deutet mit dem Kinn über meinen Kopf hinweg und meint: »Da hinten gibt es Waffeln. Die sind fast so lecker wie die Crêpes, aber man muss nicht so lange anstehen.«

»Danke für den Tipp«, sage ich. »Aber meine Freundinnen wollen unbedingt Crêpes und ich muss sie besorgen, weil ich die Arschkarte gezogen habe.« Wenn ich nervös bin, gibt es zwei Möglichkeiten: Entweder ich bringe keinen Ton heraus, oder ich sondere unkontrolliert Schwachsinn ab, so wie jetzt. *Arschkarte,* wieso fasele ich jetzt was von der Arschkarte daher? Wieso habe ich Paul und Jonas mal so eben unterschlagen?

»Hey, Jill …«

Jill. Selten hat mein Name je so schön geklungen wie jetzt, wo Ray ihn ausspricht. Das *Dsch* von Jill klingt bei ihm so samtweich, ohne dass er dabei das D verschluckt und »Schill« sagt, wovon ich jedes Mal die Krätze kriege. Das Doppel-L klingt kehlig und weit hinten gesprochen. Kann es sein, dass er einen britischen Akzent hat? Würde zu Raymond ja passen. Oder hat es was mit seiner Stimme zu tun? Ja, ich glaube, das ist es.

»… was hältst du davon, wenn wir zusammen ein paar Waffeln essen gehen? Vielleicht stehen hier später weniger an, oder der Typ legt doch noch einen Zahn zu, dann kannst du immer noch Crêpes für deine Freundinnen kaufen.«

Alles okay mit meinen Ohren? Dieser Ray wie Raymond will mit mir Waffeln essen gehen? Ich versuche, eine gleichmütige Miene aufzusetzen, habe aber das Gefühl, dass es gründlich danebengeht. Auch mein Lächeln – es sollte ein kleines, charmantes Lächeln werden, so als wäre ich geschmeichelt, müsste aber noch überlegen und im Geist meinen übervollen Terminkalender durchgehen – entgleist und gerät so breit wie eine sechsspurige Autobahn. »Von mir aus«, nuschle ich.

Super Jill, überaus charmant, eines deiner rhetorischen Highlights!

Er nimmt meine Hand. *Er nimmt meine Hand!!!* Einfach so, als würden wir uns schon ewig kennen. Und ich tue so, als wäre es das Selbstverständlichste der Welt, Hand in Hand neben einem Jungen herzugehen, den ich seit dreieinhalb Minuten kenne. In mir tobt ein Tornado aus schierer Verzückung und Verzweiflung. Mir wird nämlich in dieser Sekunde klar, dass ich heute noch nicht geduscht habe, und geschminkt bin ich auch nicht. Hätte ich doch wenigstens ein frisches T-Shirt angezogen und nicht dieses Teil mit der *Jever*-Werbung drauf. Es hat meinem Dad gehört, bis es zu heiß gewaschen wurde. Seither ist es mein Lieblingsteil. Das Dunkelgrün steht mir gut, es betont das Grün in meinen Augen, aber der Schnitt ist nicht sonderlich vorteilhaft. Außerdem ist es verschwitzt. Bestimmt müffele ich wie eine Sportumkleide. Und dann diese Shorts! An der hinteren Tasche ist eine Naht offen, ich finde sie auch ein bisschen zu kurz und vor allen Dingen zu eng.

Das kann auch nur dir passieren, Jill Goldberg! Triffst Mr Megahot und siehst aus wie hingerotzt. Fabienne, du hattest so was von recht, man sollte IMMER auf alles vorbereitet sein!

Gleichzeitig genieße ich den Druck seiner Hand und die Art, wie er uns sanft und geschickt durch das Gewirr aus Imbissständen und Zelten manövriert. Meine Hand fühlt sich an, als wäre sie ein kleines Tier, das seine kuschelige Höhle wiedergefunden hat. Schräger Vergleich, ja, aber solche Gedanken gehen mir gerade durch den Kopf. Jedenfalls ist mir plötzlich ganz leicht und warm, so von innen heraus, und ich wünsche mir, die Zeit möge stehen bleiben. Ja, schon gut, Kitsch, Schmalz & Schund lassen herzlich grüßen, und könnte jemand meine Gedanken lesen, würde das den finalen Image-Gau einläuten. Aber genau das wünsche ich mir in diesem Moment: ewig so mit

Ray durch die Menge zu gehen, Hand in Hand. Es genügt mir vollauf, zu wissen, dass er Ray heißt. Ich will nicht, dass er mir gleich bei Kaffee und Waffeln von seiner Freundin erzählt. Ich will nicht in die Realität zurück, die doch immer nur böse Überraschungen bereithält. Alles, was jetzt noch kommt, wird mir garantiert nur den Tag versauen. Ich versuche, mich innerlich zu wappnen, um die unweigerlich bevorstehende Enttäuschung mit Fassung zu tragen. Denn dass so ein Typ keine Freundin hat, das ist in dieser Welt schlichtweg nicht möglich.

Wie Ray prophezeit hat, ist bei den Waffeln viel weniger los, obwohl sie genauso verführerisch duften wie die Crêpes. Schon jetzt weiß ich, ich werde nie wieder in meinem Leben den Duft frischer Waffeln riechen können, ohne dabei an diesen Jungen zu denken. Mein Magen hat mit Romantik nichts am Hut, er knurrt. Richtig laut. Nein, das sind definitiv keine Schmetterlinge, das hört sich eher nach einem Rottweiler an. Verdammt, hat er das gehört?

Natürlich hat er das. »Da ist ja jemand am Verhungern!«, ruft er grinsend, während ich die Farbe einer englischen Telefonzelle annehme. Seit Neuestem werde ich bei jeder Kleinigkeit rot, ich komme einfach nicht dagegen an. Sicher so ein Pubertäts-Ding, aber ein hochgradig lästiges.

Er lässt meine Hand los. Sie prickelt und brennt, als hätte ich voll in die Brennnesseln gegriffen.

Vor dem Stand sind zwei Biertische mit Bänken aufgebaut. Wir setzen uns einander gegenüber, ich mit Blick auf den Stand. Ray hat sich nur mit halbem Hintern hingesetzt, da er ja gleich wieder aufstehen wird. »Ich mag sie am liebsten mit Ahornsirup, und du?«

»Ich auch.« Das stimmt sogar. Aber muss ich es unbedingt mit diesem Strahlen im Gesicht sagen?

Er steht auf. »Kaffee?«

»Gern. Nur mit Milch.« Ich krame in der Tasche meiner Shorts nach der Geldbörse, aber er ist neben mich getreten und legt mir die Hand auf die Schulter. »Lass. Du bist eingeladen.«

»Supi«, sage ich.

Supi? Bin ich eigentlich noch zu retten? Ich verabscheue Leute, die *supi* sagen! Genau wie *Hallöchen*. Wo, zum Henker, ist eigentlich mein Verstand, macht der gerade Pinkelpause, oder was? Wieso lässt mich mein Hirn Dinge tun, die ich nicht will? Ich versuche, den Schaden zu begrenzen. »Ich … ich meine, danke. Das ist sehr … nett.« *Halt endlich die Klappe, es reicht!*, brüllt mich meine innere Stimme an.

Der Typ vor Ray gibt offenbar eine größere Bestellung auf. Das lässt mir Zeit, Ray mit den Augen Löcher in die Jeans zu sengen. Die Jeans ist zu weit, um wirklich sexy zu sein, dennoch ist der Anblick nicht übel. Ich lasse meine Blicke hochwandern, zu den Schultern. Breit, aber kein Schrank. Gern hätte ich seinen Nacken betrachtet. Könnte er vielleicht mal diese dämliche Kapuze abnehmen? *Damit ich dir das Haar zerwühlen kann! – Hey! Zusammenreißen jetzt! Ein gut aussehender Typ kauft dir eine Waffel – na und? Vielleicht ist ihm gerade langweilig, vielleicht hat er Gott weiß was genommen und ist nicht ganz bei Sinnen. Vielleicht ist er ohne Freundin hier und sucht was für sein Zelt heute Nacht. Und du trottest ihm brav hinterher wie ein Beagle!*

Ich beschließe, vorsichtig zu sein. Dennoch fühle ich mich auf einmal so, als könnte ich, wenn ich nur wollte, über dem Boden schweben. Liegt es an dieser ganz besonderen Festivalstimmung, an diesem kollektiven Ausnahmezustand, dem sich hier alle hingeben? Vielleicht wabert irgendwas in der Luft herum, eine riesige Graswolke oder so was in der Art? Oder spielen meine Hormone verrückt, sodass ich mich blindlings auf das nächstbeste Objekt stürzen muss?

Ray kommt zurück mit zwei Bechern Kaffee. Er stellt sie hin und geht noch einmal zum Stand zurück, um die Waffeln zu holen. Sie sind dick mit Puderzucker bestäubt.

»Sorry, sie hatten keinen Ahornsirup.«

»Macht nichts, danke.«

Er setzt sich hin und nimmt die Sonnenbrille ab. Seine Hände umschließen den Kaffeebecher. Sie sind breit und kräftig, aber mit langen Fingern. Zwei blaue Adern schimmern durch die Haut am Handrücken.

Ich spüre, wie er mein Gesicht mustert, und als ich von seinen Händen hochsehe, verhaken sich unsere Blicke erneut ineinander. Eine Sache ist eigenartig: Sein Gesicht kommt mir bekannt vor. Nein, nicht bekannt, eher vertraut. Auch wenn das ganz und gar unmöglich ist, denn ich bin ihm bestimmt noch nie zuvor begegnet. Denn *das* wüsste ich! Aber ich weiß auch: Würde er jetzt aufstehen und gehen, wäre ich imstande, seine Züge bis ins letzte Detail nachzuzeichnen, und das, obwohl ich mir sonst Gesichter nicht sonderlich gut einprägen kann.

Weil mir unser Schweigen schon viel zu lange dauert, frage ich: »Bist du auch mit Freunden hier?« Saublöde Frage, wird mir im selben Moment klar. Kaum jemand kommt wohl alleine hierher.

»Ja, so ungefähr«, antwortet er.

Was soll das denn heißen? Wohl doch nur eines: Da lauert ein weibliches Wesen im Hintergrund. Oh, wie ich diese Unbekannte beneide! Meine Ahnung wird bestätigt, als Ray sich unvermittelt nach beiden Seiten umschaut. Na also, da haben wir den Salat. Gleich wird Miss Sechser-im-Lotto hier auflaufen. Ich werde abgelenkt, denn endlich zieht er auch seine Kapuze vom Kopf und fährt sich mit den Fingern durch sein dunkles Haar. Haar, das heute garantiert auch noch keinen Kamm gesehen hat, aber trotzdem verdammt gut aussieht. Vorsichtshalber verknote ich meine Hände. Nicht dass die sich noch selbstständig machen.

»Deine Waffel wird kalt.«

Stimmt, ich sollte was essen, schon damit mein Magen nicht noch einmal so laut knurrt wie eben. Die Waffel schmeckt wunderbar fluffig, so wie Waffeln sein müssen. Doch irgendwie gerät mir der Puderzucker in die Atemwege, und noch ehe ich den Bissen ganz hinunterschlucken kann, muss ich husten. Es ist ein Reflex, ich kann gar nichts dagegen tun. Als Nächstes sehe ich durch einen weißen Nebel Rays Gesicht. Es ist weiß überpudert, genau wie sein Haar, und vereinzelt kleben kleine, zerkaute Waffelstückchen auf seinen Wangen und hängen in den Haaren.

Nein, nein, nein! Das darf nicht wahr sein, das ist ein Albtraum! DU bist ein Albtraum, Jill Goldberg!

Ich will mich entschuldigen, aber mein Mund ist trocken und meine Zunge besteht aus Schmirgelpapier. Alles, was ich fertigbringe, ist, ihn erschrocken anzustarren, mit Augen so groß wie Untertassen, während ich schon einen neuen Hustenreiz verspüre. Schnell ein Schluck Kaffee. Ich greife hastig nach der Tasse und etwas von ihrem Inhalt schwappt heraus und läuft über mein Kinn auf mein T-Shirt. Am liebsten würde ich im Boden versinken.

Ray, der gerade von seiner Waffel abbeißen wollte, als ihn die Salve aus Puderzucker und halb zerkauter Waffel traf, stutzt. Bestimmt ist er angewidert davon, was für eine Schweinerei ich binnen weniger Sekunden anrichten kann. Aber dann lacht er hinter seiner Waffel unkontrolliert los, und jetzt bin ich es, die eine volle Breitseite Puderzucker abbekommt. Ich blinzele. Von meinen Wimpern rieselt es weiß.

»Sorry!«, presst er zwischen zwei Lachern hervor. »Das wollte ich nicht.«

»Ich auch nicht!«

»Ich glaub dir kein Wort!«

»Doch, ich schwör's«, jammere ich. »Ich *kann* anständig essen. Nur nicht Waffeln mit Puderzucker.«

»Du siehst aus wie Königin Elisabeth die Erste.«

»Du solltest dich mal sehen!«

Das Eis ist gebrochen, die peinliche Situation ist jetzt nur noch witzig. Wir lachen uns mit unseren weißen Gesichtern gegenseitig aus, und auf einmal fühlt es sich an, als würden wir uns schon ewig kennen.

Noch immer vor sich hin kichernd steht Ray auf und holt mehr Servietten. Aber anstatt mir eine zu reichen, tupft er mir ganz vorsichtig den Puderzucker aus dem Gesicht. Noch während ich damit beschäftigt bin, mich wieder einzukriegen, sehe ich ihm zu, wie er sein Haar ausschüttelt und sich Puderzucker und Waffelstückchen aus dem

Gesicht wischt. Das Ganze scheint ihm überhaupt nicht unangenehm zu sein. Er besitzt die beneidenswerte Lässigkeit schöner Menschen, denen ihr Aussehen egal ist, weil sie tief im Innern wissen, dass sie immer gut rüberkommen, sogar mit einer halb zerkauten Waffel im Gesicht. Ich sammele die Servietten ein und werfe sie in den Papierkorb, ehe sie der Wind, der jetzt aufgekommen ist, in der Gegend herumwehen kann.

»Die Arschkarte also«, sagt er, als wir uns wieder mit halbwegs sauberen Gesichtern gegenübersitzen.

»Ja. Das ist das Herzass …« Ich erkläre es ihm, und er schaut mich dabei so aufmerksam an, als würde ich ihm eine megaspannende Geschichte erzählen.

»Ihr seid also nicht gerade der romantische Typ, du und deine Freundin«, schlussfolgert er.

»Ach, es ist hauptsächlich Linda, die so zynisch ist«, sage ich. *Sorry, Linda!* »Sie hat gerade eine Enttäuschung erlebt.«

»Ah, verstehe. Und du?«, fragt er.

»Ich nicht … ich meine … Mir fehlt es auf diesem Gebiet etwas an Erfahrung«, stottere ich und werde schon wieder flammend rot.

Zum Glück lässt er das Thema fallen und wir machen ein bisschen Small Talk. Wundersamerweise schaffe ich es, weder zu stammeln noch wild drafloszuplappern. Ich erzähle, dass ich zum ersten Mal auf dem Mixtape bin. Als wir feststellen, dass wir beide in Berlin leben, strahlen wir uns gegenseitig an.

»Wo?«, will er wissen.

»Reinickendorf«, sage ich. »Ziemlich fade, aber da ich noch zur Schule gehe …« Ich zucke mit den Schultern. »Und du?«

»Kreuzberg.«

»Cool. Du wohnst nicht mehr bei deinen Eltern, oder?«

Er schüttelt den Kopf. »Mit 'nem Kumpel zusammen.«

Kumpel. Das klingt gut, obwohl ich mir sage, dass er dennoch eine Freundin haben kann. Ihn danach zu fragen, traue ich mich nicht. »Wie alt bist du?«, quetsche ich ersatzweise hervor.

»Achtzehn«, sagt er und schaut mich fragend an.

»Sechzehn.« Am liebsten würde ich »beinahe siebzehn« hinzufügen, aber so was sagen nur Leute, die mit sich und ihrem Alter nicht im Reinen sind, und diesen Eindruck will ich unbedingt vermeiden. Außerdem werde ich erst Ende Oktober siebzehn. »Und was machst du so?«, frage ich.

Es kommt mir so vor, als würde er kurz zögern, ehe er sagt, dass er eigentlich Sport studieren wollte.

»Sportstudenten sind meiner Mum am liebsten«, platze ich heraus. »Sie meint immer, die würden wenigstens die halbe Nacht durchhalten, selbst wenn es hoch hergeht, und nicht schon nach zwei Stunden schlappmachen wie die Juristen oder die Pädagogen.«

Von dem Blick, mit dem er mich anschaut, hätte ich gern ein Foto gemacht. »Meine Mum hat einen Partyservice«, erkläre ich. »Für größere Events heuert sie Studenten an, für den Service. Wenn du also mal Kohle brauchst ... Ich könnte ein gutes Wort für dich einlegen.«

»Das ist beruhigend zu wissen.« Er grinst und fragt dann: »Und womit beschäftigt du dich, wenn du nicht gerade zur Schule gehst?«

Kaum zu glauben, er scheint sich wirklich für mich zu interessieren. Nur hat er da leider Pech, denn über mich gibt es nichts Interessantes zu berichten. Ich bin eine halbwegs gute Schülerin, ich habe kein exotisches Hobby und erst recht keine außerordentlichen Fähigkeiten. Meine hundertsiebzig Facebook-Freunde sind fast alles Leute aus der Schule oder aus der Nachbarschaft. Ich fürchte mich vor Schlangen und bin nicht besonders sportlich. Ich lese gerne Bücher und zwar alles, was mir zwischen die Finger kommt, egal ob Thriller, Fantasy oder Liebes-Schmonzetten. Ach ja, und neuerdings bin ich ja ein *Scheidungskind*. Von alledem eignet sich praktisch nichts, um damit Eindruck zu schinden.

»Ich koche«, sage ich, ohne nachzudenken.

Er hebt die Augenbrauen, was auf eine leicht arrogante Art sexy aussieht. Hätte ich bloß nicht davon angefangen. Jungs, die kochen, findet jeder cool, bei Mädchen gilt es derzeit eher als hip, gar nicht kochen zu können und stattdessen einen Freund zu haben, der kocht. »Nur vorübergehend«, erkläre ich. »Wie gesagt, meine Mutter hat einen Partyservice. Schwerpunkt italienische Küche, darum heißt er auch Pasta Basta. Sie kann sich im Moment keine Hilfskraft in der Küche leisten, deshalb muss ich ihr ab und zu helfen. Sie ist ... sie hat das Geschäft eine Weile lang etwas schleifen lassen, weil sie nach der Scheidung nicht so gut drauf war.« Ich verstumme. Großartig, Jill, du bist voll die Stimmungskanone. Wer will schon deine trübselige Familiengeschichte hören?

»Kochen finde ich super«, sagt er. »Ich wünschte, ich könnte es, denn ich esse für mein Leben gern. Was ist dein Lieblingsgericht?«

»Steinpilzrisotto«, sage ich, froh über den eleganten Themenwechsel.

»Ja, das ist genial«, stimmt er zu. »Ich steh auf Risotto und Pasta. Ich bin Vegetarier. Mit gelegentlichen Ausreißern in Richtung Fisch.«

»Da wärst du bei uns richtig«, sage ich.

Er lächelt, beinahe verlegen, und dann, völlig unvermittelt, streckt er die Hand aus und berührt mein Gesicht. Sachte streichen seine Finger vom Nasenflügel zum Mundwinkel und hinterlassen eine brennende Ameisenspur auf meiner Haut.

»Da war noch Puderzucker.« Er streckt mir zum Beweis seinen Finger hin.

Ich lächle. Ich will, dass dieser Nachmittag niemals aufhört.

»Irgendwie sind Waffeln kein gutes Essen für ein erstes Date«, sagt er.

»Haben wir denn ein Date?«, höre ich mich sagen, während mein Herz gegen meinen Brustkorb hämmert.

»Haben wir nicht?«, fragt er zurück.

»Muss man sich für ein Date nicht erst verabreden?«

Er nickt. »Ja, stimmt. Wollen wir uns verabreden, Jill?«

Träume ich? Unter dem Tisch kneife ich mich heimlich in den Schenkel. »Aua!«

»Was ist?«

»Nichts, gar nichts. Äh … du meinst, hier, auf dem Festival?«

»Ja.«

Was ist mit meinen Freunden, was mit meinem Versprechen gegenüber meiner Mutter? Zum Teufel damit!

»Wir könnten uns zusammen eine Band ansehen«, meint er.

»Und welche?«

»Worauf hast du denn Lust?«

»Ich weiß nicht.« Mein Musikgeschmack eiert im Moment genauso orientierungslos herum wie ich selbst, und bis auf die Top-Acts kenne ich kaum welche von den Bands, die auf dem Mixtape auftreten. Jetzt rächte es sich, dass ich mich nicht eingehender mit dem Festivalprogramm befasst, sondern mich blind auf die anderen verlassen habe.

»Du weißt nicht, ob du dich verabreden willst, oder du weißt nicht, welche Band wir uns ansehen sollen?«, hakt Ray nach.

»Die Band«, gestehe ich. »Ich bin hauptsächlich mitgekommen, weil meine Freunde hier sind.« Die Worte sprudeln einfach aus meinem Mund. Bestimmt hält er mich jetzt für bescheuert.

»Das ist doch kein schlechter Grund«, sagt er. »Du bist also kein Groupie?«

»Du meinst, ob ich mich um Autogramme prügle und Unterhosen auf Bühnen werfe?«

Er lacht aus vollem Hals.

Ich grinse erleichtert und auf einmal werde ich mutig und sage: »Das, was ich eigentlich am liebsten höre, gibt's hier leider nicht.«

Jetzt will er natürlich wissen, was das ist.

»Ach, vergiss es.« Ich hätte wirklich nicht davon anfangen sollen, gleich wird er die Augen verdrehen.

»Sag schon. Hörst du Klassik? Operetten? Kirchenmusik?«

Ich muss kichern und schüttle den Kopf.

»Blasmusik?«

»Nein!«

»Etwa Musicals?« Er reißt in gespieltem Entsetzen die Augen auf.

»Nein«, kreische ich und senke gleich darauf verschwörerisch meine Stimme. »Okay, ich verrate es. Ich mag argentinischen Tango. – Was ist denn?«

Ray schaut mich plötzlich mit einem sehr seltsamen Blick an. »Du verarschst mich, oder?«, fragt er – ziemlich barsch, wie ich finde.

»Nein«, sage ich verunsichert und ein bisschen beleidigt. »Ich mag Tango einfach. Ich weiß, meine Freundinnen sagen auch immer, das wäre Alte-Leute-Musik, aber ich find's eben …«

»Quatsch«, unterbricht er mich und hält meinen Blick mit schmalen Augen fest. »Die haben keine Ahnung. Lass dir den Tango bloß nicht ausreden. Tango ist …« Seine Hände scheinen nach Worten zu suchen. »Tango ist ein trauriger Gedanke, den man tanzen kann.«

Besser hätte man es nicht ausdrücken können, und mir fällt vor Verblüffung die Kinnlade runter.

»Das ist nicht von mir, sondern von Enrique Santos Discépolo, einem der bekanntesten Tangokomponisten«, erklärt Ray. Auf einmal wirkt er wieder so offen und gut gelaunt wie vorhin. »Aber klar, Tango gibt's hier leider wirklich nicht.«

Ich muss schlucken, ich kann noch immer nichts sagen. Das alles ist irgendwie surreal, so was gibt es nicht, das kann es nicht geben. Hat mir jemand Pillen in die Cola getan, kommt gleich das böse Erwachen? Da ist dieser tolle Junge, und er mag dieselbe Musik wie ich, obwohl die sonst keiner mag, zumindest niemand in meinem Alter …

»… mach ich normalerweise nicht.«

»Was?« Ich war so in meine Gedanken versunken, dass ich den Anfang seines Satzes nicht mitbekommen habe.

»Wildfremde Mädchen zum Waffelessen abschleppen ist normalerweise nicht so mein Ding«, sagt er. »Bitte, das musst du mir glauben. Ich bin eigentlich … Ich bin kein Typ, der Mädchen anmacht, echt nicht, auch wenn …« Er unterbricht sich und sieht plötzlich verlegen aus.

Was war denn das für ein seltsamer Vortrag? Anscheinend ist ihm wichtig, was ich über ihn denke. Mag sein, dass ich das naivste Schaf der ganzen Mädchenherde hier auf dem Festival bin, aber ich glaube ihm jedes Wort. »Schon in Ordnung«, sage ich.

Er zieht ein Handy aus der Hosentasche und schaut auf die Uhr. »Ich muss leider los. Wollen wir uns heute Abend um halb acht hier am Waffelstand treffen?«

»Ja«, presse ich atemlos hervor.

»Fein.«

Dann stehen wir uns gegenüber.

»Bis später, Jill.«

Wieder dieses Kribbeln, wie von tausend Ameisen.

»Bis später, Ray.«

Es ist ein komisches Gefühl, seinen Namen auszusprechen.

Keiner von uns rührt sich. Normalerweise umarme ich Freunde zum Abschied und drücke ihnen einen angedeuteten Kuss auf die Wange. Linda und ich machen manchmal High Five. Aber Ray und ich sind keine Freunde, wir sind … keine Ahnung, was wir sind. Soll ich ihm die Hand geben? Auch ziemlich uncool.

Er nimmt mir die Entscheidung ab, indem er mich an den Schultern sanft zu sich heranzieht. Ich kann seinen Duft riechen, nach Zimt und Butter. Oder sind das die Waffeln? Also doch ein Abschiedsküsschen, denke ich, und schon nähert sich sein Gesicht meinem und ich spüre seine Lippen auf meinen. Ganz zart. Es ist nur der Hauch eines Kusses, und doch ist es … unbeschreiblich. Meine Lippen brennen, meine Wangen brennen, ich bekomme Herzrasen und mir bricht der Schweiß aus.

Er lässt mich los und tritt einen Schritt zurück.

»Entschuldige, es hat mich überkommen«, murmelt er mit einem reuigen Dackelblick. Dann schiebt er seine Sonnenbrille wieder auf die Nase, obwohl die Sonne gerade gar nicht scheint, zieht sich seine Kapuze tief ins Gesicht und schaut sich nach rechts und links um, als müsse er eine belebte Straße überqueren. »Versetz mich heute Abend nicht, sonst sehen wir uns nie wieder und der Rest unseres Lebens verläuft öde und sinnlos«, sagt er und geht mit langen Schritten davon.

»Spinner«, murmele ich und sehe ihm so lange nach, bis er in der Menge verschwunden ist, während ich mich frage, ob das alles gerade wirklich passiert ist.

Als Ray definitiv nicht mehr zu sehen ist und ich mich umdrehe, stoße ich beinahe mit einem Mädchen zusammen, das gerade irgendwas – wahrscheinlich sich selbst – mit dem Handy fotografiert hat. »Sorry«, sage ich automatisch.

Sie funkelt mich so böse an, so als wäre ich ihr tatsächlich auf die Zehen getreten. Dann stapft sie wortlos davon. *Zicke!* Aber noch während ich das denke, vergesse ich sie auch schon, weil ich sofort wieder an Ray denke.

Ich habe ein Date! Ich! Mit einem unfassbar tollen Jungen!

Mir fällt ein, dass ich für meine hungrigen Freunde noch Crêpes besorgen muss. Und danach duschen und was mit meinen Haaren anstellen, und irgendwie muss ich es schaffen, die anderen heute Abend abzuwimmeln. Außer vielleicht Linda. Ja, ich sollte Linda einweihen und sie fragen, ob sie mitkommt. Als Anstandsdame, sozusagen. Nur nicht Fabienne – auf keinen Fall! Gegen sie wirke ich so farblos, und wie ich sie kenne, würde sie sofort hemmungslos mit Ray flirten. Aber werden die anderen nicht beleidigt sein, wenn Linda und ich uns einfach abseilen? Also doch allein verschwinden und nur Linda Bescheid sagen? Und dann ist da noch die Frage aller Fragen: Was soll ich anziehen?

Zu diesem Zeitpunkt ahne ich nicht, dass all diese Probleme sich von selbst lösen werden – allerdings anders, als ich es mir erhofft habe.

3

Allmählich nehmen meine Wangen wieder ihre Normalfarbe an und mein Herzschlag beruhigt sich. Ich kaufe gleich acht Crêpes. Die Jungs werden sicher zwei essen, nachdem sie so lange warten mussten. Die Tüte mit den warmen Crêpes in den Händen mache ich mich auf den Rückweg. Noch immer kommen Leute an, wodurch sich das Aussehen der Zeltgassen stetig verändert. Ich kapiere das nicht: Hier waren doch eben noch die Duschen, wo ich mich von Linda verabschiedet habe. Aber wo ist der Falafel-Stand, an dem ich schon längst hätte vorbeikommen müssen – der kann sich doch nicht in Luft aufgelöst haben? Ich stehe kurz vor einer Panikattacke. Was, wenn ich unsere Zelte nicht mehr finde? Und was, wenn ich womöglich heute Abend den Waffelstand verfehle? Das sähe mir ähnlich! Als ich endlich begreife, dass es mehrere Stationen mit Duschen gibt, habe ich die Orientierung bereits völlig verloren und mir bleibt nichts anderes übrig, als das Gelände im Zickzack abzulaufen. Der Verzweiflung nah, sehe ich endlich von Weitem unser quietschrosa Zelt aus der Menge hervorleuchten und daneben das gelbe von Paul. Erleichtert lege ich einen Zahn zu und – hebe ab. Die Papiertüte mit den Crêpes darin wird im hohen Bogen durch die Luft katapultiert, während ich bäuchlings im staubigen Gras lande. Ein Typ mit tätowierten Armen hilft mir auf und sammelt meine Tüte und die Crêpes wieder ein. Schon hat sich eine kleine Menschenansammlung um mich gebildet. Ist da nicht auch diese Zicke von vorhin, die ich beinahe umgerannt hätte? Sie hat schon wieder ihr Handy in der Hand, das sie jetzt, wo ich sie anschaue, hastig wegsteckt. Hat sie etwa fotografiert, wie ich mich auf die Schnauze lege? Wäre ja echt krank. Nein, das ist sicher nicht dasselbe Mädchen. Langmähnige Blonde mit Mittelscheitel, Jeans und Sneakers sind hier zahlreich vertreten, und ihr Gesicht habe ich mir nicht wirklich gemerkt.

»Diese Zeltschnüre sind die reinsten Todesfallen, vor allem in der Nacht«, meint der Typ, der mir aufgeholfen hat, mitfühlend und deutet auf meinen Fuß. »Du blutest.«

Kaum dass er es ausgesprochen hat, kommt auch schon der Schmerz. Ich habe mir den mittleren Zeh am Zelthering aufgerissen. Scheiß Flipflops!

»Hier.« Er reicht mir ein Tempotaschentuch, das ich um meinen pochenden Zeh wickele. »Kannst du laufen?«

»Ja, geht schon. Danke«, nuschele ich beschämt. Wahrscheinlich denken die Leute, ich sei betrunken. Bei dem Gedanken werde ich schon wieder rot.

»Sag nichts! Du hast dich verlaufen«, begrüßt mich Fabienne. Die Arme in die Seiten gestützt, blickte sie mich mit einer lehrerinnenhaften Mischung aus Strenge und Nachsicht an.

Ich nicke und reiche ihr die ramponierte Tüte mit den Crêpes. »Wo sind Katja und Jonas?«

»Schon los, was zu Essen holen. Du weißt doch, Jungs mutieren zu Monstern, wenn sie Hunger haben«, meint Fabienne mit einem Blick auf Paul, der mich mit gerunzelter Stirn mustert. Erst jetzt bemerke ich, dass meine Knie und Ellbogen voller Dreck sind. Dabei wollte ich von meinem Sturz eigentlich gar nichts erzählen.

»Mann, die Crêpes sind ja eiskalt«, beschwert sich Linda.

»Und matschig«, mault Fabienne. »Iiih, da klebt ja Gras dran!«

»Das ist die vegane Variante«, sage ich.

»Oh, Mann, wie soll man die denn essen?«, legt Fabienne nach.

Zu meiner Überraschung mischt sich Paul ein: »Wir hätten Jill nicht allein gehen lassen sollen. War doch klar, dass sie nicht zurückfindet.«

»Ph«, mache ich nur.

Er betrachtet meinen Fuß. Das Taschentuch ist schon ziemlich rot. »Du blutest.«

»Ich weiß.«

»Komm mit zum Auto, wir müssen das sauber machen.«

»Es ist nur ein Kratzer.«

»Ich will ihn mir aber ansehen. Ich habe zur Führerscheinprüfung einen Erste-Hilfe-Kurs gemacht, denkst du, ich lass mir mein erstes Opfer durch die Lappen gehen?« Er reibt sich mit einem Serienkillergrinsen die Hände.

Ich folge ihm zum Van, wo er mich anweist, mich auf die Ladefläche zu setzen. Diese plötzliche Fürsorge von einem bekennenden Egoisten ist geradezu unheimlich. Ich muss daran denken, dass ich mit zwölf, dreizehn mal ein halbes Jahr lang in Paul verknallt war. Als Bruder meiner Freundin war er der einzige ältere Junge, mit dem ich zwangsläufig öfter ins Gespräch kam, daher war es fast logisch. Fabienne bemerkte es natürlich und zog mich damit auf, obwohl ich es standhaft leugnete. Irgendwann hörte es dann einfach auf – das Verknalltsein und auch die Stichelei von Fabienne. Ich weiß bis heute nicht, ob Paul seinerzeit etwas davon mitbekommen hat, aber höchstwahrscheinlich hat Fabienne dafür gesorgt.

Paul zieht den Flipflop von meinem verletzten Fuß und schüttet Wasser darüber. Dann gießt er Wodka auf ein Papiertaschentuch und tupft damit die Wunde ab.

»Es geht doch nichts über die Hände einer Fachkraft«, japse ich, denn es brennt höllisch.

»Hab dich nicht so.«

»Hast du *das* im Erste-Hilfe-Kurs gelernt?«

»Nicht wirklich«, grinst Paul. »Aber an der Improvisation erkennt man den Meister.« Er öffnet den Verbandskasten, schneidet ein Pflaster zurecht und klebt mir mit großer Sorgfalt meinen Zeh damit zu.

»Hör auf, das kitzelt.«

Er stöhnt genervt, ich springe von der Ladefläche und angele nach meinem Flipflop.

»Alles okay mit dir, Jill?«

Was ist denn in Paul gefahren? Der klingt ja plötzlich wie unsere Klassenlehrerin.

»Äh, ja? Wieso?«

»Du wirkst … ich weiß nicht. Irgendwie neben der Spur.«

»Ich hatte bloß Panik, weil ich das Zelt nicht mehr gefunden habe. Und dann bin ich über diese blöde Schnur gestolpert. Danke für's Verarzten.«

»Schon okay. War mir ein Vergnügen.«

Diese Freundlichkeit ist mir nicht geheuer, also gehe ich rasch hinüber zu Linda und frage: »Kommst du mit zu den Duschen? Nicht, dass ich noch mal verloren gehe.«

»Bin ich jetzt dein Blindenhund?«, meutert sie, verstummt aber, als ich flüstere, dass ich sie dringend sprechen müsse, und zwar allein.

Ich krieche in die rosa Hölle und hole meinen Kulturbeutel und ein Handtuch heraus. Dann schlendern wir davon.

»Was ist los?«

Ich, kurz vorm Platzen, sprudele hervor: »Ich habe einen ganz süßen Jungen kennengelernt! Er will mich heute Abend treffen, um halb acht. Aber ich weiß nicht, wie ich mich abseilen könnte, und da dachte ich, dass du vielleicht …«

»Warte, warte, warte!!« Linda hebt die Hand. »Was für einen Typen, wovon redest du?«

Ich kann nicht anders, ich erzähle ihr alles haarklein, sogar die Sache mit dem Puderzucker, was Linda mit dem Einwurf kommentiert, der Kerl habe jedenfalls Humor. Nur die Sache mit dem Kuss lasse ich weg. Nicht, weil ich es bereue oder weil es sich im Nachhinein falsch anfühlt, ganz und gar nicht. Ich ahne, was dieser Kuss zu bedeuten hatte: Er sollte mir signalisieren, dass unsere Begegnung nicht nur eine nette Unterhaltung gewesen ist, sondern etwas Besonderes. Zumindest hoffe ich das. Aber das soll vorerst mein Geheimnis bleiben. Also ende ich mit den Worten: »Ich habe meiner Mutter versprochen, mich nicht allein auf dem Festival rumzutreiben. Deshalb fände ich es gut, wenn du mitkommst. Aber auf keinen Fall darf Fabienne etwas mitkriegen. Ich will nicht, dass sie gleich ihre lackierten Krallen in sein Fleisch schlägt.«

»Und bei mir siehst du da keine Gefahr, oder wie?«, fragt Linda. Vorsicht jetzt! Die Sache mit Tom hat Lindas Selbstwertgefühl ziemlich zugesetzt, offenbar hat sie sich noch immer nicht davon erholt. Da kann man ihr hundertmal sagen, dass sie hübsch und klug ist und dieser Tom ein Arsch. Mir gefallen zum Beispiel Lindas Sommersprossen. Es sind 486. In der dritten Klasse habe ich sie gezählt, indem ich jede mit Kugelschreiber durchgestrichen habe. Nach zwei Tagen war der bläuliche Schimmer wieder aus ihrem Gesicht verschwunden, nicht aber ihr Spitzname Schlumpfine. Auch die neuerdings recht kurzen blonden Haare stehen ihr gut, sie betonen ihr Profil mit der kecken Nase, und mit ihrer jungenhaften Figur sieht Linda immer aus, als wäre sie gerade vom Surfbrett gesprungen. Tatsächlich joggt sie und geht bouldern. Ab und zu begleite ich sie in die Kletterhalle, aber ich bin längst nicht so gut wie sie. Aber ebenso wie mir fehlen Linda die vordergründigen Schönheitsattribute von Fabienne – das wurde uns beiden exakt zu dem Zeitpunkt klar, an dem Fabienne sich ihren ersten BH mit D-Cups gekauft hat.

»Du würdest nie einer Freundin in die Quere kommen, wenn es um einen Kerl geht«, sage ich im Brustton der Überzeugung. »Aber Fabienne schon, und zwar ohne mit der Wimper zu zucken.«

»Hm.«

Das ist alles, was sie dazu zu sagen hat? Meine beste Freundin könnte sich ruhig etwas mehr für mich freuen, finde ich.

»Echt, Jill, das finde ich jetzt scheiße. Ich hatte mich darauf eingestellt, was mit allen zusammen zu machen«, schmollt Linda stattdessen. »Wochenlang haben wir darauf hingearbeitet, dass wir zu diesem Festival dürfen, und jetzt triffst du den erstbesten Typen und schon sind wir alle abgemeldet.«

»Ich weiß, es ist doof«, jammere ich. »Und ihr seid nicht *abgemeldet*. Das ist ein ... ein Ausnahmefall. Glaub mir, wenn du ihn siehst, wirst du es verstehen. Der Typ ist nämlich echt ... heiß.«

Es ist mir so herausgerutscht, und prompt verdreht Linda die Augen und sagt, ich würde schon genauso daherreden wie Fabienne. Und mich so benehmen! Ich bekomme ein schlechtes Gewissen, als ich mich frage, wie ich reagieren würde, hätte Linda mir gerade was von einem wildfremden Typen vorgeschwärmt, dessentwegen sie von einer Stunde auf die andere alle unsere gemeinsamen Pläne über den Haufen werfen will. Da wäre ich auch nicht sonderlich begeistert. Ist das, was ich gerade tue, nicht genau das, was wir uns geschworen haben, *nicht* zu tun?

Aber offenbar hat sich Linda gerade wieder eingekriegt, oder die Neugierde hat den Frust besiegt, denn jetzt denkt sie laut nach: »Fabienne und Katja wollen unbedingt zu so 'ner Indie-Band. Die spielt um sieben, aber sicher gehen sie schon früher hin, um gute Plätze zu kriegen. Wir könnten mitkommen und nach den ersten drei Liedern so tun, als würden wir es nicht mehr aushalten ...«

»Nein, nein, nein«, protestiere ich. »Ich will mich nicht ins Konzertgewühl stürzen, und bis ich mich dann wieder rausgekämpft habe, sehe ich aus wie ein zerrupftes Huhn. Ich will mich in aller Ruhe umziehen, stylen und ohne Hektik zu meinem Date gehen.«

Linda seufzt. »Okay. Dann sagen wir einfach, dass wir uns lieber was mit Techno oder House anhören wollen. Das kann Fabienne nicht ab.«

»Ob sie uns das glauben?«

Linda nickt. »Dass ich die Indie-Band nicht besonders dolle finde, weiß Fabienne, und dass du mit mir mitkommst, wird sie nicht weiter wundern. Aber eins sage ich dir gleich: Ab zehn Uhr spiele ich auf keinen Fall mehr den Anstandswauwau für dich, da gehe ich mit den anderen zu den Broken Biscuits.«

»Ha! Du stehst also auch auf den Sänger! Oder war's der Gitarrist? Ist dir klar, dass das voll das Klischee ist?«

»Sagt die, die bereit ist, für einen Typen unsere sämtlichen Prinzipien zu verraten«, entgegnet Linda eisig. Und schon hält sie mir einen Vortrag über die Wirkung von Dopamin, Adrenalin und Serotonin, jene Hormone, die der Körper zum Zweck der Arterhaltung angeblich auffährt, um einem das Hirn zu vernebeln und den Gemütszustand des Verliebtseins vorzugaukeln. Ich höre ihr nicht wirklich zu, denn ich kenne den Sermon schon in- und auswendig. Außerdem finde ich, dass Linda die ganze Sache zu verbissen sieht. Nur weil dieser Tom nichts von ihr wollte, muss sie doch nicht gleich die gesamte andere Hälfte der Menschheit verdammen. Stattdessen male ich mir mein Wiedersehen mit Ray in den süßesten Bonbonfarben aus, und plötzlich kann ich dem Gedanken, heute Abend Linda dabeizuhaben, nicht mehr gar so viel abgewinnen. Wer bitte schön geht schon in Begleitung seiner Freundin zu einem Date, auch wenn es die allerbeste ist?

Wir sind bei den Duschen angekommen und auch hier heißt es anstehen. Selbst in der kürzesten Schlange warten noch sechs Mädchen vor mir. Seufzend stelle ich mich hinten an, während Linda mir mit einem säuerlichen Lächeln viel Vergnügen wünscht und wieder umkehrt. Ich bin verblüfft. Ich habe fest damit gerechnet, dass sie mit mir zusammen wartet. Irgendwas ist plötzlich anders zwischen uns, das spüre ich, während ich ihr nachschaue. Ist sie etwa eifersüchtig? Auf jemanden, den sie gar nicht kennt? Hat sie Angst, mich als Freundin zu verlieren, nur weil ich *einmal* in meinem Leben ein Date habe? Das ändert doch nichts zwischen uns, das muss sie doch wissen.

Die Sonne verkriecht sich hinter einer dicken Wolke und mir wird auf einmal kalt.

Auf dem Zeltboden kauernd durchwühle ich meine Sporttasche. Mein rotes Lieblingskleid, die Plateausandaletten, das neue Shirt mit dem Schlitz im Rücken, die Ohrringe mit den grünen Steinen, das Glätteisen für meine Borsten und die Schminksachen für den Ernstfall – all diese Dinge, die ich jetzt DRINGEND brauchen würde, liegen zu Hause. Das hat man davon, wenn man auf seine Mutter hört! Bei solchen Festivals, hat sie mich gewarnt, gehe es recht rustikal zu. Da sei es wirklich schade um jede hübsche Klamotte und vor allen Dingen um jedes gute Paar Schuhe, denn die meiste Zeit sei man umgeben von Dreck – und Schlamm, falls es regnen sollte. Also habe ich nur Jeans, Chucks und ein paar ältere Shirts mitgenommen. Es ist eine Katastrophe!

»Linda, hilf mir, was soll ich anziehen?«, zische ich leise, denn hinter den dünnen Zeltwänden sitzen die anderen.

Linda kommt auf mich zugekrochen und flüstert. »Ist doch egal!«

»Ist es nicht!«

»Hey, er hat dich in dem Jever-Sack und den Shorts gesehen, in denen deine Beine aussehen wie Weißwürste kurz vorm Platzen. Du kannst dich nur noch steigern.«

»Danke! Danke vielmals! Wer solche Freunde hat …«

Linda grinst. »Zieh das blaue Sweatshirt an, das steht dir, und Jeans, fertig. Es ist ein Open Air, nicht der Opernball.«

»Was anderes bleibt mir ja auch nicht übrig. So eine Kacke!«

»Oder leih dir was von Fabienne.«

»Damit sie Lunte riecht? Niemals.«

»Ach übrigens …«, Linda senkt ihre Stimme noch etwas mehr. »Die Band, zu der wir angeblich gleich gehen, heißt Corpus Christi – nur falls Fabienne dich fragt.«

»Klingt wie eine Kettensägen schwingende Metal-Band!«, kichere ich. »Aber egal. Das hast du super hingekriegt, danke.«

»Na ja, nicht so ganz«, wispert Linda. »Es gibt da einen kleinen Haken … Paul will mit uns mitkommen.«

»WAS? Nein, nein, nein, das geht nicht!« Ich hyperventiliere und wedle hektisch mit den Händen.

»Ich kann's nicht ändern. Ist doch nicht so schlimm.«

»Nicht so schlimm?«, rufe ich und flüsterte dann: »Und wie würdest du es finden, wenn dein Date gleich mit zwei Leuten anrückt, wovon einer ein Typ ist, der Wodka-Wurstwasser trinkt?«

»Jetzt komm wieder runter! Das ist doch kein Candle-Light-Dinner. Sieh es einfach locker. Dein Typ trifft vielleicht auch ein paar Kumpels. Pass auf: Wir sagen Paul erst mal gar nichts, und dein Date erwähnen wir unterwegs …«

»Na, großartig«, schnaube ich, aber dann blitzt ein Gedanke auf: Vielleicht ist diese Konstellation gar nicht so übel, denn dann kann ich mich notfalls mit Ray verdrücken, ohne Linda allein zu lassen. Die könnte dann mit Paul zu Corpus Christi oder diesen Broken Biscuits gehen, auf die sie alle so scharf sind, und ich und Ray wären ungestört. Meine Laune schlägt um. »Linda, Süße«, flöte ich, »machst du mir so einen französischen Zopf, damit ich wenigstens nicht aussehe wie eine wild gewordene Bürste?«

»Okay, aber draußen, hier drin ist es zu stickig.«

Wir setzen uns vors Zelt und Linda greift zur Bürste.

»Aua! Du reißt mir ja die Haare aus!«, beschwere ich mich.

»Sorry, aber Schönheit muss leiden«, kommt es kurz angebunden.

»Was soll das werden?«, erkundigt sich Fabienne. Sie sitzt im Heck des Vans und lackiert sich die Zehennägel.

»Ein französischer Zopf«, antworten Linda und ich im Chor, woraufhin wir uns abklatschen.

»Oh je«, seufzt Fabienne, schraubt das Fläschchen zu und klopft mit der flachen Hand neben sich, als würde sie einem Hund den »Platz«-Befehl erteilen. »Komm ganz schnell her, Jill, wenn dir was an deinem Skalp liegt.«

»Ph«, macht Linda, aber sie drückt mir mit einem frohen Grinsen die Bürste in die Hand. Ich lächle erleichtert. Anscheinend hat Linda sich damit abgefunden, dass ihre Freundin heute noch ein Date hat. Und nicht nur das, immerhin begleitet sie mich dorthin. Wenn das nicht ein Freundschaftsbeweis ist.

Niemand kann so gut mit Haaren umgehen wie Fabienne. Das beweist sie jeden Freitagnachmittag, wenn wir uns abwechselnd bei einer von uns zum »Freitagsaufbrezeln« treffen. Es ist unser Ritual, mit dem wir das Wochenende einläuten und uns gegenseitig schick machen.

Ich mag es, wenn Fabienne mir die Haare macht. Es ist wie ein kleines Wunder: Meine störrischen Locken ordnen sich ihren geschickten, flinken Fingern bereitwillig unter, wohingegen sie bei mir jeglichen Gehorsam verweigern.

Während sie flicht, fragt Fabienne: »Für wen machst du dich eigentlich so schick, Jill?«

»Für niemanden. Ich habe mir nur deinen Rat von vorhin zu Herzen genommen.«

»Braves Mädchen!«, lobt sie mich, und prompt regt sich mein schlechtes Gewissen. Wäre es nicht an der Zeit, ihr die Wahrheit zu sagen? Ist es nicht kindisch und unreif von mir, aus Angst vor Konkurrenz meine Freundin anzulügen? Nachdenklich sehe ich Paul zu, der um sein Zelt herumkriecht und die Heringe herauszieht.

»Was treibst du denn da?«

Statt einer Antwort deutet Paul nach oben. Erst jetzt bemerke ich, dass es sich vollends eingetrübt hat. Und nicht nur das: Es ist schwül geworden, dunkle, tief hängende Wolken verdüstern den Himmel und ganz im Westen hat sich eine rabenschwarze Wolkenwand zusammengeballt.

»Im Radio haben sie eine Unwetterwarnung für die Gegend hier durchgegeben«, meldet Katja. Sie und Jonas haben gerade mit den Schluffis von nebenan gesprochen, die nun dabei sind, ihre Klappstühle im Bus zu verstauen. Sie sind nicht die Einzigen. Um uns herum herrscht auf einmal rege Betriebsamkeit. Zeltschnüre werden nachgespannt, Sonnenschirme eingeklappt und unter Autos geschoben, Campinggeschirr, Liegen und Stühle wandern in die Kofferräume. Ein Windstoß wirbelt eine leere Plastiktüte vorbei.

Ich fröstele und gleichzeitig wird mir heiß. »Für wann wurde das Unwetter vorausgesagt?«, frage ich.

»Keine Ahnung«, meint Jonas achselzuckend. »Aber anstatt euch Zöpfchen zu flechten, solltet ihr lieber euer Zelt sichern. Oder es noch besser einpacken, so wie Paul.«

»Wir haben erst halb sechs«, stellt Fabienne fest. »Ich hoffe, es zieht rasch vorbei und die Konzerte nachher fallen nicht aus!«

Hoffentlich fällt mein Date nicht aus!

»Vielleicht zieht es ja an uns vorbei«, sage ich beschwörend.

»So, fertig. Du siehst toll aus!« Fabienne nickt, zufrieden mit ihrem Werk, und anstatt mich darüber zu freuen, fühle ich mich gleich noch ein bisschen schlechter. Was bin ich nur für eine miese Freundin, wie kann ich Fabienne und Katja nur so hintergehen? Gleichzeitig hebt Fabiennes Kompliment mein Selbstwertgefühl und ich beschließe: Nein, diese Heimlichtuerei ist würdelos. So etwas habe ich doch gar nicht nötig. »Ich muss euch was erzählen. Als ich heute Mittag die Crêpes geholt habe …«

Ein Blitz spaltet die schwarze Wolkenwand, begleitet von einem Donner, so scharf wie ein Peitschenhieb.

Wir zucken synchron zusammen, schnappen hörbar nach Luft und tauschen bange Blicke.

»Scheiße, hab ich mich vielleicht erschrocken.« Fabienne fächelt sich mit der Hand Luft zu. »Was wolltest du sagen, Jill?« Fabienne schaut mich fragend an. Sie sieht umwerfend aus in ihrem engen weißen Kleid, den kunstvoll hochgesteckten blonden Haaren und den silbrigen Ohrringen, die an ihrem schlanken Hals baumeln und ein bisschen an Fischköder erinnern. Welcher Junge könnte da widerstehen?

»Jetzt hab ich's vor Schreck vergessen.«

Katja, stets die Stimme der Vernunft, deutet auf unsere quietschrosa Behausung: »Jonas hat recht, ihr solltet das abbauen. Das Ding fliegt euch bei der ersten stärkeren Windbö um die Ohren.«

Auch Linda ist inzwischen zur selben Erkenntnis gelangt: »Das sieht wirklich nicht gut aus. Ich habe keinen Bock auf nasse Klamotten oder einen nassen Schlafsack. Wir bauen ab.«

Während Linda unsere Sachen aus dem Zelt holt, ziehe ich hastig die Heringe aus dem Sand, geradeso, als könnte ich damit das Gewitter zur Eile bewegen. Wenn es jetzt losgeht, überlege ich, dann kann um halb acht alles vorbei sein. Es *muss!*

»Was ist mit unserem Zelt?«, fragt Katja Jonas.

»Angeblich hält es bis Windstärke neun.«

»Jonas, wie wär's, wenn wir die Getränkekisten in dein Zelt stellen, als Gewichte sozusagen, und du und Katja, ihr setzt euch in den Wagen, falls es richtig schlimm werden sollte?«

Der Vorschlag kommt von Paul. Anscheinend nimmt er seinen Job als Aufsichtsperson echt ernst. Aber Paul ist immer noch Paul: Nachdem er befunden hat, dass wir nun für den Kampf mit der Natur gewappnet seien, setzt er sich auf einen der Klapphocker vors Auto und dreht sich in aller Seelenruhe einen Joint. Vielleicht, denke ich, ist das das Vernünftigste, das man tun kann, während ein Gewitter heranzieht. Ich ertappe mich bei der Frage, was Ray wohl im Augenblick gerade macht. Vielleicht dasselbe, Zelte abbauen? Ob er an mich denkt? Ob er sich auch um unser Treffen sorgt? Ich setze mich neben Linda auf das platt gedrückte Grasviereck, auf dem eben noch unser Zelt gestanden hat. Und dann warten wir.

Die Luft ist jetzt so drückend wie eine schwere, feuchte Decke. Kein Blatt bewegt sich mehr, kein Vogel piept, nur die Mücken schwirren uns um die Köpfe. Als ob die Welt den Atem anhält. Von fern hört man den Donner grummeln und hin und wieder wird ein Wolkengebirge von einem Blitz erhellt.

»Da hinten regnet es schon.« Linda deutet auf einen weißlichen Regenschleier, der noch ziemlich weit weg zu sein scheint.

»Vielleicht pisst es sich ja dort aus, und wir bleiben verschont«, hofft Katja.

»Mir egal, Hauptsache es geht schnell«, murmele ich.

So ganz stimmt das nicht. Ich fürchte mich bei Gewitter. Mein Zimmer zu Hause liegt unterm Dach und ich habe Angst, dass der Blitz dort oben zuerst und mit voller Wucht einschlägt. Deshalb saßen

Dad und ich bei schweren Gewittern immer zusammen in der Küche und tranken Kakao, bis es vorbei war. Dabei erklärte er jedes Mal, dass uns nichts passieren würde, weil das Haus einen Blitzableiter habe. Bei sehr lauten Donnerschlägen drückten wir uns die Hände, aber gleichzeitig machten wir ein Spiel daraus, indem wir dem Donner und den Blitzen Noten von eins bis zehn gaben. Hier aber sind wir auf freiem Feld den Launen der Natur ausgeliefert. Dass es ein paar tausend anderen genauso geht, ist auch kein Trost. Theoretisch weiß ich zwar, dass man im Inneren eines Autos vor Blitzschlag sicher ist, aber dennoch ziehe ich ein Haus mit festen Mauern bei Gewitter vor.

Immer lauter rumpelt jetzt der Donner, während der Himmel komplett schwarz geworden ist. Noch immer hoffe ich, dass das Unwetter vorbeizieht und sich woanders entlädt. Es wird halb sieben, sieben, zehn nach sieben. Noch immer kein Regen. Die Luft ist zum Ersticken. Ich habe gerade beschlossen, den anderen *irgendwas* zu erzählen und doch noch zum vereinbarten Treffpunkt zu eilen, da zerplatzen die ersten schweren Tropfen vor uns im Staub.

»Alle rein in den Wagen!«, ordnet Paul an.

Kaum haben wir die Schiebetür geschlossen, bricht die Hölle los. Regen fällt, als hätte man die Dusche aufgedreht, dazu donnert es krachend und Blitze tauchen unsere Gesichter und die Umgebung immer wieder in ein grelles Licht. Der Regen prasselt so laut auf das Dach, dass wir beinahe schreien müssen, um uns zu verständigen. Aber viel sagen wir sowieso nicht. Gebannt betrachten wir das Inferno durch die angelaufenen Scheiben. Aus den Lautsprechern dringt ein uraltes Stück von Calexico. Soll uns beruhigen, laut Paul.

Tut es aber nicht. Ich habe Angst. Aber das ist nicht das Schlimmste. Ich muss an Rays Abschiedsworte denken: … *sonst sehen wir uns nie wieder und der Rest unseres Lebens verläuft öde und sinnlos.* Ein Scherz, klar, aber was, wenn er wirklich *der Eine* ist, der Seelenverwandte, der, der zu mir passt wie kein anderer? Und nun verpassen wir uns wegen dieses verdammten scheiß Gewitters! *Du liest zu viele Kitschromane,* sage ich mir, aber diese Erkenntnis hilft mir jetzt auch nicht weiter. Wie nie zuvor in meinem Leben wünsche ich mir, dass ich die Zeit zurückdrehen könnte. Nur bis heute Nachmittag, denn dann hätten wir wenigstens unsere Telefonnummern tauschen können.

Gegen acht Uhr erreicht das Unwetter seinen Höhepunkt. Blitze zucken jetzt beinahe im Sekundentakt, Donnerschläge erschüttern die Luft und ein heftiger Sturm peitscht den Regen waagerecht gegen die Scheiben. Unser Van, obwohl voll besetzt, wird von so wütenden Windböen durchgeschüttelt, dass ich einige Male befürchte, die nächste wird ihn umkippen lassen. Ein Klappstuhl fliegt vorbei, dann eine Zeltplane. Irgendetwas kracht auf das Autodach, vielleicht ein Ast. Paul flucht und nimmt einen großen Schluck Bier. Fabienne sitzt neben ihm, in eine Stola eingehüllt. Die Arme um die angezogenen Knie geschlungen, starrt sie ängstlich nach draußen. Jonas hat einen Arm um Katja gelegt, die freie Hand hält eine Bierflasche, aber anders als Paul vergisst Jonas, daraus zu trinken. Katja hat den Kopf gesenkt, der dunkle Haarvorhang verdeckt ihr schmales Gesicht. Sie hat die Handflächen aneinandergelegt, sicher betet sie. Ihre Eltern sind sehr religiös und Katja wohl ebenfalls, auch wenn sie mit uns nicht oft darüber redet. Sie redet selten über sich. Ich weiß eigentlich nur, dass ihre Eltern aus Russland kommen, sie aber hier geboren ist und eigentlich Ekaterina heißt.

Linda und ich halten uns so fest bei den Händen, dass wir sicherlich Druckstellen davon bekommen werden. Ich wünsche mir so sehr, dass Ray bei mir wäre, jetzt, in diesem Moment. Mit ihm zusammen wäre mir alles egal, selbst wenn der Wagen mit uns davonflöge.

Mir laufen Tränen über die Wangen und es ist mir vollkommen egal, ob jemand es sieht. Es ist Paul, der es bemerkt. Er reicht mir kommentarlos ein Taschentuch nach hinten, doziert dann mit ruhiger Stimme über das Prinzip des Faradayschen Käfigs und versichert, dass wirklich niemand Angst zu haben braucht. Die Situation erinnert mich an meinen Dad und unsere Kakao-Sessions, und ich muss noch mehr heulen.

»Nein, der Wagen wird nicht umkippen«, sagt Paul zu Fabienne, die aufschreit, als der Van erneut ins Wackeln gerät. Ich wische mir die Tränen ab und Linda flüstert mir ins Ohr: »Hey, das ist kein Weltuntergang …«

»Dann schau doch mal raus«, empfehle ich ihr.

»Hör zu: Wenn er nicht total auf den Kopf gefallen ist, dann erscheint er eben nach dem Gewitter an eurem Treffpunkt.«

»Meinst du?«

»Na klar. Jeder normale Mensch würde das so machen. Ich komm auch mit, versprochen.«

»Danke, du bist die Beste«, sage ich und bin tatsächlich nicht mehr ganz so verzweifelt.

»Was flüstert ihr denn da?«, fragt Fabienne, die offenbar Ohren hat wie Rhabarberblätter. »Wohin kommst du mit?«

»Aufs Klo«, sagt Linda. »Sobald man wieder raus kann.«

Etwa eine Stunde lang lassen die Elemente so richtig die Sau raus, wie Paul es ausdrückt, und dann, kurz vor neun, lässt der Wind nach, der Himmel klart auf, die allerletzten Tropfen fallen. Es ist Juni und daher immer noch hell, und jetzt spitzelt sogar die tief stehende Sonne hinter einer Wolke hervor, die dadurch einen Goldrand bekommt.

Wir öffnen die Wagentüren und treten ins Freie. Sofort versinken meine Chucks im Schlamm. So ähnlich müssen sich Noah und seine Familie nach der überstandenen Sintflut gefühlt haben: Es herrscht Chaos. Zelte, die nicht abgebaut worden sind, hängen in Fetzen, alle möglichen Gegenstände sind vom Sturm mitgerissen und über das Festivalgelände verteilt worden, und wo eben noch unser Zelt stand, schwimmt ein Strohhut in einer Pfütze. Das ganze Areal besteht nur noch aus Pfützen. Wo man hinschaut, sind Leute dabei, aufzuräumen, wobei die meisten schimpfen, jammern und fluchen. Andere nehmen es gelassen. Die Schluffis von nebenan holen die Klappstühle aus dem Bus und scharen sich um eine Kiste Bier. Wenig später weht der Geruch nach Marihuana zu uns rüber.

»Ich schlage vor, wir warten noch mit dem Zeltaufbauen, bis das Wasser ein bisschen abgeflossen ist«, meint Paul.

»Was ist mit unserem Konzert?«, fragt Fabienne.

»Woher soll ich das wissen?«, gibt Paul zurück.

»Mann, ist das beschissen, wenn es kein Netz gibt«, beklagt sich Katja. »Wie kriegen wir jetzt raus, was wann noch stattfindet?«

»Sperrt halt einfach die Ohren auf«, rät Paul.

Mir sind die Konzerte völlig egal, ich habe nur einen Gedanken: zum Waffelstand zu eilen. Ich werfe Linda einen Hilfe suchenden Blick zu. »Wir gehen mal Pipi machen«, sagt sie, und schon ziehen wir los.

»Oh nein, was für ein Sauerei! Meine Schuhe!« Dabei hat Mum mir noch geraten, meine Gummistiefel mitzunehmen – was ich natürlich abgelehnt habe. Gummistiefel, voll uncool.

»Jetzt hör schon auf zu jammern«, sagt Linda, die in Flipflops und mit hochgekrempelten Hosen durch den Matsch stapft. »Er wird dich ja nicht wegen deiner sauberen Schuhe treffen wollen, oder?«

»Seh ich verheult aus? Ist meine Wimperntusche verschmiert?«

»Du siehst gut aus! Jetzt beeil dich, ich muss nämlich wirklich mal.«

Jetzt, wo Linda es erwähnt, muss ich auch. Und zwar ziemlich dringend.

»Ah, das Leben geht weiter«, erkennt Linda wenig später, als von der Hauptbühne her plötzlich die verstärkten Töne einer E-Gitarre zu hören sind.

Da! Dort ist der Waffelstand. Der Verkaufstresen ist eingeklappt und die Tische und Bänke, die heute Nachmittag davorgestanden haben, liegen jetzt darunter, über und über mit Schlammspritzern bedeckt.

Weit und breit keine Spur von Ray.

»Tja«, meint Linda.

Täusche ich mich, oder liegt da ein Hauch von Genugtuung in dieser einen Silbe? Immerhin ist ein weiteres Mal ihre Meinung bestätigt worden, dass auf Jungs kein Verlass ist. Oder steckt noch mehr dahinter? Hofft sie etwa, dass mein Date nicht zustande kommt?

»Bestimmt kommt er noch. Wahrscheinlich muss er auch erst ein bisschen aufräumen«, sage ich.

»Okay, aber wir können hier nicht ewig rumstehen und warten. Wir sollten den anderen helfen, die Zelte wieder aufzustellen …«

»Das schaffen die auch ohne uns«, falle ich Linda ins Wort. »Fabienne hat sich bis jetzt elegant gedrückt, die kann ruhig auch mal mit anfassen.«

»Aber ich wollte dann eigentlich schon noch mit den anderen zur Hauptbühne. Und da dein Traumprinz ja nicht da ist, sollten wir umkehren und zusehen, dass wir in die Gänge kommen.«

Auf einmal nervt mich Linda. Kapiert sie denn nicht, was hier auf dem Spiel steht? Als ob mich jetzt die anderen und deren Zelte interessieren würden! Selbst Linda interessiert mich im Moment nicht sonderlich. Ich fahre sie an: »Dann geh doch! Ist mir doch egal, was die anderen denken. Sag ihnen … ach, ist mir völlig schnuppe, was du ihnen sagst. Ich warte hier jedenfalls noch eine Weile!«

Ich erschrecke über den kalten Blick, mit dem Linda mich anfunkelt. »Ach! Das sagt die, die geschworen hat, niemals ihre Freunde wegen eines Kerls zu vernachlässigen. Nimm dir ein Beispiel an Katja. Die würde sich nie so bescheuert benehmen.«

»Wegen Jonas würde ich das auch nicht!«, entschlüpft es mir.

»Gott, du solltest dir mal zuhören, Miss Super-Snob! Und das nur, weil dir ein Typ 'ne Waffel spendiert hat. Du musst es ja nötig haben. Wahrscheinlich hat dich dein Prinz Charming längst vergessen.«

Wütend fauche ich zurück: »Verdammt noch mal, ich will einfach nur noch eine Weile hier warten, was ist denn daran so schlimm? Ich bin doch nicht eure Leibeigene. Du kannst ja gehen. Ja, bitte, geh, ich schaff das schon allein.«

Linda presst die Lippen zusammen, dann dreht sie sich um und eilt mit langen Schritten davon, während der nasse Schlamm unter ihren Füßen quatscht.

»Scheiße«, murmele ich, nachdem sie außer Sicht ist.

Noch nie haben Linda und ich uns ernsthaft gestritten. Wir waren immer froh, einander zu haben. Wir sind beide Einzelkinder und unsere Eltern waren schon immer schwer beschäftigt, besonders die von Linda sind selten zu Hause, weil sie ein Geschäft für gehobene Raumausstattung haben und oft auch noch nach Feierabend und an den Wochenenden ihre Kunden beraten. Wie viele Nachmittage, wie viele Wochenenden haben wir zusammen verbracht? Wie oft hat eine von uns bei der anderen übernachtet?

Und jetzt habe ich meine beste Freundin wie Dreck behandelt, wegen eines Kerls, den ich ein einziges Mal getroffen habe und der natürlich nicht auftaucht, obwohl ich noch eine gefühlte Ewigkeit vor dem Waffelstand auf und ab tigere.

Ich sehe einem Pärchen zu, das die Reste seines Zeltes in einen Mülleimer stopft und dann in den Wagen steigt und davonfährt. Man kann deutlich sehen, dass zwischen den beiden miese Stimmung herrscht, obwohl doch keiner von ihnen Schuld an dem Unwetter hat. Beziehungen – die Hölle! Besser, man lässt die Finger davon.

Von der Hauptbühne her tönt jetzt Musik und das Johlen einer begeisterten Menge. Keine Ahnung, ob das die Indie-Band ist oder schon diese Broken Biscuits, deretwegen Fabienne unseren Festivalbesuch überhaupt nur angeleiert hat. Meine Hoffnung auf ein Wiedersehen mit Ray ist so gut wie dahin, denn die Chance, ihm auf diesem riesigen und chaotischen Gelände noch einmal über den Weg zu laufen, geht gegen null. Ich scheue mich davor, zu unserem Platz zurückzukehren, denn was soll ich den anderen sagen? Vielleicht besser, noch ein wenig zu warten, bis sie zur Bühne gegangen sind. Dann wäre ich allein, und genau danach ist mir gerade. Allein sein mit meiner Enttäuschung und der Wut, vor allen Dingen auf mich selbst. Ich bin mit hierhergekommen, um zusammen mit meinen Freunden abzufeiern, und nun habe ich mich mit meiner besten Freundin gestritten, stehe hier herum und warte auf einen Typen, der nicht mehr kommen wird. Bestimmt hat er unser Date einfach abgehakt, wegen höherer Gewalt.

Was bist du nur für eine Idiotin, Jill Goldberg!

Ich beschließe, ihn ebenfalls abzuhaken und den Rückweg anzutreten, als sich plötzlich eine Hand auf meine Schulter legt.

4

»Wirklich, ihr Kids seid schwieriger zu hüten als ein Sack Flöhe!«

Ich seufze. Paul hat mir jetzt gerade noch gefehlt. Hat Linda ihn hergeschickt? Vermutlich schon, denn Paul ist ja schließlich kein Hellseher, woher hätte er sonst wissen sollen, wo er mich findet? Bestimmt hat Linda ihm auch gleich den ganzen Rest erzählt. Ihm und den anderen. Schon sehe ich Katjas vorwurfsvollen Rehblick und Fabiennes mitleidiges Lächeln vor mir.

»Warum stehst du hier allein herum?« Paul wirkt nicht sauer, jedenfalls nicht sehr.

»Ich möchte nicht darüber reden«, sage ich. »Und ich wollte auch gerade gehen.«

»Wohin?«

»Na, zu unseren Zelten.«

»Da ist keiner mehr. Die sind alle zur Hauptbühne gegangen, um noch einen halbwegs guten Platz zu ergattern. Gleich treten angeblich diese zerbröselten Kekse auf, auf die ihr Mädchen alle so abfahrt.«

»Ich nicht.«

»Okay, schon klar, du nicht. Trotzdem sollten wir vielleicht auch da hin. Sich Bands anzusehen ist ja doch irgendwie der Grund, warum man zu einem Festival geht, oder?«

Dieser Logik kann ich nur schwer widersprechen, aber ich habe keine Lust auf den Rest der Gruppe. Vor allen Dingen nicht auf Linda. »Was ist mit … Corpus Christi?«, frage ich.

»Fällt aus. Der Sturm hat ein Stück Dach vom Hangar gerissen. Es ist ein Glück, dass niemand verletzt wurde. Hat mich übrigens echt gewundert, dass du da hinwolltest.« In seiner Stimme schwingt so etwas wie Anerkennung mit, und ich hätte gerade wirklich gerne mehr als nur den Namen von dieser Band gewusst. »Ich stecke eben voller Überraschungen«, sage ich.

»Allerdings«, bestätigt Paul.

»Okay, dann also die zerbröselten Kekse.« Ich werde die Band ab jetzt immer so nennen, schon um Fabienne zu ärgern. Außerdem, überlege ich, ist es ziemlich unwahrscheinlich, dass wir die anderen vor der Hauptbühne treffen. So, wie ich Fabienne kenne, hat sie sich zwischenzeitlich bestimmt weit nach vorn gedrängelt. Vor meinem inneren Auge sehe ich Fabienne mit ausgefahrenen Monstertitten wie einen Eisbrecher durch die Menge pflügen, und die anderen in ihrem Windschatten hinterher. Diese Vorstellung lässt mich unkontrolliert kichern.

Ich merke selbst, dass ich mich ein bisschen eigenartig benehme.

Paul, der wohl annimmt, dass ich wegen der *zerbröselten Kekse* kichere, meint ein wenig von oben herab, wir Girlies seien wirklich leicht zu unterhalten. »Fabienne war schon als Kind so. Ich brauchte nur zu rülpsen, und sie machte sich vor Lachen in die Hosen.«

»Sorry«, kichere ich und versuche, mich zusammenzureißen, während ich neben Paul in Richtung Bühne gehe. Die Sängerin der Indie-Band kündigt gerade ihre letzte Zugabe an.

»Willst du nach vorn?«, fragt Paul.

»Auf keinen Fall!« Paul hat sicherlich ebenso wenig wie ich Lust, sich zwischen ein Heer von Groupies zu drängeln und sich die Ohren vollkreischen zu lassen. Nein, wir beide werden uns vornehm im Hintergrund halten und die anderen nach dem Konzert treffen. Dann sind sie hoffentlich noch im Glücksrausch und Linda wird mir mein Verhalten von vorhin vielleicht verzeihen.

Es gibt auch so schon genug Gedränge und Geschiebe und wir werden mehr und mehr eingepfercht. Paul hält sich dicht hinter mir, und jedes Mal, wenn sich jemand zwischen uns drängen will, macht er derjenigen – es sind ausnahmslos Mädchen – unmissverständlich klar, dass hier kein Durchkommen ist. Einmal legt er den Arm um meine Schulter. »Nicht, dass du das falsch verstehst, aber ich will nicht, dass du verloren gehst.«

»Schon klar«, sage ich. Es gibt Schlimmeres, als dass die Mädchen um mich herum glauben, Paul wäre mein Freund. Er sieht ja wirklich nicht schlecht aus mit seinen breiten Schultern, den blauen Augen und den blonden Haaren, deren Schnitt für meinen Geschmack ein wenig zu stylish ist. Trotzdem ist mir wohler, als er den Arm wieder wegnimmt. Eingequetscht wie die Sardinen in der Büchse stehen wir da und es passiert eine Viertelstunde lang gar nichts, außer dass Roadies Instrumente und Mikros auf die Bühne schleppen. Dann plötzlich hektisches Geschubse. Ein Ellbogen fährt mir von hinten zwischen die Rippen, ich keile prompt aus und treffe ein Schienbein.

»Au, du blöde Kuh.«

»Selber.«

Paul schüttelt den Kopf und stellt sich vorsichtshalber hinter mich.

Vorn an der Bühne steigt der Kreischpegel auf Kreissägenniveau an. Ein Spot leuchtet auf und in dessen Schein betreten vier Typen in schwarzen Klamotten die Bühne, gefolgt von drei Backgroundsängerinnen in engen Glitzerkleidern. Die vier Jungs nehmen ihre Plätze ein und spielen ohne Ansage den ersten Song. Das Stück kommt mir bekannt vor, wahrscheinlich habe ich es schon bei Fabienne gehört. Zum Glück singen sie Englisch. Ich mag keine Bands mit deutschen Texten, die allermeisten davon finde ich einfach nur peinlich. Natürlich sind beim genauen Hinhören die englischen oft auch nicht besser, aber auf sie muss man bewusst achten, die deutschen dagegen mogeln sich einem ins Ohr, ob man will oder nicht. Aber jetzt gerade achte ich überhaupt nicht auf den Text des Stücks, sondern nur auf das Aussehen des Sängers. Denn der – Ironie des Schicksals – sieht Ray wirklich verdammt ähnlich. Fange ich langsam an zu spinnen? Ich stehe ziemlich weit weg und die Haare des Sängers sind nicht so wuschelig wie die von Ray. Aber dennoch … diese Gesichtszüge …

»Ich will näher ran«, brülle ich Paul zu.

»Das geht jetzt nicht mehr«, brüllt er zurück.

Aber ich brauche gar nicht näher heranzukommen, denn gerade ist der Song zu Ende und der Sänger tritt an den Bühnenrand – hysterische Urlaute aus tausend Kehlen – und begrüßt sein Publikum.

Er ist es. Jetzt, wo er redet, gibt es nicht den Hauch eines Zweifels mehr. Ich würde seine Stimme unter Millionen Stimmen erkennen. Die Posen, die er einnimmt, sind mir fremd, und offenbar hat sein Haar einen Eimer Gel abbekommen, aber ich müsste schon an Wahnvorstellungen leiden, sollte ich mich täuschen.

Das Mädchen vor mir hat ein Fernglas vor den Augen. Ich tippe ihr auf die Schulter. »Kann ich mal durchschauen?«

Sie blickt mich finster an.

»Nur zwei Sekunden, bitte«, flehe ich.

»Okay.«

Ich zoome ihn heran und sauge scharf die Luft ein, als sein Gesicht auf einmal zum Greifen nah ist. Sonnenklar: Dies ist der Junge, dem ich heute Nachmittag Puderzucker und Waffelstückchen ins Gesicht gehustet habe. Es sei denn, Ray hat einen Zwillingsbruder, der bei den Broken Biscuits singt und genauso spricht wie er. Ich spüre, wie mich eine heiße Welle überrollt.

»He, du! Kann ich vielleicht mal mein Glas wiederhaben?«, schreit mich das Mädchen an.

Ich gebe ihr das Fernglas zurück und frage sie: »Wie heißt der Sänger?«

»Hä?«

»Wie der Sänger heißt«, brülle ich über die ersten Takte des nächsten Songs und den Jubel des Publikums hinweg.

Sie schaut mich an, als hätte ich gefragt, auf welchem Planeten wir leben. »Ray Thackeray«, brüllt sie dann.

Raymond Thackeray. Was ist nur mit seinen Eltern los – soll das britischer Humor sein?

»Das hätte sogar ich dir sagen können«, schreit mir Paul ins Ohr. »Fabienne fährt voll auf ihn ab, er hängt sogar über ihrem Bett.«

Deshalb kam er mir so bekannt vor. Wir verstummen, denn jetzt beginnt Ray ein Solo nur zur Gitarre zu singen. Seine Stimme ist wirklich zum Dahinschmelzen, und ja, er sieht verdammt gut aus. Die Groupies brüllen sich nicht umsonst ihre zarten Seelchen aus den Leibern.

Während Ray dieses ruhige Stück singt, werde ich immer trauriger, obwohl der Song im Grunde gar nicht traurig ist. Denn eins wird mir in diesem Augenblick klar: Auch ohne das Gewitter wäre er bestimmt nicht wiedergekommen. Dieser Typ kann *jede* haben, wieso soll er sich ausgerechnet mit mir treffen wollen? Und doch hat er es gesagt und es hat überzeugend geklungen. Irgendwie *ehrlich*. Aber Jungs sagen viel, wenn der Tag lang ist. Wahrscheinlich wollte er mich nur rasch loswerden. Ich muss an die Worte denken, die er mir zuletzt zugerufen hat. Das mit dem öden, sinnlosen Leben, falls ich ihn versetzen sollte. *Haha, guter Witz, Raymond Thackeray! Dein Leben wird garantiert nie öde sein.*

Der Kuss! Bei der Erinnerung daran fühle ich plötzlich Ärger in mir hochsteigen. Na klar! Für so einen Typen ist es ganz normal, Mädchen zu küssen. Bestimmt glaubt er, als angehender Rockstar hätte er jedes Recht dazu, wahrscheinlich knutscht er jeden Tag mit zig seiner Groupies rum.

»Du blöder Arsch«, murmele ich.

Ich schäme mich. Wie dumm habe ich mich benommen! Mir fällt ein, was ich zu ihm über Groupies gesagt habe. Ja, das war gut! Ich hätte noch viel mehr dazu sagen sollen. Auch zu Rockstars wäre mir noch so einiges eingefallen. Spätestens an diesem Punkt unserer Unterhaltung hätte er sich ja outen können, finde ich. Oder war er sauer, weil ich ihn nicht erkannt habe, und hat deshalb beschlossen, mich an der Nase herumzuführen?

Nein, flüstert eine innere Stimme, *nein, so ist Ray nicht.*

Blödsinn! Woher will ich wissen, wie Ray ist?

Am liebsten würde ich das Konzert verlassen, aber wir sind in der Menge gefangen, und ich will vor Paul nicht noch verrückter dastehen als ohnehin schon. Doch Ray auf der Bühne zu sehen und zu wissen, dass er für mich unerreichbar ist, schmerzt.

Während der nächsten paar Stücke hadere ich mit meinem Schicksal. Warum muss denn ausgerechnet ich so ein Pech haben? Da treffe ich *einmal* einen tollen Jungen, der sich sogar mit mir verabredet, und dann verhagelt mir ein Gewitter das Date, das wahrscheinlich sowieso nie stattgefunden hätte, und am Ende stellt sich heraus, dass der Kerl ein angehender Rockstar ist. Warum kann sich nicht ein ganz gewöhnlicher Typ vor mich in die Schlange schieben? Ein BWL-Student, oder … ach, keine Ahnung, einfach irgendein *normaler* Kerl! Keiner, dessen Poster über Mädchenbetten hängt.

Du musst ihn vergessen! Ja, natürlich muss ich das. Wird aber gar nicht so einfach werden, wenn die anderen nach dem Konzert von nichts anderem reden als davon, wie süß und heiß sie Ray finden. Denn das werden sie, darauf kann man wetten. Und es stimmt ja auch: Er *ist* süß. Und heiß.

Ich bin so sehr in Gedanken versunken, dass ich gar nicht gemerkt habe, dass das Stück zu Ende und Ray ans Mikro getreten ist. Erst als ich seine Stimme – seine Sprechstimme – höre, werde ich wieder aufmerksam. Aber anstatt das nächste Stück anzukündigen, sagt er: »Dies ist für das Mädchen mit der Puderzuckernase … Hallo, falls du da bist … Tut mir leid, dass es vorhin nicht geklappt hat. Versuchen wir es morgen noch mal, *same time, same place?*«

Gellende Schreie, Pfiffe und Buhs ertönen, während ich einer Ohnmacht so nah bin wie noch nie zuvor. Auch die anderen drei Bandmitglieder scheinen überrascht zu sein, denn Ray muss den Typen am Keyboard extra auffordern, mit dem nächsten Song zu beginnen, bevor der sich wieder fängt und in die Tasten greift.

Eben noch am Boden zerstört, besteht meine Welt auf einmal aus rosa Zuckerwatte.

Das Mädchen mit der Puderzuckernase, das bin ich! Ich, Jill Goldberg aus Berlin-Reinickendorf, Schülerin der zehnten Klasse. Er will sich mit mir treffen, er hat sich immer mit mir treffen wollen, und nur das Gewitter hat ihn davon abgehalten, und danach natürlich sein Auftritt …

Oh! Mein! Gott! Was werden die anderen dazu sagen? Nein, sie dürfen das nicht erfahren. Niemand darf das erfahren! Sie werden mich sonst hassen, alle miteinander.

Linda!, durchzuckt es mich. Sie weiß Bescheid. Ich dumme Nuss habe ihr alles erzählt, alles, bis auf den Kuss. Habe ich Rays Namen genannt? Aber das ist unwichtig, denn das mit dem Puderzucker habe ich erzählt, sie hat ja noch darüber gelacht. Verdammt! Bestimmt erfahren es Fabienne und Katja in dieser Sekunde.

Und wenn schon? Was juckt dich das eigentlich? Wichtig ist doch, dass Ray mich wiedersehen will. Wir bekommen eine zweite Chance, um uns besser kennenzulernen. Dieses Mal mit offenen Karten, was ihn betrifft.

Und da ist auch schon das nächste Problem: *Same time, same place* hat Ray gesagt. Meint er unser Waffelessen am frühen Nachmittag? Oder aber den Zeitpunkt unseres Dates, halb acht Uhr abends? Das ist unmöglich. Das Festival dauert zwar offiziell bis Sonntagabend zehn Uhr, aber unsere Eltern erwarten uns am Abend bereits zurück.

Andererseits weiß ich ja jetzt, wer Ray wirklich ist. Ich kann ihm also eine Nachricht zukommen lassen. Ob die Band wohl auf dem Festivalgelände übernachtet? Vermutlich ja, denn warum hätte Ray sich sonst schon am Nachmittag hier aufgehalten? Wahrscheinlich schlafen sie dort, wo die ganzen Tour-Busse stehen. Ich kann mich morgen Mittag davonschleichen und dort vorbeischauen. Ganz einfach.

RAY

Silas und ich sitzen hinterm Bus und rauchen zusammen eine Zigarre, eine echte sauteure kubanische *Cohiba*. Sonst rauche ich nie, schon gar keine Zigarren, die mir eigentlich gar nicht schmecken. Nur nach einem großen Gig. Das hat sich irgendwann so ergeben und inzwischen ist es zu einem kleinen Ritual zwischen Silas und mir geworden. Wir reden nicht, wir nutzen diesen stillen Moment, um runterzukommen, denn das haben wir dringend nötig, noch immer. Noch sind wir nicht abgebrüht genug, um das, was gerade mit uns geschieht, so einfach cool wegzustecken.

Als wir mit den Broken Biscuits unsere ersten größeren Konzerte gegeben haben, war das für mich so überwältigend, dass ich mich hinterher im Klo einschließen musste, weil ich geheult habe wie ein kleines Kind. Über den Punkt bin ich inzwischen weg. Aber es ist immer noch das geilste Gefühl der Welt, auf der Bühne zu stehen und diese elektrisierende Stimmung wahrzunehmen, die jubelnden Fans, die Begeisterung, die Musik … *unsere* Musik! Das alles steigt einem dermaßen zu Kopf, dass man wirklich zu tun hat, um hinterher einigermaßen sanft in der Realität zu landen und nicht überzuschnappen. Die Schweigeminuten mit Silas und der bittere Geschmack der Zigarre helfen mir dabei. Gleich werden wir auf irgendeiner After-Show-Party aufkreuzen müssen, denn als potenzielle Rockstars wird von uns erwartet, dass wir gern feiern. Alles andere wäre ja rufschädigend.

Heute gehen mir die schrägsten Gedanken durch den Kopf. Die Broken Biscuits stehen vor etwas ganz Großem, das habe ich irgendwie im Gefühl und das sagt auch Martin, unser Manager. *Noch ein Jahr, höchstens, dann seid ihr ganz oben*, hat er prophezeit.

Dann bin ich neunzehn. So alt war meine Schwester Becca, als sie starb. Becca ist dann schon fünf Jahre tot. Und ich? Was wird das für ein Leben sein, wenn der Höhepunkt schon da war, ein Gipfel, von dem man weiß, dass man ihn nie mehr erreichen wird? Niemand, auch nicht die weltgrößten Stars, schaffen es, sich dauerhaft an der Spitze zu halten. Werde ich mit fünfundzwanzig Drogen nehmen oder Alkoholiker sein, mich peinlich benehmen – mich umbringen? Vielleicht wäre es besser, wenn sich unser Erfolg in Grenzen hielte. Damit wir nicht abheben und zu tief stürzen. Aber können wir das überhaupt noch steuern? Wollen wir das? Nein, natürlich nicht. Wir nehmen, was wir kriegen können, alles andere wäre ja idiotisch.

Da ist noch etwas anderes, das mir durch den Kopf geht: Dieses Mädchen, Jill. Ein Name, der wie eine helle Glocke klingt. *Jill, Jill, Jill.* Jill, die ich nicht sehen konnte, weil dieses verfluchte Unwetter dazwischenkam.

Was, wenn ich sie verloren habe? Wann werde ich je wieder ein Mädchen treffen, das für argentinischen Tango schwärmt? Als sie das gesagt hat, dachte ich erst, sie ist ein besonders raffiniertes Groupie, das sich bei mir einschleimen will. Aber es weiß außer Silas niemand von meinem Faible für Tango, es steht auf keiner Fanseite, in keinem Interview habe ich je darüber geredet, und Silas auch nicht. Sie *kann* es nicht gewusst haben. Sie hat ja nicht einmal gewusst, wer ich bin, und vielleicht weiß sie es immer noch nicht. Vielleicht sehe ich sie nie wieder. Was, wenn wir uns morgen wieder verpassen, was wenn sie meinen Aufruf nicht gehört hat, weil sie gar nicht …

»Ah, die Bengel rauchen wieder heimlich hinterm Bus.«

Die raue Bluesstimme von Grace reißt mich aus meinen Gedanken. Sie hat das Glitzerteil, das sie auf der Bühne trägt, gegen Jeans und Hoodie getaucht, und im Halbdunkel ist ihr schwarzes Gesicht unter der Kapuze nur schwer auszumachen. Nur ihre Zähne leuchten, als sie lächelt.

Sie quetscht ihren nicht gerade schmalen Hintern zwischen Silas und mich auf die Bierbank und streckt ihre endlos langen Beine aus.

»Was ist denn?«, frage ich ungnädig. Ich mag Grace, sie ist die beste von unseren drei Chormädchen und außerdem supernett. Nur jetzt gerade geht sie mir echt auf den Sack.

»Du sollst zu Martin.«

»Ja, gleich«, knurre ich.

»Nein, sofort.« Grace nimmt mir die Zigarre aus der Hand und zieht daran.

»Du hast also ein Mädchen kennengelernt.«

Martins stahlblaue Augen sehen mich forschend an. Sein blondes Haar mit den wenigen grauen Strähnen ist wie immer frisch gewaschen und ebenfalls wie immer trägt er Jeans und weißes Hemd. Er muss Dutzende von weißen Hemden besitzen, manchmal zieht er dreimal am Tag ein frisches an. Wir sitzen in dem Kabuff, das sich im hinteren Bereich des Busses befindet und das Martin sein »Tour-Büro« nennt.

»Äh, ja. Wieso?«, frage ich, ganz die Unschuld.

»Das verstehe ich, Ray. Klar interessierst du dich für Mädchen, welcher Junge in deinem Alter täte das nicht? Noch dazu, wo du quasi die freie Auswahl hast ...«

Ich sage gar nichts, warte ab. Auf diese sanfte Tour falle ich nicht rein, auch wenn Martin aussieht wie ein Therapeut oder ein Yogalehrer: ein Asket von Mitte vierzig mit scharfen Gesichtszügen, hoch gewachsen, fast schon dürr. Vom Alter her könnte er mein Vater sein. Ab und zu benimmt er sich auch so.

»Das Mädchen mit der Puderzuckernase ...«, zitiert er mich.

Ich spüre, wie mir das T-Shirt am Rücken festklebt. Verdammt stickig hier drin.

»Ist sie hübsch?«

Ich will ihm sagen, dass dieses Mädchen etwas Besonderes ist: lustig und natürlich und ein bisschen tollpatschig, und klar ist sie hübsch, nein nicht hübsch, eine kleine Schönheit mit wilden Locken, schrägen, grünlichen Katzenaugen und einer Haut wie chinesisches Porzellan. Ich will ihm schildern, wie süß es aussieht, wenn sie rot wird, aber ich sage nur: »Sicher.«

Martins schmale Lippen – und nur die – lächeln.

»Ray, das verstehe ich doch alles. Aber *Puderzuckernase!* Das klingt, als hättet ihr wie die Wahnsinnigen gekokst. Mensch, Junge, ihr lebt von eurem Image als saubere, ehrliche Jungs, ihr seid keine Rapper aus dem Ghetto. Was hast du dir denn dabei gedacht?«

Das alles hat er in einem gefährlich ruhigen Tonfall hervorgebracht. Der Mann hat sich im Griff, wie immer. Nur die Ader an seiner Schläfe pocht. Innerlich kocht er vor Wut, das weiß ich. Ich sage vorsichtshalber gar nichts.

»Und dann hast du dich auch noch öffentlich, auf der Bühne, mit ihr verabredet. Das war sehr unüberlegt von dir, Ray. Hast du die Pfiffe und die Buhrufe denn nicht gehört?«

Doch, das habe ich. Ich habe diese wutverzerrten Gesichter noch immer vor Augen. Wenn ich ehrlich bin, dann hat etwas in mir es sogar genossen, ihnen einen Dämpfer zu versetzen.

»Was glauben die denn? Dass ich ein Eremit bin, oder was?«, erwidere ich patzig.

»Ja, Ray, das glauben die. Das wollen die glauben. Ihr seid eine Teenie-Band, und Teenies wollen Stars, die mit niemandem *zusammen* sind.«

Beim Wort »zusammen«, malt er mit den Fingern Anführungszeichen in die Luft – eine Geste, die ich auf den Tod nicht ausstehen kann. Aber genau genommen kann ich an Martin gar nichts ausstehen, schon gar nicht diese Psychotherapeuten-Nummer. Mir wär's lieber, er würde toben und mich anbrüllen, das fände ich ehrlicher. Das wäre mehr Rock 'n Roll. Aber Martin ist nun mal ein Schmierlappen und eins muss man zugeben: Seit er uns coacht und managt, ist der Bekanntheitsgrad der Broken Biscuits rasant gestiegen. Er hat uns einen Plattenvertrag bei Jungle Records verschafft und mittlerweile treten wir in den größten Städten und auf den wichtigsten Festivals auf. Das ist der einzige Grund, warum ich überhaupt hier sitze und mir sein Gesülze anhöre.

»Es ist hart, Junge, denk nicht, dass ich das nicht weiß. Aber wir dürfen nicht riskieren, eure Fans zu vergraulen. Noch brauchen wir die. Sie sind es, die eure Songs runterladen und auf Facebook teilen und in eure Konzerte rennen. Ihr seid nämlich so kurz ...« Er zeigt mit Daumen und Zeigefinger die Größe einer Streichholzschachtel an, »... so kurz davor, ganz groß rauszukommen. Der Gig heute war große Klasse, abgesehen von deinem Ausrutscher.«

»Aber was ...«, beginne ich.

»Kein Aber«, fährt mir Martin über den Mund, und seine Augen bekommen einen stählernen Glanz. »Du bist noch so jung, achtzehn, mein Gott, was ist das schon? In wenigen Jahren sieht die Welt schon wieder ganz anders aus. Da seid ihr entweder ganz oben und könnt auf diese Gören pfeifen, oder ihr seid schon wieder weg vom Fenster und du studierst Sport auf Lehramt. So oder so könnt ihr dann machen, was ihr wollt.«

Ich frage mich, woher er weiß, dass ich ursprünglich vorhatte, Sport zu studieren. Von mir jedenfalls nicht. Aber Martin hat seine Augen und Ohren überall, wie Big Brother. Es gehört anscheinend zu seinem Job, alles zu wissen.

Jetzt seufzt er tief und legt seine langen, dünnen Finger zu einer Merkel-Raute zusammen. »Hör mir zu, mein Junge ...«

Ich kann es nicht leiden, wenn er mich »mein Junge« nennt. Ich bin nicht *sein Junge*. Nein, falsch: Ich will nicht *sein Junge* sein. Denn im Grunde bin ich es doch. Mein Arsch gehört ihm. Ihm und Jungle Records.

» ... ich erkläre es dir noch einmal, denn offenbar hast du den Vertrag nicht gelesen, den du unterschrieben hast. Also: Du kannst von mir aus jede Nacht mit irgendeinem Mädchen in die Kiste hüpfen – solange niemand davon erfährt und sie nicht minderjährig ist, denn das gäbe den Mega-Ärger. So weit alles klar?«

»Ich bin kein Idiot«, knirsche ich.

»Sehr schön. Dann muss ich dich also nicht extra an Paragraf 12 deines Vertrags erinnern.«

Ich schlucke und kämpfe den Impuls nieder, meine Faust in seiner solariumgebräunten Winnetou-Fresse zu versenken und ihm zu sagen: *Leck mich!*

Dass ich Jill getroffen habe, war ein riesengroßer, riesenglücklicher Zufall, und dieses Gewitter war eine riesengroße Katastrophe. Und das alles an einem einzigen, verrückten Tag. Ich will diesem eiskalten Typen erklären, dass das Glück eben manchmal zu einem unpassenden Zeitpunkt zuschlägt. Außerdem geht es mir am Arsch vorbei, wenn mich ein paar Girlies ausbuhen. Denen geht es doch gar nicht um unsere Musik, die suchen nur Objekte zum Anschmachten. Ich bin für diese Mädchen eine weiße Fläche, auf die sie ihre pubertären Sehnsüchte projizieren können, und darauf lege ich überhaupt keinen Wert. All das möchte ich Martin an den Kopf werfen, aber ich weiß, dass ihn das nicht die Bohne interessiert. Ihn interessiert nur das Geschäft, denn je mehr Platten und Konzertkarten wir verkaufen, desto mehr verdient auch Martin. Er macht nur seinen Job und den macht er gut.

Paragraf 12 des Plattenvertrags.

Mehr hätte er eigentlich gar nicht sagen müssen.

5

Music trucking steht auf den Seitenwänden der Laster. Männer karren Container heran und lassen sie hochfahren, um sie in den Laderaum zu rollen. Zwischen den Trucks parken Busse und Vans. Ich erkenne das Logo einer bekannten Berliner Cateringfirma auf einem Lieferwagen und muss an Mum denken. Was sie wohl zu der ganzen Geschichte sagen würde?

Das Areal ist eingezäunt mit hohen Gitterzaunelementen. Es gibt eine Ein- und Ausfahrt, die sich außerhalb des Festivalgeländes befindet, und zum Festivalgelände hin einen Durchlass für Fußgänger. Den habe ich gerade erreicht. Hinter der Gittertür steht breitbeinig ein Muskelprotz, dessen neongelbe Weste die Aufschrift *Security* trägt. Er unterhält sich mit zwei Mädchen, deren Sommerkleidchen gerade mal bis über den Po reichen.

»Zum letzten Mal: Ohne Pass kein Durchlass!«

»Hören Sie: Ich bin doch das Mädchen, das er sucht«, säuselt die kleine Blonde.

»Und ich bin der Märchenprinz«, antwortet der Security-Mann.

»Ich bin Puderzuckernase!«, höre ich dieses schamlose kleine Miststück rufen.

»Ich sehe nur eine Rotznase. Zum allerletzten Mal: kein Pass, kein Durchlass. Und jetzt: Abflug!«

»Ich verspreche Ihnen, Sie kriegen mächtigen Ärger«, piepst ihre Freundin mit den roten Locken.

»Ich zittere jetzt schon«, grinst er und verschränkt seine tätowierten Arme, deren Bizepse jeden Moment die Ärmel des T-Shirts zu sprengen drohen.

Blondie ist hartnäckig. Sie versucht es jetzt mit Schmeicheln und Betteln und einem Augenaufschlag, der wohl verführerisch sein soll, aber in Wirklichkeit nur grottendämlich wirkt. Das Ganze geht noch eine Weile hin und her, dann wird es dem Schrank endgültig zu blöd und er meint grob, sie sollten jetzt endlich die Biege machen, sonst würde er nachhelfen. Schmollend ziehen die beiden ab. Im Weggehen zeigen sie dem Ordner den Stinkefinger und piepsen »Fick dich!«

So sieht also Rays Fanclub aus.

Ich muss an gestern Abend denken. Wie erwartet haben Fabienne und die anderen in den höchsten Tönen vom Konzert und vor allem von Ray geschwärmt, als wir uns hinterher bei den Zelten getroffen haben. Keiner hat mein seltsames Benehmen erwähnt. Linda hat also dichtgehalten. Sie war ein wenig stiller als sonst, und ab und zu warf sie mir einen seltsamen Blick zu.

Als sie heute Morgen auf dem Weg zu den Toiletten war, lief ich ihr nach.

»Danke, dass du den anderen nichts gesagt hast.«

»Schon gut.«

»Es tut mir leid wegen gestern. Aber jetzt weißt du ja, warum ich ihn unbedingt wiedersehen will.« Ich konnte nicht anders, ich musste verzückt lächeln, als ich das sagte.

Sie blieb stehen, maß mich mit einem Blick, den ich schwer deuten konnte, und sagte zu mir: »Glaubst du nicht, dass es besser wäre, die ganze Sache zu vergessen?«

Wie bitte? Ray *vergessen*? Mir blieb vor Erstaunen der Mund offen stehen, aber schließlich stieß ich doch hervor: »Warum?«

»Weil der Typ ... weil es mit dem nur Ärger geben wird, hundertpro!«

»Das ist ja dann mein Problem«, antwortete ich, und es kam schon wieder viel schnippischer rüber als beabsichtigt.

»Ich werde jedenfalls nicht mehr für dich lügen, Jill.«

»Musst du auch nicht«, sagte ich.

Linda verschwand in einer der Kabinen und ich kurz darauf in einer anderen. Als ich fertig war und auf sie wartete, kam ein anderes Mädchen aus ihrer Kabine. Linda war bereits ohne mich zurückgegangen.

»Und du? Bist du auch ein Groupie oder gehörst du zur Truppe?«, reißt mich die Stimme des Securitytypen aus meinen Grübeleien.

»Weder noch«, sage ich. »Ich bin das Mädchen, das Ray sucht.«

»Och, nee, nicht schon wieder! Du bist heute bestimmt schon Nummer zwanzig!«

Zwanzig?! Frechheit! Was fällt denen ein, sich einfach für mich auszugeben?

»Aber ich bin das Original«, sage ich mit voller Überzeugung. »Und ich will auch gar nicht aufs Gelände. Ich möchte nur, dass jemand Ray Thackeray, dem Sänger von den Broken Biscuits, eine wichtige Nachricht überbringt.« Ich ziehe einen zusammengefalteten Zettel aus der Tasche meiner Jeans, auf dem meine Handynummer und mein Vorname stehen, sonst nichts. Ich strecke ihm den Zettel hin, aber er nimmt ihn nicht, sondern sagt: »Seh ich vielleicht aus wie der Postbote?«

»Nein, durchaus nicht«, sage ich höflich, denn mir fällt gerade ein, was meine Mum mir immer sagt: *Wenn man höflich und vernünftig mit den Leuten redet, dann tun sie einem fast jeden Gefallen.* Also lächle ich und sage: »Ich verstehe vollkommen, dass Sie hier nicht wegkönnen, ganz klar. Sie machen übrigens einen wirklich guten Job. Wie gesagt, ich will auch gar nicht hinein. Aber vielleicht könnten Sie den Zettel jemandem geben, der ihn dann …«

»Frolleinchen …«

Obwohl er mich unterbricht, was nicht unbedingt für seine Erziehung spricht, klingt *Frolleinchen* für mich schon ganz vielversprechend, denn das zeigt mir, dass er mich als junge Dame betrachtet und nicht als Rotzgöre wie die beiden vor mir.

» … selbst wenn ich könnte. Es macht ja wohl nicht mehr viel Sinn, oder?«

Wieso soll das keinen Sinn machen, was redet er da?

»Sie können doch jemandem einen Zettel weiterreichen, das ist doch nicht so schwer. Bitte, es ist furchtbar wichtig!« Ich merke selbst, dass ich mich auf einmal genauso zickig anhöre wie das verlogene Biest von eben. Außerdem bin ich schon wieder kurz vorm Heulen. Das kommt in letzter Zeit immer öfter vor, dass ich einfach losheulen muss, ich hab es genauso wenig unter Kontrolle wie mein Rotwerden. Während ich hastig die aufsteigenden Tränen wegblinzle, setze ich so gefasst wie möglich hinzu: »Es wäre wirklich sehr freundlich von Ihnen.«

»Mädchen, du kommst ein bisschen zu spät! Siehst du den da?« Er streckt seinen Arm aus wie einen Wegweiser und mein Blick schweift in die Richtung, in die er zeigt. Am anderen Ende der Absperrung rollt gerade ein Bus zum Tor hinaus. Ich sehe nur die Rückseite, aber ich ahne das Schlimmste. Und tatsächlich: Jetzt biegt der Bus ab und ich kann die Aufschrift auf der Seite lesen. *Broken Biscuits on Tour.* Der Bus hat getönte Scheiben. Hinter einer davon sitzt vermutlich Ray.

Als ich zu unserem Zeltplatz zurückkomme, merke ich sofort, dass sich etwas geändert hat. Linda schafft es nicht, mir in die Augen zu schauen, wohingegen Katja und Fabienne mich mit Blicken geradezu durchbohren. Die Jungs halten sich im Hintergrund; Jonas grinst, Paul sieht skeptisch drein.

Fabienne stellt sich mir in den Weg, die Hände in die Taille gestützt sieht sie mich anklagend an. »Was in Dreiteufelsnamen ist da los? Ist das wahr?«

»Ist was wahr?«, spiele ich die Naive.

»Tu nicht so scheinheilig. Du hast Ray Thackeray getroffen.«

»Ja, sieht so aus«, sage ich, so als wäre das nichts Besonderes, aber ich merke selbst, wie meine Stimme zittert.

»Und warum erfahren wir das nicht? Wir, deine besten Freundinnen?«

»Ich hätte es euch schon noch gesagt. Ich wusste doch bis gestern Abend selbst nicht, dass er es war.«

»Was? Wie kann denn das sein, bist du blind?«, fragt Fabienne, in deren Welt niemand existiert, der Ray Thackeray nicht auf Anhieb erkennen würde.

»Für mich war er nur ein netter Typ, der mich eingeladen hat. Das fand ich nicht so sensationell, dass ich es gleich in die Welt hinausposaunen musste.«

»Das darf nicht wahr sein!« Fabienne ringt die Hände. »Perlen vor die Säue! Warum passiert mir nicht so was? Das ist doch so was von ungerecht!«

Paul und Jonas verdrehen synchron die Augen.

»Ja, das Leben kann ein ganz schönes Schwein sein«, grinse ich.

»Dann bist du also Puderzuckernase.« Fabienne fasst sich theatralisch an die Schläfen. »Ich fasse es nicht! Weißt du, dass tausende von Mädchen Gott weiß was dafür geben würden?«

»Ihre Unschuld, zum Beispiel«, wirft Linda ein.

Paul und Jonas kichern.

»Das mag ja sein«, sage ich. »Ich fand ihn einfach nur ziemlich nett.«

»*Ziemlich nett???* Der Typ ist … göttlich!«, stöhnt Fabienne.

»Was hat er denn gesagt«, will nun Katja wissen. »Worüber habt ihr geredet?«

»Über alles Mögliche. Er war eben …«

»Wenn du jetzt noch einmal *nett* sagst, erwürge ich dich«, droht Fabienne.

»Er war umwerfend«, seufze ich. »Und dann wollten wir uns am Abend treffen, und dann kam dieses Gewitter.«

»Aber er will dich wiedersehen«, meint Fabienne und ein teuflisches Glitzern tritt in ihre Augen. »*Same time, same place,* hat er beim Konzert gesagt.«

»Oh, mein Gott, ist das aufregend«, quietscht Katja und trampelt auf der Stelle herum, als müsste sie dringend mal. Jonas wirft ihr einen bösen Blick zu.

Ich schlucke und spüre, wie Panik in mir hochsteigt. Ich stecke in der Klemme. Nichts und niemand wird Fabienne davon abhalten, zum Waffelstand mitzukommen, und wenn Fabienne dorthin geht, werden auch Linda und Katja mitkommen, und wenn Katja hingeht, geht vermutlich auch Jonas mit, und Paul wird dann auch nicht als Einziger zurückbleiben. *Falls* Ray kommt, wird er nicht begeistert sein, wenn ich meinen ganzen Hofstaat mitbringe, und wenn er nicht kommt … An diese Demütigung mag ich gar nicht denken.

Fabienne ist nicht auf den Kopf gefallen, schon kombiniert sie laut: »*Same time, same place* heißt also, dass er heute Nachmittag bei den Crêpes sein wird.«

Ich will gerade »Waffeln, nicht Crêpes« sagen, aber ich kann mich im allerletzten Moment noch bremsen. Entweder hat Linda dieses Detail mit Absicht verändert, oder Fabienne hat etwas falsch verstanden. Das ist meine Chance. »Ja, kann sein«, sage ich. Oder am Abend oder gar nicht, füge ich in Gedanken hinzu und denke dabei an den Bus, den ich habe abfahren sehen. Aber vielleicht ist Ray mit dem eigenen Auto da? Er würde sich doch nicht vor ein paar tausend Leuten mit mir verabreden, wenn er schon weiß, dass er gar nicht mehr da sein wird?

Fabienne ist völlig aus dem Häuschen und hüpft auf und ab wie ein Flummi. »Mein Gott, wir treffen Ray Thackeray! Ist das zu fassen? Was soll ich bloß anziehen?«

»*Ich* treffe Ray, nicht *wir.*«

»Tja«, meint Fabienne achselzuckend. »Das ist ein freies Land …«

»Ich finde, wir sollten ihr eine halbe Stunde Vorsprung lassen«, springt mir Linda bei. Wahrscheinlich hat sie ein schlechtes Gewissen, weil sie den Mund nicht halten konnte.

Fabienne sieht Linda finster an. »Wieso denn das?«

»Weil es vielleicht *mein* Date ist«, sage ich.

»Meinetwegen!«, stöhnt Fabienne widerstrebend. »Wenn du uns hoch und heilig schwörst, dass du in der halben Stunde nicht mit ihm durchbrennst.«

»Ich schwöre«, sage ich und hebe die Hand. Ich hätte geschworen, ein Hobbit zu sein, nur um aus dieser Zwickmühle rauszukommen.

Eine knappe Stunde verbringe ich vor dem Waffelstand. Auf der Hauptbühne legt sich eine Metal-Band schwer ins Zeug, selbst hier, ein paar hundert Meter entfernt, fallen einem fast die Ohren ab. Ich bin enttäuscht, aber nicht überrascht darüber, dass Ray nicht kommt. Vielleicht wusste er nicht, dass der Bus so früh losfährt. Es gibt sicher einen triftigen Grund, warum er nicht da ist. Aber ich bin nicht mehr ganz so verzweifelt wie gestern Abend. Ich weiß jetzt, wer Ray ist, und wenn ich wieder zu Hause bin, kann ich versuchen, ihn auf irgendeine Weise zu kontaktieren. Dann wird man ja sehen, ob und wie er reagiert.

Nachdenklich trotte ich zurück zu unserem Platz. Jonas sitzt als Einziger auf einer Isomatte im Schatten des Vans und zwirbelt einen Grashalm in der Hand. Er hat große Hände und bestimmt Schuhgröße 46. Er hat auch lange Arme und Beine, aber sein Körper ist schlaksig und nicht so athletisch wie der von Paul. Oder Ray.

Jonas ist eine Klasse über uns und bevor er mit Katja zusammen war, habe ich ihn nur vom Sehen gekannt. Eigentlich weiß ich auch jetzt noch nicht viel über ihn, Katja ist in dieser Hinsicht recht verschwiegen. Nur eins ist sicher: dass er im Moment stinksauer ist.

»Was machst du hier?«, frage ich.

»Was wohl? Denkst du, ich will mir ansehen, wie meine Freundin diesen Typen anhimmelt?«, zischt er wütend.

Toll! Jetzt bin ich auch noch schuld daran, dass Katja und Jonas sich streiten. »Katja ist ganz bestimmt nicht mitgekommen, um Ray anzuhimmeln.«

»Ach, nicht?«, erwidert Jonas zweifelnd.

»Nein, sicher nicht. Sie ist wegen Fabienne, Linda und mir mitgekommen. Sie will nicht, dass wir denken, sie gehört nicht mehr zu uns, nur weil sie jetzt einen Freund hat.«

Jonas runzelt die Stirn und scheint über meine Worte nachzudenken. Bei Jungs kann so was ja dauern, aber schließlich hellt sich seine Miene ein klein wenig auf und er fragt: »Aber wo sind die jetzt?«

»Die warten am falschen Stand.«

Ein kleines, schadenfrohes Lächeln huscht über sein Gesicht. »Und du?«, fragt er dann. »Wieso bist du noch nicht in ’ner Stretchlimo unterwegs?«

»Er war nicht da«, sage ich und lasse mich neben ihn auf die Isomatte sinken. Ich bin erschöpft von der kurzen Nacht und der ganzen Aufregung. Zu erschöpft, um ihm was vorzulügen.

Er reicht mir eine Flasche Bier. Eigentlich mag ich Bier nicht besonders, und schon gar nicht am helllichten Tag, aber ich nehme es, denn ich merke auf einmal, wie durstig ich bin.

Eine Sache können Jungs wirklich besser als Mädchen: schweigen. Wir sitzen einträchtig nebeneinander und nuckeln an unseren Bierflaschen. Keiner sagt ein Wort, die Sonne brennt vom Himmel und der Sänger der Metal-Band röhrt sich gerade die Seele aus dem Leib, sodass man eh sein eigenes Wort nicht verstehen würde.

Eine halbe Stunde später kommen die anderen zurück. Fabienne ist stinksauer, das sehe ich ihr an. Sie baut sich mit verschränkten Armen vor mir auf und meint: »Du hast mich verarscht.«

»Stimmt«, sage ich, und auf einmal überkommt mich ein sehr intensives Leck-mich-Gefühl. »Es waren die Waffeln, nicht die Crêpes.«

»Es war die Nachtigall, nicht die Lerche ...«, sagt Paul grinsend.

»Aber du kannst dich wieder abregen«, sage ich zu Fabienne. »Er hat mich versetzt.« Ich wundere mich, wie leicht mir das über die Lippen geht. Das muss am Bier liegen. Wenn das so ist: mehr davon!

»Gleich spielen die Plastic Romans«, sagt Linda. »Kommt ihr auch mit?«

Jonas zuckt mit den Schultern. Er weicht Katjas flehendem Blick aus und starrt den Boden an, als suche er nach Goldstaub.

Ich habe keinen Schimmer, wer die Plastic Romans sind, aber ich nicke. Wenn ich allein oder mit dem schmollenden Jonas hier herumhänge, denke ich doch nur dauernd über Ray nach. Und das habe ich in den letzten vierundzwanzig Stunden schon viel zu viel getan.

»Meinetwegen«, knurrt Jonas und rappelt sich auf.

»Kann ich noch mein Bier austrinken?«, frage ich in die Runde.

»Klar«, sagt Fabienne und setzt sich dorthin, wo Jonas gerade gesessen hat. Sie nimmt mir die Flasche aus der Hand und trinkt einen großen Schluck daraus. Dann legt sie mir den Arm um die Schulter und streichelt mir tröstend über die Wange. »Ist vielleicht ganz gut, dass es nicht geklappt hat«, sagt sie.

»Du meinst, weil er ein paar Nummern zu groß für mich ist.« Lieber spreche ich es selber aus, als dass ich es gleich von ihr gesagt bekomme.

»Nein, weil Ray schwul ist.«

Die bierselige Trägheit fällt mit einem Schlag von mir ab. Ich rücke von Fabienne ab und starre sie an. »Was?«

»Schwul«, wiederholt Fabienne. »Ho-mo-se-xu-ell.«

»Danke, ich weiß, was schwul ist. Wie kommst du denn darauf?«

»Das weiß doch jeder. Wenn es auf diesem verdammten Acker hier ein Netz gäbe, dann könnte ich dir die Fotos im Fandom und auf Instagram zeigen.«

Mir wird flau im Magen. »Was denn für Fotos?«

»Wie er und Silas einander anhimmeln. Silas, der Blonde am Keyboard«, fügt Fabienne hinzu. »Mit dem lebt er übrigens auch zusammen.«

Der Kumpel, den er erwähnt hat.

»Das ist doch Quatsch«, sage ich lahm.

»Schau's dir an«, sagt Fabienne. »Ich bin nur die Botin.«

Ich bin fassungslos. »Aber … aber wenn Ray *angeblich* schwul ist, wieso stehst *du* dann auf ihn? Du und die ganzen anderen Mädchen?«

»Wieso denn nicht?«, erwidert Fabienne. »Ich kann ihn doch trotzdem cool finden.«

Ich habe das Gefühl, in einen Abgrund zu starren. Mir wird sogar schwindelig, aber das ist sicher nur das Bier.

»Ihr seid doch verrückt«, meint Jonas, der plötzlich um einiges besser gelaunt zu sein scheint. Und ich muss ihm da voll und ganz recht geben.

Während der Fahrt zurück nach Hause sind wir alle schweigsam. Paul konzentriert sich aufs Fahren, zwischen Katja und Jonas scheint die Luft immer noch ein wenig dick zu sein, Fabienne schläft und Linda schaut nachdenklich aus dem Fenster. Ich tu so, als würde ich vor mich hin dösen, doch in meinem Kopf jagen sich die Gedanken. Da sind so viele Fragen. Ich brenne darauf, Ray zu googeln, am liebsten sofort, noch während der Fahrt, aber die Gegenwart der anderen hält mich davon ab, und um erst gar nicht in Versuchung zu kommen, habe ich mein Handy ausgemacht und es ganz unten in die Reisetasche gelegt.

Stimmt es, was Fabienne behauptet, ist Ray wirklich schwul? Ich kann es mir nicht vorstellen. Er hat mit mir geflirtet, da bin ich ganz sicher, auch wenn ich nicht allzu viel Übung darin habe. Warum sollte er sich mit mir verabreden wollen, wenn er schwul ist, nur so aus Freundschaft? Warum hat er sogar im Konzert nach mir … Moment mal! Beim nächsten Gedanken muss ich vor Schreck nach Luft schnappen: Und wenn das alles nur Show war? Vielleicht wollte Ray mit seiner Ansage beim Konzert nur seinen Fans beweisen, dass er nicht schwul ist. Oder er ist es doch und will aber, dass man glaubt, er wäre es nicht. Aber so oder so hätte er mich doch gar nicht gebraucht. Er hätte einfach ein Mädchen erfinden können, nach dem er angeblich sucht, es kann doch keiner nachprüfen, ob das alles stimmt. Hat ihn womöglich unsere geplatzte Verabredung auf die Idee gebracht? Vielleicht hat er insgeheim gehofft, dass ich noch während des Konzerts die Bühne stürme und ihn so vor aller Augen rehabilitiere.

Nein, das ist doch alles Irrsinn! So hinterhältig und berechnend ist Ray nicht. Zumindest nicht der Ray, den ich kennengelernt habe. Der Ray, der Tango mag und der witzig ist und im nächsten Moment ganz ernst … Und offenbar macht es den Fans ja auch gar nichts aus, dass er schwul oder angeblich schwul ist – wie man an Fabienne sehen kann. Aber ihm selbst vielleicht? Fast alle Jungen, die ich kenne, würde es stören, für schwul gehalten zu werden, selbst solche, die wirklich nichts gegen Schwule haben. Und schon bin ich mit meinen Überlegungen wieder am Ausgangspunkt, und so drehen sich meine Gedanken während der Fahrt im Kreis, ohne dass ich zu irgendeiner Erkenntnis gelange, außer der, dass das alles ein großes Rätsel ist.

6

Mein Haus ist das erste, das auf dem Rückweg liegt, und gegen neun Uhr setzt Paul mich davor ab. Er reicht mir mein Gepäck aus dem Kofferraum und wünscht mir eine gute Nacht.

»Danke für's Fahren«, sage ich, nicht minder steif. Irgendwie hat sich seit der Ray-Geschichte ein förmlicher Ton zwischen Paul und mir eingeschlichen.

»Ich schick dir gleich den Link rüber«, sagt Fabienne.

»Eilt nicht«, antworte ich und winke ihnen kurz nach, ehe ich mein Gepäck zur Tür schleppe. Googeln kann ich schließlich auch selber. Ich brenne darauf, mir meinen Laptop zu krallen und mich in mein Zimmer zurückzuziehen, aber so rasch gibt es kein Entkommen. Mum stürzt schon im Vorgarten auf mich zu und umarmt mich, als wäre ich Monate weggewesen.

»Endlich! Was habe ich mir für Sorgen gemacht! Warum hast du denn nicht angerufen?«

»Weil es dort kein Netz gab. Das hast du doch gewusst.«

»Ach, und auf der ganzen Strecke hierhin auch nicht?«, faucht sie mich an.

»Ja, sorry«, sage ich verdattert. »Was regst du dich denn so auf?«

»Warum ich mich aufrege? Dieses fürchterliche Unwetter, es war sogar in den Nachrichten.«

»Wirklich?«, frage ich erstaunt.

»Ja, wirklich!«

Sie ist sauer, das ist nicht zu übersehen. »Stimmt, da war ein Gewitter. Aber sooo schlimm war's dann auch wieder nicht.«

»Da ist ein Dach eingestürzt! Ich bin fast wahnsinnig geworden vor Angst! Ich habe mich erst wieder beruhigt, als es hieß, dass es keine Verletzten gab.«

»Die übertreiben maßlos. Es hat ein paar Zelte zerrissen und von einem Hangar ist ein Stück Blech weggeweht worden. Aber davon haben wir nicht viel mitgekriegt. Wir haben alle im Auto gesessen und gewartet, bis das Gewitter vorbei war. Was riecht denn hier so gut?«, lenke ich ab.

»Lasagne.« Meine Mutter schimpft noch ein bisschen vor sich hin, während sie einen Teller auf den Küchentisch stellt und Besteck danebenlegt, so als wäre ich ein Gast.

Als die Lasagne vor mir steht, merke ich erst, was für einen Wahnsinnshunger ich habe. Sicher nicht verkehrt, erst mal was zu essen, wer weiß, welche Neuigkeiten der Abend noch bringt.

Während ich mich auf das Essen stürze, sitzt Mum neben mir und will natürlich wissen, wie es war.

»Gut.«

»Kommt mir auch so vor. Du schäumst ja förmlich über vor Begeisterung!«

Ich reiße mich zusammen, schlucke runter, und setze ein breites Grinsen auf. »Es war großartig, Mum. Mal abgesehen von dem Gewitter. Und bevor du fragst: Ich habe keine Drogen genommen, mich nicht sinnlos betrunken und ich hab nicht mit Jungs rumgemacht.«

»Braves Mädchen«, sagt sie und ringt sich ebenfalls ein Lächeln ab.

»Tut mir echt leid, aber ich konnte wirklich nicht anrufen.«

»Schon gut. August meinte, wenn was Schlimmes passiert wäre, hätten wir's längst erfahren.«

»Kluger Mann.«

Nachdem ich eine riesige Portion verdrückt habe, gähne ich demonstrativ und sage: »Ich erzähl dir morgen alles, Mum, aber jetzt bin ich furchtbar müde.«

»Du siehst auch ziemlich fertig aus. War sicher eine kurze Nacht.«

Mum sieht ebenfalls so aus, als hätte sie wenig geschlafen, was wohl eher an mir lag. Bestimmt hat der Kauz sich das Wochenende mit ihr anders vorgestellt.

»Nacht, Mum.«

»Gute Nacht, Krümel.«

Krümel. Dad hat mich immer so genannt, Mum schon lange nicht mehr.

»Hab dich lieb«, sage ich, drücke ihr einen Kuss auf die Wange, und dann kann ich endlich in mein Zimmer verschwinden und den Rechner anwerfen.

Fabiennes Mail mit dem Link zum Broken-Biscuits-Fandom ist schon in meinem Posteingang. Ohne Betreff und Kommentar, was für Fabienne ungewöhnlich ist. Zumindest ein zwinkerndes Smiley oder etwas in der Art hätte ich von ihr, die sonst einen geradezu inflationären Gebrauch von Emojis pflegt, erwartet.

Ich klicke den Link an und kriege den Schrecken meines Lebens. Da ist ein Foto von *mir*! Das Bild ist ein bisschen verwackelt, aber das bin eindeutig ich, wie ich am Tisch des Waffelstandes sitze, nachdem mich Rays Puderzuckersalve getroffen hat. Darüber steht in fetten Lettern:

Wer ist Puderzuckernase? Kennt jemand diese Bitch?

Es gibt noch mehr Fotos. Auf einem sieht man Ray und mich von der Seite, wie wir miteinander reden, und wer mich kennt, der kann nicht leugnen, dass ich das bin. Ein anderes zeigt nur meinen Hinterkopf und mir gegenüber Ray, wie er sich durchs Haar fährt und dabei lächelt. Er scheint mich anzusehen. Es ist ein schönes Foto von ihm, und ich muss unwillkürlich lächeln und ertappe mich dabei, wie ich zärtlich über den Bildschirm streiche. Beim nächsten Foto dagegen bekomme ich beinahe einen Herzinfarkt. Unser Abschiedskuss! Rays Haare werfen einen Schatten auf mein Gesicht, aber man erkennt ganz deutlich, dass es ein Kuss ist und dass ich dieselbe Person bin wie die am Tisch mit dem Puderzucker im Gesicht. Das letzte Foto aber ist die Krönung der Bosheit: Es zeigt, wie ich gerade wieder aufstehe, nachdem ich über die Zeltschnur gestolpert bin. Wer immer das fotografiert hat, muss schräg hinter mir gestanden haben. Mein Hintern ragt in die Luft und sieht aus dieser Perspektive entsprechend bombastisch aus. Wenigstens erkennt man mein Gesicht nicht, aber das ist ein schwacher Trost. Ich lese die Posts zu den Fotos. Unter dem verwackelten Porträt, das am Tisch aufgenommen wurde, steht als letzter Kommentar: Ja, echt 'ne hässliche Bitch. Der davor ist auch nicht besser: Ich hätte Ray wirklich einen besseren Geschmack zugetraut. So geht es weiter, in einer Tour: Ist er blind geworden? – Bestimmt war er sturzbetrunken oder stoned! Es sind zig Kommentare, manche davon sind völlig allerunterste Schublade, auch an diversen F-Worten herrscht kein Mangel. Aus anderen, besonders denen, die unter dem Foto unseres Kusses stehen, spricht der blanke Hass.

Wenn ich »Puderzuckernase« in die Finger kriege, schlage ich ihr die Nase platt. – Die soll Herpes kriegen, und einen Pickel so groß wie ein Cupcake!

Unter dem Hintern-Foto stehen Kommentare wie: Hätte nicht gedacht, dass Ray auf fette Ärsche steht. – Haha, elegant! Wie eine Kuh beim Aufstehen!

Das also sind Rays Fans.

Mein Magen krampft sich zusammen und ich renne hinüber ins Bad, denn es besteht die akute Gefahr, dass ich jeden Moment die Lasagne wieder von mir gebe. Hechelnd sitze ich auf dem Rand der Badewanne und warte, bis die Übelkeit langsam nachlässt. Ich frage mich, wie diese Mädchen so fies sein können. Die Anonymität des Internets bringt anscheinend die schlimmsten Seiten aus den Leuten hervor. Als Nächstes streift mich der Gedanke, dass sich hinter einem der Alias-Namen vielleicht Fabienne verbergen könnte. Fabienne, die für ihr freches Mundwerk bekannt ist. Nein! Sie mag eifersüchtig oder neidisch sein, aber so gemeine Dinge würde sie doch nie über mich schreiben. Oder? Ich habe Zweifel und gleichzeitig verachte ich mich dafür. Fabienne ist meine Freundin, wie kann ich nur so etwas von ihr denken?

Ich schaufele mir kaltes Wasser ins Gesicht, und da ich vor dem Schlafengehen eh noch duschen wollte, erledige ich das jetzt gleich. Ich seife mich dreimal ein und wasche mir zweimal die Haare, so als könnte ich mit viel Schaum die Schmach und die Demütigungen von mir abwaschen. Tatsächlich fühle ich mich danach ein bisschen besser. Dieser ganze Fandom-Dreck geht mich im Grunde gar nichts an. Man kann von jedem Menschen unvorteilhafte Fotos machen, sogar von total gut aussehenden Stars, das sieht man doch immer wieder in Klatschzeitungen und im Netz. Ich ziehe meinen Schlafanzug an, lege mich ins Bett und drücke den großen, schon ziemlich abgewetzten braunen Stoffhund Fluffi an mich.

Wenigstens kennen die noch nicht meinen Namen. *Noch*. Denn es muss nur jemand von unserer Schule diese Bilder sehen und schon bin ich erledigt. Bei diesem Gedanken wird mir vor Angst erneut ganz flau im Magen. Wenn mich irgendjemand outet, dann muss ich die Schule wechseln, die Stadt, den Planeten …

Mein Handy klingelt. Es ist Linda, die aufgeregt fragt: »Hast du den Link von Fabienne schon geöffnet?«

»Ja.«

Sekundenlang ist es still. »Soll ich rüberkommen?«, will sie dann wissen.

Linda wohnt nur zwei Straßen weiter und sie würde es machen, obwohl es schon spät ist und wir morgen Schule haben. »Nein. Lieb von dir, aber ich … ich komm schon klar.«

»Was sind das nur für gemeine Biester?«, ereifert sich Linda.

»Mädchen wie wir, fürchte ich.«

»Wer hat diese Fotos gemacht, hast du das denn nicht bemerkt?«

»Da war so eine Blonde, die da rumschlich«, fällt mir ein. »Aber ich dachte, die macht Selfies. Findest du, dass ich darauf gut zu erkennen bin?«

»Na ja. Also, wer dich kennt ... Aber mach dir keinen Kopf. Die beruhigen sich wieder.«

»Das hoffe ich.«

»Jill?«

»Hm?«

»Es tut mir leid, dass ich nicht mir dir zusammen auf Ray gewartet habe, ich meine, nach dem Gewitter.«

»Mir tut's leid, was ich zu dir gesagt habe. Ich war so ... sorry. Es war nicht gut.«

»Vergessen wir es einfach«, meint Linda. »Und du vergisst am besten diesen Typen. Der ist nichts für dich. Siehst ja, was dabei herauskommt.«

»Haben die anderen vorhin im Auto noch was dazu gesagt?«

»Nein.«

»Meinst du, Fabienne würde ...?«, beginne ich.

»Was?«

»Ach, nichts. Nacht, Linda, bis morgen.«

»Nacht, Jill. Ich hol dich ab. Nur für den Fall ...«

Nachdem ich aufgelegt habe, fällt mir wieder ein, warum ich es vorhin so eilig hatte, an meinen Rechner zu kommen. Da war ja noch die Frage, ob Ray schwul ist oder nicht. Aber dies zu klären erscheint mir auf einmal gar nicht mehr wichtig, weil ich mich in dieser Sekunde entschlossen habe, Lindas Rat zu befolgen und die ganze Sache wirklich so rasch wie möglich zu vergessen. Ray, unsere Begegnung, diese Fanseite, alles. So etwas wie eben möchte ich nämlich nicht noch einmal erleben. Plötzlich taucht noch ein Gedanke auf, ein ganz schrecklicher: Was, wenn *alles* inszeniert war? Ray gabelt das nächstbeste Mädchen auf, das ihm in die Quere kommt, er quatscht mit ihr, lädt sie auf einen Kaffee und eine Waffel ein, küsst sie(!) und lässt diese Blonde dabei heimlich Fotos machen ... Bin ich womöglich Teil einer eiskalt geplanten Ich-bin-nicht-schwul-Kampagne geworden?

Wieder klingelt das Telefon, diesmal ist es Katja, die sich nach meinem Befinden erkundigt. Fabienne war wirklich fleißig. Wem hat sie den Link wohl noch geschickt? Paul? Der halben Schule? Und warum ruft *sie* mich eigentlich nicht an und fragt, wie es mir geht?

»Na, was denkst du wohl? Beschissen«, sage ich.

»Ach, Jill. Du darfst dir das nicht so zu Herzen nehmen.«

Leicht gesagt. »Was ist mit dir und Jonas, habt ihr euch wieder vertragen?«, wechsle ich das Thema.

»Ja, haben wir.«

Wenigstens das. Wir reden noch ein bisschen über das Festival im Allgemeinen und die Broken Biscuits im Besonderen. Man kann mit Katja gut reden, weil sie super zuhören kann, und plötzlich ertappe ich mich dabei, wie ich ihr mein Treffen mit Ray in allen Einzelheiten schildere. Ich registriere, wie ich bei der Erinnerung daran lächle. Wo ich schon gerade im Redefluss bin, erwähne ich auch, dass Fabienne behauptet hat, Ray wäre schwul, und berichte von meinem Verdacht, dass womöglich alles von Ray selbst eingefädelt worden sein könnte.

»Stopp!«, schneidet mir Katja ungewohnt heftig das Wort ab. »Jill, nur weil sich in diesem Fandom ein paar wirklich üble Bitches austoben, musst du nicht gleich den Glauben an die gesamte Menschheit verlieren. Ich kenne Ray zwar nur von der Bühne, aber aus dem, was du über ihn erzählt hast, schließe ich, dass er ganz in Ordnung zu sein scheint. Gib ihm eine Chance, bevor du ihn verurteilst.«

»Wie meinst du das?«

»Na, vielleicht reagiert er ja noch auf diese Fotos.«

»Selbst wenn. Deswegen kann trotzdem er dahinterstecken.«

»Glaubst du das wirklich?«

»Nein. Zumindest will ich es nicht glauben.«

»Dann tu's auch nicht.«

Typisch Katja, denke ich. Sie sieht immer das Positive im Menschen bzw. versucht, daran zu glauben. Liegt wohl an ihrer behüteten Kindheit und der christlichen Erziehung. Ich erinnere mich, wie sie in der fünften Klasse aussah, als ich sie kennenlernte: Das dunkle Haar zu Zöpfen geflochten und ein kleines Goldkreuz um den Hals spielte sie im Schulorchester Querflöte. Ihre Stifte waren immer gespitzt und vollzählig, die Schulbücher eingebunden, sie benutzte keine Schimpfwörter, hatte immer »gesundes« Essen dabei und kaufte sich nie heimlich Süßigkeiten am Schulkiosk. Am Anfang der Fünften haben Linda, Fabienne und ich uns ein bisschen über sie lustig gemacht. Wie genau sie dann in unsere Clique kam, weiß ich eigentlich gar nicht mehr. Vermutlich mit ihrer stillen Beharrlichkeit, die so typisch für sie ist. Irgendwann war sie einfach dabei. Und doch immer auch ein ganz klein wenig außen vor. Nie war sie jemandes »beste Freundin«. Vielleicht war sie deshalb die Erste von uns, die sich einen festen Freund suchte. Vielleicht ist Jonas nur ein Beste-Freundin-Ersatz?

Aber jetzt üben Katjas geradlinige Art und ihre Worte eine beruhigende Wirkung auf mich aus. Ich bin froh, eine Freundin wie sie zu haben. Das sage ich ihr auch, und dann gähne ich und wir legen auf.

Obwohl ich hundemüde bin, wälze ich mich noch lange von einer Seite auf die andere, ehe ich irgendwann wegdämmere. Als ich aufwache, weil draußen die Vögel lärmen, ist es fünf Uhr. Ich bin wirklich alles andere als eine Frühaufsteherin, aber heute weiß ich, dass ich bestimmt nicht mehr einschlafen kann. Ich schiele hinab zu meinem Laptop, der auf dem Boden liegt, bis ich ihn schließlich hochnehme und aufklappe. Ich überwinde mich und sehe nach, was sich in Sachen *Wer ist Puderzuckernase?* getan hat, aber außer ein paar neuen Hasskommentaren ist nichts Aufregendes passiert. Ich atme auf. Vielleicht sind die Fotos wirklich zu schlecht. Vielleicht erkennt mich deshalb niemand, weil niemand sich auch nur in den wildesten Träumen vorstellen kann, das ich das sein *könnte.*

Ich sehe mir die älteren Beiträge der Fanseiten an. Zum Thema *Ist Ray schwul?* gibt es jede Menge Gerüchte und Vermutungen. Fast scheint es so, als wollten die Mädchen daran glauben. Einige haben sich bemerkenswert viel Mühe damit gemacht. Sie haben Fotos und kurze Videosequenzen zusammengetragen, auf denen man sieht, wie Ray und der Keyboarder Silas sich ansehen. Silas ist groß und dunkelblond und sieht wie ein Sportler aus. Vorausgesetzt, man kann dieser Quelle überhaupt irgendetwas glauben, dann ist er es, der die meisten Songs komponiert und die Texte dazu geschrieben hat.

Es gibt Fotos, die zeigen, wie Silas und Ray sich während eines Bühnenauftritts anlächeln. Auf einem kurzen Video haben sie sich die Arme um die Schultern gelegt und singen den Refrain ihres Songs *This one love,* wobei sie sich auf übertriebene Weise anschmachteten. Eine *Sweetie* will die zwei Arm in Arm in einem Schwulenclub gesehen haben. Ein Foto davon gibt es allerdings nicht, und ich frage mich, was *Sweetie* wohl in einem Schwulenclub zu suchen hatte. Vermutlich würde man sie dort gar nicht reinlassen.

Das sind also die »Beweise«, dass Ray und Silas ein schwules Paar sein sollen? Ticken die eigentlich noch ganz richtig? Warum, um alles in der Welt, sollten sich die beiden denn *nicht* ansehen und vielleicht auch mal dazu lächeln? Warum sollten sie nicht mal herumalbern? Sie sind schließlich Freunde, sie mögen sich, sie machen zusammen Musik, sie feiern ... Wie oft haben wir Freundinnen uns schon umarmt und uns angelächelt, und manchmal küssen wir uns auf die Wangen, sogar auf die Lippen, aber sind wir deshalb Lesben? Oder dürfen das nur Mädchen, aber Jungs nicht?

Als Nächstes stolpere ich über die Behauptungen einiger Mädchen, Ray habe sie nach einem Konzert mit in sein Hotelzimmer genommen. Das erscheint mir schon glaubhafter, auch wenn mir der Gedanke daran nicht behagt. Aber welcher Typ kann schon auf die Dauer widerstehen, wenn sich ihm die Mädchen scharenweise an den Hals werfen?

Den anderen Fans scheint das auch nicht zu gefallen. Rays angebliche One-Night-Stands werden als *verlogene Schlampen* beschimpft und als *Bandfuckerinnen.*

Wieder ein neues Wort gelernt, denke ich.

Ihr seid doch nur neidisch, schreibt eine davon zurück.

Ein Mädchen verlangt detaillierte Auskünfte über Rays Qualitäten als Liebhaber, bekommt aber keine Antwort.

Eine andere berichtet von einem *total geilen Quickie* mit dem Gitarristen Renato auf der Toilette eines Clubs.

Damen- oder Herrenklo?, will eine *Kiki* wissen.

Ich habe die Schnauze voll, angeekelt klicke ich das Fandom weg und durchforste das Netz, indem ich *Ray Thackeray* und *schwul* google. Allein dafür schäme ich mich in Grund und Boden.

Nirgendwo steht, dass Ray sich als Schwuler geoutet hätte. Das habe ich auch nicht wirklich erwartet. Aber er dementiert die Gerüchte auch an keiner Stelle, und Silas ebenfalls nicht. Vielleicht ist es ihnen einfach zu blöd. Ein Gerücht verbreitet sich oft erst richtig, wenn der Betroffene darauf reagiert. Bestimmt haben Ray und Silas sich das auch überlegt. Sollen die doch glauben, was sie wollen, wird Ray sich gedacht haben, und irgendwie finde ich das cool.

Ich google noch ein bisschen nach den Broken Biscuits und finde einen interessanten Artikel über sie in der *taz*. Die Band gibt es seit knapp zwei Jahren, sie haben als klassische Schüler-Garagenband angefangen. Darauf, dass sie nicht gecastet wurden, legen sie Wert. Dabei könnte es durchaus so sein, wenn man sich die Zusammensetzung der Band ansieht: Der Schlagzeuger Amon Navid hat iranische Wurzeln, pechschwarze Locken und auf allen Bildern einen feurigen Blick. Renato Rossi am Bass macht auf coolen Italo-Macho mit zurückgegeltem Haar und einem verwegenen Lächeln, Silas Lette, Keyboarder, Gitarrist und Songwriter in einer Person, ist der nette, etwas schüchterne Junge von nebenan, und Ray Thackeray, Gitarre und Gesang, gibt den irischen Melancholiker, den ein Hauch von Schwermut umweht.

Ray ist erst seit einem Jahr bei der Band. Sein Vorgänger ist anscheinend ausgestiegen, als noch kaum jemand die Broken Biscuits kannte. Mit Ray änderte sich das, mit seinem Aussehen und *der Tiefe und der brüchigen Rauheit seiner unverwechselbaren Stimme,* wie der Journalist es ausdrückt. Aber der große Erfolg kam erst mit einem gewissen Martin Niemeyer, der die Band seit einem halben Jahr managt. Er hat die drei Chormädchen – eine Blonde, eine Brünette und eine Dunkelhäutige – dazugeholt und ein von ihm engagiertes PR-Team hat den

Broken Biscuits ihr Boyband-Image verpasst. Es folgte ein Plattenvertrag mit Jungle Records und seither geht es steil aufwärts: sechsstellige Plattenverkäufe, ausverkaufte Konzerte und die Aufmerksamkeit der Medien.

Wohlwollende Kritiker bezeichnen ihre Musik als »feinsten Songwriter-Folkpop« mit gelegentlichen Funk-Anklängen und Ausflügen in Richtung Ballade. Andere Journalisten mäkeln über zu viel Lagerfeuer- und Händchenhalte-Romantik und bemängeln, dass es in den Texten mehr Poesie als Politik gebe. Ich neige dazu, beiden recht zu geben. Es gab bei dem Konzert Stücke, die ziemlich gegroovt haben, andere waren mir zu bittersüß-schnulzig, auch wenn Rays wirklich einzigartige Stimme gerade diese Songs zu etwas Besonderem machen. Aber ich bin natürlich inzwischen voreingenommen.

Ich sehe mir noch ein paar Clips auf YouTube an, obwohl sich dabei etwas in meiner Brust schmerzhaft zusammenzieht. Trotzdem kann ich nicht damit aufhören, bis plötzlich meine Mutter vor mir steht und fragt, ob ich taub sei, sie hätte schon zweimal geklopft. Ehe ich antworten kann, hat sie sich zu mir auf die Bettkante gesetzt. Es läuft noch immer das Musikvideo.

»Ist das eine der Bands vom Festival?«

»Ja, die Broken Biscuits.«

Sie legt mir den Arm um die Schulter und zusammen sehen wir uns das Video noch einmal von vorn an. Die Matratze wippt mit uns beiden im Takt und wir müssen lachen.

»Nicht schlecht. Der Sänger ist ja wirklich ein ganz Süßer. Und er hat eine tolle Stimme.«

Ich lasse meinen Kopf zurück ins Kissen sinken, während mir meine Mum im Hinausgehen zuzwinkert.

RAY

In aller Herrgottsfrühe, kurz vor zehn Uhr, ruft mich Martin auf dem Festnetz an und will wissen, ob ich heute schon mal einen Blick in die Netzwerke geworfen hätte.

Ich bin noch total verschlafen und krächze: »Nein, wieso?«

»Schau es dir an und ruf mich zurück.« Zack, aufgelegt.

»Wer war'n das?« Silas kommt aus dem Bad und schaltet die Kaffeemaschine ein.

»Martin.«

Silas steckt sich andeutungsweise den Finger in den Hals und streckt dabei die Zunge raus.

Wir beide und der Rest der Band sind uns einig, dass Martin ein notwendiges Übel auf dem Weg nach oben ist. Ähnlich verhält es sich mit dem Broken-Biscuits-Fandom: Wir wissen, dass wir ohne unsere Fans nicht da wären, wo wir sind, aber ein Übel ist es auf jeden Fall. Früher habe ich ab und zu mal auf Facebook und Instagram geschaut und mich über den Eifer dieser Mädchen gewundert und amüsiert. Da wird jeder Auftritt, jedes Interview, jede Autogrammstunde akribisch dokumentiert, da werden selbst erfundene Storys über uns geschrieben, und in den Kommentaren wimmelt es nur so von Herzchen und Kussmündchen. Trotzdem ist es immer wieder ein seltsames Gefühl, wenn pubertierende Mädchen *Ray, ich will ein Kind von dir* schreiben. Daran werde ich mich wohl nie gewöhnen.

Dann, vor einem Vierteljahr etwa, kam diese Schwulengeschichte auf, und natürlich waren Silas und ich stinksauer darüber und brannten darauf, die Sache richtigzustellen.

Martin tat erst wieder ganz verständnisvoll, wie es seine Art ist, ehe er sagte: »Jungs, merkt euch eins: Ein Gerücht, das dementiert wird, wird erst richtig zementiert.« Er grinste – als Einziger – über sein Wortspiel, und fragte dann, ob wir denn nicht wüssten, dass Schwul das neue Sexy sei.

Nein, das wussten wir nicht.

»Die Teenies stehen neuerdings auf schwule Typen. Was Besseres konnte euch gar nicht passieren.«

Mir platzte der Kragen: »Es ist mir scheißegal, worauf die stehen. Aber ich will nicht erleben, dass meine Familie so einen Scheiß in der Zeitung über mich liest.«

»So sehe ich das auch«, sagte Silas. Silas sagt selten mehr, als unbedingt notwendig, weshalb seine wenigen Worte mehr Gewicht haben als beispielsweise meine.

Aber Martin ist nichts heilig, wirklich rein gar nichts. Im Gegenteil: Er schlug uns sogar vor, dem Gerücht zusätzliche Nahrung zu geben, indem wir hin und wieder so tun sollten, als ob wir schwul wären.

»Eher lass ich die Band sausen«, sagte Silas. Silas spricht nie leere Drohungen aus, auch das weiß Martin.

»Ich auch«, sagte ich.

Wir einigten uns schließlich auf einen Kompromiss: Weder Silas noch ich noch sonst wer aus der Band würde zu den Gerüchten Stellung nehmen.

Später, als Silas und ich uns in der schummrigen, nach altem Fett stinkenden Eckkneipe, die nicht weit von unserer Wohnung entfernt liegt, fürchterlich betranken, meinte Silas: »Vielleicht stimmt das ja mit dem Zement.«

Ich nickte und fühlte mich, als hätte ich gerade meine Seele dem Teufel verkauft. Silas ging es ähnlich, das sah ich ihm an. Immerhin kenne ich ihn schon seit zehn Jahren, da weiß man genau, was der andere denkt. Davon abgesehen war ich noch immer stinksauer. Mir war klar: Nichts würde je wieder so sein wie früher. Ich würde jedes Mal nachdenken, ehe ich Silas auf der Bühne auch nur ansehen würde, nie wieder würden wir in der Öffentlichkeit rumalbern können oder uns gar berühren, ohne dem Gerücht neue Nahrung zu geben. Es war, als hätte unsere Freundschaft ohne unser Dazutun ihre Unschuld verloren.

Seit dieser Sache habe ich kaum noch einen Blick in die einschlägigen Blogs und Seiten dieses verfluchten Fandoms geworfen, weil ich genau weiß, dass ich mich doch nur aufregen würde über den Stuss, der da über uns verbreitet wird. Es reicht mir schon, was ich über Twitter und Instagram davon mitkriege. Aber jetzt bleibt mir wohl nichts anderes übrig, denn Martin wird sich sicher gleich wieder melden.

»Scheiße!«, flüstere ich, als ich die Bescherung sehe. Dann prügle ich auf unseren Küchentisch ein und brülle: »Scheiße, Scheiße, Scheiße!«

»Was'n los?« Mit der Kaffeetasse in der Hand schlufft Silas heran und schaut mir über die Schulter. »Ach du Scheiße.«

Ich könnte platzen vor Wut. Die arme Jill! Sie wird mich eh schon für das größte Arschloch aller Zeiten halten, weil ich sie versetzt habe, und nun muss sie sich auch noch von meinen »Fans« aufs Übelste beleidigen lassen. Und das alles durch meine Schuld. Ich schäume vor Wut. Wut auf meine Dummheit und auf diese Biester. Das Telefon klingelt. Martin.

»Gesehen?«

»Ja.« Ich schimpfe ungehemmt drauflos, kotze mich so richtig aus, und am Ende verkünde ich: »Ich werde jetzt sofort auf sämtlichen Kanälen verbreiten, was ich von Leuten halte, die einen solchen Dreck in die Welt setzen. Notfalls gebe ich eine Presseerklärung ab. Und du wirst mich nicht davon abhalten!«

»Nein, werde ich nicht«, sagt Martin.

»Nicht?«, wiederhole ich voller Misstrauen. Ich habe mit Protest gerechnet und einem Schweigegebot, so wie bei der Schwulensache.

»Was sagt denn Silas dazu?«, fragt Martin.

»Er findet es auch scheiße.«

»Ich meine, was sagt Silas dazu, dass du deine Fans öffentlich maßregeln möchtest?«

»Äh …«

»Frag ihn doch mal, wie es seiner Familie so geht. Und wie ist es mit dir? Hast du dich wieder mit deinem Vater vertragen, wird er dir dein Sportstudium finanzieren, wenn's mit der Musikerkarriere doch nicht klappt?«

Meine ganze Wut richtet sich jetzt auf Martin. »Das ist Erpressung! Eine ganz, ganz miese Tour, darauf falle ich nicht rein!«

»Wieso?«, fragt Martin unschuldig. »Habe ich denn irgendwas von dir verlangt? Außer, dass du nachdenkst und mit Silas redest, ehe du was unternimmst?«

Ich lege auf, denn ich kann Martins Gewäsch keine Sekunde länger ertragen. Ich will es nicht wahrhaben, aber im Grunde weiß ich, dass er recht hat. Ich schulde es Silas und den anderen, nichts Unüberlegtes zu tun. Es hängt so viel dran, viel zu viel. Ich sitze in der Falle. Ich kann für Jill gar nichts tun. Der Gedanke macht mich wahnsinnig.

Ich würde ihr das alles so gern erklären. Nein, ich *muss* es ihr erklären. Ich kann nicht einfach abtauchen und sie allein im Shitstorm meiner Groupies stehen lassen. So ein Arsch bin ich nicht, will ich nicht sein. Ich muss sie noch ein einziges Mal treffen.

Und was ist mit dem Versprechen, das du Martin gegeben hast, dieses Mädchen nie wiederzutreffen?, hält mir meine innere Stimme entgegen.

Das waren andere Voraussetzungen. Als ich das versprochen habe, wusste ich nicht, dass wir fotografiert worden sind und dass Jill nun öffentlich gemobbt wird. Scheiß auf das Versprechen, ich muss sie sehen!

Aber dazu muss ich sie erst einmal finden.

7

Normalerweise lasse ich mein Handy während der Schulzeit auf stumm geschaltet in der Tasche und checke es höchstens mal in der großen Pause. Aber heute ist das anders. Wenn die Bombe platzt – und das ist sicher nur eine Frage der Zeit –, dann möchte ich es wenigstens sofort wissen.

Der Unterricht rauscht an diesem Vormittag an mir vorbei, ohne dass ich auch nur ein Wort davon mitkriege. Stattdessen sehe ich bei jeder sich bietenden Gelegenheit auf den einschlägigen Seiten des Broken-Biscuits-Fandom nach, ob es schon so weit ist. Aber außer ein paar neuen Beleidigungen und gekränkten Kommentaren tut sich nichts. Sicher nur eine Gnadenfrist, sage ich mir. Spätestens nach Schulschluss, wenn alle wieder an ihren Smartphones hängen, wird irgendjemand aus der Schule diese Fotos sehen, mich erkennen und die Neuigkeit in die Welt hinausposaunen. Im Netz gibt es keine Geheimnisse und das Netz vergisst nichts. Was mich enttäuscht, ist, dass keine Reaktion von Ray kommt. Nichts auf Facebook – dort hat er ohnehin noch nie was gepostet –, nichts auf Twitter und auf seiner Instagram-Seite sind nur ein paar Fotos vom Konzert.

In der zweiten Pause checke ich erneut mein Handy. Nichts Neues. Obwohl ich mir immer wieder sage, dass es noch viel zu früh ist, keimt Hoffnung in mir auf. Vielleicht bin ich doch noch einmal mit einem blauen Auge davongekommen. Vielleicht tummeln sich in diesem Fandom lediglich ein paar Dutzend Hardcore-Fans, die sonst eh keiner ernst nimmt?

Katja meint ebenfalls hoffnungsvoll: »Ich glaube nicht, dass man dich erkennt. Die Fotos sind nicht besonders gut.«

»Allerdings kursieren sie schon fröhlich auf Facebook und Instagram«, weiß Linda. »Da kann noch was kommen.«

»Ich glaub, mir wird schlecht«, stöhne ich.

»Kopf hoch, wir stehen das durch«, sagt Linda, und Katja lächelt mir aufmunternd zu.

Fabienne hingegen benimmt sich eigenartig. Weder hat sie mich bis jetzt gefragt, wie es mir geht, noch in irgendeiner Weise zu den üblen Posts Stellung genommen. Sie hat mich überhaupt kaum beachtet. Dabei erzählt sie jedem, der es hören will, vom Festival und wie toll es dort war. Aber Ray erwähnt sie dabei mit keinem Wort. Ich werde sie gelegentlich darauf ansprechen, aber momentan habe ich andere Probleme als Fabiennes Launen.

Linda sieht das genauso. »Lass sie einfach. Sie ist nur neidisch, weil du den göttlichen Ray persönlich getroffen hast. Die beruhigt sich schon wieder.«

Auf dem Weg zurück ins Klassenzimmer sehe ich Paul mit zwei seiner Kumpels vor dem Getränkeautomaten. Ich winke ihn heran und er schlendert betont langsam auf mich zu. »Hi, Jill. Alles im Lot?«

Hat er die Fotos nicht gesehen oder tut er nur so, weil er nicht darüber reden will? Egal, es bleibt nicht viel Zeit bis zum Läuten, also frage ich ganz direkt: »Was ist los mit Fabienne?«

Paul weiß offenbar genau, wovon ich rede, denn er antwortet ohne Umschweife: »Sie ist eifersüchtig und ihr Ego ist tief gekränkt.«

»Aber warum? Ich kapier das nicht.«

»Ich schon. So lange dieser Typ für alle unerreichbar war, war es eine tolle Sache, ihn anzuschmachten. Nichts turnt so an wie eine unerfüllte Sehnsucht. Aber dann ist ihr Rock-Gott vom Olymp herabgestiegen und hat eine gemeine Sterbliche erwählt. Und das warst du. Das muss sie jetzt erst mal verdauen.«

Ich bin beeindruckt. Eine so gründliche Analyse der Teenagerseele seiner Schwester hätte ich Paul gar nicht zugetraut. »Aber es war doch nur ein Zufall. Hätte sie die Arschkarte gezogen, hätte Ray vielleicht sie angesprochen und eingeladen.«

Paul sieht mich an, dann schüttelt er langsam den Kopf und sagt: »Nie im Leben.«

»Wieso denn nicht?«

»Weil du ein ganz anderes Kaliber bist als Fabienne.«

Die Glocke schrillt und Paul dreht sich rasch um und geht davon. Ich sehe ihm mit gerunzelter Stirn nach. *Anderes Kaliber*. Was meint er denn damit? War das etwa gerade so was wie ein Kompliment?

Mums Partyservice Pasta Basta liegt nicht weit weg von unserer Schule, und wenn Mum für den Abend ein Buffet vorbereiten muss, gehe ich nach dem Unterricht im »Laden« vorbei, suche mir dort etwas zu essen und helfe ihr danach für ein, zwei Stunden. Laden sagen wir, weil der Partyservice in den Räumen eines ehemaligen Lebensmittelgeschäfts untergekommen ist. Das Haus ist ein schäbiger Altbau in einer Straße mit einem Überhang an Nagelstudios, Döner- und Handyläden, aber dafür ist die Miete billig. Mum träumt davon, aus dem vorderen Teil des Ladens ein schickes Café zu machen. Aber dazu müsste der Hausbesitzer erst einmal die Fassade renovieren lassen, und sollte er das tun, würde bestimmt die Miete steigen. Eine andere Frage ist, wo in diesem Kiez die schicken Leute für das schicke Café herkommen sollen. Mir jedenfalls gefällt der Laden so, wie er ist, und es macht mir nichts aus, dort ab und zu mit anzupacken. Besonders gern arbeite ich mit Teig. Ich lasse ihn durch die Nudelmaschine laufen und forme daraus Ravioli oder Tagliatelle. Dabei kann man wunderbar nachdenken. Oder wir hören Musik. Meistens Tango, weil das uns beiden gefällt. Wenn wir sehr gut gelaunt sind, tanzen wir sogar eine Runde. Mum hat mir die Grundschritte und ein paar Figuren beigebracht und in den letzten Sommerferien habe ich einen dreitägigen Workshop absolviert. Seit mein Vater ausgezogen ist, haben wir allerdings nicht mehr getanzt.

Im Laden duftet es intensiv nach Bitterorangen, weil Mum gerade ihre Orangenmuffins im Ofen hat. Sie hat alle Hände voll zu tun und wirkt gestresst, auch wenn sie versucht, es vor mir zu verbergen.

»Wenn du willst, kann ich dir ein paar Stunden zur Hand gehen«, biete ich ihr an.

»Wirklich? Ich will aber nicht, dass du die Schule vernachlässigst.«

Das sagt sie jedes Mal, und ich weiß, dass sie ein schlechtes Gewissen hat, wenn ich zu lange im Laden helfe. »In knapp zwei Wochen sind Ferien, da läuft eh nicht mehr viel.«

»Gut, aber iss erst mal was. Es ist noch Bolognese da, koch dir ein paar Tagliatelle dazu. Ach ja, und da ist ein Anruf auf dem AB. Scheint für dich zu sein, klingt etwas konfus.«

»Was für ein Anruf?«

»Eine sympathische männliche Stimme.« Sie lächelt verschmitzt, aber ihr Blick ruht forschend auf mir. Ich zucke mit den Achseln und verschwinde um die Ecke.

Das Telefon mit dem Anrufbeantworter steht in dem winzigen fensterlosen Büro, das zwischen Laden und Vorratskammer liegt und gerade mal so breit ist wie der Schreibtisch, der darin steht. Ich drücke auf Wiedergabe und im nächsten Moment durchzuckt es mich wie ein Stromschlag. Ray. Das ist Rays Stimme.

Äh, ja, hallo. Dieser Anruf ist für Jill. Hallo Jill, hier spricht Ray. Ich hoffe, ich erreiche dich so. Es tut mir so leid, was da passiert ist, und ich muss … nein, ich … ich möchte unbedingt mit dir reden. Ruf mich doch bitte mal an, auch wenn du vielleicht sauer bist. Na ja, ich nehme an, du wirst sogar ganz bestimmt sauer sein. Aber trotzdem, bitte ruf mich an. Meine Handynummer ist …

Ich bin so nervös, dass ich das Telefon mitsamt dem Notizblock vom Schreibtisch fege, als ich nach einem Stift suche, um mir die Nummer zu notieren. Lieber Himmel, was, wenn das Ding jetzt kaputt ist und ich die Nachricht nicht mehr abhören kann? Das sähe mir wieder mal ähnlich.

Der Apparat erweist sich zum Glück als robust. Er hat den Sturz überstanden und ich höre mir die Nachricht noch einmal an, schreibe die Nummer auf und speichere sie auch gleich in meinem Handy. Dann sinke ich auf den Schreibtischstuhl, während mein Herz sich fast überschlägt. Ein seliges Lächeln überzieht mein Gesicht, ohne dass ich was dagegen machen kann. Will ich auch gar nicht.

Kummer und Ärger der letzten zwei Tage sind mit einem Schlag verschwunden und sogar meine Fotos in diesem Fandom sind mir schnurzegal. Sollen sie mich doch als fette Kuh und was weiß ich noch alles bezeichnen. Mich juckt das nicht, denn ich habe das, was sie alle wollen und nicht kriegen: Ray Thackerays Handynummer.

»Na? Kennst du den, der da angerufen hat?«

Ich wirble auf dem Drehstuhl herum. Meine Mutter steht in der Tür und fixiert mich mit ihrem Röntgenblick.

»Äh, flüchtig, ja. Vom Festival.«

Zwei kleine Falten graben sich zwischen ihre Augen. »Und was ist dort passiert, das *ihm so leidtut*?«

»Jedenfalls nicht das, was du denkst«, sage ich, und es gelingt mir noch immer nicht, mir dieses breite Lächeln aus dem Gesicht zu wischen. »Wir haben uns verabredet und uns dann wegen des Gewitters verpasst.«

»Aha. Und wer ist dieser Ray?«

Mein Instinkt hält mich davon ab, ihr zu sagen, dass Ray der heiß umschwärmte Sänger einer ziemlich angesagten Band ist. Zu viele üble und bestimmt längst überholte Klischees über Rockstars spuken in ihrem Kopf herum. Sie würde ausrasten. »Ein Junge halt«, sage ich.

»Dass er kein Goldhamster ist, habe ich mir fast gedacht.«

Ich bin plötzlich strahlender Laune und muss lachen.

»Wie alt ist er?«

»Achtzehn.«

»Sieht er nett aus?«

»Nein, ziemlich scheiße.«

»Dachte ich mir.« Immerhin, sie lächelt.

»Er sieht nicht *nett* aus, er sieht … umwerfend aus.«

»Oh-oh.«

»Was heißt denn jetzt *oh-oh*?«

»Mit schönen Männern gibt's immer Ärger«, seufzt sie, und ich verkneife mir die Bemerkung, dass das zumindest erklärt, warum sie mit dem Kauz zusammen ist. Ich bin darauf gefasst, dass sie gleich noch mit dem Spruch kommt, den meine Oma immer loslässt: *Alles, was bei einem Mann schöner ist als bei einem Affen, ist Luxus,* aber stattdessen fragt sie: »Wirst du ihn anrufen?«

»Ja. Was dagegen?«

»Nein, gar nicht. Ich meine, du bist sechzehn. Klar, dass man da Jungs trifft. Du bist ja vernünftig und du weißt, was du …«

Ehe sie mit ihrem Sermon, den ich in- und auswendig kenne, loslegen kann, gehe ich zur Musikanlage, lege eine Tango-CD ein und drehe voll auf. Ich stemme eine Hand in die Taille, drücke das Kreuz durch, hebe das Kinn und sage in gebieterischem Ton: »Klappe, Mum. Jetzt wird getanzt!«

Als wir nach unserer Tanzrunde wieder Tomaten-Mozzarella-Spieße aufstecken, rät mir Mum, mit dem Rückruf noch einen Tag zu warten.

»Einen ganzen Tag? Warum denn?«

»Es schadet nie, die Kerle ein bisschen zappeln zu lassen. Dann haben sie mehr Respekt vor einem.«

Sagt die, die regelmäßig durchdreht, wenn ihr August mal nicht erreichbar ist. Außerdem mag das vielleicht in Mums Jugend, also sozusagen in der Steinzeit, so gewesen sein. Aber im digitalen Zeitalter ist ein Tag eine Ewigkeit. Ray, so sage ich mir, hat sich die Mühe gemacht, mich zu finden, und nicht nur das: Indem er die Nummer von Pasta Basta herausgefunden hat, hat er bewiesen, dass er mir genau zugehört hat, als ich von mir erzählt habe. Deswegen, und weil ich solche Spielchen blöde finde, werde ich ihn anrufen, sobald ich allein bin. Allerspätestens heute Abend.

Aber natürlich halte ich es so lange nicht aus, und als ich gegen vier

Uhr aus dem Laden komme, renne ich nach Hause, um in ruhiger Umgebung und ungestört mit Ray reden zu können.

Es meldet sich nur die Mailbox, deren Ansage er nicht selbst besprochen hat. Da ich mir für diesen Fall keine Worte zurechtgelegt habe, lege ich wieder auf. Ich bin ein wenig enttäuscht. Irgendein naiver Teil von mir hat damit gerechnet, dass er den ganzen Tag auf sein Handy starrt und meinen Anruf erwartet. Blödsinn! Der Typ ist ein angehender Rockstar, der ist beschäftigt. Aber er sieht ja jetzt meine Nummer und kann sich denken, dass ich das war. Vielleicht ruft er mich zurück. Und wenn nicht? Wie viel Zeit lasse ich vergehen, ehe ich es noch einmal versuche? Oh, verdammt, wie ich solche Situationen hasse!

Am späten Nachmittag kommen Linda, Katja und – oh, Wunder! – Fabienne bei mir vorbei, um mich wegen der Fandom-Sache zu trösten. Fabienne hat sogar eine Flasche Sekt dabei.

»Gibt's was zu feiern?«, frage ich, krampfhaft bemüht, einen leicht betrübten, aber gefassten Eindruck zu machen. Von Rays Anruf habe ich natürlich nichts gesagt. Nur nicht schon wieder Öl ins Feuer gießen.

»Nein, aber ein Glas Sekt wird dich vielleicht aufmuntern«, meint Fabienne und küsst mich zur Begrüßung auf die Wange.

»Danke, lieb von dir«, sage ich in leidendem Tonfall.

Eigentlich passt mir der Besuch überhaupt nicht. Ich bin bester Laune und brauche keinen Trost mehr. Lieber wäre ich allein und würde auf Rays Anruf warten oder ihn – nach einer angemessenen Wartezeit – noch einmal anrufen. Aber ich möchte die drei auf keinen Fall kränken. Noch immer habe ich Angst, dass Fabienne mich als »Puderzuckernase« outen wird, sollte ich bei ihr in Ungnade fallen. Deshalb werde ich sie wahrscheinlich bis an mein Lebensende wie ein rohes Ei behandeln müssen.

Der Trost besteht darin, dass wir auf meinem Bett rumlümmeln,

Sekt aus Wassergläsern trinken, Musik hören und Videos anschauen. Fabienne führt uns ihren neuesten Schminktrick vor: sich so zu schminken, dass man aussieht, als wäre man gar nicht geschminkt. Ich bin froh, dass Fabienne wieder ganz die Alte zu sein scheint, und verkneife mir die Frage, was die Schminkerei dann überhaupt für einen Sinn haben soll. Das nimmt Linda mir ab.

»Ganz einfach: Du siehst besser aus als in Wirklichkeit und jeder denkt, du wärst eine Naturschönheit. Es gibt nämlich Kerle, die behaupten, sie stehen nicht auf Schminke. In Wirklichkeit tun sie es aber doch, sie wissen's nur nicht.«

»Ah, ja«, sage ich, und in diesem Moment läutet mein Handy. Ohne aufs Display zu schauen, weiß ich, dass es Ray ist. Hastig drücke ich auf die grüne Taste.

»Jill? Hi, ich bin's Ray.« Seine Stimme geht mir sofort durch und durch.

»Hi, äh ... warte kurz«, sage ich zu Ray, und zu den anderen: »Mein Vater. Ich bin gleich wieder da.« Ich renne ins Bad und schließe mich ein.

»Hier bin ich wieder«, sage ich etwas atemlos.

»Passt es gerade nicht?«

»Doch, doch«, rufe ich eine Spur zu hektisch.

»Ich weiß nicht, ob du diese Fotos gesehen hast ... «

»Ja, hab ich.«

»Oh, Mist. Das alles tut mir schrecklich leid.«

»Aber du kannst doch nichts dafür«, sage ich.

Ein paar Sekunden lang ist es still in der Leitung, und ich beginne zu befürchten, dass er mich nur angerufen hat, um sich für das Fehlverhalten seiner Fans zu entschuldigen.

»Jill, können wir uns treffen?«

Ja! Ja! Ja!

»Klar«, sage ich und füge rasch noch ein »gern« hinzu.

»Hast du morgen Nachmittag Zeit?«

»Ja, hab ich.«

»Okay. Ich kenne ein Café in Mitte. Ich schick dir gleich die Adresse. Passt dir vier Uhr?«

»Vier ist okay«, sage ich.

»Gut. Ich … also, bis dann.« Er hat aufgelegt. Täusche ich mich, oder klang er am Schluss etwas verlegen? Aber ich war ja auch nicht gerade sehr gesprächig. Das Telefonieren müssen wir wohl beide noch üben.

Mein Gesicht ist rot wie Ketchup. Ich wasche es mit kaltem Wasser ab, dann schließe ich die Badezimmertür wieder auf, trete auf den Flur und blicke in drei fragende Gesichter. »Hat euch schon mal jemand gesagt, dass man nicht an Türen horcht?«

»Lenk jetzt nicht ab«, sagt Linda.

»Versuch erst gar nicht, uns zu erzählen, dass das dein Vater war«, sagt Fabienne.

Das Handy an die Brust gedrückt, stammele ich: »Ich … äh.«

»War das Ray?«, bringt es Katja auf den Punkt.

Ich kann nicht anders, ich nicke.

»Und? Was hat er gesagt?«, fragt Linda.

»Er hat sich wegen der Fotos im Fandom bei mir entschuldigt.«

»Siehst du«, sagt Katja. »Das ist sehr anständig von ihm.«

»Dabei kann er ja gar nichts dafür«, bekräftige ich.

»Und? Wirst du ihn wiedersehen?« Die Frage, in einem allzu lockeren Tonfall gestellt, kommt von Fabienne.

Ich wage einfach nicht, sie anzulügen, und sage Ja.

»Herrgott«, poltert Linda los. »Nun lass dir doch nicht alles aus der Nase ziehen! Sag schon: wann, wo, tagsüber, abends?«

»Das … das hat er nicht gesagt. Er hat momentan viel zu tun. Proben und so. Er wird mich die Tage noch mal anrufen.«

Fabienne runzelt die Stirn und ich weiß, dass sie mir kein Wort glaubt. Aber nichts und niemand wird mich dazu bringen, ihr Zeit und Ort unseres Treffens zu verraten. Selbst auf die Gefahr hin, dass sie mich den geifernden Groupies zum Fraß vorwirft.

»Willst du das wirklich tun?«, fragt Katja, als wir wieder in meinem Zimmer sind. Aus irgendeinem Grund sitzen die drei nun auf dem Bett und ich ihnen gegenüber auf dem Schreibtischstuhl. Wie eine Angeklagte vor dem Richtertisch.

»Klar wird sie das«, kommt mir Linda zuvor. »Ich kenne Leute, die würden sich für ein Date mit Ray Thackeray den rechten Arm abhacken!« Dabei schielt sie hinüber zu Fabienne.

Verdammt, Linda, mach es nicht noch schlimmer!

»Manche vielleicht«, sagt Katja, was ebenfalls auf Fabienne gemünzt ist. »Ich ganz bestimmt nicht.«

»Ach nein?«, fragt Fabienne schnippisch.

»Nein. Und ich würde keinen Freund wollen, dem die Mädchen scharenweise hinterherlaufen.«

Mir liegt schon eine abfällige Bemerkung über Rays Konzertpublikum aus den vordersten Reihen auf der Zunge, als ich mich gerade noch bremsen kann. Immerhin ist Fabienne ja auch ein Fan von Ray. Ich frage mich, ob sie immer noch sein Poster über dem Bett hängen hat. Aber ich komme ohnehin nicht zu Wort, denn Katja fährt fort. »Ich wollte keine Beziehung, bei der man sich nirgends öffentlich sehen lassen kann, ohne dass es am nächsten Tag groß und breit im Netz und in den Klatschzeitungen steht.«

Ich mache eine abwehrende Handbewegung. »Was redest du denn da von Freund und Beziehung? So weit ist es noch lange nicht.«

»Aber es könnte der Anfang sein«, widerspricht Katja. »Was ist, wenn euch wieder irgendjemand fotografiert? Was ist, wenn sie dieses Mal rauskriegen, wer du bist?«

Es könnte der Anfang sein. Ich muss mich zusammenreißen, um nicht glückselig zu lächeln. »Du hast recht«, greife ich Katjas Einwand dankbar auf. »Ich weiß wirklich noch nicht, ob ich hingehen soll.«

»Ach komm schon, Jill, erzähl das deiner Großmutter!«, schnaubt Fabienne. »Das nimmt dir doch keiner ab. Natürlich wirst du hingehen.«

Angesichts meiner prekären Lage verbietet sich eine scharfe Antwort. Stattdessen zahlt sich meine Teilnahme an der Theater-AG endlich mal aus. Ich tue so, als müsste ich ein paar Tränen wegblinzeln, und sage in leidendem Tonfall zu Fabienne: »Es war ja auch nicht dein Hintern, über den sich alle Welt lustig gemacht hat. Glaub mir, so scheußlich habe ich mich noch nie in meinem Leben gefühlt, das brauch ich nicht noch mal.«

»Mag sein, Jill. Aber ich weiß genau, dass du nicht der Typ bist, der sich von diesen Kreischgören ins Bockshorn jagen lässt«, meint Linda, woraufhin Fabienne ihr einen vernichtenden Blick zuwirft.

»So was geht doch nie gut«, meint Katja. »Und am Ende ist es Jill, die den Schaden hat, nicht Mr Superstar.«

Da mag durchaus was dran sein. Dennoch wird mich nichts davon abhalten, Ray zu treffen. Was das angeht, kennt mich Fabienne offenbar besser als Katja.

»Jill«, wendet sie sich in vertraulichem Ton an mich. »Du erzählst uns doch in allen Einzelheiten, wie es war, *falls* du ihn triffst?«

»Ja, versprochen«, murmele ich. »*Falls* ich ihn treffe, werde ich berichten.«

Zwei geschlagene Stunden verbringe ich mit der Auswahl der Kleidung für mein erstes Date mit Ray. Den ganzen Kleiderschrank habe ich schon ausgeräumt und durchprobiert. Zwischendrin ruft mich Linda an, ob sie mit dem Deutschreferat vorbeikommen kann.

»Nein, das ist jetzt ungünstig«, sage ich. »Ich muss meiner Mutter im Laden helfen«, füge ich rasch hinzu.

Es dauert ein paar Sekunden, bis bei ihr der Groschen gefallen ist: »Oh, mein Gott, es ist heute? Heute Nachmittag triffst du Ray?«

Ich kapituliere. »Wehe, du sagst es den anderen!«

»Nein, tu ich nicht. Aber mir hättest du es ruhig sagen können«, kommt es eingeschnappt.

»Ja, sorry«, sage ich. »Ich bin so aufgeregt. Ich wollte es erst hinter mich bringen und es dir dann erzählen. Verrat mir doch mal, was ich anziehen soll!«

»Kommt drauf an, wo ihr hingeht …«

»Netter Versuch! Hör mal, ich hab jetzt keine Zeit mehr, ich ruf dich heute Abend an!«

»Du rufst mich gleich hinterher an!«

»Ja. Tschüs!« Ich lege auf und probiere weiter Klamotten an.

»Gut, dass du mal ausmistest«, bemerkt Mum im Vorbeigehen.

Ich habe sie angeschwindelt und gesagt, dass wir mit der Schule ins Theater gingen. Ein Treffen mit einem Jungen am Nachmittag in einem Café muss man zwar nicht unbedingt vor seiner Mutter verheimlichen, aber ich habe einfach keinen Bock auf ihre Vorträge und weisen Ratschläge.

Obwohl ich jetzt doch einen Rat gebrauchen könnte, was die Klamotten angeht. Nachdem ich mich in meinen Hosen zu dick und in meinen Kleidern zu overdressed oder zu kleinmädchenhaft finde, entscheide ich mich für einen knielangen, weit schwingenden Rock mit einem dezenten Blumenmuster und eine einfarbige, petrolblaue Bluse, zu der ich passende Ballerinas besitze. Oder doch lieber hohe Absätze? Ich habe nur ein Paar hochhackige Sandaletten, aber in denen fühle ich mich wie aufgebockt und gar nicht wie ich selbst. Nein, flache Schuhe sind besser. Als Nächstes verschwinde ich im Bad, glätte meine Haare, so gut es geht, und versuche, mich gemäß Fabiennes Anweisung zu schminken, als ob ich nicht geschminkt wäre. Ich glaube nämlich nicht, dass Ray der Typ ist, der auf knallige Lippen und klumpige Wimpern steht, und wenn ich am helllichten Nachmittag mit Smokey-Eyes ankomme, erkennt er mich womöglich gar nicht. Als ich fertig bin, grinse ich mir zu. Gar nicht mal so übel, Jill.

Mum mustert mich von oben bis unten und fragt beiläufig, welches Stück wir denn besuchen würden.

»Äh … irgendwas von Shakespeare, glaube ich.«

»Dann wüsche ich dir viel Spaß.« Ein Unterton schwingt in ihrem Tonfall mit. Oder bilde ich mir das nur ein?

»Danke, Mum. Tschü-üs!«

»Ja, Tschüs. Und ruf an, falls *die Vorstellung* länger dauert!«

8

Ich habe fest damit gerechnet, dass Ray mich in einem von diesen Hipsterläden treffen wird, von denen es in Mitte nur so wimmelt, aber als ich schließlich das Café betrete, überprüfe ich vorsichtshalber noch einmal die SMS von Ray. Stimmt diese Adresse auch wirklich?

»Du bist vollkommen richtig«, höre ich seine Stimme hinter mir sagen. »Hallo Jill!«

Er trägt ein kragenloses, weißes Hemd und Jeans, die besser sitzen als die von neulich. Eine Locke fällt ihm in die Stirn, und diese Augen! Er sieht wirklich wahnsinnig gut aus, ich kann seine Fans wirklich verstehen.

»Hallo Ray«, antworte ich und kann nicht anders als ihn anzulächeln.

Er lächelt zurück. Einen kleinen Kuss – auf die Wange wenigstens – hätte ich zur Begrüßung eigentlich erwartet, aber er macht nur eine vage Handbewegung und sagt: »Setzen wir uns.«

Wir landen an einem Zweiertisch im hinteren Teil des Cafés. Es ist ein plüschiges Alte-Tanten-Café von der aussterbenden Sorte mit silbernen Zuckerdosen, Rüschengardinen, Kronleuchtern aus Goldmessing und einem schauderhaft geblümten Teppichboden. Zuerst bin ich nicht sicher, ob die altbackene Einrichtung vielleicht ein ironisches Zitat ist, eine Hommage an die Sechzigerjahre. In dieser Stadt weiß man ja nie. Aber dann betrachte ich die Gäste um mich herum und verwerfe den Gedanken. Mir dämmert, warum Ray den Laden hier ausgesucht hat. Die Chance, dass ihn hier jemand erkennt, ist denkbar gering, es sei denn, er hätte auch Groupies in der Altersklasse 70 plus.

»Coole Location«, sage ich.

»Probier den Kuchen, ehe du lästerst!«

Aber ich bin viel zu nervös zum Essen. Außerdem ist es vielleicht besser, wenn ich in seiner Gegenwart auf Nahrungsaufnahme verzichte. Nicht, dass es wieder so danebengeht wie beim letzten Mal.

Die Bedienung kommt, ich bestelle eine Apfelschorle und Ray ebenfalls.

Dann sitzen wir einander gegenüber und sagen Sachen wie: »Schön, dass du gekommen bist.«

»Ja, finde ich auch.«

Ray sagt, ich würde sehr hübsch aussehen, aber irgendwie klingt es hölzern. Wo ist der lässige, witzige Ray vom Festival geblieben? Hat er jetzt Hemmungen, weil ich weiß, wer er ist? Wie soll ich mich verhalten? Leider habe ich wenig Erfahrung mit Dates und absolut gar keine mit Dates mit Rockstars. Aber ich spüre, dass etwas anders ist als beim letzten Mal. Hat er sich etwa nur aus Pflichtgefühl mit mir getroffen, um sich zu entschuldigen? Ich bin froh, als die Bedienung die Getränke bringt. Bis ich weiß, wohin das hier führen wird, sollte ich vielleicht aufhören, ihn wie ein Stadionscheinwerfer anzustrahlen.

»Es tut mir leid«, sagt Ray und sieht mich mit bekümmertem Blick an.

»Was denn?«, frage ich.

»Alles. Dass wir uns verpasst haben, und natürlich diese Fotos …«

»Das ist doch nicht deine Schuld«, wiederhole ich das, was ich ihm schon am Telefon gesagt habe. »Schließlich hast du ja nicht die Fotos ins Netz gestellt.«

»Aber ich hätte mit so etwas rechnen müssen.« Er sieht mich mit einem sehr ernsten Blick an und sagt: »Ich war so sauer, glaub mir. Ich hätte gern dort gepostet, dass ich es scheiße finde, was da abgeht.«

»Warum hast du's nicht getan?«, frage ich.

»Martin – das ist unser Manager – meinte, das würde alles nur noch schlimmer machen. Er sagte, ich soll gar nichts tun, bloß nicht reagieren. Nur dann würde das Ganze rasch wieder in Vergessenheit geraten.«

»Ich verstehe«, sage ich ernüchtert. »Ist ja nichts passiert. Ich meine – sie haben ja nicht rausgekriegt, wer ich bin.«

»Ja, das ist das einzig Gute an dieser üblen Geschichte! Es tut mir so leid«, wiederholt er.

Für meinen Geschmack hat er sich nun langsam genug entschuldigt. Zeit, das Thema zu wechseln. »Euer Konzert war klasse.«

Seine Miene hellt sich auf. »Du warst also da?«

»Ja, aber ziemlich weit hinten. Und als ich dich dann auf der Bühne gesehen habe – das war echt ein Schock für mich. Warum hast du mich denn nicht vorgewarnt?«

»Gut oder schlecht, der Schock?«, will Ray wissen, und für einen Moment blitzt wieder dieser schelmische Ausdruck in seinen Augen auf, wie er ihn bei unserer ersten Begegnung hatte.

»Ganz ehrlich? Ich dachte: Verdammter Mist, ich hätte lieber einen normalen Jungen kennengelernt als einen Rockstar.«

»Ich bin kein Rockstar.«

»Den Eindruck habe ich nicht.«

Ein Schweigen entsteht, dann sagt er traurig: »Glaub mir, gerade jetzt wäre ich gern ein anderer. Jeder andere, nur nicht ich.«

»Ach, wirklich?«, sage ich zweifelnd.

»Ja, wirklich. Weißt du, ich mache gern Musik, ich mag die Band, und ich würde lügen, wenn ich leugnen würde, dass es ein geiles Gefühl ist, auf der Bühne zu stehen und ein paar tausend Leute jubeln dir zu und sind mit dir am Feiern …«

»Ginge mir auch so«, werfe ich ein.

»Aber das alles hat seinen Preis.« Er sieht sich um und senkt die Stimme. »Seit ich diese Fotos im Fandom gesehen habe, hasse ich meine eigenen Fans.«

Ich sage nichts, weil mir nichts dazu einfällt, außer, dass ich seine Hardcore-Fans ebenfalls hasse, aber Ray redet ohnehin bereits weiter:

»Mich nervt auch dieses Etikett, das wir neuerdings haben. Ich wollte nie der Frontmann einer *Teenie-Band* sein, auch keiner *Boyband*. Keiner von uns wollte das. Wir sind nicht gecastet worden, wir sind Freunde, die zusammen Musik machen. Ich weiß, es klingt arrogant, wenn ich das sage, aber am Anfang war's irgendwie besser.«

Wenn er erzählt, wird er vielleicht etwas lockerer, hoffe ich, und obwohl ich schon im Netz darüber gelesen habe, frage ich ihn: »Wie hat es denn angefangen?«

»Eigentlich ganz harmlos. Ich habe im Schulchor gesungen und mit meiner Mutter im Kirchenchor. Meine Kumpels fanden das voll uncool und haben mich dauernd damit aufgezogen, ich war der *Chorknabe*. Dann ist mein alter Freund Silas zu dieser Band gestoßen, den Broken Biscuits. Sie haben bei Renato hinterm Restaurant geübt, in einem mit Eierkartons ausgekleideten Vorratsraum – also voll der Klassiker. Als Marius, der Sänger, beschlossen hat, in Holland zu studieren, hat Silas mich gefragt, ob ich Lust hätte, ihn zu ersetzen. Damals hatten wir nur Mini-Auftritte in Kneipen und Clubs. Aber wir kamen gut an und haben uns immer mehr gesteigert. Allmählich wurden wir besser und bekannter, die Auftritte zahlreicher und größer, unsere Stücke bekamen haufenweise Klicks bei YouTube und landeten irgendwann auf den Playlists der wichtigen Radiosender. Dann kreuzte Martin auf. Er ist einer der besten Band-Manager in Europa. Er bot an, uns zu managen. Martin ist gut in seinem Job, vielleicht zu gut. Er hat sofort gerochen, wo der Schlüssel zum Erfolg liegt. Plötzlich mussten wir uns anders frisieren, uns auf der Bühne anders anziehen und ein paar alberne Posen einstudieren. Dann kam der Chor dazu und danach ging's richtig ab. Aber manchmal finde ich es einfach zum Kotzen, was er von uns verlangt. Zum Beispiel diese Schwulengeschichte ... Du hast sicher im Fandom darüber gelesen, oder?«

»Ja. Aber geglaubt hab ich es nicht!«, versichere ich rasch.

»Natürlich wollten Silas und ich diesen Blödsinn sofort aus der Welt schaffen, schon wegen unserer Freunde und Familien. Aber Martin hat es uns schlichtweg verboten. Weil angeblich schwule Typen grad voll angesagt sind bei den Teenies.«

»Nicht bei allen!«, protestiere ich, muss aber einräumen: »Allerdings glaubt meine Freundin Fabienne diesen Stuss. Und dennoch …«

»Dennoch was?«

Ich seufze. »Dennoch hängt ein Poster von dir über ihrem Bett.«

»Und was hängt über deinem Bett?«, fragt Ray.

»Du jedenfalls nicht«, antworte ich. »Ein Filmplakat von *Ein letzter Tango*. Das ist eine Doku von Wim Wenders über Argentiniens berühmtestes Tangopaar.«

Seine Augen leuchten auf. »Hab ich gesehen. Maria Nieves Rego und Juan Carlos Copes. Sie waren ein Tanzpaar und ein Liebespaar, obwohl sie sich zeitweilig gehasst haben. Heute sind sie so eine Art Nationalhelden in Argentinien.«

Wir lächeln uns an, und plötzlich ist es wieder da, dieses Gefühl der Vertrautheit. Dann wendet Ray seinen Blick rasch ab. Irgendetwas ist im Busch, ich spüre es ganz deutlich. Dieser gehemmte Typ, der da vor mir sitzt und das Tischtuch anstarrt, ist nicht der Ray, den ich auf dem Mixtape kennengelernt habe. Ich komme noch einmal auf das vorhin Gesagte zurück: »Ich verstehe die Begeisterung mancher Mädchen für schwule Rockstars nicht, du etwa?«

»Ich auch nicht«, sagt Ray. »Ich kann nur wiederholen, was Martin dazu gesagt hat. Er meinte: *Stars sind unerreichbar, und schwule Stars erst recht. Das erhöht den Reiz.*«

»Scheint ja was dran zu sein«, sage ich.

»Manchmal habe ich sogar den Verdacht, dass Martin dieses Gerücht in die Welt gesetzt hat, damit wir richtig trendy rüberkommen.«

»Boah, das wäre ja echt fies.«

»Vielleicht tu ich ihm unrecht, aber zuzutrauen wäre es ihm. Wenn es ums Geschäft geht, ist dem gar nichts heilig.« Er fährt sich durch seine Wuschellocken und atmet tief ein. »Das alles ist so rasend schnell gegangen. Noch vor einem Jahr war es nur ein Spaß und jetzt hängen auf einmal so viele Schicksale daran.«

»Was denn für Schicksale?«

»Silas, zum Beispiel, ist der Einzige von seiner Familie, der momentan Geld verdient. Oder Renato, unser Bassist: Wenn es schiefgeht mit den Broken Biscuits, steht er wieder am Pizzaofen. Amons Eltern sind auch nicht gerade begeistert darüber, dass er sein Geld als Schlagzeuger verdient, anstatt auf dieses Elitecollege zu gehen, das sie für ihn ausgesucht haben. Und hast du Grace gesehen, unsere schwarze Chorsängerin?«

Ich nicke. Ja, sie ist mir aufgefallen. Sie hat ein ganz kurzes Solo gesungen, ihre Stimme ist klasse.

»Die Broken Biscuits könnten eine wichtige Stufe auf dem Weg zu einer Solokarriere für sie sein. Und ich bin mittlerweile auch auf den Erfolg der Band angewiesen. Mein Vater wollte nicht, dass ich mein Sportstudium auf Eis lege, ich bekomme von zu Hause keinen Cent. Er redet nicht mehr mit mir, nur mit meiner Mutter telefoniere ich ab und zu.«

Warum erzählt Ray mir das alles? Was will er mir eigentlich sagen? Plötzlich fühle ich mich gar nicht mehr wohl.

Dabei sieht er unwiderstehlich aus, wenn er so traurig lächelt wie jetzt gerade.

»Aber es läuft doch gut, dein Vater könnte also beruhigt sein.«

»Er ist ein irischer Sturkopf«, meint Ray. »Und diese Schwulengeschichte hat ihn nicht gerade versöhnlicher gestimmt.«

»Müsst ihr denn alles tun, was dieser Martin euch sagt? Ich denke, er arbeitet für euch, nicht umgekehrt.«

Ray nickt. »Stimmt schon. Das Dumme ist nur, meistens hat Martin recht. Er hat mich zum Beispiel nach dem Konzert zusammengestaucht, weil ich mich auf der Bühne mit dir verabredet habe. Ich musste ihm deshalb hoch und heilig versprechen, dass ich dich am nächsten Tag nicht treffen werde, und vorsichtshalber hat er den Bus früher abfahren lassen als geplant.«

Ich muss daran denken, wie ich vor dem Waffelstand dumm rumgestanden und auf Ray gewartet habe. Zudem beschleicht mich immer mehr das Gefühl, dass er um den heißen Brei herumredet. Ich frage mich, warum ich eigentlich hier bin.

Ray sieht mich mit traurigen Augen an: »Normalerweise würde ich Martin einfach sagen, dass er mich mal kreuzweise kann. Ich bin überzeugt, dass wir inzwischen so bekannt sind, dass es unserer Band nicht groß schadet, wenn ein paar fanatische Groupies sauer sind. Ich wollte sowieso nie ein Teenie-Star sein und ein schwuler Teenie-Star erst recht nicht. Eigentlich wollte ich Sport studieren und nebenbei Musik machen, und jetzt auf einmal …«

In meinem Innern zieht sich etwas zusammen, denn ich beginne zu ahnen, worauf dieses Gespräch hinausläuft. »Dann sag doch diesem Martin, dass er dich mal kann«, sage ich trotzig. »Mick Jagger hatte jede Menge Frauen, sogar eine Ehefrau. Und? Hat's ihm etwa geschadet?«

Ray presst die Lippen zusammen und sagt schließlich. »Du hast völlig recht. Aber das kann ich nicht.«

Ich spüre auf einmal einen Kloß in der Kehle. »Wieso nicht?«

»Paragraf 12 des Plattenvertrags.«

»Was?« Ich verstehe nur noch Bahnhof.

»Es ist eine Art Liebesverbot. Wir müssen Single bleiben. Wir dürfen uns nicht öffentlich mit einem Mädchen zeigen oder gar eine feste Freundin haben. Das alles steht da haarklein beschrieben. Ich habe das nicht so ernst genommen, als ich den Vertrag unterschrieben habe, und bisher gab es damit ja auch keine Probleme, weil ich … nun ja, weil ich kein Mädchen wie dich getroffen habe. Ja, und dann bist du mir begegnet, Jill. Glaub mir, ich wäre so gern mit dir zusammen, auch wenn's den Groupies nicht passt. Aber ich *darf* nicht. Die können Schadenersatz von mir verlangen, wenn deswegen die Verkäufe zurückgehen. Ich wüsste nicht, wovon ich das bezahlen sollte. Deshalb können wir nicht … Also, ich wollte dir das alles erklären, damit du nicht denkst, dass ich …«

Wir können nicht zusammen sein. Das ist die Quintessenz seiner langen Rede und das Einzige, was bei mir wirklich ankommt. Etwas in mir wird zu Stein und ich merke, wie mir das Blut aus dem Gesicht weicht. Ich muss an die Szene in *Ein letzter Tango* denken, in der Maria sagt: *Kein Mann ist die Träne einer Frau wert.* Daran klammere ich mich, während ich versuche, die Coole zu geben.

»Kein Problem«, schneide ich ihm das Wort ab. »Es wäre ja auch verrückt, deine Karriere zu gefährden für jemanden, den du gerade mal eine halbe Stunde lang erlebt hast. Ich bin nicht deine Freundin, wir waren nie zusammen, also musst du auch nicht mit mir Schluss machen!« Beim letzten Satz zittert meine Stimme. Zeit zu gehen. Mit einem Ruck stehe ich auf und sage: »Ich wünsch dir noch ein schönes Leben, Ray Thackeray, und vor allem viel Erfolg.« Dann haste ich aus dem Café. Ich stoße gegen etliche Stühle und einen Rollator, weil ich durch meinen Tränenschleier so gut wie nichts mehr sehen kann. Ein winziger Teil in mir hofft, dass Ray mir hinterherläuft, aber ich habe mich geirrt. Als ich mich einmal kurz umdrehe und durchs Fenster ins Café schaue, blickt er auf seine Schorle, das Gesicht nach unten gerichtet.

Meine Mutter hat mir einen Zettel hingelegt, sie sei mit August zum Einkaufen gefahren. Ich bin froh, dass sie nicht da ist, denn sie hätte mir sofort angesehen, dass etwas nicht stimmt. Mein Mund ist ganz trocken, ich hole mir eine Diätcola aus dem Kühlschrank und dann sitze ich am Küchentisch, trinke ab und zu aus der Flasche und starre einfach nur so vor mich hin. Kämpfe gegen das Bedürfnis an, hemmungslos loszuheulen. *Kein Mann ist die Träne einer Frau wert,* sage ich mir immer wieder, wie ein Mantra. Denn ich habe die Befürchtung, nie wieder aufhören zu können, wenn ich jetzt damit anfange.

Wie schnell das Leben sich ändern kann. Ich sehe mich selbst, wie ich vorhin auf dem Weg zu meinem Date in der Bahn gestanden habe – ach was, wie ich dorthin *geschwebt* bin. Ich wollte mich nicht einmal hinsetzen, damit mein Rock nicht zerknittert, aber ich war auch viel zu hibbelig dazu. Hier stehe ich in der Bahn, dachte ich, und fahre zu einem Date mit Ray Thackeray. Kann das Leben eigentlich noch schöner werden?

Einen Tag, einen einzigen Tag lang durfte ich mich als etwas Besonderes fühlen. Jill Goldberg hatte ein Date mit dem heiß umschwärmten Ray Thackeray. Aschenputtel trifft den Prinzen. Das kommt davon, wenn man zu hoch hinaus will! Unweigerlich folgt ein sehr tiefer Fall.

Ob mir wohl auch so elend zumute wäre, wenn mir ein ganz »normaler« Junge einen Korb gegeben hätte? Geht es nur um meinen verletzten Stolz oder um mehr? Ich sage mir, dass Ray wirklich in der Klemme sitzt, falls das mit dem Vertrag so stimmt. Ich glaube nicht, dass er mich angelogen hat.

Wer bin ich schon, dass einer dafür seine Existenz und die Aussicht auf Ruhm gefährdet und einen Haufen Geld wegwirft? Würde ich an seiner Stelle nicht genauso handeln? Vermutlich schon. Ja, ich verstehe ihn und ich versuche, mich damit abzufinden. Aber es tut verdammt weh.

Ich bin traurig und enttäuscht, doch vor allen Dingen bin ich wütend auf das Schicksal, das Leben, auf Gott, falls er existiert. Denn obwohl ich mir sage, dass das eine mit dem anderen gar nichts zu tun hat, muss ich an meinen Vater denken. Der hat sich auch gegen mich – gegen Mum und mich – entschieden. Was ist das nur mit mir? Dauernd wenden sich Menschen, an denen mir etwas liegt, von mir ab, weil ihnen etwas anderes wichtiger ist. Bei Ray ist es immerhin eine Rockstar-Karriere, bei meinem Vater hingegen war's einfach nur die erstbeste Tusse, die ihn ein bisschen angehimmelt hat. Aber das Ergebnis ist dasselbe. Ich fühle mich gedemütigt, ungeliebt und einfach scheußlich.

Ich beschließe, mich nie wieder zu verlieben. Wie könnte ich auch, nachdem ich einen Jungen wie Ray getroffen habe? Neben ihm wird kein anderer auch nur ansatzweise bestehen können. Ich male mir aus, wie ich am Ende meines traurigen, einsamen Lebens runzlig und weißhaarig in einem Altenheim sitze und erkenne, dass die vierundzwanzig Stunden von Rays Anruf gestern bis zu unserem Treffen heute die glücklichsten in meinem Leben waren. Und davon habe ich auch noch mindestens sieben verschlafen!

Eine Stunde oder länger sitze ich einfach so da. Dann klingelt es an der Tür. Ich ignoriere es, ich will niemanden sehen. Aber es klingelt wieder, dieses Mal heftiger, und ich geh ans Fenster und spähe durch die Gardine nach draußen.

Oh, nein! Nein, nein, nein, nicht auch noch das! Vor der Tür stehen Linda, Katja und Fabienne. Wieder mal typisch, Linda hat natürlich den Mund nicht halten können! Nimmt denn dieser Albtraum kein Ende? Warum musste ich ihnen auch von Rays Anruf erzählen? *Aus Eitelkeit und Geltungssucht, liebe Jill. Im Geheimen hat es dir doch gefallen, vor allem, dass Fabienne so eifersüchtig war.*

Die Strafe folgt auf dem Fuß. Zu meinem Frust, von Ray abserviert worden zu sein, kommt jetzt auch noch die Demütigung, meinen Freundinnen davon berichten zu müssen. Hätten sie mir nicht wenigstens eine Gnadenfrist bis morgen lassen können?

Andererseits – so habe ich es wenigstens hinter mir und kann diesen völlig verpfuschten Tag, den schlimmsten meines Lebens, abhaken. Seufzend stehe ich auf und öffne ihnen die Tür.

Ich warte darauf, dass sie mich mit Fragen bestürmen, aber alle drei machen eine ernste Miene. Sind sie sauer auf mich?

»Hallo zusammen!«, sage ich mit künstlicher Munterkeit. »*Why that long face, as the barkeeper said to the horse ...* «

»Wann warst du zuletzt im Netz?«, fragt Linda.

»Äh ... heute Mittag? Wieso?«

»Das Fandom«, sagt Fabienne. »Jemand hat dich erkannt. Sie wissen, wer du bist.«

Lass deine Finger von Ray, sonst bist du tot, du eklige Schlampe!!!

Wir hassen dich Jill!

Jill Goldberg, wir wissen, wo du wohnst!

Ich sitze auf dem Bett, umringt von meinen Freundinnen, und starre auf den Bildschirm. Es gibt über zweihundert solcher Hasskommentare in meiner Facebook-Chronik. Noch mehr davon finden sich im Broken-Biscuits-Fandom. Eine gewisse Kate hat um 13.48 Uhr den Link zu meiner Facebook-Seite im Fandom gepostet mit den Worten: Leute, ich glaube, ich habe Puderzuckernase gefunden: Seht euch die Bitch mal an …

Und dann ging es los.

»Mein Gott, so viele«, flüstert Linda entsetzt.

»Ja, klar«, meint Fabienne. »Das verbreitet sich über Facebook, Twitter, Instagram … Willst du sehen, was auf Twitter unter dem Hashtag *#Puderzuckernase* zu sehen ist?«

»Ich weiß nicht«, sage ich, noch immer mit meinen Facebook-Kommentaren beschäftigt.

»Willst du nicht!«, entscheidet Fabienne.

Ich scrolle und lese, bis Katja mir ihre Hand auf die Schulter legt. »Jill, du musst dir das nicht antun.«

»Doch, das muss ich.«

Fabienne schüttelt den Kopf: »Was du jetzt augenblicklich tun musst, ist, deine Facebook-Seite so einzurichten, dass keiner mehr in deine Chronik schreiben kann, ohne dass du den Beitrag autorisierst.«

»Wie geht denn das?« Ich bin viel zu aufgeregt, um mich jetzt mit den Tücken von Facebook auseinanderzusetzen.

»Wenn du willst, mach ich es«, sagt Fabienne.

Ich schiebe ihr den Laptop rüber. »Und lösch auch gleich mein Profilfoto.«

Fabienne löscht das Foto und setzt das berühmte Bild von Einstein ein, der die Zunge herausstreckt. »Bei Instagram bist du ja nicht unter deinem Namen, oder?«, fragt sie.

»Nein. Weißt du doch.«

»Vorsichtshalber solltest du deine Fotoalben auf Facebook sperren. Immerhin sind da auch wir drauf«, meint Katja.

»Die dürfen eh nur Freunde sehen, darauf habe ich immer geachtet«, sage ich.

Linda runzelt die Stirn. »Du hast hundertsiebzig Facebook-Freunde. Kannst du für jeden davon die Hand ins Feuer legen?«

»Äh …«

»Ich stell es so ein, dass nur du die Fotos noch sehen kannst«, beschließt Fabienne.

»Dann kannst du gleich die Seite löschen«, sage ich resigniert. »Wenn keiner mehr was schreiben darf und man kein Bild mehr sehen kann, was macht's dann noch für einen Sinn?«

»Es kommen auch wieder bessere Zeiten. Und dann wär's doch schade, wenn alles weg wäre«, meint Fabienne, und ich bin insgeheim froh, dass sie handelt, während ich kurz davor bin durchzudrehen.

»Ja, warte erst mal ab. Den Account löschen kannst du immer noch«, sagt Linda.

»Ich könnte ja auch was zu dem Thema in meine Chronik schreiben«, überlege ich laut. »Oder wenigstens auf die Kommentare antworten.«

»Was denn?«, fragt Katja.

»Na ja. Ich könnte sie fragen, was ich ihnen eigentlich getan habe. Dass sie sich mal überlegen sollen, was sie da von sich geben. Und ob sie sich nicht mal zusammenreißen wollen.«

»Mach das bloß nicht!«, sagt Fabienne eindringlich.

»Du meinst, ich muss mir das alles einfach so bieten lassen?«

Fabienne hebt beschwörend die Hände. »Tu's nicht, Jill, ich fleh dich an! Ich schwöre dir, egal was du schreibst, das macht es nur schlimmer.«

»Ich fürchte, sie hat recht«, meint auch Linda. »Das sind hormongesteuerte Fanatikerinnen, denen brauchst du nicht mit Argumenten zu kommen. Für die bist du jetzt der Erzfeind, weil du ihren heiß verehrten Ray geküsst hast.«

Ist das ein kleiner Seitenhieb, weil ich Linda von dem Kuss nichts erzählt habe?

»Stimmt, das ist so eine Art Massenhysterie. Du schürst sie nur, wenn du dagegen angehst«, bekräftigt auch Katja.

Seltsam. Hat nicht Ray – oder vielmehr sein Manager – etwas Ähnliches gesagt?

»Aber lest doch mal, was da steht!«, ereifere ich mich. »*Wir wissen, wo du wohnst! – Lass deine Finger von Ray, sonst bist du tot!* Das ist nicht mehr nur *Dein Arsch ist fett,* das sind Drohungen! Sollen die ungestraft damit davonkommen?«

»Also, ich persönlich finde ja, dass *Dein Arsch ist fett* viel schlimmer ist als eine Todesdrohung«, meint Fabienne. »Aber das ist Ermessenssache.«

Trotz allem müssen wir lachen.

»Du könntest sie anzeigen«, meint Linda. »Bei denen, die blöd genug waren und auf deine Facebook-Seite geschrieben haben, müsste die Polizei die Adressen leicht rauskriegen.«

»Und was ist mit den Fans auf Instagram und Twitter?«, fragt Katja.

»Das sind größtenteils Nicknames«, weiß Fabienne. »Aber man muss bei der Anmeldung seinen Namen und die E-Mail hinterlegen. Die Polizei könnte die Klarnamen vom Seitenbetreiber anfordern. Das gibt aber einen Haufen Anzeigen, und ich schätze, letztendlich wird den Einzelnen nicht viel passieren. Vor allem, wenn sie noch minderjährig sind, was die meisten ja sein dürften.«

»Aber Mami und Papi werden sicher nicht begeistert sein, wenn die Bullen vor der Tür stehen«, grinst Linda.

Anzeige. Polizei. Mir wird schwindelig. In was bin ich da nur reingeraten? Und wofür das alles? Wenn ich wenigstens wirklich mit Ray zusammen wäre, aber so … Ein anderer Teil in mir schreit nach Rache. Ja, sollen diese Biester doch den größtmöglichen Ärger kriegen!

»Druck die Seiten mit den Kommentaren aus, bevor du sie löschst«, rät Fabienne. »So kannst du immer noch überlegen, ob du zur Polizei gehst.«

Der Gedanke, diesen Dreck schwarz auf weiß im Zimmer herumliegen zu haben, widerstrebt mir, aber ich sehe ein, dass Fabienne recht hat. Überhaupt finde ich, dass sie sich ziemlich reinhängt, um mir zu helfen. Vielleicht ist das ihre Art, sich für ihr seltsames Benehmen von gestern zu entschuldigen.

»Mal eine ganz andere Frage«, sagt Linda und schaut mich fragend an. »Wie war denn heute dein Date mit Ray?«

»Ist vielleicht besser so«, meint Linda und drückt meine Hand, nachdem ich in knappen Worten geschildert habe, wie die Unterhaltung mit Ray abgelaufen ist.

Fabienne schaut mich an wie ein trauriger Dackel, aber ich habe den Verdacht, dass sie innerlich triumphiert. Sie tätschelt mir den Arm. »Nimm's nicht persönlich, Jill, aber du kannst nicht erwarten, dass er alles für dich aufgibt, noch dazu, wo ihr euch ja kaum kennt.«

»Nein, ich nehme es nie persönlich, wenn man mich abserviert, aus welchen Gründen auch immer.«

»Ich sag's ja. Kerle! Sie sind doch alle gleich. Wenn's drauf ankommt, haben sie keine Eier in der Hose«, schnaubt Linda. »Am besten, du vergisst die ganze Sache so rasch wie möglich.«

Klar, ist ja auch ganz einfach!

Schon bereue ich jedes Wort, das ich ihnen erzählt habe.

»Was sollen wir sagen, wenn sie morgen in der Schule wissen wollen, ob ihr zusammen seid, du und Ray?«, fragt Fabienne.

Morgen in der Schule. Mir dämmert, was für ein Spießrutenlauf mich da erwartet. »Gar nichts.«

»Und was wirst du sagen?«, fragt Katja.

Ich zucke nur mit den Schultern. Ich weiß es wirklich nicht, ich muss darüber nachdenken. Außerdem merke ich, dass ich kurz davor bin, in Tränen auszubrechen. Ich bitte die drei, mich allein zu lassen.

»Wirklich?«, fragt Linda, die offensichtlich auf eine Allerbeste-Freundin-Extraeinladung hofft. Aber ich bin ein bisschen sauer auf sie, weil sie das mit meinem Date verraten hat, also sage ich brummig: »Ja, wirklich.«

Erleichtert sehe ihnen nach, wie sie durch den Vorgarten laufen. Aber nach wenigen Schritten dreht sich Katja um und kommt noch einmal zurück, während die anderen beiden weitergehen. Sie hat ihre Handtasche in meinem Zimmer vergessen. Seltsam. Katja neigt sonst nicht dazu, Dinge liegen zu lassen.

»Keine Sorge, ich schneide mir schon nicht die Pulsadern auf«, sage ich, als sie ihre Tasche von meiner Bettdecke nimmt.

»Das habe ich auch nicht erwartet.« Sie macht keine Anstalten, zu gehen. »Er hat dich nicht *abserviert*, Jill. Er hat doch gute Gründe.«

Sicher hat er die. Trotzdem schimpfe ich drauflos. »Dieser Paragraf im Plattenvertrag – das ist doch sittenwidrig! So was kann man doch von keinem jungen Menschen verlangen!«

»Von einem katholischen Priester wird auch verlangt, dass er ohne Frau lebt. Sogar sein ganzes Leben lang.«

So einen saudummen Vergleich kann auch nur sie bringen.

»Frag dich doch mal, wie es wäre, wenn er sich für dich entscheiden würde«, fährt Katja fort.

»Was meinst du?«

»Seine Fans wenden sich ab, die CD-Verkäufe und Downloads gehen zurück, er fliegt aus der Band und sitzt womöglich auf einem Berg Schulden. Würde er dich dann noch lieben? Würde er sich nicht bei jedem kleinen Streit fragen: *Ist sie das alles wirklich wert?*«

»Es könnte auch anders kommen«, widerspreche ich. »Es gibt ein bisschen Wirbel im Netz und dann beruhigen sich bis auf ein paar Hardcore-Groupies alle wieder und alles wird gut.«

Katja zuckt mit den Schultern. »Ich will nur sagen: Du solltest nicht schlecht von ihm denken, nur weil er sich an Abmachungen hält.«

Da ist was dran. Aber frustriert und verletzt wie ich bin, stichle ich: »Apropos katholisch. Wie ist das denn eigentlich mit dir und Jonas? Ist Sex vor der Ehe nicht eigentlich verboten bei euch?«

Katja lässt sich nicht aus der Ruhe bringen. Sie sieht mir fest in die Augen und sagt: »Wir haben ein Abkommen: Kein Sex während der ersten sechs Monate unserer Beziehung.«

Ich starre sie an. »Echt jetzt?«

Sie nickt.

»Warum? Weil du sonst in die Hölle kommst?«

»Nein. Weil wir uns erst richtig kennenlernen wollen, und danach werden wir entscheiden, wie es weitergeht. Du weißt doch, wie viele Pärchen sich in unserem Alter nach ein paar Wochen wieder trennen. Dann würden wir es vielleicht bereuen, wenn wir es schon getan hätten.«

»Darauf hat Jonas sich eingelassen?«, zweifle ich.

»Was blieb ihm anderes übrig?«, erwidert Katja und lächelt.

»Krass.«

»Glaub mir, das ist viel einfacher, als wenn man sich bei jedem Date fragen muss: Passiert es wohl heute, will ich, dass es passiert, und was ist, wenn er will und ich nicht? Durch unsere Vereinbarung ist alles viel entspannter.«

Klingt eigentlich gar nicht so übel. »Wissen das die anderen?«

»Nein, und es wäre nett, wenn du es ihnen nicht verrätst. Ich meine, Fabienne … du kennst sie ja.«

»Linda ist ebenfalls ein Klatschmaul«, sage ich.

Katja ist dabei zu gehen und steht in der Tür. »Heul dich gründlich aus, dann geht's dir morgen ein kleines bisschen besser.«

»Glaub ich kaum. Mir wird's nie wieder gut gehen.«

»Vielleicht noch nicht morgen. Aber es wird besser, jeden Tag ein wenig, glaub mir. Als mein Meerschweinchen gestorben ist, war's auch so.«

Mum sieht mich forschend an, als ich zum Abendessen runterkomme, und ich hoffe, ich sehe nicht allzu fertig und verheult aus. Der Kauz ist ebenfalls da, ich winke ihm etwas schlapp zu und sage. »Hi.«

»Guten Abend, Jill.«

»Und wie war die Vorstellung?«

Im ersten Moment weiß ich gar nicht, wovon meine Mutter redet. »Was? Ach so, die Vorstellung. Beschissen!«

»Ach, Krümel, das tut mir leid.« Mum legt mir den Arm um die Schulter und streichelt mir die Wange, wohl wissend, dass wir nicht von einer Theateraufführung sprechen. »Tja, das kommt vor. Man lernt sich auf einem Festival kennen, die Stimmung ist magisch und die Leute sind alle gut drauf ...«

»Und total zugekifft ...«

»Wie bitte?« Sie sieht mich entsetzt an.

»Bei euch, damals, in der Steinzeit«, sage ich.

»Unsinn«, wehrt sie ab.

Der Kauz grinst und Mum räumt ein: »Okay, kann sein. Jedenfalls: Wenn man den Jungen dann zu Hause wiedersah, war der ganze Zauber vorbei und man dachte sich: Lieber Himmel, was wollte ich nur mit diesem Langweiler! War's mit diesem Ray auch so?«

»Ja«, sage ich. »Nur umgekehrt.«

»Oh!« Mum wirkt geschockt, dann stößt sie leidenschaftlich hervor: »Was für ein Arsch!«

Sogar der Kauz gibt jetzt seinen Senf dazu: »Auch wenn ich nicht dabei war, so muss ich doch sagen, dass dieser junge Mann sich unmöglich im Vollbesitz seiner geistigen Kräfte befinden kann.« Er zwinkert mir zu und ich nicke, lächle tapfer und blinzle ein paar Tränen weg.

9

Am nächsten Morgen betrete ich erst mit dem Läuten die Klasse und husche auf meinen Platz. Zum Glück ist Herr Brode, unser Mathelehrer, schon da, aber dennoch ruft irgendwer: »Da ist ja Puderzuckernase!«

Gekicher, alle starren mich an.

Aber dabei bleibt es vorerst. Brode ist streng und duldet keine Faxen in seinem Unterricht. Als Pia und Lara hinter mir tuscheln, finden sie sich wenig später vor der Tafel wieder, wo sie nacheinander an einer Infinitesimalrechnung kläglich versagen. Ich kann mir ein boshaftes Grinsen nicht verkneifen, als sie mit hochroten Köpfen auf ihre Plätze zurückkehren.

In der Pause weichen mir Linda, Katja und Fabienne nicht von der Seite. Zugegeben, ich hätte mich viel lieber die ganze Pause über auf dem Klo versteckt, aber Katja meinte, da müsste ich jetzt durch, und je eher ich es hinter mich brächte, desto besser.

Es ist deutlich zu spüren, dass sie alle Bescheid wissen, zumindest die Mädchen. Wenn ich an ihnen vorbeigehe, verstummen Gespräche und ich spüre ihre Blicke wie Dolche im Rücken. Die Jungs hingegen benehmen sich nicht anders als sonst, lediglich Paul sieht mich forschend an. Als ich ihm zunicke, lächelt er mir aufmunternd zu und hebt den Daumen – was immer das bedeuten mag. Vielleicht so was wie: Halt die Ohren steif.

»He, Koksnase! Sag mal, wo kaufst du deine Shorts?«

»Hi, Jill, wie geht's? Wie fühlt man sich als Berühmtheit?«

War ja klar. Silke und Tatjana, die Oberzicken der Schule, sind die Ersten, die mich schräg von der Seite anquatschen. Da ich aber meine Leibgarde dabei habe, antworte ich: »Gut geht's mir, danke der Nachfrage.«

»Ich wusste ja gar nicht, dass so fotogen bist.«

»Vor allem von hinten!«

Affektiertes Gelächter.

Fabienne zieht mich am Ärmel weiter, wobei sie laut über die Schulter sagt: »Du hast es nicht nötig, dich mit diesen Kreaturen abzugeben, Jill.«

Tatjana fährt herum. »Was hast du da gesagt?«

»Du hast es schon verstanden. Zieh Leine, Spatzenhirn!« Linda funkelt die beiden drohend an, wobei sie die rechte Faust gegen ihre linke Handfläche reibt. Linda hat im letzten Schuljahr einem älteren Schüler, der sie dumm angemacht hat, die Nase geplättet. Dafür hat sie zwar einen Verweis kassiert, aber die Sache hat ihr unter der Schülerschaft zu einem gewissen Respekt verholfen. Deshalb kratzen die zwei jetzt auch lieber die Kurve.

»Das kann ja heiter werden«, murmele ich. »Meinst du, die waren es?«, frage ich Fabienne.

»Waren was?«

»Die mich erkannt und geoutet haben.«

Sie zuckt mit den Schultern. »Zuzutrauen wäre es ihnen.«

»Wie viele von der Schule sind in diesem Fandom?«

»Das weiß ich doch nicht«, antwortet Fabienne gereizt. Ich habe das Gefühl, dass sie mir ausweicht. Und wenn es doch Fabienne war? Vielleicht, nachdem sie mitbekommen hat, wie Ray mich angerufen hat? Ist sie deshalb so eifrig dabei, mich zu beschützen? So wie ein Feuerwehrmann, der den Brand gelegt hat und dann beim Einsatz besonderen Eifer zeigt? Ich schäme mich für mein Misstrauen. Aber davon geht es nicht weg.

Mittwochs haben wir schon nach der Fünften Schluss. In der sechsten Stunde treffe ich mich deshalb mit Jessie aus der 7b. Ihre Mutter kennt meine Mutter um fünf Ecken, und da ich in Mathe gut bin, Jessie hingegen eher nicht, gebe ich ihr einmal die Woche Nachhilfe. Jessies Mutter bezahlt mir dafür jedes Mal 20 Euro, was mir natürlich nicht ungelegen kommt.

Ich bin gerade dabei, meinen Freundinnen Tschüs zu sagen, als Jessie auf mich zustürmt. Sie ist klein und rothaarig, hat aber eine Stimme wie ein Ochsenfrosch und trötet mir zur Begrüßung entgegen: »Ist es wirklich wahr, dass du Ray von den Broken Biscuits geküsst hast?«

»Pscht!«, herrsche ich sie an. »Geht's vielleicht noch lauter?«

Selbst wenn Jessie flüstert, ist es noch laut: »Ist es wahr, dass du …«

»Ja, ist es«, fahre ich ihr über den Mund.

»So richtig, mit Zunge?«

Fabienne, Katja und Linda prusten vor Lachen.

»He! Reiß dich zusammen, ich bin deine Lehrerin!«, sage ich und füge hinzu: »Nein. Es war ein ganz harmloser Kuss unter Freunden.«

»Ihr seid wirklich Freunde?«, fragt sie mit demütigem Augenaufschlag. »Meinst du, du könntest ihn um ein Autogramm für mich bitten?«

»Ich … äh«, stottere ich verlegen, »… also, wir kennen uns nur flüchtig. Wieso, bist du auch ein Fan?«

»Na klar!«

Fabienne hat aufgehört zu lachen, jetzt schaut sie Jessie an wie ein lästiges Insekt und schnaubt: »Leute, ich glaube, ich such mir 'ne andere Band. Ich meine – hey! Das ist ein *Kind*!«

»Ich bin kein Kind!«, protestiert Jessie.

Katja, Linda und ich grinsen uns an. Jede Wette, dass Rays Poster noch heute von der Wand über Fabiennes Bett verschwindet.

Ray.

Heute Morgen, als ich aus dem Bad kam, war ein unbeantworteter Anruf von ihm auf meinem Handy. Es hat mich eine schier unmenschliche Überwindung gekostet, nicht zurückzurufen, aber ich hab's nicht getan. Sicher hat er gesehen, was im Fandom los ist, und will mir wieder sagen, wie leid ihm das alles tut. Das glaube ich ihm sogar, aber darauf kann ich verzichten. Hätte er wirklich Eier in der Hose, würde er sich öffentlich dazu äußern und seine Fans zur Ordnung rufen. Es würde ihn sicher nicht gleich die Karriere kosten, auch wenn dieser supertolle Manager ihm das einredet.

Ja, ich bin sauer auf Ray. Schließlich hat er mir das alles eingebrockt: *Er* hat mich angequatscht, *er* hat im Konzert nach Puderzuckernase gesucht – und ich allein trage den Schaden davon.

Das Leben ist nicht fair, kein bisschen!

Ich setze mich mit Jessie an einen Tisch in der Cafeteria. Sie sieht mich noch immer mit großen Augen an und sagt: »Die ganze Schule redet davon. Du bist jetzt eine Berühmtheit!«

Ich schlucke. »Danke, auf diese Art von Berühmtheit kann ich gut verzichten.«

»Ja, ich find's auch gemein, was manche da über dich schreiben. Aber die sind nur neidisch.« Jessie tätschelt mir die Hand und meint altklug: »Mein Vater sagt in solchen Fällen immer: *Was juckt es den Mond, wenn ihn ein Hund anbellt!*«

Ich muss lachen. Das hätte auch von meinem Vater stammen können. »Du bist süß, Jessie. Und jetzt hol dein Mathezeug raus.«

Etwa zehn Minuten nachdem es zum Ende der sechsten Stunde geklingelt hat, verabschiede ich mich von Jessie, gehe über den Schulhof zu den Fahrradständern und schließe mein Rad auf. Nur wenige Nachzügler sind so spät dran wie ich und zum Glück beachtet mich niemand von ihnen. Ich atme erst einmal tief durch. Tag eins nach meinem Outing wäre also überstanden. Ab jetzt kann es nur noch besser werden. Es sind nur noch zwei Wochen bis zu den Ferien, und danach wird das Ganze zwar nicht vergessen, aber bestimmt nicht mehr gar so interessant sein. Große Ferien haben in dieser Hinsicht eine reinigende Wirkung, das hat sich schon oft gezeigt. Ich schiebe mein Rad zum Schultor hinaus, denn Radfahren ist auf dem Schulgelände streng verboten, während ich mir selbst Mut zuspreche. Was ist denn schon groß passiert? Ein paar sehr unvorteilhafte, aber dennoch harmlose Fotos von mir geistern im Internet herum und ein paar Hirnamputierte haben dazu ihr Gift verspritzt. Mehr ist nicht geschehen, wenn man meine Gefühle mal ausklammert. Wahrscheinlich hat Rays Manager doch recht. Wenn da nichts nachkommt, von keiner Seite, dann läuft sich das alles bestimmt ziemlich rasch tot. Ich werde mir selbst einfach ein paar Wochen Internet-Abstinenz verordnen, und dann …

»He, du da!«

Ich schrecke aus meinen Gedanken hoch. Vor mir stehen drei Mädchen breitbeinig auf dem Gehweg, dort, wo der Randstein abgeschrägt ist und ich eigentlich gerade auf die Straße einbiegen und losradeln wollte. Sie sind etwa so alt wie ich, aber sie sind bestimmt nicht auf meiner Schule, denn die drei wären mir längst aufgefallen.

»Kann ich mal durch?«, sage ich.

»Du bist Jill, nicht wahr?«, sagt die Wasserstoffblonde, die mit ihren pinkfarbenen Trainingshosen mit den Glitzerapplikationen und dem umgehängten Mini-Glitzertäschchen aussieht wie die Cheerleaderin einer amerikanischen Filmkomödie.

»Jill Puderzuckernase«, ergänzt die neben ihr. Sie trägt ein graues Sweatshirt mit den Tourdaten der Broken Biscuits, ihr Gesicht ist rund und platt wie ein Pfannkuchen, die Augen sind dick mit schwarzem Kajal umrahmt. Die dritte hat strähniges, braunes Haar, ein Wieselgesicht mit schmalen Lippen und Piercings in den Augenbrauen. Aus dem tief angesetzten Bund ihrer Jeans stechen ihre Hüftknochen hervor. Sie sieht echt fies aus, wie eine Junkiebraut.

Mich durchzuckt die Ahnung, dass die digitale Bedrohung womöglich gleich ziemlich analog werden könnte. Als ich versuche, mein Rad an ihnen vorbeizuschieben, tritt das Wieselgesicht mit voller Wucht gegen mein Hinterrad.

»He!«, brülle ich sie an. »Was soll das?«

Statt einer Antwort grinst sie nur. Reden kann sie anscheinend nicht.

»Was soll das?«, äfft Blondie mich nach.

»Was wollt ihr von mir?«, frage ich, betont sachlich.

»Die ist ja noch hässlicher als auf den Fotos«, sagt – ausgerechnet – das Plattgesicht mit den Panda-Augen.

»Wir wollen, dass du deine widerlichen Finger von Ray lässt«, sagt Blondie.

Natürlich könnte ich ihr sagen, dass sie sich da keine Sorgen mehr zu machen braucht, aber ich denke gar nicht daran.

»Sonst was?«, frage ich trotzig, während ich überlege, ob ich mein Rad einfach liegen lassen und wegrennen soll. Aber das Rad ist neu und ein Geschenk meines Vaters. Außerdem ist es dafür ohnehin zu spät. Die drei umringen mich. Miss Panda starrt mich an, als wollte sie mich hypnotisieren, Wieselfresse hat die Hände in die Hüften gestützt und noch immer dieses fiese Grinsen auf den Lippen, und jetzt bleckt auch Blondie ihr strahlend weißes Gebiss und macht einen Schritt auf mich zu. Ich weiche zurück, was mit dem Rad an meiner Seite aber nicht wirklich gut gelingt. Im Augenwinkel nehme ich wahr, wie sich Miss Panda von schräg hinten an mich ranschleicht. Ich wirble herum, werde aber gleichzeitig von der anderen Seite an den Haaren gerissen und schreie auf.

»Da, du dämliche Schlampe!«, schreit Wieselfresse, und als Nächstes spüre ich einen Fußtritt, der mein Hinterteil streift. Ich lasse das Rad fallen, als ich sehe, wie sich Cheerleader-Blondie mit wutverzerrtem Gesicht und ausgefahrenen rosa lackierten Krallen auf mich stürzt. Ich kann ihr in allerletzter Sekunde ausweichen, stolpere dabei aber rücklings über den Lenker meines am Boden liegenden Fahrrads. Mein Rucksack bremst den Fall und verhindert, dass ich mit dem Kopf auf dem Asphalt aufschlage. Nur mein Hintern bekommt was ab. Blondies Gelächter ist schrill, sie könnte damit jederzeit in einer Geisterbahn auftreten. »Jetzt legt sie sich schon wieder auf die Fresse! Sag mal, ist das ein Hobby von dir?«

Währenddessen sind die anderen beiden um das Rad herumgegangen, vermutlich, um mir den Rest zu geben. Blondie zieht ihr Handy aus ihrem Täschchen. Aber sie kommt nicht dazu, meinen Niedergang zu dokumentieren, denn das Ding wird ihr aus der Hand gerissen und landet zwischen den Heckenrosen, die rund um die Schulmauer wachsen.

»He, was …?«

Paul rammt Blondie seinen Ellbogen in die Seite und hindert eine Sekunde später Wieselfresse daran, mich zu treten, indem er ihr das Standbein wegkickt, als sie ausholt, sodass sie nun ihrerseits auf dem Hintern landet. Miss Panda hat sich gerade mit gespitztem Mund zu mir hinabgebeugt, vermutlich in der Absicht, mich anzuspucken, denn dass sie mich küssen will, halte ich für unwahrscheinlich. Jetzt entschließt sie sich zur Flucht. Wieselfresse rappelt sich auf und folgt ihr. »Wir sehen uns noch!«, ruft sie im Davonlaufen, womit wohl ich gemeint bin, gibt aber Gas, als ihr Paul ein paar Schritte hinterhersprintet. »Lasst euch hier ja nie wieder blicken!«, brüllt er ihnen nach.

Ich bin inzwischen aufgestanden.

Blondie ist immer noch da, aber sie hat das Interesse an mir verloren. »Mein iPhone!«, kreischt sie und beginnt vornübergebeugt im Gebüsch danach zu suchen. Ich bin an sich kein gewalttätiger Mensch, aber die Gelegenheit ist einfach zu günstig, und ich bin so was von wütend, also trete ich Blondie volle Kanne in ihren Cheerleader-Arsch. Sie verliert das Gleichgewicht, taumelt nach vorn und umarmt die Heckenrosen. Das ist sicherlich unangenehm, die Dinger haben fiese Stacheln. Zeternd und klagend kämpft sie sich aus dem Gestrüpp hervor. Mit Blütenblättern im verstrubbelten Haar, dreckigen Händen und blutigen Kratzern im Gesicht kommt sie auf mich zu wie eine Furie. »Du miese …«

»Hey! Pass auf, was du sagst! Du verschwindest jetzt besser!« Paul hat seinen Mini-Sprint beendet und schiebt sich zwischen mich und Blondie.

»Mein iPhone liegt da drin, du Arsch! Und die da hat mich getreten«, brüllt sie Paul an.

Die hat ja Nerven! Ich bin immer noch auf hundertachtzig und brülle zurück: »Hau ab, du blöde Kuh, oder es wird dir leidtun!«

»Ja, wäre besser«, sagt Paul ganz ruhig.

Widerstrebend setzt sie sich in Bewegung und beginnt nach einigen Schritten sogar zu rennen.

Paul schaut mich prüfend an. »Alles in Ordnung?«

Mein rechter Handballen ist aufgeschürft, mein Steißbein schmerzt empfindlich und bestimmt bekomme ich einen riesigen blauen Flecken an der Wade, dort wo ich über den Lenker gestolpert bin. »Geht schon. Danke, Paul.«

»Keine Ursache. Dein Hinterrad hat 'nen Achter«, stellt Paul fest, nachdem er mein Rad wieder vom Boden aufgehoben hat.

»Scheiße, auch das noch!«

»Komm, weg hier.« Paul nimmt mir den Rucksack ab und schiebt das Rad.

Ich gehe neben ihm her. Auf der Bank am Ende der Schulmauer sitzt der Typ, der immer dort sitzt und alle nur denkbaren illegalen Substanzen vertickt. Paul sagt zu ihm. »Wenn du ein neues Smartphone brauchst, im Gebüsch gleich rechts neben dem Schultor liegt eins.«

»Echt jetzt?«

»Ja, aber mach voran.«

Ich grinse vor mich hin. Nach und nach sinkt mein Adrenalinspiegel und ich fange an zu zittern und zu begreifen, was gerade passiert ist. Ich fühle mich mies und gedemütigt und es macht mir im Nachhinein Angst, wie diese Mädchen ohne jede Hemmung auf mich losgegangen sind. Ich will mir gar nicht ausmalen, was geschehen wäre, wenn Paul nicht aufgetaucht wäre. Außerdem merke ich jetzt, dass mir beim Gehen der rechte Knöchel wehtut. Den muss ich mir an Blondies knochigem Hintern verstaucht haben. Was wiederum Paul sehr erheitert, als ich es ihm sage und ihn bitte, langsamer zu gehen.

»Das ist nicht witzig«, jammere ich.

»Doch, ist es«, grinst er. »Und ich dachte mir noch: *super Arschtritt*. Schaffst du's bis nach Hause, Hinkefuß, oder soll ich dir ein Taxi rufen?«

Ich bin froh, dass er den Coolen mimt und mich nicht auch noch bedauert: »Nee, geht schon«, sage ich, beiße die Zähne zusammen und humple neben ihm her.

»Waren das Fans von deinem Ray?«

»Anscheinend. Und er ist nicht *mein* Ray«, stelle ich richtig.

Paul nimmt das kommentarlos zur Kenntnis und wir gehen bzw. humpeln eine Weile schweigend nebeneinander her.

»Sag deiner Schwester nichts davon«, bitte ich ihn. »Sie macht sonst ein Riesending daraus.«

»Geht klar.«

Als wir um die Ecke in meine Straße einbiegen, bleibt Paul abrupt stehen. Und dann sehe ich auch, warum.

»Du heilige Scheiße!«

Wir sind noch knapp fünfzig Meter von unserem Reihenhaus weg. Davor hat sich eine Horde von etwa dreißig Mädchen versammelt. Die drei, die mich angegriffen haben, sind nicht darunter.

Mum steht in der Tür und fuchtelt mit den Armen, es sieht aus, als wolle sie Insekten verscheuchen. Frau Borsig, unsere ältliche Nachbarin, hängt im Fenster ihres Schlafzimmers und beobachtet alles, wobei sie immer wieder den Kopf schüttelt. Ein Stück weiter die Straße runter stehen drei kleinere Jungs mit Fahrrädern mitten auf der Straße und gaffen. Gerade biegt August um die Hausecke. Was hat er denn da in der Hand? Ich muss trotz allem grinsen, als ich sehe, dass es der Gartenschlauch ist. Er tritt an den Zaun und schon trifft der scharfe Strahl die Vordersten, die aufschreien, als hätte jemand sie aufgespießt. Dabei kam mir der Kauz immer so sanft und luschig vor. Gern hätte ich mir das Spektakel noch eine Weile angesehen, aber Paul packt mich unsanft am Oberarm. »Los, weg hier!«

Kaum hat er es ausgesprochen, kommt aus der Menge ein Schrei. »Da! Da ist sie, da hinten!«

Wie eine aufgescheuchte Schafherde setzt sich die Meute in Bewegung. Kurzerhand hebt Paul mein Fahrrad über den Jägerzaun des Bungalows an der Straßenecke und wir rennen los, vorbei an Vorgärten, in denen Rosen und Sträucher blühen. Ich versuche, meinen schmerzenden Knöchel zu ignorieren, aber es klappt nicht so ganz und ich kann nicht wirklich schnell laufen. Der Pulk meiner Verfolgerinnen ist bereits an der Kreuzung angekommen und kommt immer näher. Schon höre ich einzelne, wütende Rufe: »Bleib stehen, du Bitch!« – »Abhauen nützt dir gar nichts!« – »Wir kriegen dich sowieso!«

In das Geschrei mischt sich jetzt der Ton einer Polizeisirene, nein es sind sogar zwei, sie nähern sich von verschiedenen Seiten. Eine Streife kommt uns entgegen. Paul deutet mit dem Arm hinter sich, auf die heranstürmenden Mädchen. Die Beamten scheinen die Situation zu erfassen, jedenfalls bremst der Wagen quietschend neben uns und stellt sich dann quer auf den Gehweg, um der Meute den Weg abzuschneiden. Zwei Polizisten springen heraus. Ich drehe mich im Laufen um und sehe, wie einige Mädchen vor dem Streifenwagen stehen bleiben, andere drehen sich um und laufen weg. Eine Handvoll von ihnen ist jedoch frech, sie verlassen den blockierten Gehweg und versuchen, auf der Straße um den Streifenwagen herumzulaufen. Die beiden Uniformierten haben alle Hände voll zu tun, um sie aufzuhalten. Sie erhalten jedoch Hilfe von August, der in seinen Sandalen die Verfolgung aufgenommen hat und nun eine der Gören an der Kapuze ihres Hoodies packt und damit am Weiterlaufen hindert. Die zweite Streife nähert sich dem Geschehen von der anderen Seite.

»Die sollten sie erschießen!«, rufe ich, außer mir vor Zorn, ehe Paul mich weiterzerrt.

Vor der nächsten Ecke drehe ich mich erneut um. Niemand folgt uns mehr, also werde ich langsamer. Mein Atem geht rasselnd wie ein alter Diesel und mein Herz schlägt mir bis zum Hals.

»Das hier war mal eine ruhige Wohngegend«, bemerkt Paul. Obwohl er zwei Rucksäcke trägt, trabt er lässig neben mir her.

»Witzbold!«, röchle ich.

Wir erreichen die Hauptstraße, an der auch eine Straßenbahnhaltestelle liegt. Dort lasse ich mich im Wartehäuschen auf die Bank plumpsen, was meinem geprellten Steißbein gar nicht gut bekommt. Die Unterarme auf die Knie gestützt ringe ich nach Luft. Paul setzt sich neben mich, er ist kein bisschen außer Atem.

»Da hat wohl jemand ein kleines Konditionsproblem.«

»Ach, das täuscht«, keuche ich. Meine Lunge sticht, mein Hintern schmerzt und mein rechter Fuß pocht. Ich bin echt im Arsch.

»Du solltest vielleicht warten, bis sich die Lage beruhigt hat, bevor du nach Hause gehst«, meint Paul.

Er hat recht. Ich nicke, weil ich noch nicht reden kann.

»Willst du so lange mit zu uns kommen?«

»Nett von dir, aber danke«, sage ich, als ich wieder genug Luft zum Sprechen habe. »Ich fahr erst mal zu meinem Dad. Kannst du mein Rad nach Hause bringen?«

»Klar. Ist er denn daheim?«

»Ich ruf ihn an. Er hat sicher irgendwo einen Schlüssel hinterlegt. Das hat er bei uns früher auch immer gemacht.« Ich verziehe den Mund zu einem wehmütigen Lächeln, weil ich an die Diskussionen zwischen ihm und Mum über das beste Schlüsselversteck denke. Mum war mehr für den Blumentopf, mein Vater dagegen liebte komplizierte Verstecke.

Ich reibe meinen Knöchel, der schon leicht angeschwollen ist. Paul stellt meinen Rucksack vor mich hin.

»Wie kommst du damit klar?«, fragt er.

»Danke, geht schon. Bloß keine Erste Hilfe von dir!«, wehre ich ab. Dabei weiß ich, dass er nicht von meinem Fuß redet, sondern von der Trennung meiner Eltern.

»Es geht so«, sage ich nach einer kleinen Weile. »Mal gut, mal nicht so.«

»Hm«, meint Paul. Wir schweigen, bis es aus ihm herausplatzt: »Manchmal wünschte ich, meine Eltern würden sich auch endlich scheiden lassen.«

»Was? Wieso denn?«, frage ich erstaunt.

»Weil sie sich nur noch streiten. Zwar selten vor uns, aber dafür ist die Atmosphäre bei uns kälter als am Nordpol. Es wäre besser, wenn er abhauen würde, zu seiner Freundin oder sonst wem.«

»Warum tut er's nicht?«, frage ich.

»Er müsste zu viel blechen.«

»Fabienne hat nie ein Wort davon gesagt«, wundere ich mich. Hätte mich jemand nach einer Vorzeigefamilie gefragt, hätte ich die Hoffmanns genannt. Die kamen mir immer ganz genau so vor wie aus der Werbung.

»Kennst sie doch, über so was redet sie nicht.«

Das stimmt. Fabienne macht immer einen auf happy oder cool.

»Sie tut mir leid«, sagt Paul. »Ich bin ja bald weg von zu Hause und dann muss sie allein damit klarkommen. Aber sag ihr nichts. Es wäre ihr nicht recht.«

Die Bahn kommt, ich stehe auf. »Geht klar. Und danke noch mal. Ohne dich wäre ich jetzt tot.«

Paul grinst. *»Schülerin von Groupies zerfleischt!«*

»Sehr witzig«, brumme ich und steige ein.

Ich erreiche meinen Vater über sein Handy. Er hat sich den Tag frei genommen, weil seine neue Frau Marina auf einer Fortbildung ist. Wenigstens ein Lichtblick an diesem Tag! Jetzt ist er mit Klein-Leo beim Babyschwimmen.

Na, toll! Ich bin ganz sicher, dass er mit mir nie beim Babyschwimmen war. Selbst beim Seepferdchen hat nur meine Mum am Beckenrand gestanden.

Nachdem mir mein Vater sein Schlüsselversteck verraten hat – *»In der Dachrinne des Holzschuppens findest du den Schlüssel zum Holzschuppen und der Hausschlüssel liegt unter einer losen Bodendiele unter dem Hackstock, aber pass auf, das Ding ist sauschwer«* –, betrete ich das traute Heim, einen würfelartigen Bungalow in Zehlendorf. Außen

Sechzigerjahrestil, innen eher nüchtern eingerichtet. Im Vorgarten liegen nur Kiesel und eine muschelartige Skulptur. Ich komme mir wie eine Einbrecherin vor. Marina wäre es sicher nicht recht, wenn sie wüsste, dass ich allein hier bin. Ich könnte ja in ihren Sachen herumwühlen. Ja, das könnte ich eigentlich, durchzuckt es mich. Aber ich lasse es sein, denn dazu interessiert sie mich viel zu wenig. Ich werfe einen Blick in Leos Kinderzimmer. Dort hat sich nichts verändert. Weiße Möbel, himmelblaue Tapeten, Vorhänge, und am Bett hängt eine Spieluhr in Form einer gelben Sonne, die »La-Le-Lu« spielt, als ich an der Schnur ziehe. Ich fliehe vor dem Geklimper ins Bad, trinke Wasser und wasche mir die Kampfspuren ab. Von der High-Tech-Anti-Falten-Creme, die neben dem Waschbecken steht, klatsche ich mir eine großzügige Ladung ins Gesicht. Sie riecht gut und man kann ja nicht früh genug anfangen, gegen die Zeichen der Zeit vorzugehen. Ich lasse kaltes Wasser über meinen geschwollenen Knöchel laufen und dann fläze ich mich auf die lederne Sofalandschaft im Wohnzimmer und rufe Mum an. Die hat inzwischen mitbekommen, wer Ray ist und was er mit mir zu tun hat. Ich sage ihr, wo ich bin.

»Gut«, sagt sie einsilbig.

»Mum? Bist du sauer?«

»Sauer? Ich bin enttäuscht von dir. Warum musste ich das von diesem Ray auf diese Weise erfahren?«

»Mum, es tut mir so leid.«

»Das hoffe ich! Außerdem bin ich schockiert. Schließlich habe ich nicht jeden Tag so einen Mob vor der Tür. Die waren plötzlich da, alle auf einmal, ich dachte erst, das ist eine Schulklasse! Dann haben sie deinen Namen gerufen und Schlampe und noch Schlimmeres …«

»Sind sie jetzt weg?«

»Ja. Die Polizei wird heute noch ein paar Mal vor unserem Haus Streife fahren. Aber selbst wenn da welche rumlungern, kann man im Grunde nichts dagegen machen, solange sie nichts anstellen und sich nur auf dem Gehweg aufhalten. Ich habe vorsichtshalber die Klingel abgestellt und die unteren Rollläden geschlossen.«

Mich packt erneut die Wut, als ich vor meinem geistigen Auge Mum vor mir sehe, wie sie sich hinter herabgelassenen Jalousien im Haus verbarrikadiert.

»Es haben zwei Redakteure von irgendwelchen Klatschzeitungen angerufen, die ein Interview mit dir wollen.«

Vor Schreck bleibt mir die Luft weg.

»Aber keine Sorge, ich hab denen gesagt, wohin sie sich ihr Interview stecken können.«

Ich muss lächeln, denn ich kenne Mum, wenn sie wütend ist, und bin sicher, dass sie denen das genauso gesagt hat.

»Richte August bitte aus, dass es mir leidtut, dass er da mit reingezogen wurde.«

»Schon gut. Ist ja nicht deine Schuld.«

Ist es doch. Ich hätte nach meinem Outing mit so was rechnen und meine Mutter vorwarnen müssen. Schließlich stand da nicht umsonst: *Wir wissen, wo du wohnst.* Von dem Angriff auf mich sage ich ihr lieber nichts.

Mum schnaubt. »Ich habe ihn angerufen, ich wusste ja nicht, was ich machen soll. Eine dieser Kröten hat ihn gegen das Schienbein getreten, es ist ganz blau.«

»Sag ihm, er ist ein Held!«

»Wir müssen es nicht übertreiben.«

»Ich hab dich lieb, Mum«, presse ich hervor, und dann lege ich auf, denn ein Schlüssel schabt im Schloss und ich höre Geschrei und die ruhige Stimme meines Vaters, die einem sechs Monate alten Kind in sachlichen Worten erklärt, dass es nur noch ein klein wenig auf seine Mahlzeit warten müsse.

Wie lange habe ich meinen Halbbruder Leo nicht mehr gesehen, vier Wochen, sechs? Er sieht auf jeden Fall besser aus als beim letzten

Mal. Haare sprießen auf seinem Kopf wie frisch angesäter Rasen, sein Gesicht ist nicht mehr so fleckig und rot und zeigt ab und zu schon mal so etwas wie einen menschlichen Ausdruck. Wenn er nicht gerade aus Leibeskräften brüllt, denn dann besteht sein Gesicht fast nur noch aus Mund, so wie jetzt. Er brüllt so lange, bis er in seinem Stuhl sitzt, das Lätzchen umgebunden und die Schale mit dem Brei vor sich stehen hat. Dann schaltet er in Sekundenschnelle um, die Tränen versiegen und es zählt erst mal nur noch das Wesentliche, nämlich sein Essen.

Ich »darf« ihn mit dem Löffel füttern. Allerdings lassen Leos Essmanieren zu wünschen übrig, sodass ich zu dem Schluss komme, dass besser ich das Lätzchen angezogen hätte. Oder besser ein Ganzkörperkondom. Als er satt ist, lächelt er mich sogar an, und ich bin seltsamerweise gerührt und spüre in mir ein ganz warmes Gefühl. Das hat sicher mit meiner angekratzten Psyche zu tun.

Derweil kocht Dad eine Ladung Spaghetti und wärmt Tomatensoße auf. Ich merke, dass ich einen Mordshunger habe, und ich frage mich, was eigentlich geschehen muss, damit es mir den Appetit verschlägt.

»Jetzt erzähl mal der Reihe nach, was ist passiert?«

Leo schläft, die Spaghetti sind gegessen, Dad und ich sitzen im Wohnzimmer. Vor mir steht ein Espresso aus der chromblitzenden Maschine, dem Schmuckstück der Küche, aber ich rühre ihn nicht an. Das Leben ist gerade bitter genug.

Ich erzähle, alles. »Aber dass die sogar an meine Schule kommen und handgreiflich werden und in Scharen vor unserem Haus rumstehen, das ist einfach zu viel!«, schließe ich meinen Bericht, und als er mich daraufhin in den Arm nimmt, fließen erst einmal reichlich Tränen.

Der Espresso ist kalt geworden.

»Ich sehe schon, da hilft nur Kakao«, sagt Dad und geht in die

Küche. Ich glaube zwar nicht daran, aber ich ringe mir ein Lächeln ab und nicke.

»Du kannst natürlich erst mal hierbleiben, so lange du willst«, sagt er, als die dampfende Tasse mit dem Riesenberg Sprühsahne obendrauf vor mir steht. Und tatsächlich: Allein der Anblick hat etwas Tröstliches.

»Danke, aber ich will Mum nicht alleine im Schlamassel sitzen lassen.« *Und ich will deiner Tussi nicht begegnen, wenn es sich vermeiden lässt.*

Für eine Weile schweigen wir. Ich umklammere meine Tasse, bis meine Hände ganz warm sind.

»Bist du in diesen Ray verliebt?«

Bin ich in Ray verliebt? Ich versuche, die Sache mathematisch anzugehen: Wenn ich ausklammere, dass ich stinksauer auf ihn bin und außerdem traurig, weil ich ihn nicht mehr sehen kann, was bleibt dann übrig? Ich muss dauernd an ihn denken. Es ist als ob er in meinem Kopf wohnt. Zu Dad sage ich: »Es ist überflüssig, darüber nachzudenken. Ich bin ihm egal, ihn kümmert nur seine Karriere.«

Dad scheint eine Weile nachzudenken. Seine Schläfen sind grauer geworden und um die Taille herum hat er ein bisschen zugelegt. Wahrscheinlich kommt er wegen Leo nicht mehr zum Sport. Schließlich meint er: »Was du da erzählt hast, das mit diesem Vertrag und mit der Verantwortung für die anderen ... Stell dir doch mal die umgekehrte Frage: Würdest du denn einen Jungen mögen, dem das alles vollkommen egal ist? Einen, der ohne Rücksicht auf Verluste tut, wonach ihm gerade ist? Der Verträge unterschreibt und sie dann bricht?«

»Ja. Ich meine, nein. Dieser Vertrag ... Wie kann man denn so einen Mist unterschreiben?«

»Aber dass er sich jetzt daran hält, auch wenn es hart ist, spricht für ihn.«

Hat nicht Katja gestern Nachmittag etwas Ähnliches gesagt? Tu ich Ray unrecht, wenn ich von ihm enttäuscht bin?

»Er muss doch gesehen haben, was seit gestern in diesem Fandom abgeht. Dass ich regelrecht bedroht werde. Nicht mehr nur im Netz, sondern sogar vor meiner Tür!«

»Das kann er ja nicht wissen«, wirft mein Dad ein.

»Aber er könnte sich wenigstens dort mal zu Wort melden und seine Fans zur Ordnung rufen.«

»Hat er sich denn nicht bei dir gemeldet?«

»Heute Morgen. Aber ich hab den Anruf verpasst und nicht zurückgerufen und er auch nicht mehr.«

»Dann ruf ihn an und sag ihm, was bei dir zu Hause los ist und was du von ihm erwartest. Wenn du etwas von jemandem willst, dann sprich es aus. Du kannst nicht davon ausgehen, dass er es errät.«

Eine typische Manager-Antwort, finde ich und sage: »In erster Linie will ich ihn vergessen. So rasch wie möglich. Das klappt nicht, wenn ich immer wieder mit ihm rede.« *Und schon dahinschmelze, wenn ich seine Stimme höre,* füge ich im Geist hinzu. Ich könnte ihm eine SMS schreiben und ihn auffordern zu reagieren. Aber eigentlich ist mir das gar nicht so wichtig. Es würde nichts daran ändern, dass er mich nicht mehr sehen will.

Ich löffle die Sahne vom Boden meiner Tasse und plötzlich bricht es aus mir heraus: »Als wir uns das erste Mal getroffen haben, war es ein Gefühl, als würden wir uns schon ewig kennen. Und obwohl ich sauer auf ihn bin, möchte ich am liebsten für immer mit ihm zusammen sein, und es vergeht kaum eine Minute, in der ich nicht an ihn denke.«

»Och, mein armer Hase!« Er legt den Arm um meine Schulter und ich bette den Kopf an seinen Hals. »Ich weiß, Krümel, das Leben kann grausam sein.«

»Toller Trost!«, schniefe ich.

»Es ist die Wahrheit.«

»Was soll ich jetzt tun?«

»Das, was du sonst auch machst. Dein Leben leben.«

»Das sagst du so leicht.«

»Nein, es ist niemals leicht. Es ist ein Kampf mit dir selbst, den du jeden Tag aufs Neue kämpfen musst.«

»Wirklich Dad, du verstehst es, einen aufzumuntern.«

»Ich hätte auch ein paar billige Durchhalteparolen auf Lager, wenn dir das lieber ist.«

»Lass hören«, verlange ich.

»Ach, Kindchen, davon geht die Welt nicht unter«, schmettert er.

»Ich fühl mich schon viel besser.«

»Die Zeit heilt alle Wunden.«

»Ganz großartig!«

»Und wenn du denkst, es geht nicht mehr, kommt von irgendwo ein Lichtlein her ...«

»Morgenstund' hat Gold im Mund!«, entgegne ich kichernd.

»Liegt der Bauer tot im Zimmer, lebt er nimmer!«

Ich werfe ein Kissen nach ihm und dann müssen wir beide lachen.

Es ist schon dunkel, als Dad mich zu Hause absetzt. Die Straße ist friedlich, so wie immer um diese Zeit. Die Rollläden auf der Vorderseite sind noch immer heruntergelassen, wodurch das Haus abweisend aussieht. Mein lädiertes Rad steht neben der Tür. Hoffentlich hat Paul nicht erzählt, wie der Schaden zustande gekommen ist. Aber wie ich ihn einschätze, hat er den Mund gehalten.

»Was ist mit deinem Bein?«, fragt Mum. Sie muss den Wagen heranfahren gesehen haben, sie steht in der offenen Tür und sieht zu, wie ich durch den Vorgarten humple.

»Hab mich mit dem Rad hingehauen. Dad hat mir schon Salbe draufgeschmiert.«

Mein Vater drückt kurz auf die Hupe, Mum und ich heben synchron die Hand, dann fährt er los. Ich seufze schwer. Ein unverbesserlich naiver Kern in mir hatte gehofft, dass er noch mit reinkommt, sich mit Mum unterhält und die beiden durch die Verwundung und das Liebesleid ihrer gemeinsamen Tochter wieder zueinanderfinden. Klein Leo und die Bürotussi sind in diesem Tagtraum nicht vorgekommen.

Was bei Dad der Kakao, ist bei Mum die Hühnersuppe. *Hühnersuppe ist Soulfood,* pflegt sie zu behaupten. Kein Kummer, der nicht durch Hühnersuppe ein wenig gelindert wird. Also essen Mum und ich zusammen Hühnersuppe, obwohl es schon ziemlich spät ist und es dieses Gericht in letzter Zeit recht häufig gab.

Als wir fertig sind, sagt sie: »Jill, ich hätte mir wirklich gewünscht, dass du mir vertraust und mir von diesem Ray erzählst. Was habe ich dir getan, dass du mir das alles verheimlichst?«

»Ich wollte dir ja von ihm erzählen, Mum, wirklich. Aber dann hat er gesagt, dass wir uns nicht mehr sehen können, und danach … Ich bin mir so dumm vorgekommen, ich wollte einfach nicht mehr über ihn reden, sondern das alles bloß noch vergessen. Es hat gar nichts mit dir zu tun, wirklich nicht, Mum.«

Sie betrachtet eine Weile lang unsere Sammlung von Kühlschrankmagneten, dann nickt sie und fragt: »Warum will er dich nicht mehr sehen?«

»Na, darum. Seine Fans. Du hast es doch erlebt.«

Sie seufzt. »Na ja. Ist vielleicht wirklich besser so.«

Ich bleibe stumm und warte darauf, dass sie noch etwas hinzufügt, etwas, das mir Hoffnung und Trost spendet, aber sie stellt ohne ein weiteres Wort die Teller in die Spülmaschine und wischt den Tisch sauber.

Ich sage, dass ich müde bin und ins Bett will, was ja auch stimmt. »Kann ich morgen die Schule schwänzen? Wir haben nichts Wichtiges.«

Ich rechne mit Widerstand, um als Nächstes meinen angeschwollenen Knöchel ins Feld zu führen, aber Mum sagt nur: »Ja, meinetwegen.« Dann umarmt sie mich und gibt mir einen Kuss. »Gute Nacht, meine Süße. Schlaf gut, trotz allem.«

10

Ich schlafe bis zehn Uhr, und nachdem ich aufgestanden bin, schleiche ich als Erstes zum Fenster. Alles ist ruhig und so wie immer. An meiner Wade schillert ein blauer Fleck, aber mein Knöchel ist dank der Salbe nicht mehr angeschwollen und tut kaum noch weh. Ich kann auch wieder fast ohne Schmerzen sitzen. Als Nächstes checke ich mein Handy, weil ich im Geheimen auf eine Nachricht von Ray hoffe. Aber da ist nichts.

Meine Freundinnen wissen, dass ich heute schwänze. Fabienne hat mir einen neuen Link zum Fandom geschickt und dazu die Frage, was ich dazu sagen werde. Was ist denn jetzt schon wieder? Da ich weiß, wie sehr Fabienne es genießt, schlechte Nachrichten zu überbringen, öffne ich den Link mit einer unguten Vorahnung.

An Jill »Puderzuckernase« Goldberg!

Wir hoffen, du hast kapiert, dass wir's ernst meinen! Wenn du wieder in Frieden leben möchtest, verlangen wir, dass du Folgendes öffentlich schwörst: Du wirst Ray in Zukunft in Ruhe lassen! Du wirst ihn nicht treffen, nicht anrufen, ihm nicht schreiben! Das schwörst du, sonst gibt's Saures!!!

Unterzeichnet ist dieser Aufruf von 164 Usern des Fandoms. Wer ihn verfasst hat, ist nicht zu erkennen. Auf jeden Fall jemand mit einem Hang zu Ausrufezeichen.

Was soll das überhaupt bedeuten, »öffentlich schwören«? Meinen sie damit das Fandom, soll das die »Öffentlichkeit« sein? Für wen halten die sich, für den Nabel der Welt? Binnen weniger Sekunden steigere ich mich in eine unbändige Wut hinein. Was für eine Unverschämtheit, so etwas zu verlangen! Mit welchem Recht, bitteschön? Nein, ich denke gar nicht daran, irgendjemandem irgendetwas zu schwören, und wenn sie ab jetzt täglich in Hundertschaften vor dem Haus aufmarschieren. Dann besorgen wir uns eben einen noch dickeren Gartenschlauch. Und faule Eier und matschige Tomaten!

Selbst wenn ich Ray tatsächlich nicht mehr sehen werde, so geht das diese durchgeknallten Weiber einen Scheiß an. Es gibt nur eine Sache, die ich schwöre, und zwar mir selbst: dass dies das allerletzte Mal war, dass ich irgendwelche Posts der Broken-Biscuit-Fans angeschaut habe. Mir reicht es, ich habe die Schnauze so was von voll. Ich werde mich an den Rat meines Vaters halten: mein Leben leben, so wie früher.

Ray ist Vergangenheit. Irgendwann werden das auch diese Groupies begreifen.

RAY

Zehn Uhr morgens, die Sonne fällt schräg durch die Jalousien und wirft ein Streifenmuster auf den Küchentisch. Ich sitze in Unterhosen vor meinem Laptop und bin kurz davor, auszurasten: »Jetzt reicht's mir! Das ist wirklich der Gipfel der Frechheit! Sind die denn noch ganz bei Trost? Für wen halten die sich? Jill muss gar nichts schwören, einen Dreck muss sie! Na warte, denen werde ich die Meinung geigen!«

Angelockt von meinem Geschrei kommt Silas aus seinem Zimmer und kurz darauf, aus dem Badezimmer, Grace, in ein großes Handtuch gewickelt. Sie hat bei uns übernachtet. Bei Silas, genauer gesagt.

»Was'n los?«, gähnt er.

»Sie wissen, wer Jill ist. Wo sie wohnt, wo sie zur Schule geht, sie wissen alles.« Ich schiebe ihm den Laptop hinüber.

Er reibt sich die Augen und scrollt auf und ab. Grace schaut ihm dabei über die Schulter.

»Das ist wirklich übel. Hoffentlich haben sie ihr noch nicht die Bude eingerannt«, meint Silas schließlich.

Allein bei der Vorstellung wird mir schlecht. »Das war's. Die kriegen jetzt ihr Fett ab.«

»Hey, sachte!«, sagt Silas. »Tu nichts, was du hinterher bereuen wirst. Trink erst mal einen Kaffee.« Grace steht schon an der Maschine und der Lärm des Mahlwerks macht für ein paar Sekunden jede Unterhaltung unmöglich.

Ich schaue Silas finster an. »Du redest schon daher wie Martin.«

»Manchmal hat er ja recht. Sprich doch erst mal mit ihm.«

»Verdammt noch mal, dürfen wir eigentlich noch aufs Klo, ohne Martin zu fragen?«, brülle ich.

»Ruf ihn an«, rät nun auch Grace und stellt mir den Kaffee hin. »Sonst gibt's wieder einen Mordsärger.«

»Außerdem kassiert er jede Menge Kohle dafür, dass er uns in solchen Angelegenheiten berät«, meint Silas.

»Weißt du was, Silas? Du solltest dir eine Stirnlampe zulegen, damit du auch was siehst auf deinem Weg durch Martins Gedärm.«

»Das war jetzt nicht nötig!«, zischt Grace.

»Ihr zwei habt gut reden!« Ich stürze den Kaffee hinunter und verschwinde türenknallend in meinem Zimmer.

Wo ist das verdammte Telefon? Ich muss Jill anrufen. Oder nein, besser ich fahre zu ihr. Ich muss sehen, ob es ihr gut geht. Aber ist sie jetzt nicht in der Schule? Du lieber Himmel, was wird sie dort auszuhalten haben?

Vielleicht sollte ich mich erst mal anziehen. In Unterhosen fühle ich mich Streitgesprächen nicht so gut gewachsen.

Als ich wieder rauskomme, ist von Silas nichts zu sehen. Nur Grace sitzt am Küchentisch, inzwischen ebenfalls angezogen – sofern man das tief ausgeschnittene Oberteil und den Rock, der definitiv zu heiß gewaschen wurde, so nennen mag.

»Ich komme mit«, sagt sie.

»Wohin?«

»Zu Martin.«

»Ich will nicht zu Martin.«

»Willst du doch. Ich hab uns schon angekündigt, er wartet.«

»Spinnst du?«

»Ray, bitte, es ist besser so.«

Grace ist vier Jahre älter als Silas und ich, aber daran liegt es nicht, dass sie eine Autorität ausstrahlt, der man sich nur schlecht entziehen kann. Komischerweise macht es mir bei ihr aber viel weniger aus als bei Martin. Vielleicht, weil sie geradeheraus ist und nicht so scheinheilig. Ich lenke ein. »Meinetwegen. Aber er wird mich nicht umstimmen. Du musst nicht mitkommen, ich brauche kein Kindermädchen.«

»Ich komm trotzdem mit.«

»Traust du mir nicht?«

»Ich will dir helfen, du Idiot!«

Wir gehen runter, schnappen uns ein Taxi und setzen uns beide nach hinten.

»Bist du sehr verliebt in dieses Mädchen?«

»Darum geht's jetzt nicht«, antworte ich. »Sie hat mordsmäßige Scherereien und kann überhaupt nichts dafür. Ich habe sie in diese Sache reingeritten, jetzt muss ich sehen, wie ich den Schaden begrenze.«

»Aber bist du verliebt in sie?«

Frauen können ja so was von hartnäckig sein. Ich finde, dass Grace das nichts angeht, also zucke ich nur mit den Achseln und schaue zum Seitenfenster raus.

»Kerle!«, schnaubt Grace. »Wenn ihr nur *einmal* zugeben könntet, dass ihr ein Herz habt.«

Obwohl ich krampfhaft die Häuserzeilen rechts der Straße betrachte, spüre ich den Blick aus ihren großen schwarzen Augen wie Blutegel an mir kleben. Ich wende mich zu ihr um, lächle verzückt, halte die Hände an die Brust und sage: »Schon in der ersten Sekunde, als ich sie sah, hat mein Herz einen Sprung gemacht.«

»Wirklich, Ray, du solltest ins Schlagerfach wechseln.«

»Okay, ganz so war's nicht«, wehre ich ab. »Sie hatte so was niedlich Verlorenes, als sie da rumstand. Außerdem fand ich sie hübsch und sie war rotzfrech, das hat mir gefallen. Und damit du Ruhe gibst: Ja, ich mag sie. Sehr sogar, obwohl wir uns ja kaum kennen. Darüber nachzudenken hat aber letztendlich keinen Sinn. Du weißt doch, der berühmte Paragraf 12.«

»Wasser findet immer seinen Weg«, sagt Grace.

»Ist das eine Weisheit aus Ghana?«

»Stand auf dem Glückskeks, der gestern bei dem Chinafraß lag, den wir uns bestellt haben.«

»Du bist so eine unverbesserliche Romantikerin, Grace!«

»Ich weiß.«

In seinem Büro, das in einer Seitenstraße vom Ku'damm liegt, thront Martin vor einem überdimensionalen Bildschirm und massiert sein Kinn.

Ich sitze ihm gegenüber, allein. Ich wollte nicht, dass Grace mit reinkommt, aber ich habe ihr versprochen, mir anzuhören, was Martin zu sagen hat, und zwar ohne auszurasten.

»Stimmt, das ist wirklich übel. Hätte nicht gedacht, dass sich das so auswächst.«

Wie, was? Martin-*ich-bin-der-große-Auskenner*-Niemeyer gibt zu, dass er die Lage unterschätzt hat? Das zeigt mir, wie ernst die Sache ist.

Ich setze noch einen drauf und sage: »Das sind keine stumpfen Beleidigungen mehr, die man ignorieren kann, das sind Todesdrohungen. Ein Fall für die Staatsanwaltschaft.«

Beim Wort *Staatsanwaltschaft* verkrampft sich seine Kiefermuskulatur. Mit aufgesetzter Ruhe sagt er: »Nun, so weit würde ich nicht gehen, und wenn, dann sollte diese ... diese Jill das in die Wege leiten, nicht wir.«

»Hoffentlich tut sie es«, stoße ich hervor. »Mir geht es um diesen unverschämten Aufruf im Fandom. Darauf werde *ich* reagieren. Und du wirst mich nicht davon abhalten.«

»Ray!« Martins Stimme klingt wie ein Fallbeil. »Ray, wann begreifst du das endlich? Ich bin ganz auf deiner Seite. Immer.«

»Umso besser.«

»Vielleicht ist das ja der Zweck des Ganzen«, sagt Martin und wirft sich in eine grüblerische Pose.

Ich kann ihm nicht folgen. »Wie? Was? Welcher Zweck?«

»Vielleicht wollen diese Mädchen nur, dass du dich endlich mal herablässt und mit ihnen kommunizierst. Was du ja bisher nie für nötig befunden hast ...«

»Lenk nicht ab«, knurre ich. Das ist ein ewiges Streitthema zwischen Martin und mir. Ständig liegt er mir in den Ohren, ich müsse in den sozialen Medien viel präsenter sein als jetzt: möglichst mehrmals pro Woche etwas auf meinen diversen Fanseiten auf Facebook und Instagram posten, möglichst täglich twittern ... Er hat sogar angeboten, dass die PR-Leute das für mich erledigen, aber das habe ich mir verbeten. Wäre ja noch schöner, wenn die in meinem Namen Schwachsinn absondern. Okay, ich gebe zu, dass ich die Sache manchmal ein wenig schleifen lasse. Es ist nervig, ich weiß nicht, was ich andauernd posten soll. Ich habe der Welt nicht jeden Tag etwas Tiefsinniges mitzuteilen, und einfach irgendwelchen Mist zu posten widerstrebt mir. Und dieses Fandom kann mir sowieso gestohlen bleiben.

»Ray, ich bin ganz deiner Meinung. Dieses Mal solltest du wirklich reagieren.«

»Ja?«, sage ich misstrauisch.

»Sonst halten sie dich wirklich noch für feige.«

»Eben. Also werde ich jetzt twittern und facebooken und weiß der Teufel, was noch alles, dass ich ihre Hasskampagne megascheiße finde und sie Jill gefälligst in Ruhe lassen sollen.«

»Richtig«, stimmt mir Martin zu. »Nur werden wir es etwas anders formulieren. Ich habe da einen kleinen Text vorbereitet. Er ist bereits mit der PR-Agentur abgestimmt.«

Typisch Martin. Allzeit bereit, und nie überlässt er etwas dem Zufall. Gegen meinen Willen empfinde ich eine gewisse Hochachtung für ihn. Dann lese ich, was da steht, und es schnürt mir die Kehle zu.

Ich verbringe den Vormittag in der Küche und probiere ein neues Zabaione-Rezept aus. Kochen hat auf mich eine beruhigende Wirkung und allmählich verraucht meine Wut. Mein Telefon habe ich oben gelassen, ich will mit niemandem reden. Nichts hören, nichts sehen, nichts sagen, wie die drei Affen.

Mum ist zum Großmarkt gefahren. Wahrscheinlich hat sie gespürt, dass ich lieber allein sein möchte. »Du rufst mich sofort an, falls sich wieder irgendwelche Leute vor dem Haus herumtreiben. Versprich es!«, hat sie mir zum Abschied eingeschärft.

Um halb zwei höre ich, wie jemand gegen die Wohnungstür hämmert. Ich fahre zusammen, bekomme Angst. Unsere Küche geht nach hinten zum Garten raus, deshalb schleiche ich auf Zehenspitzen durchs Wohnzimmer, doch dort sind immer noch die Läden heruntergelassen und ich wage nicht, den Rollladen hochzuziehen. Also renne ich nach oben und schaue aus dem Schlafzimmerfenster auf die Straße. Niemand zu sehen, aber ich höre, wie unter dem kleinen Vordach erneut an die Haustür geklopft wird. Ich warte mit angehaltenem Atem. Irgendwann wird derjenige ja von der Tür weggehen und unter dem Windfang hervortreten. Ein Gedanke, völlig unrealistisch und aus der Luft gegriffen, durchzuckt mich: Und wenn es Ray ist? Ray, der seine Worte, die er im Café zu mir gesagt hat, bereut, Ray, der es ohne mich nicht aushalten kann …

Es ist Linda. Sie dreht sich um, als ich sie rufe. »Da bist du ja. Ist eure Klingel kaputt?«

»Abgestellt.«

Sie folgt mir in die Küche, wobei sie im Vorbeigehen in das verdunkelte Wohnzimmer deutet. »Ist ja gruselig.«

»Besser so«, sage ich einsilbig, denn ich habe noch immer keine Lust zu reden.

»Warum gehst du nicht an dein Telefon?«

»Weil ich hier was ausprobiere und meine Ruhe will. Geschmorte Quitten mit Zitronen-Buttermilch-Zabaione. Probier mal.« Ich halte ihr die Schale hin und Linda nimmt einen Löffel davon.

»Was meinst du, ist es auch nicht zu zitronig?«

Linda legt den Löffel weg und schaut mich prüfend an. »Du hast es noch gar nicht gelesen, oder?«

»Was?«

»Rays Antwort auf diesen bizarren Aufruf im Fandom.«

Ich rase wie ein geölter Blitz in mein Zimmer und öffne den Laptop. Sein Post ist gerade mal zwanzig Minuten alt.

An alle, die diesen Aufruf unterzeichnet haben und hier posten: Ich möchte euch bitten, diese Hasskampagne zu beenden. Es ist unfair und überflüssig. Das Mädchen, das von euch gemobbt wird, habe ich flüchtig auf dem Mixtape kennengelernt. Sie ist sehr sympathisch, aber sie ist nicht meine Freundin, sie bedeutet mir nichts, und es besteht auch keinerlei Kontakt zwischen uns. Bitte seid fair und lasst sie in Frieden.

Euer Ray Thackeray

Irgendwo habe ich mal gelesen, dass Worte einen Menschen schlimmer verletzen können als Waffen. Das scheint wahr zu sein. Mir ist jedenfalls gerade, als hätte ich eine Faust in den Magen gerammt bekommen – und einen Dolchstoß durchs Herz.

Sie bedeutet mir nichts.

Ich stolpere an Linda vorbei ins Bad und schließe hinter mir ab. Die Arme um die Knie geschlungen, sitze ich auf dem blau-weiß gestreiften Läufer vor der Badewanne und starre gegen den Heizkörper.

Linda klopft an die Tür. »Jill? Ist alles in Ordnung? Jill, mach auf!«

»Lass mich in Ruhe, ich will allein sein«, brülle ich viel zu laut. Als sich draußen nichts regt, füge ich etwas leiser hinzu: »Tut mir leid, Linda. Ich muss eine Weile allein sein. Ich ruf dich später an.«

»Wirklich?«, tönt es durch die Tür.

»Wirklich.«

Ich höre, wie Linda die Treppe hinuntergeht und die Haustür hinter ihr zufällt. Noch immer sitze ich auf dem Badezimmerteppich. Ich, der sonst bei jeder Kleinigkeit die Tränen kommen, bin so geschockt, ich kann nicht einmal heulen. Wie kann er mir das antun?

Wie stehe ich jetzt da? Als das Mädchen, das Ray Thackeray *nichts bedeutet.* Okay, vielleicht stimmt das gar nicht, vielleicht hat er das nur geschrieben, damit sie mich in Ruhe lassen. Aber tausendmal schlimmer als eine Schar ausgetickter Groupies vor dem Haus ist es, von ihm zu lesen: *Sie bedeutet mir nichts.*

Aus meinem Zimmer tönt der Klingelton meines Handys, aber ich bin nicht in der Lage aufzustehen. Ich will mit niemandem reden. Nicht mit Katja und schon gar nicht mit Fabienne, die bestimmt insgeheim frohlockt über Rays Statement. Alle seine Fans werden triumphieren. Ist es das, was er wollte? Sich bei seiner Anhängerschaft wieder einschleimen, nach seinem »Fehltritt« auf dem Konzert, nach dem Foto von unserem Kuss?

Ich dagegen stehe da wie eine Idiotin, die sich falsche Hoffnungen gemacht hat. Nein, falsch: Ich *bin* eine Idiotin, die sich falsche Hoffnungen gemacht hat.

Ich kann mich nicht mehr in die Schule wagen, unmöglich! Ich werde mich für die letzten anderthalb Wochen dieses Schuljahres krankmelden. Das nächste Schuljahr könnte ich im Ausland verbringen. Ein paar von unserer Klasse machen das. Es ist zwar ein bisschen spät für die Anmeldung, aber vielleicht gibt es noch irgendwo Plätze für Nachrücker. Und wenn es Grönland ist oder Nordkorea. Wenn ich nach einem Jahr zurückkäme, wäre hoffentlich genug Gras über die Sache gewachsen. Ja, so könnte das klappen.

Das Klingeln hört auf. Ich hebe den Kopf und ringe nach Luft, denn in meiner Brust wird es plötzlich ganz eng. Noch nie hat etwas so wehgetan, nicht einmal, als Dad ausgezogen ist. Am liebsten würde ich sterben. Warum kann mein Herz nicht einfach aufhören zu schlagen? Genau jetzt wäre doch ein guter Zeitpunkt zum Sterben. An gebrochenem Herzen, wie es so schön heißt. Ich hatte eine gute Kindheit – abgesehen davon, dass ich im Kindergarten Läuse hatte, und wenn man das Riesentheater ausklammert, das meine Eltern wegen eines angesengten Wohnzimmersessels gemacht haben. Doch in letzter Zeit passiert nur Scheiß.

Aber ich sterbe nicht, sondern ich sitze da und in meinem Kopf kreisen die Gedanken: Wie kann er mir das antun, wie kann er nur vor aller Welt hinausposaunen, dass ich ihm nichts bedeute? Im Netz, wo es jeder lesen kann, wo es sich verbreiten wird wie ein Virus, wo es für immer und ewig stehen bleiben wird. Ich bin für mein Leben gebrandmarkt. Wie kann er nur?

In diesem aufgelösten Zustand findet mich der Kauz.

Ich wusste bis dahin gar nicht, dass er einen Schlüssel hat. Als er mich sieht, reißt er seine Augen hinter der großen Brille weit auf, was ihn noch kauziger aussehen lässt. »Was ist passiert? Bist du krank?«

Am liebsten würde ich ihm sagen, er solle abhauen. Aber ich erinnere mich an seinen heldenhaften Einsatz gegen die Wildgewordenen von gestern Mittag, deshalb frage ich höflich, was sein Bein macht.

»Ist ein bisschen blau. Aber da ich ohnehin noch nie ein Freund kurzer Hosen war, ist der Schaden marginal.«

»Hast du das Miststück angezeigt?«

»Aber nein. Das sind doch nur Kinder, die sich auf der Suche nach ihrer Persönlichkeit gerade ein bisschen verirrt haben. Jill, kannst du mir sagen, warum du auf diesem Teppich vor der Badewanne sitzt?«

»Weil's mir auf den Fliesen zu kalt ist?«, erwidere ich patzig.

Aber August sagt voller Güte: »Steh doch auf und komm in die Küche. Im Kühlschrank steht eine köstliche Nachspeise. Und schon der alte Sokrates sagte: *Ein gutes Essen bringt gute Leute zusammen.*« Damit schlappt er in seinen Sandalen die Treppe hinab. Ich überlege, ob ich mich in meinem Zimmer einschließen soll, aber irgendetwas treibt mich dann doch hinab in die Küche – vielleicht ist es tatsächlich mal wieder der Hunger.

Nach dem ersten Löffel Zabaione gibt der Kauz einen brummenden Laut von sich und lächelt in seinen Kauzbart hinein.

»Würde es nicht gegen die guten Sitten verstoßen, würde ich die Schale auslecken«, sagt er, als er fertig ist.

Ich werte es als Kompliment und sage: »Tu dir keinen Zwang an.«

August schüttelt den Kopf. »Mit dem Nachlassen der Etikette beginnt der Verfall«, behauptet er, und dann räumt er die Schalen in die Spülmaschine und setzt Kaffee auf. Seit der Kauz bei uns verkehrt, gibt es diesen altmodischen Filterkaffee, den er höchstpersönlich von Hand aufgießt.

»Darf ich erfahren, was passiert ist?«, fragt er, während die Plörre in die Kanne plätschert.

Da er vermutlich seit gestern über Ray und mich Bescheid weiß, sage ich ihm, was geschehen ist. Ist jetzt auch schon egal, wo es doch ohnehin die ganze Welt weiß.

Umständlich gießt er zwei Tassen voll, kleckert, wischt auf, stellt die Tassen auf den Tisch und sagt: »Jill, was glaubst du, warum dieser Ray das geschrieben hat?«

»Vermutlich, weil er sich bei seinen Fans einschleimen will.«

»Oder weil er diesen digitalen Wahnsinn beenden will und um dein Wohlergehen besorgt ist?«, schlägt August vor.

»Kann sein, aber wie stehe ich jetzt da?«, rufe ich verzweifelt. »Blamiert und bloßgestellt im Netz. Also quasi vor aller Welt.«

»Das Internet ist mitnichten die Welt«, behauptet der Kauz.

Für ihn vielleicht nicht. Für einen Teenager schon. Ich sinke über dem Tisch in mich zusammen.

Der Kauz und ich schweigen uns eine Weile gegenseitig an, beide in Gedanken versunken.

»Es ist schon paradox«, bricht er die Stille, »was sich im Gehirn abspielt, wenn man verliebt ist. Wenn dich die Person, die du liebst, zurückweist, dann liebst du sie nur noch hartnäckiger. Du willst vergessen, aber das Gegenteil passiert. Und das Schlimmste ist: Immer gewinnt derjenige, der den anderen weniger liebt.«

Den Freund meiner Mutter von Liebe reden zu hören, bringt mich gehörig in Verlegenheit. Andererseits führen wir gerade ein Gespräch wie zwei Erwachsene, und was er sagt, klingt zumindest aufrichtig.

Stimmt, er lehrt ja auch Philosophie und Mathematik. Es würde ihm wahrscheinlich gründlich widerstreben, mir irgendeinen Schwachsinn zu erzählen.

Mir gelingt ein schiefes Lächeln, als ich sage: »Und das soll mich jetzt trösten?«

August schüttelt den Kopf. »Das ist dein Leben, Jill, du allein bestimmst, was darin zählt. Nicht dieser Ray oder seine Fans. Auch nicht deine Freundinnen und Mitschüler, und schon gar nicht das Internet. Du allein bestimmst.«

Ich sehe ihn an und schlucke, während er fortfährt: »Was die anderen von dir halten, kannst du getrost ignorieren. Wenn du dich nämlich einfach nicht drum scherst, dann werden sie das spüren und dich in Ruhe lassen.«

»Ich soll also auf cool machen«, fasse ich seinen umständlichen Wortschwall zusammen.

»*Cool* …« Er scheint auf dem Begriff herumzukauen.

»Was?«, frage ich, denn ich habe das Gefühl, dass da noch was kommt. Nur ist der Kauz halt nicht der Fixeste im Denken. Dafür macht er's gründlich.

»Deine Mutter erwähnte, dass ihr manchmal Tango tanzt«, sagt er nach einer gefühlten Ewigkeit.

»Äh, ja?«

»Stell dich doch mal so hin, als wolltest du gleich lostanzen.«

»Was, im Ernst?«

»Ja, bitte. Wenn es dir nichts ausmacht.«

Widerstrebend stehe ich auf, aber irgendwie schaffe ich es nicht, Haltung anzunehmen, ich bin im wahrsten Sinn des Wortes geknickt, wie eine Marionette, der man die Fäden durchgeschnitten hat. Die ganze Sache ist für mein Selbstwertgefühl das schiere Gift.

Der Kauz ist ebenfalls aufgestanden und betrachtet mich mit skeptischer Miene. »So willst du einen Tango tanzen?«

Ich reiße mich zusammen, richte meine Wirbelsäule auf, nehme die Schultern zurück und recke das Kinn.

»Schon besser. Nur dein Gesicht …«

»Ich hab leider kein anderes«, sage ich muffig.

»Doch, hast du. Du sollst nicht trotzig aussehen wie ein Kleinkind, sondern stolz.«

»Stolz. Worauf?«

»Auf dich natürlich. Du hast Selbstvertrauen, es interessiert dich nicht, was andere über dich denken. Das ist nur deren Meinung, nicht die Wirklichkeit. Du bestimmst!«

»Was juckt's den Mond, wenn ihn ein Hund anbellt«, zitiere ich den weisen Spruch des Vaters meiner Nachhilfeschülerin.

»Genau! Ein ausgezeichnetes Motto!« Die Kauzaugen hinter seiner Harry-Potter-Brille leuchten entzückt auf.

Okay, also stolz. Ich versuche, so auszusehen, und das Wunder geschieht: Die äußere Haltung verändert auch die innere, tatsächlich fühle ich mich schon ein Quäntchen besser.

»Siehst du«, sagt der Kauz. »Und so betrittst du morgen die Schule.«

Soll ich ihm sagen, dass ich eigentlich vorhatte, gar nicht mehr zur Schule zu gehen und erst mal auszuwandern?

»Nur den Ellbogen solltest du runternehmen«, fügt er hinzu.

Jetzt muss ich lachen, und als Nächstes höre ich, wie die Haustür aufgeschlossen wird. Mum kommt herein, sieht uns dastehen wie Duellanten und blickt unsicher von einem zum anderen.

»Wir hatten gerade ein tiefschürfendes Gespräch«, erkläre ich.

Meine Mutter und der Kauz tauschen einen verschwörerischen Blick.

Ich sage: »Ich geh dann mal nach oben, ihr könnt euch ruhig wieder trivialen Dingen zuwenden.«

Endlich komme ich dazu, mein Handy zu checken. Jede Menge verpasste Anrufe von meinen Freundinnen – und zwei von Ray! Ich vergleiche die Uhrzeiten. Demnach hat er versucht, mich anzurufen, bevor er seine Antwort im Fandom gepostet hat, und noch einmal danach. Außerdem gibt es eine SMS von ihm. Mit klopfendem Herzen lese ich: *Jill, was ich im Fandom geschrieben habe, musste ich schreiben, um diese Hasskampagne gegen dich zu beenden. Es ist natürlich nicht wahr, ich hoffe, das weißt du und bist mir deswegen nicht böse. Ruf mich bitte an, Ray.*

Ich bin froh und wütend zugleich. Froh, dass ihm offenbar doch ein bisschen etwas an mir liegt. Wütend auf mich, dass ich nicht ans Telefon gegangen bin. Vielleicht hätte ich das Posting verhindern können. Außerdem bin ich wütend auf Ray, weil er mit dem Posting nicht gewartet hat, bis er mich erreicht hat, und weil er offenbar nicht bedacht hat, wie es ist, vor aller Welt als *flüchtige Bekanntschaft, die ihm nichts bedeutet*, bezeichnet zu werden.

Aber gerade, als ich das denke, fallen mir Augusts Worte ein. *Das ist dein Leben, Jill, du allein bestimmst, was darin zählt.*

Eines muss ich ja zugeben: Von allen Ratschlägen, die ich in den letzten Tagen gehört habe, ist seiner der einzige, mit dem ich wirklich was anfangen kann. Endlich mal eine klare Anweisung, was ich *tun* soll. So viel praktischen Verstand hätte ich diesem verschrobenen Kauz gar nicht zugetraut.

Folglich beschließt die neue, selbstbewusste Jill, dass sie das Ganze erst einmal überschlafen wird, ehe sie Ray antwortet.

Es ist, wie erwartet: Auf dem Schulhof werden Gespräche abrupt beendet, wenn ich vorbeikomme, und ich spüre, wie mich die Blicke der Mädchen sämtlicher Jahrgangsstufen durchbohren. Ich drücke das Kreuz durch, als hätte ich einen Stock verschluckt, gehe einfach weiter und sage mir: *Lass sie glotzen, ich scher mich nicht drum.* Als ich in die Klasse komme, sehen mich alle an, und es wird mit einem Schlag ruhig, aber ich gehe mit einem Mona-Lisa-Lächeln auf den Lippen zu meinem Platz und packe meine Sachen aus. Im Geist wiederhole ich mein Mantra: *Sei stolz! Es ist egal, was die anderen denken. Ich allein bestimme über mein Leben.*

In der Pause hagelt es Gemeinheiten vonseiten der Schul-Bitches. »Arme Puderzuckernase!«, säuselt Tatjana. »Muss echt übel sein, wenn einer im Internet sagt, wie egal du ihm bist.«

»War doch eh klar, dass Ray nichts an der findet«, giftet Silke.

»Geht aufs Klo und drückt eure Pickel aus«, fährt ihnen Fabienne über den Mund und sagt zu mir: »Mach dir nichts draus.«

»Tu ich nicht«, sage ich und schreite erhobenen Hauptes voran. *Haltung bewahren, Jill! Stolz! Tango!*

Ich freue mich, dass Fabienne sich für mich stark macht, und falls bei ihr ein wenig Genugtuung über die Entwicklung der Dinge mitschwingt, sehe ich großzügig darüber hinweg.

Trotzdem, die Coole zu geben, kostet mich eine irrsinnige Kraft und Selbstbeherrschung. Aber es wirkt. Tatsächlich hat sich die Lage bis zum Schulschluss schon fast wieder normalisiert.

»Toll, wie du das heute hingekriegt hast«, sagt Katja, als wir uns an der Kreuzung verabschieden. »Du warst so souverän.«

»Ja, irre. Hast du was eingeworfen?«, fragt Fabienne.

»Nein. Ich habe mich nur dazu entschlossen, mir von niemandem ans Bein pissen zu lassen.«

»Freut mich zu hören«, sagt Linda. »Dann können wir das Thema *Prince Charming* hoffentlich langsam abhaken. Es gibt nämlich im Leben noch Wichtigeres als Kerle.«

»Was denn zum Beispiel?«, fragt Fabienne.

»Vergiss es, Blondie!«

Ich werfe Linda einen forschenden Seitenblick zu. Gut möglich, dass meine Freundinnen vom Dauerthema Ray genervt sind. Linda auf jeden Fall.

Ja, es stimmt schon: Es gibt auch noch ein Leben jenseits von Ray Thackeray. Ich habe eine zwar nicht ganz intakte, aber dennoch tolle Familie, sogar der Kauz macht sich, ich habe wirklich gute Freundinnen, und ich kann zwar nicht mit Ray zusammen sein, aber ich bin ihm auch nicht völlig gleichgültig. Es könnte schlimmer sein.

Wieder zu Hause antworte ich auf Rays SMS: *Ich bin dir nicht böse. Aber es hat keinen Sinn. Es ist zu kompliziert. Jill*

Danach ist es mit meiner Selbstbeherrschung und Selbstmanipulation aus und vorbei. Ich werfe mich aufs Bett, umarme den alten Fluffi und flenne mir die Seele aus dem Leib. Zum Glück ist Wochenende. Ich verbringe es mehr oder weniger schlafend. Ich habe auf einmal ein Riesenbedürfnis nach Schlaf. Wenn ich schlafe, spüre ich nichts, und das ist gut. Am liebsten würde ich einen Winterschlaf halten, wie eine Schildkröte. Oder gleich einen Dornröschenschlaf.

Mum scheint das zu begreifen, sie lässt mich in Ruhe und behandelt mich ein bisschen wie eine Kranke. Im Grunde ist Liebeskummer ja auch so eine Art Krankheit. Jedenfalls tut er verdammt weh und ist hundertmal schlimmer als die Masern.

11

RAY

Seit Wochen mal wieder ein Tag zu Hause, ein Tag nur zum Rumgammeln, ohne Programm. Das ist auch nötig. Gestern haben wir das Ende unserer Tour gefeiert und ich bin noch dabei, die Reste meines Katers in Cola zu ertränken. Ich stehe am Fenster und schaue hinunter auf die Straße. Ein kühler Ostwind jagt die stickige Sommerhitze aus der Stadt und reißt die ersten Blätter von den Bäumen. Es sind die letzten Augusttage, der Sommer beginnt sich zu verabschieden.

Ich denke noch immer viel an Jill. Eigentlich viel zu oft. Ich versuche, weniger an sie zu denken, habe aber gleichzeitig Angst, ich könnte vergessen, wie sie aussieht. Das ist ziemlich verrückt, schon klar, aber so ist es nun mal.

Wie hat sie wohl die Ferien verbracht? Denkt sie noch an mich oder hat sie mich aus ihrem Kopf verbannt? Was macht sie am Abend? Trifft sie ihre Freundinnen, hat sie einen anderen Jungen kennengelernt? Was machen sechzehnjährige Mädchen in ihrer Freizeit? Ich muss zugeben, dass ich keine Ahnung habe.

Als ich sechzehn war – ist das wirklich erst zwei Jahre her? – habe ich bei meinen Eltern in Steglitz gewohnt, Basketball gespielt, im Chor gesungen und mir selbst Gitarre spielen beigebracht. Abends hab ich am Computer gezockt oder war mit den Kumpels unterwegs. An den Wochenenden musste ich arbeiten, um mir mein

Taschengeld zu verdienen, denn das bekam ich im Unterschied zu meinen Freunden nicht einfach so. Mein Vater legte den Tarif fest: Rasen mähen, Hecke schneiden, Laub zusammenrechen: jeweils drei Euro. Löwenzahn und Disteln ausstechen: fünf Cent pro Pflanze. Auto waschen innen und außen: fünf Euro. Küche neu streichen: zwanzig Euro. Irgendwann ging der Schuss nach hinten los, zumindest aus der Sicht meines Vaters, denn ich kam dahinter, dass mir die Leute aus der Nachbarschaft für dieselben Arbeiten locker das Doppelte bezahlten. Also habe ich ihm gesagt, dass er sich sein Taschengeld für mich an den Hut stecken und seinen Kram in Zukunft selber machen könne. Er nannte mich ein undankbares Geschöpf und verbat mir, bei den Nachbarn zu arbeiten. Habe ich aber trotzdem gemacht. Die Zeit, in der er mich mit seinem Gebrüll einschüchtern konnte, war vorbei. Er schien das zu spüren und hielt sich zurück. Dennoch war das Verhältnis zwischen mir und meinem Vater nach wie vor ein Minenfeld, und mittendrin meine Mutter, in ständiger Angst vor dem großen Knall. Sie tat mir leid.

An meinem achtzehnten Geburtstag zog ich zu Hause aus. Vorher hatte ich verkündet, dass ich nicht, wie ursprünglich geplant, im Herbst das Sportstudium antreten würde, sondern erst nächstes oder übernächstes Jahr. Ich wollte eine Weile nur Musik machen. Mein Vater lachte mich aus und prophezeite mir, dass ich demnächst »angekrochen« käme und ihn um Geld anbetteln würde. Ich schwor mir, dass es dazu nie kommen würde. Zu dem Zeitpunkt verdiente ich mit den Broken Biscuits und ein paar Nebenjobs gerade genug, um mir zusammen mit Silas eine Bude mieten zu können. Es war ein lausiges 40 Quadratmeter-Loch über einer Spielhölle in Neukölln, aber es war ein Anfang. In der luxussanierten Altbauwohnung in Kreuzberg wohnen wir erst seit zwei Monaten. Allerdings hatten wir bislang so gut wie gar nichts davon, weil wir ja auf Tour waren. Mein Zimmer sieht deshalb immer noch aus, als wäre ich vor drei Tagen erst eingezogen.

Die Sommertour war für uns der Durchbruch. Auftritte bei fast allen wichtigen Festivals und in großen Hallen in bedeutenden Städten. Paris, Amsterdam, Wien, Barcelona und Glastonbury! Das riesige Glastonbury Festival im Südwesten Englands war so megageil, danach fühlten wir uns, als ob uns die Welt gehörte.

Uns schien die Sonne aus dem Arsch.

Sogar Martin ist völlig aus dem Häuschen. »Ihr habt es geschafft, Jungs! Platz zehn in den britischen Charts, und das für eine deutsche Band, das ist Wahnsinn!«

In Deutschland haben wir diese Woche zwei Songs in den Top Twenty.

Ich frage mich nur, warum ich dann nicht vor Glück durch die Straßen schwebe? Da ist so ein schwer greifbares Unbehagen, eine vage Angst vor der Zukunft. Weil ich im Grunde weiß, dass es so nicht weitergehen wird. Jedenfalls nicht allzu lange. Oder bin ich vielleicht depressiv veranlagt? Läge ja immerhin in der Familie.

Richtig bei mir selbst bin ich nur, wenn ich auf der Bühne stehe. Dann vergesse ich alles um mich herum, alles, was war, alles, was sein wird. Ich bin hochkonzentriert und gleichzeitig voller Euphorie. Ich weiß, dass ich mit meiner Stimme Mädchenherzen zum Schmelzen bringe, und wenn ich sie vor Entzücken kreischen höre, denke ich manchmal: Das ist der Sound des Erfolgs. Mal ehrlich, wer würde den nicht genießen? In letzter Zeit blitzt dabei allerdings hin und wieder der Gedanke auf, dass diese kreischenden kleinen Mädchen kalt lächelnd dazu fähig sind, einem anderen Mädchen das Leben zur Hölle zu machen.

Manchmal bilde ich mir ein, in diesem Meer von Gesichtern Jill zu sehen. Aber natürlich ist sie es nicht und durch das Lichtgewitter auf der Bühne kann man ohnehin nicht viel von den Leuten da unten erkennen. So schräg das klingt, aber auf der Bühne ist man unter tausenden von Menschen allein.

Die Türklingel reißt mich aus meinen Grübeleien. Ich drücke auf den Summer, mache die Tür auf und gehe in die Küche. Silas wollte

Brötchen holen für unser 12-Uhr-Frühstück, sicher hat er wieder keinen Schlüssel mitgenommen.

»So lebt also mein Sohn, der Rockstar.«

Ich wirble herum. Vor mir steht meine Mutter und scannt die Küche ab. Mum ist klein, deshalb zieht sie gern Schuhe mit hohen Absätzen an. Heute sind es schwarze Pumps. Dazu trägt sie einen roten Trenchcoat, der Gürtel betont ihre noch immer mädchenhafte Taille. Sie ist dezent geschminkt. Nicht zu fassen: Meine Mum hat Make-up aufgelegt, um mich zu besuchen! Der Lippenstift passt zum Mantel und steht ihr. Sie sieht sogar richtig mondän aus.

»Hallo Rockstar-Mum!«, gebe ich strahlend zurück und dann liegen wir uns in den Armen. Seit meinem Auszug habe ich sie nicht mehr gesehen.

»Weiß er, dass du hier bist?«, frage ich.

»Ja, was denkst du denn?«

»Na ja ...«

»Dein Vater meint es doch nur gut. Er macht sich Sorgen um dich.«

»Das kann er sich sparen.« Wo er doch sowieso ein alter Geizhals ist, setze ich in Gedanken hinzu.

Ich zeige ihr die Wohnung, die sie natürlich toll findet. »Dieses wunderschöne Parkett, ist das alt? Funktioniert der Kachelofen?«

Ich schalte die Kaffeemaschine ein.

»Ihr seid sehr erfolgreich, oder? Ich höre dich jedenfalls dauernd im Radio.«

»Ja«, sage ich. »Ich verdiene mehr Geld, als ich mir je hätte träumen lassen. Sag das ruhig dem alten Geizkragen.«

»Du siehst blass aus.«

»Hab gestern gefeiert. Sorry, hätte ich gewusst, dass du kommst ... Und die Tour war anstrengend. Aber auch unbeschreiblich toll.«

Mum lächelt. Sie hat Schatten unter den Augen, aber insgesamt wirkt sie fröhlich und entspannt. Seit Beccas Tod hat sie nicht mehr so gut ausgesehen, finde ich.

»Aber jetzt ist erst mal Schluss mit Reisen, jetzt kommt die Arbeit an der neuen Platte, Proben im Studio, Aufnahmen ...«

Ihre blauen Augen sehen mich mit ernstem Blick an, als sie fragt: »Ray, sagen dir die Backstreet Boys etwas?«

»Klar. Es war *die* Boygroup um die Jahrtausendwende herum. Allerdings gecastet«, füge ich ein wenig von oben herab hinzu.

»Und wo sind die jetzt?«, fragt Mum.

»Keine Ahnung, ich glaube, sie muckeln schon noch irgendwie rum.«

»In ein paar Jahren werdet auch ihr für diese Teenies, die euch jetzt anschwärmen, alte Männer sein.«

»Mum!«

»Okay, vielleicht keine alten Männer. Aber du kannst nicht mehr der Frontmann einer Boyband sein, wenn ihr keine *Boys* mehr seid. Ich hoffe, dass du dir das rechtzeitig klarmachst.«

Ich bin baff. Woher kennt sie meine Ängste? Befürchtet sie, dass ich, wenn es mit den Broken Biscuits bergab gehen sollte, auch eine Überdosis Tabletten schlucke?

»Mum, keine Sorge, ich bin nicht naiv. Ich weiß, wir müssen rechtzeitig runter von unserem Boyband-Image. Wir arbeiten daran.«

»Oder du brauchst einen Plan B«, sagt sie. »Nur für den Fall, dass der Wandel nicht gelingt. Die Backstreet Boys treten jetzt übrigens auf Kreuzfahrten auf und die Solokarriere des Sängers Nick Carter war ein Flop.«

»Bist du etwa hergekommen, um mir doch noch das Sportstudium schmackhaft zu machen?«, frage ich.

»Das bin ich nicht. Versteh mich nicht falsch, Ray. Du sollst deinen Erfolg genießen. Ich freu mich für dich und ich platze vor Stolz auf meinen Sohn. Ich wollte mich nur vergewissern, dass du trotzdem noch bei klarem Verstand bist.«

»Habe ich die Prüfung bestanden?«

»Ich geb dir 'ne Drei.«

Ich stehe auf und umarme sie.

»Ray, eins musst du wissen: Egal, was du tust, du hast meine Unterstützung.«

Ich bin total gerührt. »Danke, Mum. Das bedeutet mir viel.«

»Und? Gibt es ein Mädchen in deinem glamourösen Rockstar-Leben?«

»Nein.«

»Und was ist mit dieser ... Jill?«

What the fuck ...? Mir bleibt vor Überraschung der Mund so weit offen stehen, dass Mum meine Mandeln begutachten kann.

»Ich weiß alles. Ich stalke dich nämlich im Netz.« Sie lächelt verschmitzt in mein entsetztes Gesicht und sagt: »Deine zwölfjährige Kusine Jeanette hält mich eifrig auf dem Laufenden.«

»Mit Jill ist nichts«, murmele ich.

»Schade«, sagt Mum.

Ehe wir dieses Thema vertiefen können, kommt Silas mit den Brötchen herein. »Misses T!«, schreit er, wirft die Tüte auf den Tisch und umarmt sie so innig, dass ich um ihre Knochen fürchte.

Wir frühstücken zusammen. Mum erkundigt sich nach Silas' Familie, besonders nach seiner Mutter. Silas' Mutter hatte Brustkrebs und schon drei Operationen und Chemotherapien.

»Besser«, sagt Silas. »Seit sie sie zur Kur geschickt haben.«

»Er meint, dass er die Kur bezahlt hat«, sage ich.

Meine Mutter lächelt Silas über den Tisch hinweg zu. »Du bist ein guter Junge. Richte deiner Mutter meine besten Grüße aus.«

Als sie geht, verspricht sie, mich von jetzt an öfter zu besuchen. Zum Abschied sagt sie: »Ruf dieses Mädchen doch mal an. Sie sieht nett aus, sie würde dir sicher guttun!« Dann klappert sie die Treppe hinab.

»Wow«, sagt Silas. »Deine Mutter sieht echt heiß aus, ganz anders als früher.«

»Alter, reiß dich am Riemen«, grinse ich und schiebe mir ein halbes Brötchen zwischen die Kiemen.

Ob ich Jill wirklich mal anrufe? Aber was soll ich ihr sagen? Meine

Situation hat sich ja nicht geändert. Sie wird sich zu Recht fragen, was ich von ihr will.

Aber ich würde sie so gern sehen. Einfach nur sehen. Um zu wissen, ob es ihr gut geht, um zu erfahren, was sie macht. Und natürlich würde ich sie auch gern noch einmal küssen.

»Jill, meinst du, du könntest am Freitag bei dieser Geburtstagsfeier in Dahlem ausnahmsweise beim Service helfen?«

Ich bin erstaunt. Bisher hat Mum es stets abgelehnt, wenn ich ihr meine Hilfe angeboten habe. Mit der Begründung, dass es die Gäste der Feiern hin und wieder an Respekt gegenüber dem Personal, vor allem dem jungen, weiblichen mangeln lassen. Dem wolle sie ihr eigen Fleisch und Blut nicht aussetzen und außerdem sei ich dafür noch zu jung.

»Klar«, sage ich. »Aber was ist mit: *Lieber bezahle ich eine Studentin dafür, dass sie sich auf den Hintern starren lässt und sich schlüpfrige Komplimente anhört?*«

»Ich werde ein Auge auf dich haben. Es ist ein Notfall, mir sind zwei Leute abgesprungen. Du musst auch nicht den ganzen Abend bleiben. Du wirst nur beim Aufbauen helfen und am Anfang mit einem Tablett mit Champagnergläsern herumgehen und danach noch mit Fingerfood. Danach kannst du nach Hause fahren.«

»Schampus. Wow! Was ist das denn für eine Feier?«

»Irgendein reicher Perser wird fünfzig. Warte, bis du diesen Palazzo Prozzo siehst.«

»Muss er seinen Harem verköstigen?«

»Ist mir egal. Sie zahlen gut, das ist wichtig.«

Unser Partyservice hat sich dank unserer gemeinsamen Anstrengungen in den letzten Wochen wieder einigermaßen berappelt, sodass wir nicht mehr jeden Euro umdrehen müssen. Aber ein fetter Auftrag ist immer willkommen.

»Muss ich ein weißes Schürzchen anziehen?«

»Lieber Himmel, nein. Komm mal mit.«

Sie geht voran in ihr Schlafzimmer. Nachdem Papa ausgezogen war, hat sie eine Weile im Gästezimmer geschlafen und das Ehebett vom Sperrmüll abholen lassen. Jetzt steht ein neues Doppelbett darin, Modell Ikea. Aber erinnerungsfrei.

Sie öffnet ihren Schrank und es fängt sofort an, nach ihrer Lavendelseife zu duften.

»Hier, probier das mal an.« Sie streckt mir ihr kleines Schwarzes auf dem Bügel entgegen.

»Aber das ist doch dein Lieblingskleid!«

»Es ist mir ein bisschen zu eng geworden um die Mitte herum.«

Es ist ein Etuikleid aus einem dünnen seidigen Brokatstoff und eng auf Taille geschnitten. Ich befürchte, dass ich das Kleid sprengen werde, denn Mum ist dünner als ich. Aber ich tu ihr den Gefallen und schlüpfe hinein. Sie schließt den Reißverschluss und ich ziehe den Bauch ein. Wie durch ein Wunder passt mir das Kleid wie angegossen. Sogar als ich wieder zu atmen wage.

»Du hast ganz schön abgenommen«, stellt Mum fest. »Vielleicht sollte ich auch mal joggen.«

Seit ein paar Wochen habe ich das Laufen für mich entdeckt. Beim Laufen wird mein Hirn leer und ich denke nicht mehr so viel an Ray. Oder vielmehr: Es schmerzt nicht mehr so sehr, wenn ich an ihn denke. Liegt vielleicht an den Endorphinen. Das behauptet jedenfalls Linda, die ich zu meiner Personal Trainerin ernannt habe. Wir joggen jeden zweiten Abend. Am Anfang habe ich mit Ach und Krach und viel Gekeuche und Seitenstechen zwei Kilometer geschafft, jetzt sind es schon zehn. Da die Waage jedoch immer dasselbe Gewicht angezeigt hat, habe ich gar nicht gemerkt, dass sich meine Figur verändert hat. Jetzt betrachte ich mich in dem großen Spiegel der Frisierkommode. Das Kleid macht wirklich eine gute Figur.

»Ich würde dir ja meine silbernen Ohrringe leihen, aber wir sind der Service, wir dürfen nicht festlicher aussehen als die Gäste. Obwohl – Iraner. Die sind sicher mit Klunkern behangen wie die Weihnachtsbäume.«

In dem Moment fällt mir ein, dass am Freitag Oliver aus der Parallelklasse seinen Geburtstag feiert. Er hat dazu die halbe Schule eingeladen. Ollis Feste sind legendär. Das letzte fand in der Scheune des Biobauernhofs seiner Großeltern in Lübars statt. Allerdings durften Fabienne, Linda, Katja und ich nicht auf dem Heuboden übernachten, weil wir da ja erst fünfzehn waren. Fabiennes Vater hat uns um ein Uhr abgeholt.

Mist! Auf die Party hatte ich mich schon gefreut, aber jetzt kann ich keinen Rückzieher mehr machen. Mum wäre zu enttäuscht. Vielleicht schaffe ich es ja nach meinem Job noch dorthin. Ist eh cooler, wenn man spät zu einer Party kommt.

»Augen zu.« Fabienne greift zur Haarspraydose und hüllt mich in einen beißenden Nebel.

Das Freitagsaufbrezeln ist in vollem Gang, mein kleines Zimmer riecht wie eine Parfumerie und sieht aus, als wäre ein Tornado durchgefegt. Kaum ein Platz, an dem keine Klamotten oder Schminkutensilien liegen. Fabienne hat mich geschminkt und mir eine Hochsteckfrisur verpasst, wie es ein Friseur nicht besser gekonnt hätte.

»Du solltest Friseuse werden«, sagt Linda zu ihr.

»Klar. Nur dafür mach ich mein Abi.«

Ich kämpfe mich aus dem Haarspraynebel und schlüpfe in die halbhohen schwarzen Schuhe, die Mum mir extra für den Job gekauft hat.

Dann schaue ich in den Spiegel – und bin hin und weg. Das schwarze Kleid, die Frisur, die Ohrringe mit den winzigen Ketten, die wie flüssiges Silber aussehen, das Make-up ... Ich sehe völlig verändert aus. Zum ersten Mal seit Monaten gefalle ich mir richtig gut.

Wenn Ray mich nur so sehen könnte!

Verdammte Axt, was ist das nur? Warum kann ich ihn einfach nicht aus dem Kopf bekommen? Wann immer ich etwas Lustiges, Trauriges, Schönes oder Berührendes erlebe, habe ich diese Gedanken: *Wenn ich das nur Ray erzählen könnte ...* Dann stelle ich mir vor, wie er reagiert, wie wir zusammen lachen oder uns aufregen. Das muss, verflucht noch eins, endlich aufhören!

»Es ist irgendwie gemein«, mault Linda. »Du darfst auf eine Schickimicki-Party und wir sind nicht dabei.«

»Ich glaub, du spinnst«, entgegne ich. »Andersrum wird ein Schuh draus. Ihr hängt auf Ollis Party rum, betrinkt euch und benehmt euch gründlich daneben, und ich kriege es nicht mit, weil ich Tabletts durch die Gegen schleppen und mir von fetten alten Männern auf den Hintern starren lassen muss.«

»Du Äääärmste«, tönen alle drei im Chor und klatschen sich ab.

»Solange sie nur starren, geht's ja noch«, bemerkt Katja. »Du musst unbedingt nachkommen zu Ollis Party.«

»Klar, auf jeden Fall.«

»Außer du angelst dir dort einen reichen Scheich«, meint Fabienne.

»Es sind keine Scheichs, es sind Iraner«, korrigiere ich.

»Ist doch dasselbe in Grün«, antwortet Fabienne. »Hauptsache reich.«

»Und so was macht Abitur«, stöhnt Katja.

Linda greift nach meinem Handy. »Das Kunstwerk müssen wir festhalten.« Erst ziere ich mich, aber dann pose ich doch ein bisschen herum. Es ist ja mein Handy, ich kann die Bilder jederzeit löschen.

»Mal wieder neues Material für Facebook«, meint Linda.

Facebook. Ich habe seit der Sache mit Ray nicht mehr dort reingeschaut. Mehr als zwei Monate lang. Noch immer ist die Seite so abgesichert, dass sie praktisch tot ist. Ich habe mir noch nicht einmal die Posts in der Warteschleife angesehen. Ich hatte einfach Angst vor all diesen verletzenden Worten. Aber jetzt, in einem Anflug von Übermut, poste ich drei der Bilder und das eine, bei dem ich über die Schulter schaue und verhalten lächle, wähle ich als neues Profilbild. Linda hat recht, es wird höchste Zeit, aus meinem Schneckenhaus zu kriechen und der Welt mein neues Gesicht zu zeigen.

Wir machen auch noch ein paar Selfies von uns allen zusammen. »Wer weiß, ob wir bald wieder so toll aussehen wie jetzt«, meint Katja.

»Wieso denn nicht?«, entgegnet Fabienne. »Bist du vielleicht schwanger?« Linda und ich prusten los, während Katja Fabienne mit dem Lockenstab eins überzieht. »Echt Fabienne, du bist so eine dumme Nuss!«

Zum ersten Mal seit Wochen bin ich wieder richtig fröhlich und unbeschwert. Mich ärgert nur, dass ich nicht gleich mit zu Ollis Party kann. Andererseits bin ich aber auch gespannt auf die Fete bei diesen Iranern.

Mum steckt den Kopf zur Tür herein. Sie trägt ein hochgeschlossenes rotes Kleid, das ihr zu ihrem kurz geschnittenen, dunklen Haar ausgezeichnet steht. »Gut siehst du aus, Jill, die Frisur ist toll! Ihr seht alle sehr hübsch aus. Ach, die Jugend ... « Sie seufzt, während sie mich und meine Freundinnen betrachtet.

»Sie sind aber auch so was von todschick, Frau Goldberg, wenn ich das bemerken darf«, säuselt Fabienne, deren Ausschnitt heute mehr als gewagt ist.

»Danke«, freut sich Mum. »Jill, wirf diese aufgeputzten Hühner hier raus und komm runter. Wir müssen los!«

Die Villa in Dahlem ist ganz in Weiß gehalten, mit Säulen, Erkern, Bogenfenstern und einem Türmchen. Wie ein kleines Märchenschloss.

»Voll der Kitsch«, murmele ich, bin aber dennoch beeindruckt.

Der Pool wird von Unterwasserleuchten illuminiert und von Palmen umsäumt. Ich frage mich, wie die hier überwintern. Zwischen Pool und Haus liegt eine riesige Terrasse. Auf der einen Seite stehen Pavillons. Nicht die Dinger aus Plastik, sondern edle Teile aus Schmiedeeisen und weißem Stoff, unter denen wir das Buffet und die Bar aufbauen. Auf der anderen Seite der Terrasse steht eine improvisierte Bühne. Offenbar gibt es auch noch ein Showprogramm. Das wird sicher grausig.

Ruben, ein baumlanger schwarzer Sportstudent, der öfter für Mum arbeitet, ist heute für die Bar zuständig. Er macht mir ein Kompliment, das ich prompt zurückgebe, denn er trägt einen Smoking, in dem er sehr elegant aussieht. Den Rest der Leute, die für meine Mutter arbeiten, kenne ich nicht.

Die Gastgeber ist ein eleganter, gut aussehender Mann und seine

Frau sieht aus wie aus Tausendundeiner Nacht. Sie begrüßen Mum und mich und der Hausherr faselt etwas von schönen Müttern und schönen Töchtern. Sind das die schlüpfrigen Komplimente, von denen Mum immer redet? Ich finde ihn eigentlich ganz charmant.

Ich frage mich – und Ruben –, womit man wohl so viel Geld verdient, um sich diesen ganzen Luxus leisten zu können.

»Mit ehrlicher Arbeit sicher nicht«, antwortet Ruben finster.

»Stimmt. Heißt es nicht immer, dass an jedem großen Vermögen Blut klebt?«

»He, ihr zwei, an die Arbeit! Die Austern müssen aufs Eis!«

»Yes Sir, Madam Sir!«, rufe ich abgehackt und salutiere, ehe wir uns rasch in Bewegung setzen.

»Ist sie immer so?«, frage ich Ruben, als wir zusammen eine Kiste Austern aus dem Kühlwagen zum Pavillon schleppen. Ich kann beim besten Willen nicht nachvollziehen, was die Leute immer mit Austern haben. Ich finde, sie schmecken, wie sie riechen: ordinär fischig.

»Nur wenn's ein großes Ding ist.«

»Wie groß ist das hier?«, frage ich.

»An die zweihundert Leute.«

Das ist wirklich ein großes Ding, eher sogar zwei Nummern zu groß für uns. Ich frage mich, wie Mum überhaupt an diesen Auftrag gekommen ist. Jedenfalls ist sie nervös und deshalb führt sie sich auf wie ein Feldwebel. Sie hat dieses Mal nicht alles selbst gekocht, das hätte sie gar nicht geschafft, auch nicht mit meiner Hilfe. Sie hat einen syrischen Restaurantbesitzer, beziehungsweise dessen Koch, ins Boot geholt, der den orientalischen Teil der Speisen übernommen hat.

Im Wohnzimmer – falls man diesen Tanzsaal so nennen kann – der Villa steht ein Flügel. Dort lässt sich jetzt ein blasser junger Mann nieder und klimpert ein wenig vor sich hin, typische Barmusik. Ich frage mich, wofür die Bühne gebraucht wird. Kurz nach acht trudeln die ersten Gäste ein, und auf einmal habe ich alle Hände voll zu tun. Sina, eine Studentin, und ich tragen ein Tablett mit Champagnergläsern nach dem anderen auf der Terrasse herum, ein junger Typ sammelt die leeren Gläser wieder ein, damit es ordentlich aussieht und es keine Scherben gibt. Es ist ein warmer Sommerabend und die Leute schütten den Schampus nur so in sich hinein. Ich schließe daraus, dass die wenigsten der Gäste strenggläubige Moslems sind. So sehen sie auch nicht aus. Keine der Frauen ist verschleiert, im Gegenteil, sie sind dick geschminkt und mit Klunkern behangen und tragen Designerroben. Nur ein paar Leute greifen zum Wasser, vielleicht müssen die armen Schweine noch Auto fahren. Nach einer guten Stunde haben wir eine erste Verschnaufpause, als der Gastgeber seine Gäste begrüßt und eine kleine Rede hält. Danach geht es weiter mit dem Fingerfood.

Mein Einsatz neigt sich dem Ende zu, als sich die Platten mit den Häppchen nur noch zögernd leeren und der Gastgeber das Buffet eröffnet. Ich lege die lange Schürze ab, die ich mir umgebunden habe, um Mums Kleid nicht zu versauen. Ich muss dringend mal aufs Klo.

»Hinter der Bühne sind Container«, weiß Sina.

Klar. Selbst in einer Villa wie dieser gibt es nicht genug Klos für zweihundert Leute. Und wer will schon ganze Völkerwanderungen durch sein Badezimmer schleusen?

Zum Glück stehen da keine Dixiklos, sondern eine deutlich luxuriösere Variante davon. Ich wasche meine Hände und Arme, die klebrig sind vom Champagner, der im Eifer des Gefechts aus den Gläsern gespritzt und vom Tablett getropft ist. Trotzdem macht die Sache bis jetzt Spaß und auf den Hintern gestarrt hat mir auch noch niemand. Zumindest habe ich es nicht bemerkt. Selbst wenn – das kann mir gleich auf Ollis Party auch passieren, es ist sogar mehr als wahrscheinlich. Meine Wangen sind rot, vermutlich weil ich mir gerade eben ein Glas Champagner genehmigt habe, aus meiner Hochsteckfrisur haben sich ein paar einzelne Locken gelöst, was aber gar nicht mal schlecht aussieht. Ich ziehe mir die Lippen nach und beschließe, Mum zu suchen und mir dann ein Taxi zu rufen. Ich biege hinter der Bühne um die Ecke als …

»Was, zur Hölle …?«, entfährt es mir. Ich muss zweimal blinzeln, weil ich zuerst glaube, dass ich spinne. Wer weiß, was Champagner bei mir auslöst? Aber nein, ich spinne nicht, er ist es, Ray Thackeray, leibhaftig und in voller Größe steht er vor mir.

»Hallo, Jill«, sagt er mit seiner unvergleichlichen Stimme.

Ich kriege kein Wort heraus. Diese Augen. Ich habe ganz vergessen, was für Wahnsinnsaugen er hat.

»Du siehst echt toll aus«, sagt er.

Er sieht auch irre gut aus in seinem schwarzen Anzug. Noch besser als in meiner Erinnerung.

»Was … was machst du hier?«, stottere ich.

»Wir haben hier einen Mini-Gig.«

»Ah. Ich wusste gar nicht, dass ihr auch auf Privatpartys spielt. Seid ihr dafür nicht schon zu berühmt?« Verdammt, warum muss schon wieder die Kratzbürste in mir zum Vorschein kommen?

Aber er lacht nur und ich merke, wie mir die Knie weich werden.

»Stimmt. Aber die Gastgeber sind Herr und Frau Navid, Amons Eltern. Darum werden wir hier gleich spielen, wenn das Essen vorbei ist. Du kommst also in den Genuss der Broken Biscuits ganz exklusiv.«

Amon Navid, der Schlagzeuger, erinnere ich mich. »Ich bin … ich muss hier arbeiten. Das heißt, ich helfe meiner Mum. Sie macht das Catering.«

»Musst du den ganzen Abend arbeiten?«, fragt er.

Ich schüttle den Kopf. »Nein. Eigentlich bin ich schon fertig.«

»Wartest du auf mich? Wir spielen nur drei Songs.«

Mir wird schwindelig, und um das Gleichgewicht nicht zu verlieren, trete ich einen Schritt nach hinten. Ray scheint jedoch zu denken, dass ich vor ihm zurückweiche. »Oder willst du nicht? Soll ich dich in Ruhe lassen? Ich meine, ich könnte es verstehen, wenn du … wenn du nicht mehr mit mir reden willst.« Seine Stimme klingt auf einmal brüchig wie Zwieback.

»Nein«, sage ich wild entschlossen. »Nein, wir *müssen* reden.«

Ein erleichtertes Lächeln huscht über sein Gesicht und mir wird ganz anders. Er macht einen Schritt auf mich zu und streicht mir eine Haarsträhne aus der Stirn. Es ist die flüchtigste Berührung, die man sich denken kann, und doch fängt mein Herz an zu rasen und ich spüre, wie meine Wangen sämtliche Schattierungen von Rot durchlaufen.

»Du siehst wunderschön aus, habe ich das schon gesagt?«

Ich nicke. »Du siehst auch gut aus. Der Anzug steht dir.«

»Ray, kommst du? Wir sollten kurz ... Oh!« Ein großer Typ ist neben Ray aufgetaucht und hinter ihm eine fast ebenso hoch gewachsene schwarze Frau.

»Jill, das ist mein Kumpel Silas und das ist Grace, sie singt normalerweise bei uns im Chor. Silas, Grace, das ist Jill. Sie arbeitet heute hier.«

Grace ist mir sofort sympathisch, denn sie lächelt so breit, wie man nur lächeln kann, kommt auf mich zu und drückt mir die Hand. »Hi, Jill«, sagt sie und dann zu Ray: »Na, so ein Zufall aber auch!«

Silas mustert mich schweigend und so ungeniert, als stünde ich zum Verkauf. Klar, er kennt ja nur die Bilder von mir, die im Netz herumgeisterten, und ist positiv überrascht. Das denkt der optimistische Teil von mir. Der andere vermutet, dass Silas gerade abwägt, ob ich den ganzen Wirbel wert bin, den es wegen mir gab. Ray sieht Silas an und räuspert sich. Grace ist weniger dezent, sie rammt Silas den Ellbogen in die Rippen, woraufhin der rasch sagt: »Hi Jill.«

»Hi, Silas.«

»Denk dir nichts, der ist immer so«, seufzt Ray. »Als würde jedes Wort Geld kosten.«

Jetzt kommen auch Renato und Amon dazu, und wieder stellt Ray mich vor, und wieder werde ich einer Musterung unterzogen. Amon ist eine jüngere Version seines Vaters und ebenso höflich wie dieser. Er begrüßt mich, macht mir ein Kompliment und fragt mich, wie es mir hier gefällt. Ich sage natürlich, dass es ein tolles Fest ist. Weiß er gar nicht, dass ich eigentlich zum Arbeiten hier bin? Er hat seine langen schwarzen Locken mit Gel gebändigt und am Hinterkopf zusammengebunden. Der seidig glänzende Anzug sitzt wie maßgeschneidert – vermutlich ist er es –, und er bewegt sich darin so lässig, als wäre es ein Pyjama. Renato trägt eine Sonnenbrille, die scheint sein Markenzeichen zu sein. Jetzt schiebt er sie in sein Haar, grinst mir jovial zu und sagt: »*Buona sera, bella ragazza.*« Ich sage ebenfalls *buona sera*, und danach weiß ich nicht mehr, was ich mit Rays Freunden reden soll, aber zum Glück scheint es unter den Bandmitgliedern Diskussionsbedarf wegen der Reihenfolge der Songs zu geben, so fällt mein Schweigen nicht auf.

»Wir sollten dann mal langsam«, sagt Silas, nachdem sie sich geeinigt haben.

Grace nickt, winkt mir zu und geht mit einem atemberaubenden Hüftschwung in Richtung Bühne, Silas dreht sich um und folgt in ihrem Windschatten, ebenso Amon und Renato, der mir im Gehen eine Kusshand zuwirft.

»Nimm dich in Acht«, knurrt Ray. »Vor ihm ist nichts sicher, was nicht bei drei auf den Bäumen ist.«

Unwillkürlich muss ich an gewisse Einträge im Broken-Biscuits-Fandom denken. »Ich habe davon gelesen«, bemerke ich.

»Wir sehen uns gleich«, sagt Ray zu mir. »Ich komm nach dem Auftritt rüber an die Bar. Dieses Mal ganz bestimmt!«

»Ist gut«, flüstere ich und sehe ihm zu, wie er mit einer geschmeidigen Bewegung die Rückseite der Bühne erklimmt, wo die anderen gerade ihren Auftritt vorbereiten. Leise füge ich hinzu: »Wenn nicht, ersteche ich dich mit dem Austernmesser.«

Meine Mutter steht aufrecht wie eine Zypresse hinter dem Buffet. Ein General, der ein scharfes Auge auf den Fortgang der Schlacht hat. Offenbar läuft alles glatt, denn die Schalen und Schüsseln sind so gut wie leer. Die Hilfskräfte huschen herum, sammeln die abgegessenen Teller ein und tragen sie ins Haus.

»Mum! Mum! Mum!«

»Was ist denn?«, fragt sie, ohne den Blick vom Schlachtfeld abzuwenden.

»Ray ist hier!«

»Ich hörte davon.«

Ich starre sie an. »Wie? Du hast das *gewusst*?«

Sie nickt kaum merklich. »Und? Hat er sich bei dir entschuldigt?«

»Wir … er will mich nach dem Auftritt treffen.«

Sie seufzt. »Tja, das lässt sich dann ja wohl nicht ändern. Es sei denn, du setzt dich in ein Taxi und fährst sofort zur Party deiner Freunde. Was ich an deiner Stelle tun würde, so wie dieser Kerl dich behandelt hat.«

Au weia! Mum kann nachtragend sein wie ein Elefant. Die Teenie-Meute vor dem Haus und die Tränen ihrer Tochter wird sie ihm noch lange nicht verzeihen. Andererseits – wenn sie wirklich wusste, dass Ray heute hier sein wird, hätte sie unser Treffen ja leicht verhindern können, anstatt mich völlig entgegen ihrer sonstigen Gepflogenheiten für den Service einzuspannen. Warum hat sie das getan? Ich bin verwirrt.

»Das Eis hier in die Mitte! Die Canapés rechts und links davon und die Früchte an den Rand!«, dirigiert Mum das Auftragen des Nachtisches.

Jetzt auch noch Dessert! Nimmt diese Fresserei denn gar kein Ende?

Dann, endlich, tritt Herr Navid, der Gastgeber, ans Mikro und kündigt die »Band seines Sohnes« Amon an. Die vier Jungs kommen auf die Bühne. Kein Chor heute. Warum ist Grace dann hier?

Ray singen zu hören und dabei nur wenige Meter von ihm entfernt zu sein, das hat schon was. Ich bekomme prompt Gänsehaut und muss an meine Freundinnen denken. Wenn die wüssten … Ich spiele mit dem Gedanken, dieses kleine Privatkonzert mit dem Handy aufzunehmen, aber ich lasse es dann doch. Ich bin nicht sicher, ob Ray damit einverstanden wäre. Zumal auch sonst kaum jemand filmt oder fotografiert. Die Broken Biscuits scheinen hier tatsächlich nur die Band von Herrn Navids Sohn zu sein.

Der Auftritt ist perfekt, auch ohne Chor. Und doch ist es ganz anders als beim Festival. Irgendetwas fehlt. Die Mörder-Soundanlage, die Lichtshow? Mag sein, aber da ist noch etwas. Als ich darauf komme, was es ist, muss ich beinahe lachen: Es sind die kreischenden Groupies. Selbst in einem kleinen Club, vorausgesetzt, das richtige Publikum sitzt darin, wäre die Atmosphäre anders als hier, wo die meisten Gäste etwa so alt sind wie das Gastgeberpaar. Es wippt zwar auch das eine oder andere Knie und es schaukeln ein paar Hüften in Armani-Roben. Aber das war's dann auch schon. Ruben, Sina und ich sind die Einzigen, die hinter der Bar herumzappeln, und ich wage sogar einen Zweifingerpfiff, woraufhin sich ein paar Leute nach uns umwenden. »Danke«, sagt Ray und lächelt mir von der Bühne aus zu, während meine Mutter mich ansieht, als wollte sie gleich Feuer speien.

Es gibt einen langen Applaus hinterher, aber natürlich kein Gejohle, keine Unterwäsche segelt auf die Bühne, niemand kippt um oder schreit, dass sie ein Kind von irgendwem will, und an Stagediving muss man erst gar nicht denken.

Dies ist eine komplett andere Welt. Eine Welt, in der die Broken Biscuits einfach nur ein paar junge Leute sind, die Musik machen. Es beruhigt mich zu wissen, dass es diese Welt auch noch gibt. Es holt Ray für mich von seinem Rock-Gott-Sockel herunter, auf den seine Fans ihn gestellt haben.

Nach drei Stücken übergibt Ray das Mikro an Grace, die gerade die Bühne betreten hat, in einem hautengen, silbernen Glitzerkleid, das ihre gewaltigen Kurven markant in Szene setzt. Auch Amon und Renato verlassen die Bühne, nur Silas bleibt am Keyboard zurück.

Grace kündigt nonchalant *noch ein paar kleine Chansons* als Zugabe an. Ihre Stimme erinnert ein wenig an Amy Winehouse und auch ihre Songs gehen in diese Richtung. Ich registriere, dass Grace beim hiesigen Publikum fast besser ankommt als die Broken Biscuits.

Noch während sie singt, erscheint Ray an der Bar. Ruben fragt ihn leise, ob er was trinken möchte, aber Ray verneint. »Meinst du, deine Mutter lässt uns zusammen in die Stadt fahren?«, flüstert er mir zu.

In meinem Bauch flattert irgendetwas. Vielleicht sind es auch bloß die Champagnerbläschen. Aber dann rufe ich mir Mums verkniffene

Miene von eben ins Gedächtnis und flüstere zurück: »Ich weiß nicht. Sie ist ziemlich sauer wegen der Meute, die vor unserem Haus …« Ich werde unterbrochen. Grace ist gerade fertig, sie bekommt viel Applaus und sogar anerkennende Pfiffe von ein paar älteren Herren – ob für ihre Stimme oder für ihr sexy Outfit sei dahingestellt. Egal, so oder so freue ich mich für sie. Wenn ich sie wäre, würde ich auch alles in die Waagschale werfen, was ich habe.

»Sie hat eine tolle Stimme«, sage ich.

»Ja, sie ist gut«, sagt Ray. »Was für eine Meute?«

Ich berichte ihm in knappen Worten, was geschehen ist. Von den dreien, die mich angegriffen haben, sage ich nichts, damit er sich vor meiner Mutter nicht verplappert. Denn die steuert gerade quer über die Terrasse auf uns zu.

Ich stelle die beiden einander vor und Ray gibt ihr artig die Hand und macht dazu sogar eine kleine Verbeugung.

»Sie sind das also«, sagt Mum und hebt eine Augenbraue. Gäbe es eine Olympiade im Skeptisch-eine-Augenbraue-Heben, wäre Mum medaillenverdächtig.

»Ich hörte gerade, was es für Ärger gab. Das tut mir sehr leid«, sagt Ray.

»Das ist nicht das Schlimmste. Schlimmer ist, dass Sie auf den Gefühlen meiner Tochter rumgetrampelt sind und dann öffentlich bekanntgegeben haben, dass sie Ihnen nichts bedeutet!«

»Mum, bitte!«, zische ich. Meine Mutter war mir schon etliche Male in meinem Leben peinlich, aber nie so sehr wie in diesem Moment.

Ray macht ein betroffenes Gesicht. »Sie haben recht. Aber ich kann es erklären …«

Mum winkt ab, geht hinter die Bar und schenkt sich ein Glas Weißwein ein. »Erklären Sie es meiner Tochter, nicht mir.«

»Das werde ich. Darf Jill mit mir in die Stadt fahren?«

»Was, jetzt noch?« Zwischen Mums Augen graben sich zwei misstrauische Falten.

Ich halte den Atem an.

»Können Sie's ihr nicht hier erklären?«, fragt Mum und deutet mit dem Glas in die Runde. »Lässt sich doch aushalten. Es gibt Champagner, einen Pool, was will man mehr?«

Ray lächelt sie zerknirscht und zugleich bittend an.

Mums Blick schnellt wie ein Pingpongball zwischen Ray und mir hin und her. Ich lege die Hände aneinander und forme stumm die Worte *bitte, bitte, bitte.*

»Okay, meinetwegen«, seufzt Mum. »Aber dass eins klar ist: keine Drogen, kein Alkohol, kein Sex!«

»Mum!!!« Gott, diese Frau ist so megapeinlich!

»Versprochen«, sagt Ray. »Ich danke Ihnen. Sie müssen sich keine Sorgen machen.« Ray dreht sich zu mir um, legt den Arm um meine Schulter und bahnt uns einen Weg durch die Stehtische und am Pool entlang bis zum Ausgang. An der Straße steht eine Kolonne von mindestens einem Dutzend schwarzer Limousinen, deren Lack glänzt, als kämen sie geradewegs aus der Fabrik. Die Fahrer stehen in Grüppchen zusammen und lachen über irgendetwas, aber als sie uns kommen sehen, eilt einer sofort auf uns zu und reißt die hintere Tür des ersten Wagens in der Reihe für uns auf.

»Sind das Taxis?«, flüstere ich. Ich sehe allerdings gar keine Taxischilder.

»Das ist der Shuttleservice.«

»Du meine Güte!«

»Steig ein, Jill.«

Das lasse ich mir nicht zweimal sagen.

12

Auf einmal erfasst mich eine seltsame Befangenheit. Da sitze ich neben Ray in diesem Luxuswagen, er hält meine Hand und wir schweigen uns an. Endlich einmal sind wir allein. Na ja, fast. Der Fahrer ist ja noch da. Die ganze Situation hat etwas Unwirkliches und ich bin nervös und verlegen und wage kaum, Ray anzusehen. Hätte Mum mich denn nicht vorwarnen können? Dann hätte ich mich wenigstens seelisch-moralisch auf das Wiedersehen mit ihm einstellen können.

Wo bringt er mich eigentlich hin? Mir fällt ein, dass ich ja versprochen habe, zu Ollis Party zu kommen. Wie obercool wäre das, wenn ich dort mit Ray zusammen aufkreuzen würde. Das würde nicht nur sämtlichen fiesen Schul-Bitches für alle Zeiten das Maul stopfen, nein, ich wäre obendrein der Star der ganzen Schule, sie würden mir zu Füßen liegen … Mir wird im selben Moment klar, dass das nie passieren wird. Ein einziges Handyfoto von Ray und mir auf der Party und Ray würde in ernsthafte Schwierigkeiten geraten und ich hätte wieder eine Ladung hysterischer Teenies vor der Haustür.

»Deine Mum ist cool«, bricht Ray das Schweigen.

»Sie ist peinlich!«, stöhne ich.

»Ach, was. Du solltest meine erleben. Wenn ich früher mit den Kumpels abends weggegangen bin, hat sie mich immer vor allen meinen Freunden auf die Stirn geküsst, als wäre ich ein Dreijähriger, und dann sagte sie: *Und denk daran, mein Sohn: alles Schlampen außer Mutti!*«

Ich muss lachen.

Ray fragt, wie ich die Ferien verbracht habe.

Okay, machen wir also Small Talk. Ich berichte, dass ich mit Mum bei meiner Oma in Bayern war und mit meinem Vater und seiner neuen Frau und meinem Halbbruder Leo eine Woche in einem Ferienhaus in Holland. »Das Haus war schön und der Strand auch, aber ich kann die Tussi meines Vaters nun mal nicht ausstehen und es ist auf die Dauer ganz schön anstrengend, trotzdem immer nett und höflich zu sein. Ich war froh, als die Woche um war. Sie wahrscheinlich auch.«

Er lächelt mich an.

»Und du?«, frage ich. »Wie war eure Tournee?«

»Der reinste Wahnsinn!«, sagt er mit leuchtenden Augen. »Das alles hätte ich mir nie träumen lassen. Wir sind kreuz und quer durch Europa getourt, manchmal habe ich gar nicht mehr gewusst, in welchem Land und in welcher Stadt wir gerade sind. Am Anfang haben wir die Tage zwischen den Gigs noch mit Sightseeing ausgefüllt, aber am Ende waren wir froh, wenn wir in einer Stadt waren, in der es ein anständiges Hotel gab, um uns dort mal richtig auszuschlafen und etwas Gepflegtes zu essen, jedenfalls was Besseres als den Catering-Fraß.«

Ich sehe ihn an und versuche mich im Augenbrauenheben nach Mums Vorbild.

»Oh, ich meine damit natürlich nicht, dass Essen von Caterern grundsätzlich schlecht wäre. Aber diese Truppe, die uns bekocht, wenn wir im Bus schlafen, kann deiner Mum nicht im Entferntesten das Wasser reichen. Auch wenn ich heute leider nichts davon abgekriegt habe. Aber es sah richtig gut aus. Renato, der was davon versteht, hat das bestätigt.«

Ich grinse. Irgendwie gefällt mir der Gedanke, dass auch Ray ab und zu in Fettnäpfe tritt und nicht immer nur ich.

»Ist es nicht ein irrer Zufall, dass ausgerechnet Pasta Basta den Auftrag zu dieser Feier …« Ich unterbreche mich, denn mich beschleicht urplötzlich ein Verdacht. Ich weiß nicht, wie viele Caterer es in Berlin gibt, bestimmt hunderte. Es wäre wirklich ein irrer Zufall. Zu irre, wenn man da eine Wahrscheinlichkeitsrechnung aufmachen würde. »Moment mal …«, sage ich lauernd. »Steckst du dahinter?«

»Sagen wir mal: Ich habe eine Empfehlung ausgesprochen.«

»Eine Empfehlung, soso.«

»Eine kleine Erpressung. Als Amon damit ankam, dass wir beim Geburtstag seines Vaters auftreten sollen, habe ich meine Bedingungen gestellt …«

Was für ein Aufwand, um mich wiederzusehen. Gleichzeitig hat er Mum einen Riesengefallen getan, denn Catering lebt von Mund-zu-Mund-Propaganda, und unter den ganzen Geldsäcken auf der Party waren sicher ein paar, die demnächst auch einmal ein Fest geben werden. Dennoch sage ich: »Du hättest auch einfach anrufen oder vorbeikommen können.«

Er nagt an seiner Unterlippe. »Da war ich mir eben nicht so sicher. Besonders nicht nach deiner SMS.«

»Aber woher hast du gewusst, dass ich heute mitkomme? Normalerweise lässt sie mich nie im Service arbeiten.«

»Ich habe sie darum gebeten.«

Ich starre ihn mit großen Augen an.

»Natürlich erst vor ein paar Tagen, als der Auftrag für das Fest längst in trockenen Tüchern war. Sie sollte sich schließlich zu nichts verpflichtet fühlen. Sie weiß nicht, dass ich das angeleiert habe, ich tat so, als wäre es ein Zufall. Keine Ahnung, ob sie mir das abgenommen hat.«

Sicher nicht, Mum ist ja nicht von gestern. Ich muss an das muffelige Verhalten meiner Mutter von vorhin denken. Was für eine Komödie! Mir wird ganz warm ums Herz, so dankbar bin ich ihr.

»Ich habe deiner Mum gesagt, dass ich mich bei dir entschuldigen will. Was ich hiermit auch mache. Es tut mir leid, Jill. Alles, was da passiert ist, und besonders, dass ich geschrieben habe, dass du mir nichts bedeutest. Ich hab's getan, weil ich dachte, dass dieser Shitstorm dadurch am schnellsten wieder aufhört. Ich habe zu spät erkannt, dass ich dich damit verletzt und bloßgestellt habe.«

Ich kann nichts sagen, weil ich mit aufsteigenden Tränen kämpfe. *Jetzt bloß nicht losheulen! Es ist vorbei, er sitzt neben dir, es gibt keinen Grund für Tränen!*

»Du hast ja vollkommen recht«, fährt er fort. »Ich meine, mit dem, was du in deiner SMS geschrieben hast. Dass es keinen Sinn hat, weil es viel zu kompliziert ist.«

»Mit tut es auch leid«, sage ich rasch. »Was ich in diesem Café zu dir gesagt habe. Ich war so enttäuscht.«

»Kann ich verstehen«, sagt Ray. Er fährt sich durch sein Haar und sagt leise: »Ich musste trotzdem dauernd an dich denken. Ich wollte dich einfach gerne wiedersehen.«

Mein Herz macht einen Riesensatz, während ich mir verstohlen eine kleine Träne aus dem Augenwinkel wische. »Dauernd?«, wiederhole ich.

»Jedenfalls sehr oft.«

»Ich auch«, gestehe ich.

Er greift stumm nach meiner Hand und drückt sie ganz fest. Wir sehen uns an. Eigentlich wäre jetzt der perfekte Moment, um uns zu küssen. Wenn nur der Fahrer nicht wäre! Nein, bei unserem ersten richtigen Kuss möchte ich lieber keinen Zeugen dabeihaben, und Ray scheint es ebenso zu gehen. Also schieben wir das auf, sehen uns nur in die Augen und lächeln dazu. Würde ich nicht in einem Wagen sitzen, würde ich jetzt abheben und davonschweben. Kann das Leben noch schöner werden? Ich sitze mit Ray in dieser blank polierten Staatskarosse, sehe ausnahmsweise einmal richtig gut aus, er hält meine Hand und … »Wohin fahren wir eigentlich?«

Vor lauter Händchenhalten und Uns-in-die-Augen-Schauen habe ich nicht auf den Weg geachtet und Ray ist auch nicht hilfreich, denn er beharrt darauf, dass das Ziel eine Überraschung sei. Der Fahrer hält in einer ziemlich nichtssagenden Straße mit schlichten Altbauten. Ist das Kreuzberg? Bringt er mich in seine Wohnung? Höchstwahrscheinlich, denn wir können ja praktisch nirgendwohin gehen, wo sich andere Menschen aufhalten. In einen Club, zum Beispiel. Keine Chance. Denn irgendjemand ist sicher dort, der Ray erkennt. Ein paar konfuse Gedanken wirbeln in meinem Kopf herum. Ausgerechnet jetzt muss ich daran denken, wie sich Mädchen im Fandom damit gebrüstet haben, mit Ray einen One-Night-Stand gehabt zu haben. Und ich denke an Katja und ihr No-Sex-Abkommen mit Jonas, und dann fällt mir wieder ein, was Ray meiner Mum versprochen hat. Das beruhigt mich einigermaßen. Ray ist einer, der sich an Abmachungen hält. *Ach wirklich?*, hält mir meine innere Stimme entgegen. *Verstößt er nicht exakt in diesem Moment gegen diesen idiotischen Liebesverbot-Paragrafen in seinem Vertrag?*

Ray steigt aus, geht um den Wagen herum und hält mir die Tür auf. Ich komme mir vor wie eine echte Dame von Welt. Ach, könnten mich doch meine Freundinnen jetzt sehen!

»Wo sind wir?«, frage ich.

»In Kreuzberg. Vertrau mir«, sagt er, als könnte er meine Gedanken lesen. Er hält mir seinen Ellbogen hin und ich hake mich unter. Wie ein Ehepaar im gesetzten Alter legen wir ein paar Schritte auf dem Gehweg zurück. Dann biegt Ray in eine Einfahrt und wir durchqueren einen schmucklosen, aber gut ausgeleuchteten Hinterhof. Vor einer Holztür, die mit bunten Glasscheiben und Schnitzereien verziert ist, bleiben wir stehen. Es gibt kein Klingelbrett mit Namen, da hängt nur ein kleiner Kasten mit einer Klingel und einer Sprechanlage und etwas, das wie eine Kamera aussieht. Die Tür ist eigentlich zu schön für ein Hinterhaus. 48a steht in Weiß auf dem blauen Emailleschild darüber. Ray drückt auf den Knopf. Gleichzeitig hält er eine kleine Karte vor die Kamera. Es dauert etwa zehn Sekunden, dann ertönt ein Summen und Ray drückt gegen die Tür und hält sie für mich auf. Ein dämmriger Hausflur empfängt uns. Ray nimmt meine Hand und wir steigen eine Treppe hinauf in den ersten Stock. Ich höre Musik. Es klingt wie Salsa. Nein, dafür ist es zu langsam. Rumba vielleicht, oder so was Ähnliches. Wir gehen durch eine weitere Tür, die offen steht, und dann bleiben wir stehen und ich sehe mich verwundert um. Nein, das ist nicht Rays Wohnung, definitiv nicht.

Vor uns liegt ein Saal, der aussieht wie aus dem vor-vorigen Jahrhundert. An der rechten Seite gibt es eine lange Bar mit einem goldenen Geländer und wandhohen, goldgerahmten Spiegeln dahinter. Davor stehen Unmengen von Flaschen. Der Barkeeper trägt einen Frack. Über der Tanzfläche hängt ein Mordstrumm von einem Kronleuchter, dessen Lichter sich im blitzblanken Parkett spiegeln. An den Wänden spenden verschnörkelte Jugendstillampen ein indirektes Licht. Rund um die Tanzfläche stehen Bistrotische, auf der linken Seite gibt es kleine Nischen mit Sitzbänken und roten Samtsesseln, umrahmt von gerafften Brokatvorhängen. Die Bühne auf der Stirnseite ist leer, die Musik kommt mit angenehmer Lautstärke aus einer Anlage und jetzt erkenne ich ein Mischpult am Ende der Bar. Ein DJ mit einem Kopfhörer steht dahinter.

Es sind etwa vierzig, fünfzig Leute da, und für viel mehr wäre wohl auch gar kein Platz. Aber es sitzen ohnehin nur wenige Leute an den Tischen und an der Bar lehnen nur zwei Männer, die auf eine Getränkebestellung zu warten scheinen. Die meisten Menschen in diesem Saal sind in Bewegung: Sie tanzen. Und wie sie tanzen! Konzentriert und exakt und mit vielen Figuren, so als wären sie auf einem Turnier.

Ich stehe noch immer wie angewurzelt da und lasse die Szenerie auf mich wirken. Das alles sieht aus wie das Setting zu einem Film aus den 1920er-Jahren. Zwischen Ray und mir und den anderen Gästen klafft eine Alterslücke von einer Generation, mindestens.

Ray deutet hinüber zu den Sitzplätzen. Ich folge ihm um die Tanzfläche herum. Es riecht nach teurem Parfum und alten Möbeln. Er wählt eine der zur Tanzfläche hin offenen Nischen und fragt, was ich trinken möchte. Da ich keine Karte sehe, zucke ich mit den Schultern. »Sie haben hier bestimmt gute Cocktails. Vielleicht irgendwas mit Wodka?« Davon soll man angeblich keine Fahne bekommen.

»Es gibt auch alkoholfreie Cocktails. Immerhin haben wir das deiner Mum versprochen.«

Ich winke ab. »Ach, so was sagt sie immer! Sie hat mir vorhin eigenhändig ein Glas Champagner eingeschenkt.«

Stimmt nicht, das war Ruben, fällt mir ein. Na, egal. Ich will nicht wie ein Kind behandelt werden, schon gar nicht von Ray.

Ray geht die Drinks holen. Das gibt mir etwas Zeit, mich zu sammeln und heimlich zu kneifen, um sicherzugehen, dass das kein Traum ist.

Bestimmt gibt es für den Laden eine Kleiderordnung, die ein elegantes Outfit vorschreibt, man sieht hier jedenfalls weder Jeans noch T-Shirts oder gar Turnschuhe. Die Frauen haben ohne Ausnahme Kleider oder Röcke an, und die Absatzhöhe ihrer Schuhe reicht von halbhoch bis Eiffelturm. Die Männer tragen Smokings, Anzüge oder Sakkos. Was ist das hier, eine Tanzschule? Die Karte, die Ray vorhin in die Kamera gehalten hat, liegt noch auf dem Tisch. *48a* steht darauf, in weißer Schrift auf blauem Grund. Genau wie auf dem Schild über der Tür. Sonst nichts. Das Ganze ist auf eine prickelnde Weise obskur.

Der Rumba, oder was immer es war, ist vorbei. Jetzt kommt ein Tango. *Libertango* von Astor Piazzolla. Ja, genau, *das* ist die Musik, die zu diesem Ambiente passt. Hingerissen sehe ich den Tanzenden zu, während Ray auf die Drinks wartet.

Ein Paar fällt mir besonders auf. Beide sind sehr schlank und bestimmt schon über sechzig, sie sehen südländisch aus. Er trägt einen schwarzen Anzug, sie ein violettes, eng anliegendes Kleid mit schwarzer Spitze an Ausschnitt und Saum. Ihr graues Haar ist zu einem strengen Knoten gebunden wie bei einer Balletttänzerin. Seine Silbermähne ist mit Gel (oder Pomade?) zurückgekämmt. Sie tanzen anspruchsvolle Figuren, doch die Bewegungen der beiden sind fließend und dabei wirken sie federleicht, als würden sie in Trance dahinschweben. Ich bin vollkommen hingerissen. Dieses Paar strahlt so viel Leidenschaft und Intimität aus, dass ich davon eine Gänsehaut bekomme.

In meiner kleinen Handtasche, die ich umgehängt trage, vibriert es. Eine Nachricht von Linda. *Wo bleibst du, die Party ist voll cool!* Tja, sorry, Mädels. So cool wie das hier kann keine Party der Welt sein. Ich überlege, ob ich antworten soll. Aber was? Dass ich zu viel Arbeit habe und nicht wegkann? Dann antworte ich lieber gar nicht und erzähle ihnen das morgen, damit es wirklich so aussieht, als sei ich voll im Stress gewesen. Ich schalte das Telefon aus.

Die Gläser auf einem Tablett balancierend kommt Ray zurück, macht aber vorher noch einen kleinen Abstecher zu dem Typen am Mischpult, mit dem er ein paar Sätze wechselt.

»Liquid sunshine«, sagt er, als er die hellgelben Drinks mit den aufgespießten Früchten abstellt. »Irgendwas mit Ananas. Ohne Alkohol. Schließlich hab ich's deiner Mum versprochen.«

Wir stoßen an. Es schmeckt fantastisch. Alles hier ist fantastisch, oder liegt es nur an Rays Gegenwart?

»Was ist das hier?«, frage ich.

»Früher war es mal ein Theater, jetzt ist es ein Club, er heißt *48a*, nach der Hausnummer. Jeden Freitag und Samstag findet hier eine Milonga, ein Tangoabend, statt. Es ist ein wirklicher Club, das heißt, man muss Mitglied sein, sonst kommt man nicht rein. Mitglied wird man nur auf Empfehlung eines anderen Mitglieds. Sie wollen hier keine Hipster und Poser. Die Leute kommen her, um zu tanzen. Und das werden wir auch gleich tun.«

Ray sieht mich herausfordernd an, während mir heiß und kalt wird. Ich, tanzen? Hier, vor allen Leuten?

»Du kannst doch Tango tanzen, oder?«, vergewissert er sich.

»Ich äh … na ja, eigentlich nur ein bisschen.«

»Das macht nichts. Los, komm!« Er ist aufgestanden und streckt mir seine Hand hin. Ich weiß, das wird die Blamage meines Lebens, aber es ist zu spät, um zu kneifen. Ich nehme seine Hand und lasse mich von ihm auf die Tanzfläche führen. Gerade fängt ein neues Stück an, und ich muss lächeln, denn es ist *He's a pirate* aus dem Film *Pirates oft the Caribbean*, ein schwungvoller, fröhlicher Tango und eins meiner Lieblingsstücke. Wenn es um den Musikgeschmack geht, harmonieren Ray und ich wirklich gut. Aber klappt das auch auf der Tanzfläche?

Ich spüre Rays Hand zwischen meinen Schulterblättern, lege ihm die Hand auf die Schulter und nehme Haltung an. »Hör einfach nur auf die Musik«, flüstert er mir ins Ohr.

Am Anfang konzentriere ich mich darauf, im Takt zu bleiben, die Körperspannung zu halten und auf die Körpersignale zu achten, die Ray mir gibt. Lange, geschmeidige Schritte, abrupte Stopps. Wir werden sicherer, mutiger. Ich wage einen Kick, wir drehen uns umeinander, er zieht mich zu sich heran, und für einen Moment sind sich unsere Gesichter so nah, als wollten wir uns küssen. Dann, auf einen winzigen Impuls von ihm, stoße ich mich ab und drehe mich, aber bevor ich ihm entgleiten kann, hält er mich fest, und zwar genau im richtigen Augenblick. Natürlich geht auch was daneben – ich trete ihm auf die Füße und er mir, und einmal prallen wir unsanft gegen ein anderes Paar –, aber wir werden immer besser, und wenn etwas nicht klappt, lächeln wir uns an und versuchen es noch einmal. Ray führt ruhig und souverän, und fast ist es, als würde er mich kaum berühren. Er gibt den Takt und die Richtung vor, aber er lässt zu, dass ich mich entfalte. Ich lerne, sensibel auf die Bewegungen seines Körpers zu reagieren und zu erahnen, was er als Nächstes vorhat. Ganz allmählich gewinne ich Selbstvertrauen und wage es, den Freiraum, den er mir gibt, zu gestalten. Ich tanze die Figuren, die ich von Mum und während unseres Workshops gelernt habe. Eine Parade, eine Acht. Doch wann immer ich denke, nun würde ich alle seine Tricks kennen, überrascht er mich mit einer neuen Variante, sodass auch ich mir blitzschnell etwas Neues überlegen muss. Es ist ein Spiel und ein Kampf. Wir nähern uns an und driften voneinander weg. Wir provozieren und harmonieren. Er ist der ruhende Pol, ich bin in Bewegung, er gibt mich frei und holt mich wieder zurück. Fast kommt mir dieser Tanz wie ein Sinnbild unserer Beziehung vor.

Wir tanzen fünf Stücke durch, dann legt der DJ einen Salsa auf und ich winke ab.

Wir sinken auf die Bank in unserem Separee, und es entsteht ein Moment der Verlegenheit, jedenfalls was mich angeht. Gerade noch waren wir uns so nah wie noch nie und ich möchte den Zauber nicht durch nervöses Geplapper zerstören. Also widme ich mich stumm meinem Getränk.

Auch Ray scheint um Worte verlegen, aber er lächelt und ich merke, wie ich rot werde, was in diesem Schummerlicht hoffentlich nicht auffällt.

»Tanzen kannst du jedenfalls besser als essen«, sagt er dann.

»Du bist so gemein!« Ich boxe ihn in die Seite und er lacht. Die Verlegenheit ist vorüber.

Er streicht mir über die Wange. »Und du siehst wunderschön aus.«

Mein Gesicht steht in Flammen. »Woher kannst du so gut tanzen?«, frage ich ihn.

»Becca hat es mir beigebracht.«

Ich spüre die Eifersucht wie einen Nadelstich. Wer ist Becca?

Meine unausgesprochene Frage wird sogleich beantwortet: »Becca ist ... war meine Schwester. Sie fuhr total auf Tango ab und brauchte einen Partner zum Üben. Ich musste dafür herhalten, ob ich wollte oder nicht und obwohl ich damals fast einen Kopf kleiner war als sie.« Ein trauriges Lächeln huscht über Rays Gesicht. »Sie lebt nicht mehr. Sie hat Tabletten genommen. Das ist jetzt vier Jahre her. Sie war neunzehn, ich vierzehn.«

»Oh, mein Gott«, flüstere ich.

»Ich habe ihre CDs aufgehoben, sie aber zwei Jahre lang nicht angerührt. Hätte ich auch gar nicht gedurft, mein Vater wäre ausgerastet. Er ist der Meinung, der Tango hätte dazu beigetragen, dass Becca so depressiv war. Er will bis heute nicht kapieren, dass Depressionen eine Krankheit sind. Irgendwann gab es an unserer Schule die Möglichkeit, einen Tanzkurs zu belegen, und ich habe mitgemacht. Als wir zum Tango kamen, hatte ich auf einmal den Wunsch, den Tanz richtig zu lernen. Für Becca, weil sie sich bestimmt darüber gefreut hätte.«

»Das ist ... schön«, sage ich. »Und doch so traurig.«

»Danach habe ich noch einen Kurs an einer richtigen Tangoschule gemacht.« Er sieht sich suchend um. »Sieht du dieses ältere Paar da drüben?« Er meint die zwei, die auch mir schon aufgefallen sind und die jetzt an einem der Bistrotische Platz genommen haben. »Gabriel und Ida. Sie haben eine Tangoschule. Er ist Argentinier, sie Spanierin, sie haben sich hier in Berlin kennengelernt.« Er greift nach meiner Hand. »Hey, ich wollte dich nicht traurig machen.«

Ich versuche ein Lächeln. »Tust du nicht. Aber es tut mir so leid.«

»Das mit Becca gehört nun mal zu meinem Leben und ich wollte, dass du das weißt.«

»Ich bin froh, dass du es mir erzählt hast«, sage ich aufrichtig. Bis zu diesem Augenblick habe ich die etwas schwermütige Aura, die ihn zuweilen, besonders auf Fotos, umgibt, für eine Pose gehalten. Aber vielleicht ist der Selbstmord seiner Schwester der Grund dafür.

»Wo hast du Tango tanzen gelernt?«, fragt er mich.

»Hauptsächlich zu Hause, von Mum. Sie und Dad sind früher oft tanzen gegangen. Anfangs ging mir die Musik auf den Wecker, wenn sie zu Hause geübt haben, aber irgendwann fing sie an, mir zu gefallen, und ich wollte es auch lernen. Sie haben so schön ausgesehen, die beiden, wenn sie getanzt haben.« Ich seufzte. »Tja. Aber trotz allem sind sie jetzt nicht mehr zusammen.«

»Ist es sehr schlimm für dich?«

Wir werden unterbrochen, denn gerade steuern Ida und Gabriel auf uns zu. »Da ist ja unser mittlerweile berühmter Tanzschüler«, sagt Ida und zwinkert Ray dabei zu. »Schön, dich wieder einmal hier zu sehen.«

Ray springt auf, um die beiden zu begrüßen. Er umarmt Ida und drückt Gabriel die Hand. Dann stellt er mich den beiden vor.

»Kompliment, da hast du dir wirklich eine reizende Partnerin geangelt. Und Talent hat sie auch.« Gabriel lächelt mir zu, ich lächle zurück.

»Ja, ich sehe da viel Potenzial bei euch beiden«, sagt Ida, und ich bin mir nicht ganz sicher, ob sie nur vom Tanzen redet.

Obwohl ich die beiden charmant und interessant finde, hoffe ich inständig, dass sie sich nicht zu uns an den Tisch setzen werden. Die wenigen Stunden, die Ray und ich haben, möchte ich ganz egoistisch mit ihm allein verbringen und ihn mit niemandem teilen müssen. Aber zum Glück schreiten die beiden nach einer kurzen Unterhaltung wieder auf die Tanzfläche, nachdem der DJ seine Salsa-Phase überwunden hat.

»Wollen wir noch eine Runde wagen und dann so langsam gehen?«, fragt Ray.

Ich nicke. Ich habe keine Ahnung, wie spät es ist, das Zeitgefühl ist mir völlig abhandengekommen. Andererseits hat mir Mum kein Limit gesetzt und bei ihr selbst wird es heute sicher auch sehr spät werden. Um mit Ray zusammen zu sein, würde ich sowieso jeden Anschiss von Mum in Kauf nehmen. Wir tanzen einen langsamen Walzer, ganz entspannt und ohne irgendwelche Figuren. Wir konzentrieren uns nur auf uns selbst und genießen die Nähe zueinander und die Berührung unserer Körper. *Ach, könnte doch jetzt die Zeit stehen bleiben!* Ich möchte diesen Glücksmoment festhalten, ihn konservieren, für immer und ewig.

Es ist kühl geworden, das merke ich, als wir wieder draußen auf der Straße sind. Ich schaudere ein wenig.

»Warte!« Ray bleibt unter einer Laterne stehen, zieht seine Anzugjacke aus und legt sie mir um die Schultern. Wir sehen uns an. Und dann küssen wir uns. Denn genau *jetzt* ist der perfekte Moment dafür gekommen, das ist uns beiden klar.

Der Kuss ist vorsichtig, tastend, fast ein bisschen schüchtern.

Es ist ein wunderschöner erster Kuss und ich bin darüber grenzenlos erleichtert. Denn ich hatte ein bisschen Angst, dass unser erster *richtiger* Kuss eine Enttäuschung werden könnte. Vor einem halben Jahr habe ich auf einer Party mit Georg aus der 12b rumgeknutscht. Vielmehr hatte ich es vorgehabt. Nicht, dass ich in ihn verknallt gewesen wäre, obwohl er eigentlich ganz nett ist. Ich hatte Wein getrunken und wollte auf diesem Gebiet Erfahrungen sammeln. Wir lümmelten zu zweit auf einem Fatboy, Georg beugte sich über mein Gesicht und riss seinen Mund auf wie ein Vogeljunges, das um Futter bettelt. Dann verschwanden meine Lippen praktisch in seinem Mund und seine Zunge füllte plötzlich meine Mundhöhle aus wie Bauschaum. Ich bekam einen akuten Würgereiz und ergriff die Flucht. Daher meine Bedenken – die sich als vollkommen überflüssig erwiesen. Georg sollte dringend bei Ray Nachhilfe nehmen.

Eingehakt schlendern wir durch die Straßen. Wir sind jetzt in einer belebten Gegend, etliche Nachtschwärmer, darunter viele betrunkene Touristen, sind noch unterwegs, obwohl es schon fast zwei Uhr ist, wie ich einigermaßen erschrocken feststelle.

Ich wüsste gern, wie es mit uns weitergeht, weiß aber nicht, wie ich darauf zu sprechen kommen soll, ohne die Stimmung zu verderben. Ich versuche, einfach nur den Moment zu genießen, aber es gelingt nicht. Im Gegenteil, in mir wächst die Furcht, dass er mir gleich sagen wird, dass dieser Abend eine einmalige Sache war und wir uns nie wiedersehen dürfen.

Ich frage Ray, und versuche dabei ganz beiläufig zu klingen, ob wir denn gerade nicht ganz vehement gegen die Auflagen in seinem Plattenvertrag verstoßen würden.

»Im Moment, ja«, sagt er ernst. »Ich darf mich nicht in der Öffentlichkeit in vertraulicher Pose mit einem Mädchen zeigen.«

»Und vorhin nicht?«

»Nein, vorhin nicht. Der Club ist nicht öffentlich. Die Party war's auch nicht.«

»Sind das nicht Haarspaltereien?«, frage ich.

»Ja, klar«, sagt Ray. »Aber anders geht es nicht.«

Ich sehe ihn fragend an.

»*Falls* du mich wiedersehen möchtest, können wir uns nur an Orten aufhalten, wo mich niemand erkennt. Ich weiß, dass das eine Zumutung ist, und ich bin dir nicht böse, wenn du das nicht willst.

Ich meine – welches Mädchen möchte schon einen Freund, den sie nur heimlich sehen kann?«

Von seiner ganzen Rede ist bei mir vor allen anderen das Wort *Freund* hängen geblieben. Ich kann es kaum fassen. »Nein!«, sage ich rasch. »Ich meine … ja. Ja, ich will dich wiedersehen. Ich weiß, was für dich auf dem Spiel steht.«

»Nicht nur für mich«, gibt Ray zu bedenken.

»Wir haben einen prima Gartenschlauch«, witzle ich übermütig und auf einmal wieder überglücklich. Ray will mit mir zusammen sein. Nur das zählt. Dass das nur heimlich stattfinden kann, scheint mir ein lächerlich niedriger Preis dafür zu sein.

»Gartenschlauch?«

»Vergiss es. Es ist ja nicht für ewig«, sage ich. »Ich meine … dieser Vertrag und all das …«

»Ein Jahr, acht Monate und sechs Tage«, sagt Ray. »So lange können wir nicht mit Freunden feiern gehen, nicht ins Kino oder in Clubs. Und du darfst niemandem von uns erzählen. Wir werden uns wahrscheinlich nicht mal regelmäßig sehen können. Wenn ich, zum Beispiel, auf Tour bin …«

»Du klingst, als wolltest du mich schon wieder loswerden.« Es sollte scherzhaft klingen, aber so ganz gelingt es nicht. Unweigerlich muss ich an diesen schrecklichen Moment im Café denken.

Ray bleibt stehen. Wir sehen uns in die Augen, dann zieht er mich an sich heran. Ich spüre seinen Atem an meiner Wange, an meinem Hals. Seine Hände wandern über meinen Rücken, streicheln meinen Nacken und wir schmiegen uns eng aneinander. Dieses Mal ist es ein intensiver, leidenschaftlicher Kuss ohne eine Spur von Schüchternheit. Ein paar Minuten lang stehen wir so da, ein Kuss geht über in den nächsten. Heiße Wellen schwappen durch meinen Körper.

»Du hast mir so gefehlt«, flüstert Ray.

»Du mir erst«, sage ich und habe das Gefühl, gleich vor Glück zu explodieren.

Ich werde wach, weil mein Magen knurrt. Ich bin noch immer auf Wolke sieben und der Himmel riecht obendrein nach Pfannkuchen. Der Gewohnheit folgend überprüfe ich als Erstes mein Handy. Es sagt mir, dass es halb zwölf ist und dass ich drei neue WhatsApp-Nachrichten habe. Eine davon ist von Ray. *Das war ein wunderschöner Abend, ich denk an dich, pausenlos.*

Ich lächle selig und eile in meinem Häschen-Overall, meinem Lieblingsstück zum Rumgammeln, in die Küche. Auch Mum ist noch im Bademantel. Sie schaltet gerade den Herd aus und lässt einen riesigen Pfannkuchen auf einen Teller glitschen, den sie an meinen Platz stellt, während sie mich prüfend anschaut. Ob man mir wohl ansieht, wie verliebt ich bin? Vermutlich schon. Ich merke ja selbst, dass ich meine Gesichtszüge nicht ganz unter Kontrolle habe.

»Na, wie war's?«

»Erst essen! Ich hab so einen Hunger!«, antworte ich, und dann verdrücke ich einen Pfannkuchen mit Himbeermarmelade, ehe ich Bericht erstatte.

Ich erzähle ihr alles, oder wenigstens beinahe. Dass wir uns geküsst haben, lasse ich weg, und ich schwindle, was die Uhrzeit angeht, zu der ich angeblich zu Hause war. Wie erwartet kam Mum gestern erst kurz nach mir zurück, sodass sie gar nicht gemerkt hat, dass es bei mir halb drei war.

Als ich ihr vom Tangotanzen erzähle, bekommt sie einen ganz wehmütigen Gesichtsausdruck. Bestimmt denkt sie gerade an Dad. Am Ende sagt sie: »Eins muss man dem Jungen ja lassen. Er weiß, wie man Frauen beeindruckt.«

Meine Antwort ist ein seliges, marmeladenverschmiertes Lächeln.

»Und?«, fragt Mum. »Hat euch wieder jemand fotografiert? Steht morgen wieder eine Horde hysterischer Teenies vor der Tür?«

»Nein! Und er hat sich entschuldigt«, füge ich rasch hinzu. »Er war sehr erschrocken, als er gehört hat, was hier los war.«

Sie nimmt das schweigend zur Kenntnis.

Ich angle mir noch einen Pfannkuchen und frage: »Mum, wieso hast du mich zu der Party mitgenommen?«

»Ich habe lange darüber nachgedacht, aber er wäre ja doch irgendwann aufgetaucht. So hatte ich wenigstens die Chance, mir den Knaben mal aus der Nähe anzusehen.«

»Er ist irre süß, nicht wahr?«

»Ja, ist er«, gibt sie zu. »Außerdem habe ich ja gesehen, dass du die ganzen Ferien über bedrückt warst.«

»War ich das?«

»Jedenfalls warst du anders als sonst. Und ich muss ihm positiv anrechnen, dass er sich wirklich viel Mühe gemacht hat, um dich wiederzusehen. Mir den Auftrag für diese Riesenparty zu vermitteln – das ist ganz schön raffiniert. Sicher hat er gedacht: Stell dich gut mit der Mutter, wenn du an die Tochter ran willst.«

»Mum, also wirklich!«

»Ich meine das nicht böse. Im Gegenteil, das zeigt, dass er Grips im Kopf hat. Dem Geschäft hat's jedenfalls was gebracht. Es haben einige Leute einen Flyer von Pasta Basta mitgenommen.«

Ich bin erleichtert, dass Mum es so pragmatisch sieht.

»Werdet ihr euch wiedersehen?«, fragt sie.

»Ja. Aber du darfst niemandem etwas davon sagen. Auch Fabienne, Katja und Linda nicht.«

»Nicht mal Linda?«

»Niemandem.«

»Also könnt ihr euch immer nur heimlich treffen, wo ihn niemand erkennt?«

»Geht nicht anders«, sage ich mit vollem Mund.

Mum runzelt die Stirn. »Ich weiß nicht, ob das gut ist. Wenn man jung und verliebt ist, will man doch am liebsten aller Welt sein Glück zeigen. Außerdem braucht man auch als Paar gemeinsame Freunde.«

»Wozu?«, frage ich.

»Zur Reflexion.«

Der Umgang färbt ab, meine Mutter klingt schon wie der Kauz.

»Ihr braucht eine gemeinsame Basis. Eine Beziehung, die sich nur um sich selbst dreht, wird auf die Dauer fade. Worüber wollt ihr euch unterhalten, wenn einer die Welt des anderen nicht kennt?«

Ganz klar, es ist der Kauz, der aus ihr spricht. So ganz unrecht hat sie vielleicht nicht, die Aussicht, meinen Freundinnen nichts sagen und mir vor ihnen nichts anmerken lassen zu dürfen, gefällt mir auch nicht sonderlich.

»Wir finden schon ein Thema«, sage ich. »Zumindest er hat ja wohl eine Menge zu erzählen.« Dennoch bin ich ein bisschen ernüchtert. Typisch Mum. Immer muss sie nach einem Haar in der Suppe suchen.

Ich bin gerade mit dem zweiten Pfannkuchen fertig, als es klingelt.

Mum geht zur Tür und ich höre die Stimme von Linda. Mist, wir wollten ja joggen gehen! Und jetzt habe ich mich bis zum Anschlag vollgefressen.

Linda betrachtet meinen Overall mit der Häschenkapuze und fragt: »Wollen wir durch den Tegeler Forst hoppeln oder laufen?«

»Warte, ich zieh mich schnell um. Oder komm mit rauf.«

Aber Linda setzt sich auf einen Küchenstuhl und betrachtet gierig den letzten Pfannkuchen, den wir übrig gelassen haben. »Warum bist du denn gestern nicht mehr zu Ollis Party gekommen? Du hast echt was verpasst.«

»Ich musste Mum helfen«, lüge ich. »Und dann war's schon so spät und ich war fix und fertig und dachte, es lohnt sich eh nicht mehr.« Bei diesen Worten schiele ich hinüber zu meiner Mutter, die gerade den Pfannkuchen vor Linda auf den Tisch stellt.

Mum schweigt und zieht nur eine Augenbraue hoch. Aber bei ihr spricht das Bände.

13

RAY

»Alter, hast du kurz Zeit?«

Silas nimmt die Finger vom Keyboard, auf dem er gerade eine Abfolge von Akkorden hingelegt hat, und schaut mich fragend an.

Ich kicke ein paar Klamotten und Bücher zur Seite und bahne mir einen Weg zu ihm. »Am Samstag kommt Jill hierher. Sie möchte mich in die Künste der Haute Cuisine einweihen.«

Silas setzt ein unverschämtes Grinsen auf. »Nennt man das jetzt so? Sag doch gleich, dass ich verschwinden soll, weil ihr ungestört vögeln wollt.«

»Nein, das wollen wir nicht«, erwidere ich.

»Wieso nicht?«, fragt er mit gekräuselter Stirn und künstlicher Besorgnis. »Stimmt was nicht?«

»Mit uns stimmt alles. Ich finde nur, solche Dinge sollte man langsam angehen.«

Es klingt, als wäre das zwischen Jill und mir abgesprochen worden, was jedoch nicht der Fall ist.

»Langsam. Du und langsam!« Silas' Lache kann manchmal richtig dreckig sein.

Am liebsten würde ich Silas erklären, dass Jill etwas Besonderes ist und deswegen unser erstes Mal auch etwas Besonderes sein muss. Doch wie ich Silas kenne, würde er mir den Vogel zeigen und mich im günstigsten Fall einen hoffnungslosen Romantiker nennen. Eher aber einen Vollidioten. Und so langsam frage ich mich selbst, ob etwas nicht stimmt, denn ich finde Jill zwar bis an die Schmerzgrenze sexy, aber gleichzeitig habe ich Angst, den falschen Moment zu erwischen und alles zu vermasseln. Wie will ich ihm das verklickern, wo ich es doch selbst kaum verstehe?

»Sackratten oder Liebe – das ist hier die Frage«, macht dieser Witzbold jetzt einen auf Hamlet.

Ich pfeffere ihm ein Sofakissen an den Kopf. »Du gehst mir auf den Sack! Wieso rede ich überhaupt mit dir über so was?«

Silas grinst und klimpert mit der rechten Hand auf seinem Keyboard herum, die Linke zeigt mir den Stinkefinger.

Ich werde wieder ernst. »Eigentlich wollte ich dich und Grace fragen, ob ihr Samstagabend vielleicht auch da sein könntet. Ich glaube, Jill würde euch gern näher kennenlernen. Und ich hätte gern, dass ihr sie kennenlernt.«

»So weit ist es schon. Du willst sie der Familie vorstellen.«

Es war ein Fehler, Silas zuerst zu fragen, das erkenne ich jetzt. Ich hätte mich an Grace halten sollen. Die hat bei den beiden die Hosen an, sie hätte Silas dann schon eingenordet.

»Kommt Martin auch?«, fragt Silas mit einem so zynischen Grinsen, wie es eigentlich gar nicht seine Art ist.

»Was soll das denn jetzt?«

Endlich rückt Silas mit dem heraus, was ihn wirklich beschäftigt. »Ich frag mich nur, was Martin sagen würde, wenn er wüsste ...«

»Er wird's nicht erfahren. Wir sind sehr vorsichtig.«

»Du denkst, in diesem Tangoschuppen seid ihr sicher?«

»Ja«, sage ich, aber das stimmt nicht ganz. Dort sind wir *relativ* sicher. Sicherer als woanders. Aber wir können uns schließlich nicht immer nur dort treffen. Wir sind ein Liebespaar, keine Tanzschüler. Es gibt so vieles, was ich zusammen mit Jill gerne tun würde, was aber nicht geht. In Augenblicken wie diesem quäle ich mich deswegen mit meinem schlechten Gewissen herum.

»Und was ist mit ihr? Sie hat sicher längst ihre beste Freundin eingeweiht, denn Mädchen sind nun mal so, und die sagt's der Nächsten, und so zieht das Kreise ...«

»Wie war das noch mit dem Glashaus und den Steinen?«, erwidere ich. »Du verstößt doch genauso gegen den Vertrag. Nur habt ihr es einfacher.«

Silas lehnt sich auf seinem Stuhl zurück und verschränkt seine Hände hinter dem Kopf. »Ich verstoße gegen keinen Paragrafen meines Vertrages«, sagt er so überdeutlich, als spräche er in ein Diktiergerät.

»Schon klar. Grace kommt ja nur zum Üben ihrer Songs hierher. Deshalb quietscht auch das Bett immer so.« Ich wippe auf und ab – das Bett quietscht tatsächlich – und zwinge mich zu einem Grinsen, obwohl ich genervt bin.

Silas nimmt die Hände runter und sieht mich aus schmalen Augen an. »Nein, Ray. Ich verstoße nicht gegen den Vertrag, weil in *meinem* Vertrag dieser Paragraf 12 nicht drinsteht.«

Ich starre ihn ungläubig an. »Was erzählst du denn da?«

»Ich habe Martin gesagt, dass ich das nicht unterschreibe, und er hat's rausstreichen lassen.«

»Was?« Ich bin wie vor den Kopf gestoßen. Wie kann mein angeblich bester Freund mir so etwas verheimlichen? Was hat er sonst noch für Sachen mit Martin laufen, von denen ich nichts weiß? »Warum hast du mir das nicht gesagt?«, frage ich. »Dann hätte ich das doch auch machen können?«

Silas schüttelt den Kopf. »Seien wir doch mal ehrlich, Ray. Der, von dem alle Mädchen träumen – das bist du. Vielleicht noch Renato. Bei dir hätte Martin den Paragrafen jedenfalls nicht rausgestrichen. Ich dagegen bin austauschbar.«

»Was redest du denn da für einen Scheiß? Du bist ganz und gar nicht austauschbar. Du schreibst schließlich die Songs. Ohne dich gäbe es uns gar nicht. Was du eben gespielt hast, hörte sich übrigens geil an.«

»Das ist für Grace.«

Jetzt werde ich wirklich sauer. »For fuck's sake! Muss das sein, dass du für sie die besten Songs reservierst?«

»Ich schreib keine Songs mehr für die Broken Biscuits.«

»Hä?«

»Martin hat zwei ...«, Silas malt Anführungszeichen in die Luft, »... Profi-Songwriter angeheuert. Die schreiben in Zukunft die Songs für uns.«

Ich bin von den Socken. »Das hat er einfach so entschieden? Ohne uns zu fragen? Und wieso weiß ich davon nichts?«

»Sieht so aus. Heute Morgen hat er es mir gemailt, ich hab's dir geschickt.«

Ich bin heute noch nicht dazu gekommen, meine Mails zu checken. »Kann er das?«

»Was weiß denn ich.«

»Das ist das Ende!«, rufe ich. »Erst reguliert er unser – mein – Privatleben, und jetzt ruiniert er die Band.«

»Vielleicht sind die neuen Stücke ja wirklich besser«, sagt Silas lahm.

»Besser verkäuflich, meinst du.«

»Ja. Bis jetzt hat's uns nicht geschadet, wenn wir getan haben, was Martin sagt. Auch wenn er ein Arsch ist, rein menschlich betrachtet.«

Kann es sein, dass Martin, obwohl wir ihn nicht mögen, für Silas so eine Art Vater-Ersatz ist, weil sein eigener Vater eine versoffene Niete ist?

»Vielleicht macht es mir keinen Spaß, was zu singen, das irgendein Profi-Songwriter geschrieben hat. Vielleicht hat's ja sogar ein Computer geschrieben, der vorher ausgewertet hat, was unsere *Zielgruppe* hören möchte. Verdammt noch mal, wo bleibt denn das Authentische dabei? Wo bleibt denn unser Charakter, das, was uns ausmacht? Merkst du nicht, dass wir Martin und Jungle-Records nach und nach unsere Seelen verkaufen?«

»Sei nicht melodramatisch«, ermahnt mich Silas. »Die Spaß-

Phase haben wir doch schon längst hinter uns gelassen. Jetzt geht's ums Geschäft. Wenn wir ganz oben sind, dann können wir auch wieder authentisch sein.«

»Wenn wir es dann noch können«, sage ich düster.

»Hey, Jill, am Samstag spielen Corpus Christi im Tempodrom. Hättest du Lust, mitzukommen?«

Ich stehe unter der Haustür und starre Paul an, als hätte ich einen Geist gesehen. Hat dieser Mensch schon mal was von modernen Kommunikationsmitteln gehört? Ist er etwa, nur um mich das zu fragen, bei dem Sauwetter extra mit dem Rad vorbeigekommen?

Inzwischen ist es Anfang Oktober, aber kein goldener, sondern eher grau in grau, und es nieselt. Überhaupt – wie kommt er denn jetzt dazu, mit mir in ein Konzert gehen zu wollen? *Corpus Christi*. Habe ich das nicht schon mal gehört? Stimmt, auf dem Festival. Inzwischen weiß ich, dass es eine Metal-Band ist, irgendwo habe ich von denen ein Plakat hängen sehen. Also überhaupt nicht mein Geschmack. Aber das ist es nicht. Am Samstag, also übermorgen, treffe ich nach fast zwei Wochen endlich wieder einmal Ray.

»Tut mir leid. Samstag hab ich schon was vor«, sage ich.

»Schade«, sagt Paul und macht keinen Hehl aus seiner Enttäuschung. »Ein Kumpel von uns kann nicht, wir haben eine Karte über. Du müsstest sie nicht bezahlen.«

»Ja, sorry. Wie schon gesagt, ich kann nicht.« In meinem Kopf arbeitet es fieberhaft. Soll ich einen Grund angeben, und wenn ja, welchen? Jedenfalls muss es derselbe sein, den ich dann auch gegenüber Fabienne, Katja und Linda nenne. Die allerdings wissen noch gar nicht, dass ich übermorgen keine Zeit für sie haben werde, denn ich hatte eigentlich vorgehabt, kurzfristig Schularbeiten oder ein allgemeines Unwohlsein vorzutäuschen. Ich will gerade sagen, dass ich meiner Mutter helfen muss, aber ich bremse mich im letzten Moment. Diese Ausrede habe ich in letzer Zeit zu oft strapaziert, das kann ich nicht schon wieder bringen. Schon voriges Mal hatte ich das Gefühl, dass sie mir nicht so ganz glauben.

»Ich muss zu meinem Vater. Er hat Geburtstag und ... und er macht eine kleine Party und hat mich extra dazu eingeladen. Obwohl sonst nur alte Leute da sein werden. Also arschlangweilig. Aber ich hab's versprochen.«

»Ah, verstehe«, sagt Paul.

Ich besinne mich auf meine Erziehung und frage ihn, ob er nicht reinkommen möchte. »Nö, schon gut.«

»Wie läuft das Studium?«, lenke ich vom heiklen Thema ab. Paul hat einen Studienplatz in Physik an der TU bekommen.

»Sind ja erst seit einer Woche Vorlesungen. Noch komm ich mit.«

»Wolltest du nicht von zu Hause ausziehen?«

»Nächstes Semester«, meint Paul und fragt: »Wie alt wird er denn?«

»Was? Wer?«

»Dein Vater.«

»Ach so. Äh … achtundvierzig? Ja, ich glaube achtundvierzig.«

»Ich fahr dann mal wieder. Geht ihr Samstagmittag wieder joggen?«

»Ja, wenn's nicht gerade in Strömen regnet.«

Das Lauffieber hat um sich gegriffen, neuerdings joggt auch Katja mit und ab und zu sogar Fabienne. Und Paul. Paul eigentlich in letzter Zeit ziemlich regelmäßig, fällt mir bei dieser Gelegenheit auf.

»Schick mir 'ne Nachricht, falls ihr geht.«

»Mach ich. Tschüs, Paul. Und sorry – ich meine, wegen Samstagabend. Trotzdem danke für die Einladung.«

»Schon gut.«

Ich schließe die Tür und lehne mich erleichtert dagegen. Hat er mir geglaubt? Ich denke schon. So langsam bekomme ich Übung im Lügen. Nicht, dass ich darauf stolz wäre. Ich hasse es, meine Freundinnen anzulügen, ich komme mir dabei jedes Mal fies und niederträchtig vor.

Ein paar Mal war ich kurz davor, ihnen reinen Wein einzuschenken und sie schwören zu lassen, niemandem etwas zu sagen. Aber ich weiß, dass sie nicht gut darin sind, Geheimnisse zu bewahren. Und erst recht so ein Geheimnis – nein, der Versuchung möchte ich sie gar nicht erst aussetzen. Fabienne würde das keine zwei Stunden aushalten, und auch auf Linda ist nicht hundertprozentig Verlass, wie ich seit der Sache auf dem Festival weiß. Am ehesten traue ich Katja

Verschwiegenheit zu. Aber nur sie allein einzuweihen, wäre vor allem Linda gegenüber ungerecht, und ich würde Katja dazu nötigen, sich vor den anderen meine Lügen schweigend anzuhören. Nein, alle oder keine. Ich entscheide mich für keine. Es geht nicht, es steht zu viel auf dem Spiel. Nicht nur für mich. Ein weiteres Mal am Online-Pranger zu stehen würde ich aushalten, jetzt, wo ich weiß, was auf mich zukommt. Aber für Ray wäre der Schaden viel größer, das kann ich nicht verantworten.

Noch mehr aber als die Lügen und Ausflüchte quält es mich, dass ich mich nicht mit meinen Freundinnen austauschen kann, so wie ich es gewohnt bin. Ich muss meine Vorfreude verbergen, wenn ein Treffen mit Ray bevorsteht, und ich darf mir am Tag danach nichts anmerken lassen, weder von meinen Glücksgefühlen noch von meinen Ängsten. Im Gegenteil, ich muss höllisch aufpassen, damit ich mich nicht verplappere. Ein falsches Wort genügt, und die Kacke ist am Dampfen. Es ist irgendwie tragisch: Etwas total Wichtiges passiert in meinem Leben, vielleicht das Wichtigste überhaupt, und ich darf es nicht mit meinen Freundinnen teilen. Während Fabienne uns alle paar Tage von einer anderen angeblichen Eroberung vorschwärmt, Katja ihren Jonas hat und sogar Linda allmählich wieder besser auf das andere Geschlecht zu sprechen ist, bin ich zum Schweigen verurteilt. Dabei hätte ich die drei gerade jetzt so sehr gebraucht: ihre Ratschläge, ihre Neckereien, ihre anzüglichen Anspielungen, die ich unweigerlich zu hören bekäme. Was hätten wir wohl für einen Spaß, wenn sie Bescheid wüssten! So aber muss ich das alles mit mir allein ausfechten.

Und jetzt kommt auch noch Paul dazu, der verdächtig oft meine Nähe sucht. Wie soll ich ihn auf Abstand halten, ohne ihn zu verletzen, wenn ich ihm nicht die Wahrheit sagen darf?

»Wirklich schade, dass du heute nicht mit uns ins Kino kommen kannst.« Linda fläzt sich in ihren verschwitzten Klamotten auf meinem Bett herum. Nach dem Joggen ist sie noch auf einen Energy-Drink mit zu mir gekommen. Zum Glück nur sie allein.

»Tja, ich hab's meinem Dad versprochen«, sage ich zu Linda. »Und ich sollte jetzt auch mal langsam unter die Dusche«, winke ich mit dem Zaunpfahl.

Linda rappelt sich zum Sitzen auf. »Sag deinem Vater herzlichen Glückwunsch zum Geburtstag.«

»Mach ich«, sage ich und fühle mich dabei scheußlich.

»Hoffentlich vergisst du es nicht bis dahin.«

»Noch habe ich kein Alzheimer«, antworte ich.

»Na ja. Bis Mai ist ja noch lange hin.«

Mir schießt das Blut in den Kopf. Verdammt! Woher weiß Linda, wann mein Vater Geburtstag hat?

Als hätte sie meine Frage gehört, sagt sie: »Weißt du nicht mehr, wie besoffen wir bei seiner Feier vor zwei Jahren waren?«

Oh, mein Gott! Ja, jetzt fällt es mir wieder ein. Ich hatte angeboten, bei der Feier zu helfen – Getränke nachfüllen und so weiter – und Linda hatte an dem Abend auch nichts Besseres zu tun. Anfangs kamen wir unseren Pflichten eifrig nach, aber im Verlauf des Abends entdeckten wir die Waldmeisterbowle … Ich weiß noch, dass ich die halbe Nacht überm Klo hing und Linda über der Badewanne. Wie konnte ich unser erstes Besäufnis nur vergessen?

»Okay, erwischt«, sage ich leichthin. »Ich hab das mit dem Geburtstag vor zwei Tagen zu Paul gesagt, weil ich absolut keine Lust habe, mit ihm zu Corpus Christi zu gehen. Weißt du noch, das war doch die Band, zu der wir angeblich beim Mixtape gehen wollten. Er stand vor der Tür und hat mich gefragt, ob ich zum Konzert mitkomme, und mir ist auf die Schnelle nichts anderes eingefallen. Und dann musste ich heute beim Joggen natürlich dasselbe sagen.«

»Verstehe«, sagt Linda.

Uffz! Ein riesiger Felsbrocken fällt mir vom Herzen. Gerade noch mal die Kurve gekriegt! In Zukunft muss ich meine Ausreden wasserdicht …

»So zieht halt eine Lüge die andere nach sich«, sagt Linda und schaut mich auf eine Weise an, die mir nicht gefällt.

Ich ziehe fragend meine Augenbrauen hoch.

»Jill, wie lange willst du uns eigentlich noch verarschen?« Lindas Gesicht ist praktisch zur Faust geballt.

»Wie ... wie meinst du das?«, frage ich, obwohl ich es schon ahne.

»Du triffst dich wieder mit Ray.«

Als hätte mich der Blitz getroffen, sinke ich auf meinen Schreibtischstuhl. Meine Hände werden vor Aufregung feucht, ich gebe auf und nicke.

Ein tiefes Schweigen füllt den Raum. Warum sagt Linda nichts, warum brüllt sie mich nicht an, macht mir Vorwürfe?

»Ich habe ihn auf dem Fest in Dahlem getroffen, für das wir das Catering hatten ...«

»Das interessiert mich nicht«, fährt mir Linda über den Mund.

Wieder schweigen wir uns an, und ich beginne mich zu fragen, warum sie noch hier sitzt, wenn sie nicht hören will, was Sache ist.

»Wissen Katja und Fabienne auch Bescheid?«, frage ich nach einer Weile.

»Na ja, dein seltsames Benehmen ist ihnen schon auch aufgefallen. Jill, wir sind nicht doof und du bist keine besonders raffinierte Lügnerin. Ich kann verstehen, dass du es vor Fabienne verheimlichen wolltest. Aber wenigstens mir hättest du es sagen können.«

Ich bin versucht, Linda daran zu erinnern, dass sie es war, die auf dem Festival nicht dichtgehalten hat und auch nicht nach meinem ersten verhunzten Date mit Ray. Gleichzeitig wird mir aber klar, dass ich – wieder einmal – vom Goodwill einer meiner Freundinnen abhängig bin. Also ist es wohl besser, sie nicht noch mehr zu reizen.

»Ich hätte es dir so gerne gesagt, bitte, das musst du mir glauben. Aber was hätte ich denn tun sollen?«, jammere ich. »Ich habe Ray hoch und heilig versprechen müssen, dass ich es keinem Menschen sage. Es steht einfach zu viel auf dem Spiel. Du hast doch mitgekriegt, was los war, nachdem diese Fotos aufgetaucht sind. Und dann ist da ja noch immer dieser Vertrag, den Ray unterschrieben hat ... Bitte, Linda, es ist verdammt wichtig für ihn und die Band, dass es niemand erfährt. Sag das auch den anderen – falls ihr darüber redet.«

Natürlich werden sie das. Sobald Linda zur Tür hinausgegangen sein wird, werden sämtliche Drähte heiß laufen.

»Ray, Ray, Ray«, äfft Linda mich nach. »Gibt es in deiner Welt auch noch andere Menschen? Mich vielleicht?«

Sie hat die Arme um die Knie geschlungen und starrt ins Leere.

Ich wechsle hinüber aufs Bett und setze mich im Schneidersitz ans Kopfende, ihr gegenüber. Ich würde sie gern umarmen, aber ich traue mich nicht, denn da ist diese Mauer aus Eis, die sie umgibt. So gekränkt habe ich Linda in all den Jahren noch nie erlebt. »Das stimmt nicht. Ihr seid mir genauso wichtig. Du vor allem«, sage ich und suche ihren Blick. Aber sie starrt immer noch an mir vorbei, als sie spöttisch sagt: »Ach ja?«

Ihre Zweifel sind berechtigt, erkenne ich. Und wenn ich ganz ehrlich bin, dann war mir in letzter Zeit nur Ray wirklich wichtig. Ja, ich kann verstehen, dass Linda sauer ist. Aus ihrer Sicht bin ich eines von diesen Mädchen geworden, das ich nie sein wollte, eine, die ich noch vor Monaten verachtet hätte, eine, die alle Brücken hinter sich abbricht und ihre Freundinnen, die sie ein halbes Leben lang begleitet haben, abstreift wie einen alten Mantel, nur weil sie einen Kerl hat, in den sie verknallt ist.

»Wie weit seid ihr? Hast du schon mit ihm geschlafen?«, höre ich Linda fragen.

»Nein, nein, nein!«, wehre ich mit erhobenen Händen ab, froh, dass sie überhaupt etwas sagt. »Wir waren bis jetzt immer nur tanzen. Tango.«

Immer ist leicht übertrieben, es waren ganze drei Mal. Und vor zwei Wochen, als der Altweibersommer noch einmal für ein paar Tage alles gab, waren wir segeln auf der Havel. Ray hatte für uns eine kleine Jolle gemietet. Anfangs gefiel es mir, aber dann wurde es doch ein bisschen kühl und auf die Dauer ermüdend. Immer, wenn ich es mir gerade einigermaßen gemütlich gemacht hatte, musste ich aufstehen zur Wende und mich gleichzeitig ducken, um den Mast nicht an die Birne zu kriegen. Im Grunde finde ich auf einem Binnengewässer hin und her segeln ein bisschen langweilig, vor allem, wenn es länger als zwei Stunden dauert. Aber ich habe nichts gesagt, denn wie viele Sachen gibt es schon, die wir gefahrlos zusammen unternehmen können?

»Tango?«, fragt Linda naserümpfend. »Steht er etwa auch auf so was?«

»Ja, tut er.«

»Na, anscheinend habt ihr euch wirklich gesucht und gefunden.«

»Genau. Das war Schicksal«, strahle ich.

»Und mehr war nicht ...?«

»Nein.«

Dass ich ihr noch keine sexuellen Erfahrungen voraus habe, lässt Linda ein klein wenig entspannter aussehen.

»Geküsst haben wir uns aber schon«, sage ich. »Und wie!« Ohne es zu wollen, verdrehe ich schwärmerisch die Augen.

»Es heißt ja immer, wie einer küsst, so ist er auch beim Sex«, sagt Linda in nüchternem Ton. Zumindest scheint sie nicht mehr gar so wütend auf mich zu sein.

»Hoffen wir mal, dass das zutrifft«, erwidere ich.

»Und heute geht ihr wieder Tango tanzen?«

»Nein, heute bringe ich ihm das Kochen bei.«

»Wo, bei euch im Laden?«

»Nein, bei ihm zu Hause, in Kreuzberg.«

»In seiner Wohnung?« Linda zieht die Augenbrauen hoch. »Dann wird es heute passieren? Erst kocht ihr, dann gibt's ein Dinner bei Kerzenlicht, vielleicht etwas Champagner dazu, und dann ab in die Kiste!«

»Nein«, sage ich bestimmt. »Wir sind nämlich nicht allein. Sein Mitbewohner und dessen ... und eine Freundin kommen auch noch.«

Silas und Grace, die als Einzige über Ray und mich Bescheid

wissen. Ray meinte, anderenfalls könnten wir uns ja nie bei ihm zu Hause treffen, und die beiden wären schon deshalb verschwiegen, weil alles, was die Broken Biscuits gefährdet, automatisch auch für sie von Nachteil ist. Ein einleuchtendes Argument. Dennoch habe ich Ray ein wenig darum beneidet, dass er sich wenigstens seinem besten Freund anvertrauen kann und ihn nicht belügen muss, so wie ich meine Freundinnen.

In schwachen Momenten ist mir sogar der Gedanke gekommen, dass bei der momentanen Konstellation mal wieder ich diejenige bin, die die Arschkarte gezogen hat.

»Ach! *Seine* Freunde wissen also Bescheid«, konstatiert Linda prompt und bekommt schon wieder ganz schmale Lippen.

»Nur zwei. Die sind von der Band, es ist in deren Interesse, dichtzuhalten.«

»Du lieber Himmel. Tangotanzen, sich küssen, mit Freunden kochen, und noch immer kein Sex ... Das hört sich irgendwie verdammt ernst an.«

»Es ist auch verdammt ernst«, sage ich. »Und ich habe ja nicht gesagt, dass ich grundsätzlich nicht mit ihm schlafen will, nur muss es nicht ...«

»Oder stimmt was nicht mit ihm?«, unterbricht mich Linda. »Ist er etwa *doch* schwul?«

»Nein, er ist ganz sicher nicht schwul!«, entgegne ich heftig. So langsam wird diese Unterhaltung unerträglich. »Verdammt noch mal, kann ich das nicht einfach in aller Ruhe auf mich zukommen lassen?«

»Tja, Süße, überspann den Bogen nicht«, meint Linda. Zum ersten Mal, seit sie hier ist, lächelt sie, allerdings ziemlich spöttisch. Und wann hat sie mich je »Süße« genannt? »Die Konkurrenz ist groß, besonders in seinem Fall. Da sind Hunderte, die sofort mit Anlauf in sein Bett hüpfen würden.«

Lindas Gerede kann mich nicht darüber hinwegtäuschen, dass sie ziemlich aufgewühlt ist. Ähnlich wie ich redet sie dann zu viel und dabei auch viel Unsinn.

»Ich sollte jetzt wirklich langsam in die Gänge kommen«, versuche ich das Gespräch zu beenden.

»Ja, ja, klar, schon gut, ich bin weg. Mach, dass du ins Bad kommst! Bist du auch sorgfältig enthaart?«

14

Ray wohnt mitten im Kiez, im sogenannten SO36. Er holt mich an der U-Bahn Kottbusser Tor ab, vorsichtshalber wieder mit Hoodie und Sonnenbrille, trotz des trüben Wetters. Es ist ein seltsames Gefühl, am frühen Abend neben ihm durch die Straßen zu gehen. Jeden, der ein Handy in der Hand hält, betrachte ich mit Misstrauen, und ständig habe ich das unbestimmte Gefühl, beobachtet zu werden. Ich muss mich zusammenreißen, um mich nicht hin und wieder ruckartig umzudrehen. Offenbar habe ich inzwischen eine größere Paranoia entwickelt als Ray. Vielleicht liegt es an dem gerade zurückliegenden Gespräch mit Linda. Ich kann nur hoffen, dass meine Freundinnen sich auch als solche erweisen – auch wenn ich mich ihnen gegenüber nicht gerade vorbildlich benommen habe.

»Nein«, antwortet Ray auf meine Frage, ob hier auch schon welche von seinen Fans aufgetaucht wären, »bis jetzt nicht. Aber wir wohnen ja auch noch nicht lange hier, der Mietvertrag läuft über die Agentur und an der Klingel und am Briefkasten steht ein falscher Name.«

»Und was ist mit den Leuten in eurem Haus?«

»Da wohnen nur ältere Leute, die weder mich noch die Broken Biscuits kennen.«

Wir sind da. Die Wohnung liegt im vierten Stock eines schick renovierten Altbaus, und man merkt gleich, dass dort zwei Jungs wohnen. Wenige zusammengewürfelte Möbel, kaum Schnickschnack, dafür aber eine Mörder-Musikanlage.

»Ist dir das auch nicht zu eng hier?«, kommentiere ich ironisch, als ich Rays Zimmer betrete. Es ist riesig und hat einen weiß gestrichenen Holzdielenboden und einen weißen Kachelofen. Der Raum ist spartanisch eingerichtet: französisches Bett, Schrank, Schreibtisch, Bücherregal. Einziger Wandschmuck ist das überdimensionale Foto von einer tropischen Insel in türkisfarbenem Meer. Zwischen Schrank und Wand klemmen zusammengefaltete Umzugskartons, so als wäre er jederzeit bereit, die Zelte wieder abzubrechen. Auf dem Schreibtisch steht ein Bild, das Ray als Zwölf- oder Dreizehnjährigen zeigt. Er steht neben einem sommersprossigen älteren Mädchen an einem steinigen Strand. Es muss windig gewesen sein, ein paar rötliche Strähnen haben sich aus ihrem Pferdeschwanz gelöst und werden ihr übers Gesicht geweht. Sie lacht.

»Ist das deine Schwester?«

»Ja, das ist Becca bei unserem letzten Urlaub mit ihr in Irland.«

»Sie sieht so fröhlich aus.«

»Sie konnte sehr lustig sein.«

Einen Augenblick lang kann ich in seinem Gesicht die Wunde erkennen, die dieser Verlust ihm beigebracht hat.

»Hast du die galaktische Aussicht schon gesehen?«, fragt er dann und tritt ans Fenster. Ich stelle mich neben ihn. Das Haus liegt direkt am Landwehrkanal und man hat von hier oben einen weiten Blick in den ehemaligen Osten Berlins.

»Wow. Wenn ich da an mein bescheidenes Dachkämmerchen denke …«, sage ich, weil ich mal wieder vor Verlegenheit einfach so vor mich hin plappere. Ich merke es, verstumme und wende mich wieder um. Sein Zimmer interessiert mich mehr als die Aussicht. Ich inspiziere das Regal. Unten stehen Vinyl-Schallplatten, oben Bücher, eine wilde Mischung. *Siddhartha* und *Die Physiker* stehen neben der *Schatzinsel*, *Harry Potter* und dem Gesamtwerk von Michael Ende. »Welches ist dein Lieblingsbuch?«, will ich wissen.

»*Papillon* von Henri Charrière«, sagt Ray, ohne zu zögern, und deutet auf einen Band ganz rechts.

»Hat es was mit Schmetterlingen zu tun?«

Ray lacht. »Nein, nicht wirklich. Ein Typ, dessen Spitzname *Papillon* ist, wird zu Unrecht verurteilt und ins Straflager verbannt, nach Französisch Guayana auf die Teufelsinsel. Dort herrschen grausige Zustände, er muss sogar Kakerlaken essen, um nicht zu verhungern. Immer wieder scheitern seine Fluchtversuche, er kommt in Einzelhaft, er ermordet sogar einen Mithäftling, der ihn verrät, aber am Ende schafft er es doch. Da ist er dann schon ein alter Mann. Aber sie haben ihn nicht gebrochen.«

Wieder einmal muss ich mich darüber wundern, was Jungs lesen und was ihnen gefällt. »Klingt ja ziemlich deprimierend«, platzt es aus mir heraus, und kaum ist es ausgesprochen, werde ich feuerrot, weil mir Becca einfällt. Warum musste ich Trampeltier *deprimierend* sagen? Konnte ich nicht … keine Ahnung, *heftig* sagen oder *traurig*? Oder gar nichts!

Ray lässt sich nichts anmerken und erklärt: »Es ist teilweise autobiografisch. Meine Mutter hat es mir geschenkt, als ich ausgezogen bin. Vielleicht wollte sie mir damit sagen, dass ich an mich glauben und nie aufgeben soll, egal was kommt.«

Ich überlege, welches Buch mir meine Mutter wohl mitgeben würde. *Die besten Antipasti?*

Als ich einen genaueren Blick auf das Bett werfe, muss ich vor Lachen losprusten. »*Star-Wars*-Bettwäsche?«

Ray fährt sich verlegen durch Haar. »Ja, sorry. Ich hab die von zu Hause mitgenommen, die ist schon uralt. Ich vergesse immer wieder, mir mal andere zu kaufen.«

»Na, das ist ja echt unglaublich erotisch«, entschlüpft es mir. Ich erröte. Wieso habe ich das denn jetzt gesagt? Das hörte sich ja an, als würde ich fest damit rechnen, heute mit ihm im Bett zu landen.

Jill, du bist mal wieder so was von unmöglich!

»Ja, findest du?«, grinst Ray.

»Irre.« Vor Verlegenheit grinse ich so breit, wie ich nur kann.

Ray lässt sich auf das Bett sinken und zieht mich an sich. Ich sitze breitbeinig auf seinem Schoß und wir versinken in einem leidenschaftlichen Kuss. Ich zerwühle sein dichtes, dunkles Haar, seine Hände wandern unter mein T-Shirt, streichen mir über den Rücken, umschließen meine Taille. Die *Star-Wars*-Bettwäsche, denke ich, während ich von einer seltsamen Gier ergriffen werde, würde mich jetzt nicht wirklich stören. Er küsst meinen Hals, meine Schulter. Mein Atem geht schneller. Doch plötzlich löst Ray sich abrupt von mir und meint, nun sollten wir aber wirklich mit dem Kochen anfangen.

»Wir haben noch jede Menge Zeit«, widerspreche ich, während ich kleine, schnelle Küsse auf seinem Hals verteile.

»Ja, aber wenn wir so weitermachen, garantiere ich für nichts«, murmelt Ray.

»Und wenn schon«, murmele ich in sein Haar.

Er hält meine Hände fest, die gerade unter sein T-Shirt schlüpfen wollen. »Hey, Jill, warte. Ich finde, wir sollten das nicht so zwischen Tür und Angel machen.«

Tür und Angel? Wir sitzen auf seinem Bett, er bräuchte nur die Tür abzuschließen.

»Okay.« Ich gleite von seinem Schoß herab und setze mich aufrecht mit artig übereinandergelegten Händen und züchtig geschlossenen Knien neben ihn auf das Bett.

»Gut so?«, frage ich aufsässig.

Ich bin total verunsichert. Eine Hälfte von mir fühlt sich geschmeichelt, weil er in mir offenbar nicht nur ein Objekt sexueller Begierde sieht, der andere Teil fühlt sich zurückgewiesen und fragt sich, ob ich ihm vielleicht nicht sexy genug bin.

»Braves Mädchen«, grinst Ray. Er streicht mir eine Locke aus der Stirn und küsst mich noch einmal, ein zarter, verspielter Kuss, der den kleinen peinlichen Moment zwischen uns überspielt.

Und wirklich, kaum sind wir in der Küche, geht die Wohnungstür auf und Silas kommt herein. Vielleicht war doch das der Grund für sein Zögern, sage ich mir. Außerdem ist der Abend ja noch lang.

Ray hat meine Einkaufsliste sorgfältig abgearbeitet. Trotzdem fragt er mich, was es denn nun eigentlich geben wird.

Ich erkläre: »Da ich nicht weiß, wie es um eure Kochkünste steht, habe ich ein einfaches Menü zusammengestellt. Also: Es gibt eine Kürbis-Kokossuppe, danach Tagliatelle mit Steinpilzen, zum Hauptgang Seezungenröllchen mit Mangold und zum Nachtisch kleine Schokoladentöpfchen mit Armagnac.«

»*Das* soll einfach sein?«, fragt Ray, dem das blanke Entsetzen ins Gesicht geschrieben steht. »Rührei ist einfach!«

»Oder Fischstäbchen«, sagt Silas.

»Dieses Seezungendingsda …«, beginnt Ray.

»Ist nicht schwer, vertraut mir«, sage ich.

»Ich schreib mal Grace, dass sie sich gefälligst beeilen soll«, sagt Silas.

Während der nächsten Stunde sind meine beiden Küchensklaven schwer beschäftigt. Sie stellen sich gar nicht so dumm an, wie befürchtet, allerdings muss man ihnen sorgfältig auf die Finger schauen, denn sie neigen ein wenig zum Schludern. Silas kann ich in letzter Sekunde davon abhalten, die Steinpilze einfach unter den Wasserhahn zu halten, anstatt sie mit Küchenkrepp und Pinsel zu säubern, und Ray nölt rum, ob man diese Nudeln denn wirklich selbst machen muss, man sei doch nicht in der Steinzeit.

»Ich bezweifle, dass man in der Steinzeit Tagliatelle kannte.«

»Können wir nicht einfach fertige nehmen?«

»Auf gar keinen Fall«, sage ich gnadenlos.

Als Grace dazukommt, kriegt die sich gar nicht mehr ein vor Lachen, als sie die Jungs in Küchenschürzen sieht. »Wie hast du das nur geschafft?«, fragt sie mich.

Mit Grace an meiner Seite gewinnt die Sache an Professionalität, denn man sieht gleich, dass sie ebenfalls Ahnung vom Kochen hat. Wir essen die Suppe und dann die Pasta mit den Steinpilzen. Alle geben während des Essens Laute des Entzückens von sich und ich werde mit Lob überschüttet. Sogar der wortkarge Silas taut ein bisschen auf. »Die Nudeln sind eins a. Ich könnte mich glatt drin wälzen!«

»Das ist das Beste, was ich jemals gegessen habe«, sagt Ray und verdreht die Augen.

»Sie ist eine Frau zum Heiraten«, sagt Grace und zwinkert mir zu.

Ich werde rot wie ein Hummer. »Hört schon auf«, wehre ich ab. »Das habt ihr doch mitgekocht!«

»Kennst du Erdnusssuppe mit Fufu?«, fragt Grace wenig später.

»Nein.«

»Das ist ein traditionelles Rezept aus Ghana. Wenn du willst, zeig ich dir mal, wie man es macht.«

»Au ja. Lass uns einen Kochabend mit deinen Rezepten veranstalten.«

Grace lächelt, während sie den Mangold blanchiert. Wir sind mittlerweile allein in der Küche, denn wir haben die Jungs beauftragt, den Tisch für den Hauptgang zu decken und für die Getränke zu sorgen. Ich mag Grace, aber ich bin in ihrer Gegenwart ein wenig gehemmt. Sie ist immerhin ganze sechs Jahre älter als ich. Nimmt sie mich überhaupt ernst oder gehöre ich für sie in dieselbe Kategorie wie die Teenie-Fans der Broken Biscuits?

»Ich hab dich singen hören, auf der Party von Amon. Ich meine natürlich Amons Vater.«

»Schon klar«, sie seufzt. »Der arme Amon.«

Der und arm? Im materiellen Sinn kann das ja wohl nicht gemeint sein. »Wieso, was ist mit ihm?«, frage ich, während ich eine Zitrone auspresse.

»Seine Eltern wollen ihn zwangsverheiraten. Mit einer Frau aus dem Iran. Vermutlich aus einem Clan, dessen Oberhaupt mit seinem Vater Geschäfte macht.«

Meine Kinnlade klappt nach unten.

»Du hast gedacht, das passiert nur Mädchen, was?«

»Eigentlich schon, ja.«

»Bei jeder arrangierten Ehe ist doch auch der Junge betroffen. Nur nehmen es die Männer meistens leichter, indem sie sich eben nach der Heirat eine Freundin zulegen. Oder mehrere.«

»Und was macht Amon jetzt?«

»Keine Ahnung. Gehorchen oder mit der Familie brechen, viel mehr Möglichkeiten wird es da nicht geben. Wenn er sich weigert, ist er eine Schande für die Familienehre und für immer ausgestoßen. Dann muss er sehen, wie er allein zurechtkommt. Sicher nicht einfach für einen so verwöhnten Typ. Du hast ja gesehen, aus was für einem Stall er kommt.«

»Stall ist nicht gerade das Wort, das mir dazu eingefallen wäre«, lache ich. »Aber die Party war cool«, füge ich hinzu. »Du hast übrigens eine richtig tolle Stimme.«

»Danke.«

Ich breite die Fischfilets auf einem Brett aus und würze sie mit Pfeffer und Salz. »Ray sagt, du schreibst eigene Songs.«

»Ich arbeite an einer Solokarriere als Sängerin. Darum versuche ich, solche Auftritte wie den auf der Party zu kriegen. Die sind meistens super bezahlt.«

»Wissen die das?«, frage ich. »Ich meine, euer Management. Dieser Martin.«

»Aber ja. Erstens träumt jede Backgroundsängerin von einer Solokarriere, das weiß er, und zweitens bin ich für die Broken Biscuits absolut ersetzbar. Ich bin nur eine von dreien im Chor. Aber ich will ja gar nicht weg, im Gegenteil. Ich brauche das Geld dringend für meine Familie in Ghana, damit die Mädchen regelmäßig zur Schule gehen können und nicht arbeiten müssen oder mit vierzehn verheiratet werden.«

»Du meinst, deine Schwestern?«, frage ich erschrocken.

»Ja, die auch. *Familie* ist bei uns ein weiter Begriff, das ist eigentlich das halbe Dorf. Sechzig, siebzig Leute.«

Ich bin wie geplättet und sage: »Ich dachte, nur Silas müsste seine Familie unterstützen.«

»Ja«, seufzt Grace. »Der auch. Sein Vater hat nur eine Minirente, er ist Alkoholiker, er wird wohl nie wieder einen Job kriegen. Seine Mutter hat Krebs, niemand weiß, wie lang sie noch leben wird. Aber Mia, seine jüngere Schwester, ist superklug. Sie möchte nach dem Abi gern Medizin studieren. Wer, wenn nicht Silas, sollte ihr das finanzieren?«

Grace, die gerade Zitronensaft über die Seezungenfilets träufelt, sieht mich mit ihren dunklen Augen fragend an.

Ich zucke mit den Achseln und fange langsam an zu begreifen. Das also sind die »Schicksale«, die Ray damals im Café erwähnt hat. Warum hat er mir das nicht gesagt?

Und warum erzählt Grace mir das alles gerade jetzt? So gut kennen wir uns doch noch gar nicht! Sie hat doch sicher irgendeinen Hintergedanken dabei. Ich verteile den blanchierten Mangold auf den Filets und sage: »Du findest es nicht gut, dass Ray und ich zusammen sind, oder? Du hast Angst, dass wir auffliegen und ihr Ärger mit der Plattenfirma bekommt.«

Grace wischt sich die Hände an einem Küchentuch ab. »Es geht nicht gegen dich persönlich. Du bist in Ordnung. Aber ihr müsst wirklich höllisch aufpassen. Niemand darf es erfahren.«

Ich nicke und beiße mir auf die Unterlippe, als mir Linda, Fabienne und Katja einfallen. Ich muss die drei morgen ernsthaft ins Gebet nehmen. Ihnen von all diesen Dingen erzählen, die ich gerade erfahren habe, damit sie kapieren, warum sie unbedingt den Mund halten müssen.

Schicksale. Verantwortung. Erst jetzt begreife ich die Dimensionen und die Tragweite dieser Worte.

Ich muss an den Begriff des *Schmetterlingseffekts* aus der Chaostheorie denken. Ist das hier nicht ein Paradebeispiel dafür? Weil sich in Berlin zwei Teenager ineinander verlieben, können womöglich am anderen Ende der Welt kleine Mädchen nicht zur Schule gehen.

Während ich die Fischfilets aufrolle und mit Zahnstochern feststecke, wird mir klar, wie fahrlässig Ray und ich uns verhalten. Warum hat er mir das mit Silas' Mutter und mit Graces Engagement in ihrer Heimat nicht gesagt? Hält er mich für so oberflächlich, dass mir das egal ist? Hatte er Angst, dass ich es rumerzähle? Oder fand er es seinerzeit in dem Plüschcafé nicht der Mühe wert, weil er mich ja ohnehin nicht mehr sehen wollte? Ist ihm vielleicht mal der Gedanke gekommen, dass ich mich ein klein wenig besser gefühlt und ihn besser verstanden hätte, hätte ich all das gewusst? Warum hat er nicht wenigstens jetzt davon gesprochen, in den vier Wochen, die seit der Party bei den Navids vergangen sind? Hat er Angst, dass ich einen Rückzieher mache? Was ist das für eine Beziehung, wenn man sich nicht alles Wichtige sagt? Stattdessen zwingt er mir seine Regeln auf, ohne mich über die tieferen Gründe aufzuklären.

Auf einmal ergreift mich eine Stinkwut. Ich reiße mir die Schürze runter und sage zu Grace: »Der Fisch braucht zehn Minuten bei 200 Grad. Die Nachspeise fällt aus!« Damit stürme ich aus der Küche.

»Jill, warte!«, ruft Grace.

Aber ich warte nicht. Ich haste durch den Flur, ergreife meine Jacke und meine Handtasche und gehe zur Tür hinaus, ohne sie hinter mir zu schließen. Ich hätte sie gern zugeknallt, aber ich will mich nicht kindisch benehmen. Eilig klappere ich die Treppe hinab. Als ich im zweiten Stock bin, höre ich Schritte von oben. Ich lege einen Zahn zu, aber kurz vor der Haustür holt Ray mich ein.

»Verdammt, Jill, bleib doch stehen!«, keucht er. »Was ist denn auf einmal los? Was hat Grace zu dir gesagt?«

»Die Wahrheit«, zische ich. »Sie hat mir die Wahrheit gesagt.«

»Jill! Können wir denn nicht vernünftig miteinander reden?«

»Ach, jetzt plötzlich willst du reden!«, rufe ich, denn ich bin viel zu zornig, um vernünftig zu sein.

Ich reiße die Haustür auf, dicht gefolgt von Ray, der etwas von *»wenigstens zur U-Bahn bringen«* sagt. So ganz bekomme ich es nicht mit, weil mich plötzlich etwas blendet. Ein Blitz. Noch einer. Dazu höre ich die Auslöser von Kameras klicken und jemand schreit: »Da sind sie, sie kommen raus!« Im nächsten Moment geht ein Blitzlichtgewitter über mir nieder. Ich drehe mich um zu Ray, bin aber noch immer zu geblendet, um zu sehen, was er macht. Jemand packt mich unsanft am Arm und zieht mich zurück in den Hausflur. »*Fuck*«, höre ich Ray fluchen. »*Fuck, fuck, fuck!* Was für eine verdammte Scheiße!«

Dann fällt die Haustür hinter uns zu. Das Licht geht aus.

»Warte hier«, flüstert Ray, so als könnten die da draußen uns durch die Tür hindurch hören. »Ich komm gleich wieder. Rühr dich nicht von der Stelle!«

»Ist gut«, flüstere ich, vollkommen geschockt.

Ray schaltet das Licht wieder ein und spurtet die Treppen hinauf. Ich lausche seinen Schritten nach und lehne mich heftig atmend gegen die Jugendstilkacheln. Woher kommen diese Leute? Das waren keine Groupies, das waren Leute mit Kameras. Reporter. Wieso sind die hier? Woher wussten die, dass ich heute Ray besuche? Okay, Linda weiß es und damit auch die anderen. Hat Fabienne etwa …? Nein! Nein, völlig undenkbar. Auch wenn Fabienne stinksauer sein und vor Neid erglühen wird, wenn sie hört, dass ich wieder mit Ray zusammen bin, so käme sie doch niemals auf die Idee, mir die Presse auf den Hals zu hetzen. Was hätte sie davon? Sie weiß ja auch gar nicht, wo Ray wohnt. Keine der drei weiß das. Nicht mal ich kannte die Adresse, bis ich vorhin mit ihm vor der Tür stand.

Nein, es *kann* nichts mit mir zu tun haben. Das Leck muss woanders sein. Silas? Ich hatte von Anfang an den Eindruck, dass ihm das mit Ray und mir gar nicht gefällt. Aber Silas würde sich damit ins eigene Fleisch schneiden, ebenso Grace. Es ergibt keinen Sinn.

Vielleicht hat doch jemand aus der Nachbarschaft Ray erkannt. Ja, wahrscheinlich war es so. Er konnte doch nicht ernsthaft glauben, dass er über längere Zeit mitten in Berlin inkognito leben kann.

Ich frage mich, was jetzt passieren wird. Wo werden diese Fotos erscheinen? Geht jetzt alles von vorne los, der Shitstorm, die Belagerung unseres Hauses? Warum können Ray und ich denn nicht in Frieden zusammen sein?

Ray poltert die Treppe herunter, er hat eine Jacke an und darunter einen schwarzen Hoodie. In der Hand hält er einen Schlüsselbund.

»Sind sie weg?«, frage ich, denn sicher hat er von oben aus dem Fenster geschaut.

»Nein. Komm mit«, sagt er. »Ab jetzt kein Wort mehr. Und schalte dein Handy auf stumm.«

»Was hast du vor?«

»Ich bring dich hier raus. Das wolltest du doch, oder?« Der letzte Satz klingt so bitter, dass ich zusammenzucke. Er ist genauso sauer auf mich, wie ich auf ihn. Trotzdem kann ich den Gedanken nur schwer ertragen.

Ich schalte mein Handy aus und folge ihm ans andere Ende des Flurs. Dort ist die Tür zum Hinterhof. Leise und vorsichtig schließt er sie auf und öffnet sie ganz, ganz langsam. Er schlüpft durch den Spalt, macht ein paar Schritte auf den Hof, der nur von ein paar hellen Fenstervierecken erleuchtet wird. Er winkt mir und ich folge ihm. Ich bin froh, dass ich meine Chucks anhabe, in denen ich mich lautlos bewegen kann. Keiner der Reporter scheint auf die Idee gekommen zu sein, die Hintertür zu bewachen. Aber das kann sich jederzeit ändern. Rechts von uns liegt der Durchgang zur Straße, wo die Reporter herumlungern. Aber ich sehe, dass auf der anderen Seite des Hinterhofs ebenfalls ein Durchgang ist, und begreife, was Ray vorhat. Wir halten uns links und schleichen an der Mauer entlang. Ray benutzt sein Handy als Taschenlampe. Ich stoße gegen ein Kinderfahrrad, das scheppernd umfällt. Oh mein Gott! Ich bin so ein Trampel!

Mit angehaltenem Atem bleiben wir stehen. Im Durchgang von Rays Haus springt eine Lampe an, die an einen Bewegungsmelder gekoppelt ist.

»Los, lauf«, sagt Ray. Wir sprinten quer durch den Hof, hinter uns hallen Schritte und Stimmen.

»Rechts«, keucht Ray, als wir den Durchlass passiert haben. Wir rennen den Gehweg entlang und jagen einer älteren Dame, die ihren

Mops ausführt, einen mordsmäßigen Schrecken ein. Endlich zahlt sich das Joggen aus, ich kann gut mit Ray mithalten und komme nicht so rasch aus der Puste. Ich muss daran denken, wie ich mit Paul vor Rays Groupies geflohen bin. Jetzt renne ich schon wieder davon – ich komme mir langsam vor wie Dr. Kimble auf der Flucht. Nach ein paar hundert Metern werden wir langsamer und drehen uns im Laufen um. Unsere Verfolger haben längst aufgegeben.

Wir halten an, kommen langsam wieder zu Atem. Ray deutet über die Straße auf einen Spielplatz, der um diese Uhrzeit – es ist halb zehn – natürlich längst verwaist ist. Wir setzen uns auf eine Bank vor den Sandkasten. Es weht ein ungemütlicher Wind, aber noch ist mir warm vom Laufen. Eine Weile lang sagen wir nichts. Ray hält meine Hand und ich lasse es zu.

»Was meintest du vorhin, dass Grace dir die Wahrheit gesagt hat?«, fragt er schließlich.

Ich wiederhole, was sie mir gesagt hat, und füge vorwurfsvoll hinzu, dass ich das lieber von ihm erfahren hätte.

»Und was dann?«, fragt Ray. »Angenommen, ich hätte dir letzte Woche davon erzählt, wärst du dann auch abgehauen?«

Ich bin verunsichert, aber dennoch sage ich: »Nein.«

»Was macht es dann für einen Unterschied? Wozu sollte ich dich mit den Problemen meiner Bandmitglieder belasten?«

Erneut fühle ich Ärger in mir hochkochen. Ich bin also das kleine Dummchen, das man nicht mit ernsthaften Problemen belasten darf. »Damals, in dem Café, dachte ich, es geht um dich und diesen Vertrag und ganz allgemein um den Erfolg der Band. Ich dachte, das Schlimmste, was passieren kann, ist, dass du Sportlehrer wirst und Renato wieder Pizza serviert. Jetzt musste ich von Grace erfahren, was noch alles dranhängt. Viel schlimmere … Schicksale. Ich finde, wir sollten nicht schuld daran sein, wenn Silas' Mutter keine gute Behandlung kriegt oder wenn die Mädchen aus Graces Dorf nicht mehr zur Schule gehen können.«

Ray stöhnt gereizt auf. »Nichts gegen Grace, aber manchmal ist sie ein bisschen arg melodramatisch. Es ist unfair von ihr, die Verantwortung für ihren ganzen Clan auf mich – auf uns – abzuwälzen. Sie braucht mich nicht, sie ist gut, sie hat doch ihre Chance, was will sie denn noch? Und was Silas' Mutter angeht: Wir leben in einem zivilisierten Land mit einem halbwegs gut funktionierenden Gesundheitssystem. Ihr Überleben hängt sicherlich nicht vom Erfolg der Broken Biscuits ab. Und wenn seine Schwester studieren will, dann kann sie BAföG beantragen und jobben, so wie viele andere auch.«

Vielleicht hat er recht. Man sollte sich immer beide Seiten anhören, ehe man urteilt.

Er hat sich zu mir gedreht und umfasst meine Schultern. »Du hast gewusst, dass es keine normale Beziehung werden wird …«

»Ja, aber ich hätte gern gewusst, warum.«

»Aber das habe ich dir doch gesagt!«

»Nicht alles.« Ich merke, dass sich das Gespräch im Kreis zu drehen beginnt. Ray streicht mir das Haar aus dem Gesicht. »Und wie geht's jetzt weiter?«, fragt er.

»Was meinst du? Die Reporter?«

»Nein, ich meine uns«, sagt Ray und sieht mir in die Augen.

»Das hängt aber doch alles zusammen«, entgegne ich. »Es wird wieder von vorn losgehen. Sie werden im Netz über mich herfallen, sie werden vor unserem Haus auf mich lauern …«

»Jill! Ich werde alles tun, was ich kann, damit das nicht passiert!«

»Wie willst du das verhindern? Wirst du wieder verkünden, dass wir nur befreundet sind und dass ich dir nichts bedeute?«

»Nein«, sagt Ray ernst. Er umschließt mein Gesicht mit beiden Händen und drückt mir einen zarten Kuss auf die Lippen, ehe er mich wieder loslässt. »Ich werde ihnen sagen, dass … dass du das Mädchen bist, das ich liebe.«

Sind das nicht die schönsten Worte der Welt, die man gesagt bekommen kann? Noch dazu, wenn sie von dem Jungen kommen, den man ebenfalls liebt. Warum stürzen mir dann die Tränen nur so aus den Augen?

»Jill, was ist denn? Hör auf zu weinen.« Er versucht, mir die Tränen wegzuküssen, aber es sind zu viele. Ich wische mit den Ärmeln meiner Jacke Tränen und Rotz von meinem Gesicht. Wenigstens ist es auf dem Spielplatz dunkel, aber eigentlich ist es mir im Moment egal, ob ich beschissen aussehe oder nicht. Ray beugt sein Gesicht zu meinem hinab und wir versinken in einem langen Kuss.

»Ich liebe dich auch«, bricht es aus mir heraus.

»Und warum weinst du dann?«

»Weil es … es geht nicht. Wir dürfen uns nicht lieben.«

»Sagt wer?«

Es würgt mich in der Kehle und in meiner Brust wird etwas ganz eng, aber trotzdem sage ich: »Das Schicksal, Ray. Nicht unseres, sondern das von vielen anderen.«

»Aber Jill, das hatten wir doch gerade. Wir sind nicht für das Glück oder Unglück der halben Menschheit verantwortlich.«

»Wir dürfen nicht so tun, als ob nichts wäre, während es für andere den Bach runtergeht. Mit dieser Schuld können wir nicht leben.«

»Dinge können sich ändern«, sagt Ray.

»Was soll sich denn ändern?«, entgegne ich verzweifelt. »Willst du warten, bis Silas' Mutter stirbt und Grace die neue Amy Winehouse geworden ist?«

Er schüttelt den Kopf. So langsam scheint er zu begreifen, was ich ihm sagen will und dass es mir ernst ist. Ich kann es ihm nicht einmal verdenken, dass er sich weigert, es zu verstehen, denn ich verstehe es ja selbst kaum. Da sitzt der schönste und tollste Junge der Welt vor mir und hat mir gerade gesagt, dass er mich liebt, und irgendetwas Selbstzerstörerisches in mir treibt mich dazu, ihn wegzustoßen.

Er sieht mich an. Seine Augen sehen dunkel aus im schwachen Licht der Straßenlaterne, die zu weit weg steht, um wirklich Helligkeit zu spenden. Er wirkt so verletzlich und so traurig, dass es mir wie ein Messer durchs Herz fährt. Er ist so wunderschön. Die viel beschriebene Aura der Schwermut umgibt ihn, und ich möchte am liebsten schreien vor Schmerz.

»Ray, bitte. Sag morgen den Reportern das, was nötig ist, um den Schaden zu begrenzen. Selbst wenn es wieder … du weißt schon. Ich halte das dieses Mal aus. Ich weiß ja, dass es nicht stimmt. Notfalls werde ich auch sagen, dass wir nur Freunde sind.«

»Wir können den Reportern meinetwegen erzählen, was du willst, aber wir können doch trotzdem …«

»Es geht nicht, Ray!«, unterbreche ich ihn. »Ich … ich kann das nicht mehr. Ich habe meine Freundinnen angelogen, immer wieder, und jedes Mal, wenn wir zusammen sind, komme ich mir vor, als würde ich etwas Unrechtes tun. Jemanden betrügen oder so. Ich möchte nichts auf der Welt lieber, als mit dir zusammen sein, wirklich. Aber nicht so. Dieses Versteckspiel macht alles kaputt.«

»Jill, kann es sein, dass du gerade mit mir Schluss machst?«, fragt Ray und sieht mich ungläubig an.

Ich starre auf seine Knie. Ich kann nichts sagen, aber ich nicke.

»Aber ich habe doch gesagt, dass ich mich morgen in aller Öffentlichkeit zu dir bekenne, Jill. Hast du mir nicht zugehört? Dann ist es aus mit dem Versteckspiel. Denn du bist mir wichtiger als die Band. Wichtiger als alles andere.«

Wie einfach wäre es, ihm jetzt in die Arme zu fallen und zu sagen *Ja, mach das.*

»Ich will aber nicht, dass du irgendwas aufgibst wegen mir, und ich will erst recht nicht, dass du andere Leute ins Unglück stürzt.«

Ray sieht mich an. In seinem Gesicht spiegelt sich blankes Unverständnis.

»Du lässt mir also gar keine Chance, egal, was ich mache?«

»Wenn du wegen mir alles hinschmeißt, würdest du mich irgendwann dafür hassen.«

»Ich werde dich niemals hassen, Jill Goldberg, ganz egal, was du tust. Nicht einmal jetzt hasse ich dich. Nicht einmal jetzt, wo du mir gerade das Herz brichst.«

Alles in mir schmerzt, es ist, als würde ich von innen heraus zerrissen. Ich suche verzweifelt nach einem Strohhalm der Hoffnung. Ich kann nicht anders, ich muss mit den Händen durch sein Haar wühlen, während ich sage: »Ray, wenn du magst … ich werde warten, bis du aus diesem Vertrag aussteigen kannst. Oder bis sich etwas Entscheidendes ändert. Aber damit meine ich nicht, dass du alles hinwirfst und deine Freunde im Stich lässt. Ich könnte keinen Jungen lieben, der sich so verhält.«

»*Bullshit!*« Ray steht auf, rauft sich die Haare und geht vor der Bank auf und ab. »Und wie soll das gehen? Schreiben wir uns ab und zu eine WhatsApp? *Hallo Jill, mir geht es gut, wie geht es dir?*«

Ich schlucke.

»Okay, du willst nicht, dass ich alles hinwerfe. Akzeptiert. Aber ich will nicht, dass du wie Dornröschen auf mich wartest. Um dich zu zitieren: Ich könnte kein Mädchen lieben, das sich so verhält.«

Wir verharren schweigend auf der Bank. Ray hat sich wieder hingesetzt. Die Lage ist aussichtslos, es sei denn, ich mache einen Rückzieher. Aber selbst dafür ist es zu spät, das spüre ich. Es ist alles gesagt. Auf einmal merke ich, wie kalt mir ist. »Rufst du mir ein Taxi?«, flüstere ich kaum hörbar.

Er nickt und steht wieder auf. Telefoniert.

Ich muss ihn immerzu ansehen.

Was hast du getan?, brüllt meine innere Stimme.

Das Richtige, sagt mein Gewissen.

Dein bescheuerter Edelmut wird dir noch leidtun, sagt der kleine Teufel auf meiner Schulter.

Wir stehen unter der Straßenlaterne, ohne uns zu berühren. Ray hat die Arme trotzig vor der Brust verschränkt. Ich zittere, aber nicht vor Kälte. Oder vielleicht ein bisschen.

Das Taxi kommt.

Höflich wie immer hält Ray die hintere Tür für mich auf, und ich setze mich hin, aber ehe er sie schließt, beugt er sich zu mir hinab: »Weißt du noch, was ich dir gesagt habe, auf dem Festival, als wir uns am Waffelstand verabschiedet haben?« Seine Stimme klingt belegt und ich sehe, wie eine Träne seine Wange hinabkullert.

Natürlich weiß ich das. »Dass ich dich nicht versetzen soll, weil unser Leben sonst öde und sinnlos verlaufen wird«, sage ich mit erstickter Stimme.

»Das hatte ich ernst gemeint«, sagt er, bevor er mit voller Wucht die Tür zuknallt.

15

Never ending lovestory. Das Mädchen, das Teenie-Schwarm Ray Thackeray im Sommer schon einmal unter tausenden Festivalbesuchern gesucht hat, hat ihn anscheinend gefunden. Die sechzehnjährige Schülerin Jill G. und der umschwärmte Sänger der Boygroup Broken Biscuits wurden beim Verlassen seines Hauses in Berlin-Kreuzberg gesichtet. Von wegen nur Freunde! Ja, die Katze ist aus dem Sack, sorry, Teenies – sexy Ray ist vergeben!

Das kann man bereits um 23 Uhr bei *Glamorous People* lesen, einem Onlinemagazin, das sich ausschließlich dem Beziehungskram so genannter Promis zu widmen scheint. Von den meisten habe ich noch nie etwas gehört, aber ich bin da wirklich kein Maßstab.

Wenigstens sind die Fotos dieses Mal besser. Sie haben sich auf meiner Facebook-Seite bedient und das neue Profilfoto kopiert, das Linda vor der Party bei Amons Eltern gemacht hat. Das, bei dem ich über die Schulter schaue und lächle. Es ist ein gutes Foto und wer jetzt noch schreibt, ich sei hässlich, outet sich schlichtweg als Neidhammel.

Daneben zeigt *Glamorous People* natürlich auch die Fotos, auf denen Ray und ich aus dem Haus kommen, aber außer der Tatsache, dass ich auf allen zugekniffene Augen habe, sind sie nicht weiter schlimm. Kein Hintern in schlammverschmierten Shorts, kein Schnappschuss mit Puderzuckermund. Kein Kuss. Auf einem Bild sieht man, wie Ray mich am Arm packt. Das war, als er mich ins Haus gezogen hat.

Ich bin noch auf, weil ich auf Mum warte. Sie ist mit dem Kauz zu einem klassischen Konzert gegangen. Dass sie etwas für Klassik übrig hat, ist mir neu. Ich denke an Ray, und sobald ich das tue, ist der Schmerz wieder da. In meinem Häschenoverall sitze ich auf der Wohnzimmercouch. Ich habe mir einen Kakao gemacht und eine Tafel Schokolade aufgerissen, aber ich muss leider feststellen, dass ich aus dem Alter raus bin, in dem Kakao und Schokolade als Waffen gegen die böse Welt da draußen taugen. Auch die Wärmflasche, die ich umklammere, kann nicht verhindern, dass ich am ganzen Körper zittere. Was ist das, sind das Ray-Entzugserscheinungen?

Müsste ich nicht gleich meiner Mutter gestehen, dass der nächste Ansturm durchgeknallter Teenies bevorsteht, würde ich mich jetzt betrinken, so viel ist sicher. Gegen Mitternacht höre ich den Schlüssel. Mum kommt nach Hause. Wie wird sie reagieren? Obwohl ich gar nichts dafür kann, habe ich ein schlechtes Gewissen.

Sie ist allein, Gott sei Dank. Inzwischen habe ich mich zwar an den Kauz gewöhnt, und letztes Mal war sein Rat ja gar nicht mal so übel, aber ich bin im Augenblick so verletzlich, dass ich lieber mit Mum allein sein will.

Angesichts der Requisiten, die mich umgeben, erfasst Mum die Situation sofort. Sie streift ihre Schuhe ab, kommt zu mir auf die Couch und nimmt mich in den Arm. »Oh je, Krümel«, sagt sie traurig. »Hat er wieder mit dir Schluss gemacht?«

Dieses Mal erzähle ich ihr wirklich alles. Zum Glück reagiert sie relativ gelassen. »Jetzt bekommen wir es also nicht nur mit rasenden Teenies, sondern auch noch mit der Presse zu tun«, stellt sie fest. »Vielleicht ziehst du besser wieder ein paar Tage zu deinem Vater.«

»Nein. Ich lass dich dieses Mal nicht allein.«

»Jetzt bin ich ja vorbereitet.« Sie streicht mir übers Haar. »Keine

Sorge, wir stehen das durch. So was dauert immer nur ein paar Tage, dann finden sie wen anderen, auf dem sie rumhacken können.«

»Mum?«

»Hm?«

»Hab ich einen Fehler gemacht? Ich meine, wegen Ray?«

Sie lässt mich los und sieht mich an.

»Wie fühlt es sich denn an?«

»Furchtbar«, schluchze ich, weil in diesem Moment der ganze Schmerz wieder über mich hereinbricht und mir gerade so richtig bewusst wird, dass ich Ray verloren habe.

»Furchtbar richtig oder furchtbar falsch?«

»Nein, nicht falsch«, sage ich, während heiße Tränen über meine Wangen laufen. »*Davor* hat es sich falsch angefühlt. Nicht Ray selbst – aber alles andere. Das ganze heimliche Getue.«

»Dann war es richtig«, antwortet sie. »Was soll auch falsch daran sein, wenn man sein Leben wieder selbst in die Hand nimmt? Ich habe mich sowieso schon die ganze Zeit über gefragt, wie lange du dieses erbärmliche Versteckspiel mitmachen wirst.«

»Warum hast du denn nichts gesagt?«

»Hättest du denn auf mich gehört?«

»Nein«, gebe ich zu.

»*Es gibt kein richtiges Leben im falschen,* um mit Adorno zu sprechen.«

Ich kommentiere den nachgeplapperten Kauz-Spruch mit einem Stöhnen und Augenverdrehen und sage: »Ich geh jetzt ins Bett.«

Der nächste Morgen ist grausam. Kaum habe ich die Augen aufgeschlagen, stürzt die Erinnerung an gestern Abend mit Karacho auf mich herein und damit mein ganzes Elend. Ich schluchze auf und gebe ein paar wimmernde Laute von mir, bis ich restlos wach bin und meine Schutzmechanismen greifen.

Sofort überprüfe ich mein Handy. Nichts von meinen Freundinnen. Es ist erst neun Uhr, sage ich mir, und es ist Sonntag, sicher schlafen sie noch. Auch nichts von Ray. Ins Internet gehe ich vorsichtshalber lieber nicht.

Ein Blick durchs Fenster, die Straße ist ruhig, nur ein Mann führt seinen Hund spazieren. Vielleicht ist das noch nicht die passende Uhrzeit für randalierende Groupies, oder es liegt daran, dass es in Strömen regnet. Das Wetter passt jedenfalls zu meiner Stimmung.

Ich verbringe eine knappe Stunde im Bad: benutze Mums parfümiertes Duschbad und ihr Körperöl, das nach Orangen duftet, föhne mir die Haar glatt und lege sogar ein bisschen Wimperntusche auf, obwohl ich nicht die Absicht habe, einen Fuß vor die Tür zu setzen. Es erscheint mir plötzlich wichtig, mich nicht gehen zu lassen, sondern, im Gegenteil, möglichst gut auszusehen. Nur für mich selbst. Es ist meine Art, mich gegen den Wust an Beleidigungen zu wappnen, der heute sicher noch auf mich niederprasseln wird. Kann sein, dass Ray für immer aus meinem Leben verschwunden ist, aber ich bin noch da, sage ich mir voller Trotz. Und auch wenn es schrecklich wehtut, wird es mich nicht umbringen.

Wieder überprüfe ich mein Handy. Linda schrieb vor einer halben Stunde auf WhatsApp: *Na, wie war's?* Dahinter ein Zwinker-Smiley.

Oh je, sie scheint noch keine Ahnung zu haben, was gestern Nacht los war. Ich antworte: *Katastrophe!* und schicke ihr den Link zu *Glamorous People*. Dann ziehe ich mich an und gehe die Treppe hinunter. Aus der Küche dringt die aufgebrachte Stimme meiner Mutter: »Ach, und was glaubst du, wie ich das hätte verhindern sollen? Hätte ich sie anbinden sollen? Sie ist sechzehn, in dem Alter verlieben sich Mädchen nun mal!«

Ich begreife, dass sie mit Dad telefoniert. Woher weiß der denn Bescheid, hat Mum ihn angerufen oder liest seine Neue etwa Promi-Klatsch-Webseiten?

Sie lehnt an der Spüle, das Telefon am Ohr gestikuliert sie wild herum. »Ist ja wieder mal typisch, dass du mir die Schuld gibst!« – »Was heißt *bei mir ist sie nicht sicher*? Ich brauche deinen männlichen

Beistand nicht, ich kann sehr wohl allein auf unsere Tochter aufpassen. Warte, sie ist hier. Adieu!« Mum hat mich auf der Treppe erspäht. Zwei zornige Furchen stehen zwischen ihren Augen und sie hat diese hektischen roten Flecken am Hals.

Ich nehme ihr den Hörer aus der Hand. »Dad?«

»Lieber Himmel, Jill, was ist denn schon wieder los?«, fragt er, hochgradig genervt, wie nicht zu überhören ist.

Mir platzt der Kragen. »Dad, es ist völlig daneben, dass du Mum Vorwürfe machst, nachdem du uns beide sitzen gelassen hast. Ich bleibe auf jeden Fall hier. Mum und ich kommen schon klar. Tschüs.« Ich lege auf und bedaure dabei, dass es kein altmodisches Telefon ist, bei dem man den Hörer so richtig auf die Gabel schmettern kann.

Meine Mutter sieht mich erschrocken an. »Lieber Himmel, Jill!«

»Was? Das war schon längst mal fällig«, sage ich grimmig.

»Ich weiß nicht, ob das klug war. Man kann nicht an allen Fronten gleichzeitig kämpfen«, sagt Mum, aber ich sehe dieses winzige Lächeln um ihre Mundwinkel zucken und bereue meine Worte nicht. Soll er ruhig eine Weile daran knabbern. Wir haben uns nie ausgesprochen, wie alles so kommen konnte, und ich finde, er schuldet mir eine Erklärung.

Gegen Mittag lässt der Regen nach, und prompt klingelt die erste Reporterin, die ein Interview mit mir möchte. Mum weist der Dame und auch dem Kameramann, der sie begleitet, höflich, aber bestimmt die Tür, und dann geht sie noch einmal hinaus und verschließt unser Gartentor mit einem dicken Fahrradschloss. Im Lauf des Nachmittags versuchen es noch drei andere, aber sie kehren um, als niemand die Tür öffnet. Auf das Herunterlassen der Rollläden verzichten wir. »Das sieht sonst so aus, als hätten wir was zu verbergen«, meint Mum.

Das Telefon klingelt einige Male, Redakteure von Zeitungen und von privaten Fernsehsendern quatschen auf den Anrufbeantworter und hinterlassen ihre Nummern.

»Wieso stellen wir es nicht ab?«, frage ich Mum.

»Vielleicht brauchen wir den einen oder anderen Kontakt ja noch.«

»Wozu?«

»Wir wissen nicht, wie die Gegenseite reagiert. Wenn sie irgendwelchen Unsinn über dich verbreiten, dann könnte es wichtig sein, dass du deine Version erzählst.«

»Ray ist nicht die *Gegenseite*!«, protestiere ich.

»Mag sein. Aber er scheint seine Entscheidungen ja nicht immer allein zu treffen«, entgegnet Mum.

Ich werfe ihr einen finsteren Blick zu, obwohl ich zugeben muss, dass sie recht hat.

Linda schreibt mir zurück: *Furchtbar! Aber das musste ja mal so kommen.*

Ist das alles, was sie dazu zu sagen hat? Ist das die Anteilnahme meiner besten Freundin? Ja, auch sie hat recht damit, genau wie Mum, aber muss sie mir das jetzt, wo es mir so schlecht geht, unter die Nase reiben? Erst nach ein paar Minuten fällt mir ein, dass Linda ja nicht weiß, dass ich mit Ray Schluss gemacht habe. Also weiß sie gar nicht, *wie* schlecht es mir wirklich geht. Wüsste sie es, wäre sie sicher längst hier, um mich zu trösten. Seltsamerweise habe ich aber gerade wenig Lust, sie anzurufen und ihr alles zu erzählen. Und wieso ruft eigentlich sie nicht mich an? Vielleicht ist sie doch noch ein wenig eingeschnappt wegen meiner Lügerei. Ich könnte es Katja erzählen. Sie kann gut zuhören, sie ist nicht so rasch beleidigt wie Linda und bezieht nicht immer alles auf sich. Doch bei ihr ist nur die Mailbox dran. Um wenigstens mit irgendjemandem zu reden, versuche ich es bei Fabienne. Es läutet drei Mal und dann hört es auf. Sie hat mich weggedrückt! Nicht rangehen – okay. Das lässt einem immer noch die Illusion, dass der Angerufene nicht in der Nähe seines Telefons ist. Aber wegdrücken! Das heißt so viel wie: *Verpiss dich!*

Demnach ist sie also sehr wütend auf mich. Wütend genug, um mir die Presse auf den Hals zu schicken? Während ich diesen Verdacht gestern noch weit von mir gewiesen habe, melden sich jetzt Zweifel – für die ich mich ein paar Sekunden später gleich wieder schäme.

Was ist in den paar Wochen, die ich mit Ray zusammen war, nur für ein Mensch aus mir geworden? Ich belüge sämtliche Leute um mich herum und misstraue allem und jedem.

Trotzdem überprüfe ich Fabiennes Facebook-Account auf Links zu *Glamorous People* und Konsorten, aber da ist nichts. Spricht das nun für ihre Unschuld oder ist das erst recht verdächtig?

Ich fühle mich grässlich allein. Gerade jetzt hätte ich den Trost meiner Freundinnen bitter nötig. Meine einzige Verbündete ist meine Mutter, sogar meinen Dad musste ich ja anpflaumen. Vielleicht war das wirklich kein so gutes Timing.

Ich gehe auf die Facebook-Seiten von Linda, Fabienne und Katja. Vielleicht gibt es bei einer von ihnen irgendein aufschlussreiches Posting. Aber da ist nichts Besonderes. Ich sehe mir die Bilder von Ollis Party an. Auf einem sieht man Linda und Olli zusammen in einem Sessel sitzen. Läuft da was? Linda hat mir kein Sterbenswörtchen davon erzählt.

Und? Wundert dich das?

Ein seltsamer Gedanke streift mich. Vielleicht sind nicht nur die Kakao-Trost-Zeiten vorbei, vielleicht hat sich auch unsere Freundschaft überlebt. Sind wir dabei, uns zu entfremden? Liegt es daran, dass plötzlich Jungs für uns interessant geworden sind? Wobei Katja von Anfang an offen zu uns war, während ich … Nein, ich war wirklich keine gute Freundin in letzter Zeit. Habe ich die drei jetzt für immer verloren, genau wie Ray?

Ich überwinde mich und durchforste das Netz nach Ray und mir. Noch mehr Klatsch-Webseiten haben das Thema aufgegriffen und auf Instagram kursieren Fotos mit den entsprechenden Kommentaren und Links. Die »Presseberichte«, ähneln sich stark und sagen mehr oder weniger dasselbe wie *Glamorous People*. Von *Heimlicher Liebe* ist die Rede und einem *Schock für die Teenie-Fans*. Ein Magazin schreibt ironisch:

*Das dürfte den Fans der Broken Biscuits, die größtenteils mitten in der Pubertät stecken, einen herben Dämpfer versetzen. Ihr Lieblingsschwarm Ray Thackeray ist nicht mehr zu haben.*Heulkreisch!*

Zu den Artikeln gibt es die üblichen bissigen Kommentare der Fans, die ich nur überfliege. Immerhin, ein Typ schreibt: *Da hat er sich aber eine ganz süße Schnecke ausgesucht.*

Das steht unter dem Facebook-Foto. Ich muss lächeln, aber das vergeht mir, als ich den nächsten Kommentar lese: *Gibt's von der auch Nacktfotos?*

Angeekelt knalle ich den Deckel des Laptops zu. Das ist ja widerlich! Da sind mir die Teenies noch lieber, die mich umbringen wollen und mir riesige Pickel und die Pest an den Hals wünschen.

Ich gehe im Zimmer auf und ab, ich muss mich abreagieren. Als ich zum Fenster rausschaue, fährt gerade ein Streifenwagen langsam durch unsere Straße. Zufall, oder hat Mum mit der Polizei telefoniert?

Schließlich klappe ich den Laptop wieder auf, atme noch einmal tief durch und dann beschließe ich, meinen Facebook-Account zu löschen. Es dauert ein bisschen, denn so einfach ist es nicht, aber als es getan ist, fühle ich mich fast erleichtert.

Einen Blick in die großen Fandom-Blogs zu werfen, kostet mich eine noch größere Überwindung. Natürlich überschlagen sich dort die Links zu den Promi-Klatschseiten und die Kommentare zu den Artikeln sind so, wie ich sie erwartet habe.

Puderzuckernase hat abgenommen.

Vielleicht hat die Bitch eine unheilbare Krankheit! ☺

Komischerweise muss ich fast lachen, als ich das lese. Sie sind so armselig und so verletzlich in ihrer ohnmächtigen Wut auf alles und jeden, der ihre Kleinmädchenträume durchkreuzt. Wie leer muss ein Leben sein, das sich so sehr um jemand Unerreichbaren dreht? Haben die kein *reales* Leben, keine *richtigen* Freunde? Fast könnte man Mitleid mit ihnen bekommen.

Ist es nicht völlig schräg? Immer, wenn Ray und ich uns gerade getrennt haben, glaubt alle Welt, wir wären zusammen. Ob ich vielleicht schreiben soll, dass dieses Mal endgültig Schluss ist, damit die wunden kleinen Seelchen wieder Ruhe finden?

Andererseits bereitet es mir plötzlich ein obskures Vergnügen, diese hilflosen Wutschreie zu lesen. Vor meinem geistigen Auge sehe ich unscheinbare Mädchen wie das Pfannkuchengesicht, das mir vor der Schule aufgelauert hat. Ich stelle sie mir vor, wie sie mit wutverzerrten Gesichtern in ihren mit Postern bepflasterten Prinzessinnenzimmern sitzen. Ich kann nachfühlen, wie sie leiden bei der Vorstellung, wie Ray und ich auf einer rosa Wolke des heimlichen Glücks dahinschweben. Wahrscheinlich würden sie ihr Haustier opfern und ihren kleinen Bruder noch dazu, um nur einen einzigen Tag lang mit mir tauschen zu dürfen. Soll ich ihnen diese Fantasie rauben, indem ich die schnöde Wahrheit bekanntgebe?

Ich erschrecke ein wenig über meine Gedankengänge. Offenbar hat die ganze Geschichte mich nicht nur zur Lügnerin, sondern auch noch zur Zynikerin und Sadistin gemacht. Ist es das, was übrig bleibt, wenn der Schmerz nachlässt? Oder werde ich einfach nur erwachsen?

Ich scrolle ein bisschen weiter. Viele Einträge befassen sich gar nicht mit mir, sondern mit Ray. Sie scheinen jetzt wütend auf ihn zu sein.

Er ist so verlogen!

Soll er doch diese Schlampe ficken, ich bin so was von fertig mit ihm!

Pfui, Ray, du hast uns verarscht!

Ich wollte mir Konzertkarten für BB zum Geburtstag wünschen, aber jetzt will ich keine mehr.

Ich liebe ihn nicht mehr!

Au weia, wenn sein Manager das liest, dann wird das Ärger geben. Vielleicht würde es Ray wirklich helfen, wenn ich schreibe, dass es mit uns zu Ende ist. Anderseits – Ray wollte doch sowieso nicht mehr Sänger einer Boyband sein. Vielleicht sollte diese Band auch langsam erwachsen werden und sich um ein neues Image bemühen und um ein Publikum jenseits der Pubertät.

Ich fahre den Laptop herunter und beschließe, erst einmal gar nichts zu tun und den morgigen Montag abzuwarten. Das Spießrutenlaufen in der Schule macht mir weniger Kopfzerbrechen, aber ich habe Angst vor der Begegnung mit meinen Freundinnen.

Falls sie überhaupt noch meine Freundinnen sind. Von Linda kam den ganzen Tag über nichts mehr und auch Katja hat weder zurückgerufen noch eine einzige Silbe geschrieben. Fabienne sowieso nicht.

Ich bin allein. Nur mein Stoffhund Fluffi ist mir geblieben.

Am Abend kommt August vorbei und begrüßt mich mit den Worten: »Muss ich mich wieder mit dem Gartenschlauch rausstellen?«

»Ich hoffe, nicht«, sage ich. »Obwohl der Anblick ja was hatte.«

Meine Mutter hat ein richtiges Herbstessen gemacht, das obendrein zu meinen Lieblingsspeisen zählt: Kohlrouladen. Ihr Duft durchzieht das Haus, aber ich habe keinen Hunger, was mir wiederum sehr zu denken gibt.

Dennoch zwinge ich mich, eine davon zu essen, damit Mum sich keine Sorgen macht und um ihre Bemühungen zu honorieren. Wir vermeiden das heikle Thema Ray bei Tisch. August erkundigt sich nach den Kursen, die ich für dieses Schuljahr gewählt habe, und ich beantworte brav seine Fragen, obwohl ich glaube, dass ihn das im Grunde nicht sonderlich interessiert.

»Falls ich dir in Mathematik behilflich sein kann, kannst du mich jederzeit fragen.«

»Danke, bis jetzt komm ich klar.«

»Sie ist wirklich gut in Mathe«, erklärt meine Mutter stolz. »Was mir ein Rätsel ist, von mir hat …«

Ein lautes Krachen schneidet ihr das Wort ab und lässt sie erschrocken aufschreien. Ich fahre herum. Das Fenster hinter mir, das zum Vorgarten zeigt, hat von der Mitte aus sternförmig verlaufende

Sprünge. Ich schnelle hoch, renne nach draußen und sehe im Schein der Straßenlaterne, wie jemand über unsere Gartenpforte springt. »Hey!«, brülle ich, aber zur Antwort bekomme ich nur das Geräusch aufklatschender Sohlen auf nassem Asphalt. Ich haste durch den Vorgarten und nehme die Verfolgung auf, die Wut lässt mich einen flotten Sprint hinlegen, aber der Vorsprung der flüchtenden Person ist zu groß, und als der Schatten um die Straßenecke verschwindet, gebe ich auf.

War das Wieselfresse, die ja angedroht hat, dass wir uns wiedersehen? Der Gestalt nach hätte sie es sein können. Aber es kommen noch hunderte anderer Mädchen als Täterinnen infrage. Als ich zurückkomme, stehen meine Mutter und August vor dem Fenster. Er hat seinen Arm um Mum gelegt, die einen ziemlich aufgelösten Eindruck macht. Der faustgroße Pflasterstein ist zum Glück an der doppelverglasten Scheibe abgeprallt und liegt jetzt vor dem Fenster zwischen den Hortensien.

»Jetzt reicht es mir, ich rufe die Polizei!«, ruft Mum fassungslos. »Jemand hätte tot sein können, wenn der Stein die Scheibe durchschlagen hätte!«

Die Polizei scheint die Sache ernst zu nehmen. Die Streife ruft die Spurensicherung und dann müssen wir alle mit zur Wache, um unsere Aussagen protokollieren zu lassen. Dort macht man uns allerdings nicht viel Hoffnung, dass der Täter oder die Täterin gefasst werden wird.

»Hab ich doch gleich gesagt«, sage ich zu Mum.

»Ja, aber irgendwie müssen wir uns doch wehren!«

Es wird Mitternacht, bis ich ins Bett komme, und dann kann ich doch nicht einschlafen, obwohl ich eigentlich hundemüde bin. Den Rücken gegen Fluffi gelehnt, starre ich durch den Schlitz zwischen den Gardinen auf den Nachthimmel über der Stadt, der nie ganz dunkel wird.

Ich bereue die Zeit mit Ray nicht. Selbst wenn ich die Uhr zurückdrehen könnte, würde ich alles noch einmal genauso machen. Na ja, fast alles. Ohne Ray hätte ich vielleicht nie erfahren, wie sich Verliebtsein anfühlt. Da waren diese innigen Momente, wenn wir tanzten, wenn wir uns küssten, in denen ich so glücklich war wie nie zuvor in meinem Leben. Aber es waren eben nur Augenblicke. Minuten vielleicht. Denn immer lauerten im Hintergrund die Schatten der Heimlichkeit, der Angst, der Ungewissheit.

Ich wünschte, Ray hätte irgendetwas getan, weswegen ich richtig sauer sein könnte auf ihn. Wenn ich ihn hassen würde, weil er sich als Mistkerl entpuppt hätte, wäre alles viel einfacher.

16

Meine Mutter ist überzeugt davon, dass der Pflasterstein ein Mordanschlag auf mich war, deshalb besteht sie darauf, mich zur Schule zu fahren.

Unterwegs spreche ich mir selbst Mut zu. Es wird nicht schlimmer sein als neulich. Im Gegenteil. Sie glauben ja, dass ich noch immer Rays Freundin bin. Damit ist seine Behauptung, dass ihm nichts an mir liegt, widerlegt und ich bin rehabilitiert. Wahrscheinlich fragen sie mich sogar wieder nach Autogrammen.

Nein, vor dem Spott meiner Mitschüler habe ich keine allzu große Angst mehr, obwohl ich nicht der Typ bin, der gerne im Rampenlicht steht. Ich werde, wie schon beim letzten Mal, einfach Augusts Rat beherzigen: Haltung bewahren. Stolz zeigen. Augen zu und durch.

Aber eines ist anders: Letztes Mal hatte ich meine Freundinnen an meiner Seite, heute bin ich mir da nicht mehr so sicher. Fabienne vor allem kann ich abhaken. Sie wird sich verarscht fühlen und es mir heimzahlen wollen. Sie gehört zu den Alphatieren der Schule und hat einen Ruf zu verlieren. Wochenlang war sie die Freundin der Freundin von Ray Thackeray und wusste nichts davon. Das lässt sie in einem schlechten Licht dastehen und das wird sie mir nicht so schnell verzeihen. Kühle Nichtbeachtung wird bei ihr das Mindeste sein, aber es ist ihr auch zuzutrauen, dass sie die halbe Schule gegen mich aufwiegelt. Vielleicht sogar Katja und womöglich selbst Linda. Ich wünschte, Paul wäre noch da. Wie komme ich denn jetzt auf Paul? Der wird mich bestimmt nicht mehr beschützen, wo er nun weiß, was für eine scheinheilige Lügnerin ich bin. Erst recht nicht vor seiner eigenen Schwester.

Ich bin allein. Das wird mir erneut klar, als ich aus dem Auto steige und sehe, wie Mum davonfährt. Niemand ist an meiner Seite. Kein Ray, kein Paul, keine Linda, nicht einmal mein Dad. Ich bin völlig auf mich gestellt.

Swantje und Hülya aus meiner Klasse kreuzen meinen Weg, als ich den Schulhof überquere. Sie blicken mich wortlos an und lächeln dabei. Aber es ist kein freundliches, offenes Lächeln, eher eines, in dem sich Mitleid und eine Spur Verachtung spiegeln. Dann sehe ich Fabienne, Linda und Katja an der Säule vor der Tür stehen. Zufall – oder haben sie auf mich gewartet? Sie sehen mich im selben Moment, in dem ich sie entdecke. Automatisch hebe ich die Hand zu einem zaghaften Winken. Katja winkt zurück und bleibt stehen. Linda hebt ebenfalls die Hand, sieht mich an, dreht sich dann aber um und geht hinter Fabienne, die so tut, als hätte sie mich nicht gesehen, durch die Tür, deren rechter Flügel offen steht. Von drinnen scheint Fabienne Katja etwas zuzurufen, denn plötzlich zuckt Katja mit den Schultern, wirft mir noch einen bedauernden Blick zu und folgt dann den anderen beiden ins Schulgebäude.

Obwohl ich mit so etwas gerechnet habe, ist es dennoch schrecklich, es zu erleben. Meine Hoffnung, es könnte doch nicht ganz so schlimm werden, schwindet, ebenso mein Selbstvertrauen. Am liebsten würde ich umkehren und wieder nach Hause gehen. Doch morgen wird es garantiert nicht besser, also bringe ich es lieber hinter mich. Mit einem mulmigen Gefühl im Magen betrete ich das Gebäude.

Jessie, meine Nachhilfeschülerin, witscht an mir vorbei. Sie scheint es eilig zu haben, denn sie rennt so schnell die Treppe hinauf, dass sie ausrutscht und sich gerade noch am Geländer festhalten kann.

»Vorsicht, Jessie«, rufe ich ihr zu, aber sie hastet weiter, ohne mich zu grüßen oder auch nur anzusehen. Hat das arme Ding einen Hörsturz erlitten?

Im Flur, gleich neben dem Eingang, befindet sich eine große Pinnwand, an der normalerweise Ankündigungen von schulinternen Veranstaltungen, Angebote für Workshops, neue Vorschriften, Beschwerden und Verbote des Hausmeisters und Ähnliches angeschlagen sind. Im Vorbeigehen nehme ich aus dem Augenwinkel wahr, dass da heute Zeitungsseiten hängen. Das ist ungewöhnlich. Böses ahnend, verlangsame ich meine Schritte und geh noch einmal zurück. Es ist ein Ausschnitt aus der *B. A. Z.* – nicht unbedingt ein Blatt für Leser mit intellektuellem Anspruch, eher etwas für Leute, die es nach Promi-Klatsch dürstet. Als Nächstes sehe ich mich. Es ist das Foto, auf dem Ray mich am Arm packt und zurück ins Haus zieht, um mich vor den fotografierenden Reportern zu schützen. Ich lese den Text dazu, und mir wird schlecht. Die Buchstaben verschwimmen vor meinen Augen, dann wird alles um mich herum schwarz.

RAY

Ich frühstücke in dem Café um die Ecke. Es ist ein schmuckloser, kahler Raum, in dem fast nur Türken sitzen und ihren Mokka mit Bergen von Zucker darin trinken. Cetin, der Besitzer, ist kugelrund, weil er wahrscheinlich zu viel von dem pappsüßen Gebäck in seiner Auslage selbst isst, und er trägt einen Schnäuzer, mit dem man Schuhe bürsten könnte. Seit er mich als Stammgast betrachtet, erzählt er mir immer, was im Kiez gerade so abgeht. Aber er hat auch ein Gespür dafür, wann seine Gäste in Ruhe gelassen werden wollen. Ich habe schon halbe Tage hier drin zugebracht, wenn mir danach war, und noch nie war mir so sehr danach wie heute.

Es regnet und ich sehe den vorbeihastenden Leuten vor dem Fenster nach. Die Stadt hat sich in ihr graues Winterkleid geworfen. Das wird jetzt ein halbes Jahr dauern, bis man wieder aufatmen kann. Plötzlich befällt mich eine diffuse Angst. Vor dem Winter, der Dunkelheit, dem Leben.

Bin ich etwa doch depressiv veranlagt?

Wieso fällt mir jetzt mein Vater ein? Wegen der Depressionen. Weil er mit Beccas Krankheit nicht umzugehen wusste, weil er sie für »Launen« hielt und sich nach ihrem Tod deswegen Vorwürfe machte. Das hatte jedoch nicht zur Folge, dass er umgänglicher wurde. Im Gegenteil. Noch mehr als vorher war er bemüht, einen »richtigen Kerl« aus seinem Sohn zu machen, den er für einen verzärtelten Chorknaben hielt.

Wie er wohl auf das Schwulengerücht reagiert hat? Sicher hat es seine finstersten Albträume bestätigt.

Vor ein paar Tagen rief mich Mum an und bat mich, mich mit meinem Vater zu versöhnen. Ja, er sei schwierig, aber was ich ihm bei unserem letzten Krach an den Kopf geworfen hätte, sei auch nicht in Ordnung gewesen. Dafür sollte ich mich entschuldigen.

Ich habe geantwortet: »Okay, das mache ich. Wenn er sich bei mir dafür entschuldigt, dass ihm zeit meines Lebens sein Aufsitzrasenmäher mehr bedeutet hat als sein Sohn.«

Ehe ich auszog, habe ich ihm gesagt, was für ein miserabler Vater er war. Das hätte er locker weggesteckt, hätte ich nicht hinzugefügt: »Kein Wunder, dass Becca sich umgebracht hat.« Also im Grunde nur das, was er sich selbst vorwirft. Aber es aus meinem Mund zu hören, machte ihn natürlich rasend. Er warf mir meine Gitarre, die als Einziges noch in meinem Zimmer stand, weil ich sie ganz obenauf in den Kombi meines Kumpels legen wollte, aus dem ersten Stock hinterher. Ich weiß nicht, ob sie hin war oder nicht, ich habe ihm nicht die Genugtuung gegeben, umzukehren und nachzusehen. Ich habe sie einfach im Vorgarten liegen lassen und bin eingestiegen und losgefahren.

Die Menschen, die draußen vorbeigehen, sehen auch nicht fröhlicher aus als ich. Muss am Wetter liegen. Mieses Wetter zieht jeden runter.

Mein heimlicher Traum war, mit der Musik so viel Geld wie möglich zu verdienen und mich dann abzusetzen in ein Land mit wärmerem Klima und mehr Sonne. In letzter Zeit war bei diesem Traum immer Jill an meiner Seite. Das kann man jetzt auch vergessen.

Natürlich gab's gestern noch Krach mit Silas. Ich habe mich bei Grace »bedankt«, dass aufgrund ihrer rührseligen Geschichten nun meine Freundin mit mir Schluss gemacht hat, und Silas glaubte, den Ritterlichen raushängen zu müssen, und so gab ein Wort das andere. Weil er mir das mit dem Vertrag verschwiegen hat, nannte ich ihn hinterhältig und er mich rücksichtslos und schwanzgesteuert. Zum ersten Mal in all den Jahren, die ich Silas kenne, waren wir kurz davor, uns zu prügeln. Ich jedenfalls hätte ihm am liebsten eine gesemmelt, obwohl ja eigentlich Grace und ihr loses Mundwerk Auslöser der Misere waren.

Mein Handy klingelt, es ist Martin. Schon wieder. Ich schalte es auf stumm und bestelle mir noch einen türkischen Kaffee. Er wird in einem Pfännchen aufgekocht serviert, in dem unten noch der

Kaffeesatz steht. Schmeckt toll und macht wach. Ich fühle mich heute noch nicht dazu in der Lage, mit Martin zu reden. Gestern wollte er, dass wir auf die »unschönen Veröffentlichungen im Netz« mit einer Presseerklärung unsererseits reagieren sollten. Dazu war ich jedoch überhaupt nicht in der Stimmung. »Mach, was du willst«, habe ich ihm gesagt. »Tust du doch sowieso, egal was ich sage.«

Ja, ich bin sein Spielball, sein Kunstprodukt, seine Melkkuh. Das habe ich längst begriffen, ich bin ja nicht doof. Aber jetzt, wo Jill weg ist, ist es mir egal. Ich werde machen, was er will, und wenn ich dadurch reich und berühmt werde – noch reicher, noch berühmter –, umso besser. Dann sieht Jill schon, dass sie einen großen Fehler gemacht hat.

Wenn ich genug Geld gescheffelt habe und mein Ruhm zu verblassen beginnt, werde ich mich absetzen, auf die Insel. Irgendeine Insel, egal wo. Südsee vielleicht. Ich werde eine Einheimische heiraten und wir werden kaffeebraune Kinder haben, mindestens fünf, denen ich abends unter einer Palme beim Sonnenuntergang was vorklimpere und ein bisschen was vorsinge. Tagsüber werde ich angeln und ganz allmählich dem Rum verfallen, oder welche Drogen es sonst …

»Der Kaffee.«

»Danke, Cetin.«

»Heute schon Zeitung gelesen?«

»Nein.«

»Solltest du aber.«

Mein Blick schweift zum Zeitschriftenständer. »Die *Hürriyet* oder die *Sözcü*?«

»Wohl 'nen Clown gefrühstückt, was?« Er fischt die *B. A. Z.* heraus und legt sie mir aufgeschlagen neben den Kaffee.

Wird Jungstar Ray Thackeray gestalkt?, steht auf Seite drei, und die Frage wird auch gleich beantwortet.

Den Typus des hysterischen Groupies kennt man schon seit den Beatles. Manche können dabei ganz schön hartnäckig sein. Die Schülerin Jill G. hat es nun wirklich übertrieben und sich zu einer veritablen Stalkerin gemausert. Der besonders vom sehr jungen weiblichen Publikum heiß umschwärmte Sänger der Broken Biscuits hat die 16-jährige flüchtig auf dem Festival Mixtape kennengelernt. »Seither ist sie besessen von Ray, sie verfolgt ihn schon länger«, erklärte ein Sprecher der Boyband. »Aber dass sie ihn sogar zu Hause belästigt, geht zu weit.« Kurz bevor sie sich in den schicken Kreuzberger Altbau mogelte, in dem der Jungstar lebt, wurden mehrere Online-Magazine »anonym« über den Besuch von Ray Thackerays »neuer Freundin« informiert. Offenbar wollte die fanatische Verehrerin damit Tatsachen schaffen.

Unter dem Foto, das zeigt, wie ich Jill ins Haus zurückziehe, steht: *So hat sich das Groupie das Wiedersehen mit seinem Star wohl nicht vorgestellt. Ray Thackeray musste persönlich Hand anlegen, um die Stalkerin vor die Tür zu setzen.*

Ich muss aufstehen und rausrennen, wo ich gegen einen Müllcontainer trete, sodass sich einige Leute umdrehen und kopfschüttelnd weitergehen. Ich rufe Martin an und schreie ins Telefon: »Sag mal, bist du denn völlig durchgeknallt? Du denkst wohl, du kannst dir alles erlauben? Aber dieses Mal bist du zu weit gegangen!«

Martin antwortet scharf und ohne das sonst übliche einleitende Geschwafel: »Ich habe dir gestern angeboten, an unserem Pressetext mitzuarbeiten, und du hast wortwörtlich zu mir gesagt: *Mach, was du willst.* Nichts anderes habe ich getan, nachdem ich mich mit den Presseleuten beraten habe. Diese Interpretation der Ereignisse schien mir eine praktikable Lösung und das Foto ist ein Glücksfall. Denn wie du vielleicht bemerkt hast, haben eure Fans gar nicht gut reagiert, solange sie glaubten, dieses Mädchen wäre deine Freundin. Ich hab dir den Arsch gerettet, Ray. Du musst dich nicht bei mir bedanken. Komm einfach heute Nachmittag pünktlich zur Probe.«

Zurück in der Wohnung bin ich kurz davor, die *B. A. Z.* anzurufen und denen zu erzählen, wie es wirklich war. Ich habe sogar schon die Nummer gegoogelt. Doch ich zögere.

Irgendwie bin ich auch wütend auf Jill. Sie hat mich in eine Zwickmühle manövriert, ohne mir eine Wahl oder eine Chance zu lassen. Den Vorschlag, mich öffentlich zu ihr zu bekennen, egal welche Konsequenzen das nach sich zieht, habe ich ernst gemeint. Ich hätte es für sie getan. Aber sie wischt das einfach vom Tisch mit einer billigen Phrase. Für wen hält sie sich eigentlich? Ich bin enttäuscht und traurig, denn ich hätte ihr mehr Durchhaltevermögen zugetraut. Stattdessen benutzt sie diese rührseligen Geschichten von Grace als Vorwand, um mit fliegenden Fahnen davonzulaufen – den Reportern direkt in die Arme. Woher kamen die? Ganz bestimmt hat Jill sie nicht angerufen, das ist völliger Quatsch. Aber vielleicht hat sie sich bei irgendwem verplappert? Höchstwahrscheinlich konnte sie es sich nicht verkneifen, ihren Freundinnen brühwarm von mir zu erzählen.

Soll ich jetzt, nachdem sie mit mir Schluss gemacht hat, noch ein Opfer bringen, um ihren Ruf zu retten, und mir dafür einen Riesenärger mit dem Management und der Band einhandeln?

In einem hatte sie zumindest recht: Ich sollte wirklich an die Band denken. Außerdem kann Jill selbst ja auch die Zeitung anrufen und die Sache richtigstellen.

Also rufe ich nicht an. Ich hasse mich dafür, aber ich bringe es einfach nicht fertig. Zu tief sitzen Schmerz und Enttäuschung in mir.

17

Ich liege zu Hause im abgedunkelten Zimmer. Nachdem ich in der Schule zusammengeklappt bin, kam zum Glück eine Lehrerin vorbei, die mich mit kleinen Ohrfeigen wieder ins Hier und Jetzt zurückbefördert und in den Sanitätsraum gebracht hat. Dort hat mich dann Mum abgeholt.

Ich bin erschöpft, ich kann nicht mehr. Am liebsten wäre ich tot. *Hüte dich vor deinen Wünschen, sie könnten in Erfüllung gehen*, habe ich mal irgendwo gelesen. Könnte auch vom Kauz stammen. Jetzt ist das eingetreten, was ich mir »gewünscht« habe: ein Grund, Ray zu hassen.

Oh ja, ich hasse ihn! Nie hätte ich gedacht, dass ein Mensch mich so sehr verletzen kann, wie Ray es getan hat.

Ich hätte es verstanden, wenn er wieder behauptet hätte, wir seien nur Freunde. Aber das … Jetzt gelte ich überall als fanatisches Groupie, als Stalkerin, als *Irre*!

Der Mist ist nicht nur in der *B. A. Z.* erschienen, sondern in sämtlichen anderen Boulevardzeitungen, und natürlich schwirrt er durchs Netz, dass es eine helle Freude ist.

Wäre ich doch nie mit zu diesem Festival gefahren. Hätte ich doch wenigstens nicht die Arschkarte gezogen. Und warum musste ich Ray vom Cateringservice meiner Mutter erzählen? Hätte ich den Mund gehalten, hätte er mich nie gefunden. Seit ich Ray begegnet bin, ist mein Leben ein Chaos.

Mir ist klar, dass Ray diese Presseerklärung nicht selbst verfasst hat.

Das war sicher dieser Martin. Aber wie konnte Ray zulassen, dass man so etwas über mich verbreitet? Hat er Panik bekommen, weil ein paar Hardcore-Fans ihm den Rücken gekehrt haben? Reicht es nicht, dass er mein Herz genommen hat und darauf herumgetrampelt ist? Wie kann er sich herausnehmen, mein Leben zu zerstören, nur um seine CD-Verkäufe und Downloads zu retten? Was für ein grenzenloser Egoist, was für ein Mistkerl! Und ich bin ihm auf den Leim gegangen.

Hätte ich doch wenigstens meine Freundinnen nicht angelogen. Aber ich hab's getan, wieder und wieder. Für diesen Feigling!

Ach, Linda, hätte ich nur beizeiten auf dich gehört und nicht auf meine Hormone. Sogar Katja hat mich gewarnt, gleich am Anfang.

Wer nicht hören will, muss fühlen. Scheint was dran zu sein an dieser Binsenweisheit.

Ich bin so dumm gewesen und jetzt bin ich so was von auf die Schnauze gefallen. Mein Ruf ist ruiniert, alle Welt hasst und verachtet mich, ich habe mich noch immer nicht bei meinem Dad entschuldigt und unser Wohnzimmerfenster ist so kaputt wie mein Leben.

Für ein Auslandsschuljahr ist es auch schon zu spät.

Gäbe es doch nur einen Life-Reset-Button. Nur dieses eine Mal!

RAY

Martin ist selten bei den Proben dabei, normalerweise geht er uns nur auf den Nerv, wenn wir aufnehmen. Aber heute ist er da und begrüßt mich mit einem väterlich-freundlichen Lächeln.

Ich verliere kein Wort über Jill oder die Presseerklärung. Es ist schon demütigend genug, dass ich überhaupt hier bin.

Wir proben den Titelsong der neuen Platte. *Baby I do like you*. Blöder geht's wohl nicht mehr. Dass dies der Titelsong werden soll, erfahre ich erst jetzt. Auch sonst ist die Probe eine einzige Katastrophe. Ich verpasse meine Einsätze, meinem Gesang fehlt es an Leidenschaft und manchmal treffe ich nicht mal die Töne richtig. Ich habe null Bock auf den ganzen Scheiß und mache keinen Versuch, das zu verbergen. Im Gegenteil, ich sage Martin ganz unverblümt in seine gebräunte Indianerfresse, was ich von diesem Song halte: »Der Rhythmus ist stumpf. Seit wann machen wir Uffz-uffz-uffz-Dumpfbackenmusik? Außerdem hasse ich Songs, in denen in jeder zweiten Zeile das Wort ›baby‹ vorkommt. Überhaupt diese ganze Liebes-Schnulz-Scheiße. *Baby I do like you*. So was singe ich nicht, so ein Stuss geht mir nicht über die Lippen! Hat dein toller Profi-Songschreiber eigentlich schon mal was von Grammatik gehört?«

Martins Kiefer mahlen, aber er bleibt ruhig und antwortet: »Wir waren uns doch einig, dass das eine Dancefloor-Nummer werden soll …«

»*Wir* waren uns einig? Davon weiß ich nichts.«

»… und gerade die etwas sperrigen Titel bleiben am meisten im Ohr!«

»Das ist so ein Bullshit!«, rufe ich.

»Ray, wenn du Liebeskummer hast, geh nach Hause und besauf dich, aber lass es nicht an mir und der Band aus«, sagt Martin ungewohnt scharf.

Ich bin drauf und dran, den uralten Herbert-Grönemeyer-Song zu zitieren – *Meine Faust will unbedingt in sein Gesicht* –, aber ich durchschaue seinen Versuch, mich vor meinen Kumpels zu diskreditieren, und beherrsche mich.

Doch der Song ist wirklich das Letzte, und weil ich wegen der Sache mit Jill ohnehin auf Krawall gebürstet bin, sage ich: »Komm mir nicht so, Martin. Ich kann die Dinge schon noch auseinanderhalten. Hier geht's gerade um unsere Musik, um nichts anderes. Betonung auf *unsere*. Du bist zwar unser Manager, aber seit wann gibst du vor, was für Musik wir machen? Wieso lässt du plötzlich andere Leute Songs für uns schreiben?«

Martin hebt beschwichtigend beide Hände: »So haben wir das am Ende der Tour abgesprochen, ich dachte, das wäre in Ordnung. Ihr seid aus dem Garagenband-Stadium raus, da kann etwas Professionalität nicht schaden.«

Ich kann das Wort *Professionalität* schon seit einer Weile nicht mehr hören und schon gar nicht von Martin. »Mit dieser Garagenband und unseren eigenen Songs waren wir aber ganz schön erfolgreich«, erwidere ich. »Und was nützt das beste Management, wenn der Inhalt nichts taugt?«

Ein sarkastisches Lächeln kräuselt Martins Lippen. »Selig sind die Einfältigen«, erwidert er spöttisch. »In einer perfekten Welt wäre das wohl so. Du bist noch jung, du hast noch Illusionen, aber ich sag dir eins: Alles, was zählt, ist das Marketing, mein Junge. Der Inhalt, das sind vielleicht zehn Prozent.«

»Ach ja? Seht ihr anderen das auch so?« Ich schaue auffordernd in die Runde und hoffe, dass die anderen endlich mal ihren Mund aufkriegen, aber sie stehen nur da wie Zaunpfähle und mustern schweigend das schicke Industrieparkett des Lofts, in dem unser neuer Proberaum liegt. Mich packt die Wut, ich spüre das Verlangen, alles kurz und klein zu hauen, diesen Feiglingen in ihre betretenen Gesichter zu schlagen und Martin an die Kehle zu gehen. Ich balle die Fäuste und drehe mich um. »Leckt mich doch alle am

Arsch«, schreie ich und stapfe hinaus, wobei ich die Tür so heftig zuknalle, wie ich nur kann. Was aber seine dramatische Wirkung verfehlt, denn es ist eine massive Eisentür, die nur mit einem dumpfen *Ffump* zuschlägt und keinen Millimeter nachzittert.

Heute ist Mittwoch und ich war schon drei Tage lang nicht in der Schule. Mum hat darauf verzichtet, mich zu zwingen, obwohl sie sich Sorgen macht, ich könnte zu viel versäumen. Aber ich kann einfach nicht. Schon beim Gedanken an die Schule befällt mich Panik und ich sehe wieder die Zeitung mit dem schrecklichen Artikel am schwarzen Brett vor mir. Dennoch habe ich in diesen drei Tagen schon viel gelernt. Damit meine Bildung nicht völlig den Bach runtergeht, hat mir der Kauz einen Stapel Bücher mitgebracht. Die gesamte Philosophie des Abendlandes, so kommt es mir jedenfalls vor. Ich habe die freie Wahl zwischen Aristoteles, Platon, Seneca und Kant – das geballte Wissen der Menschheit stapelt sich auf meinem Nachttisch.

Ich habe sogar schon was davon gelesen, und angesichts der großen Fragen der Menschheit kommt mir mein Kummer gleich viel kleiner und unbedeutender vor.

Ich weiß, dass ich mich nicht ewig hier in meinem Zimmer verkriechen und Platon lesen kann, und doch würde ich es am liebsten tun. Meinen Freundinnen habe ich am Montagabend eine Mail geschickt und mich für die Lügerei entschuldigt. Linda hat mich daraufhin angerufen, immerhin. Es war allerdings ein kurzes und extrem seltsames Telefonat.

»Es ist furchtbar, was dieser Ray jetzt über dich schreibt, das hätte ich ihm wirklich nicht zugetraut«, sagte Linda.

»Das war sicher sein Manager.«

»Wie, du verteidigst diesen Typen auch noch?«, kam es heftig zurück.

»Nein, tu ich nicht.«

Schweigen, dann die Frage: »Seid ihr etwa immer noch zusammen, nach all dem …«

»Nein. Ich hatte schon vorher mit ihm Schluss gemacht.«

Wieder Schweigen. Offenbar fiel Linda dazu nichts ein, nicht einmal ein ungläubiges: *Was, du mit ihm?,* womit ich eigentlich gerechnet hatte.

»Was ist mit Fabienne?«, wechselte ich das Thema.

»Stinkbeleidigt. Kennst sie doch.«

»Hat sie euch gegen mich aufgehetzt?«

»Frag sie selber«, sagte Linda. »Ich will nicht über sie herziehen. Du, ich muss jetzt Schluss machen, ich muss morgen ein Referat halten und noch üben.«

Mir war, als hörte ich das Echo meiner eigenen Ausreden. War es das, was Linda wollte: einfach mal den Spieß umdrehen?

»Halt die Ohren steif, Jill!«, sagte sie noch und das war's. Sie hat nicht gefragt, wann ich wieder zur Schule komme, sie hat mich weder am Dienstag noch heute besucht. Kann es sein, dass ihr mein Vertrauensbruch noch immer so sehr zu schaffen macht? Ist es denn so schwer für sie, die Gründe für mein Schweigen und meine Lügen nachzuvollziehen? Mir war bis heute gar nicht klar, dass Linda so nachtragend sein kann. Aber wie auch? Wir hatten ja auch all die Jahre niemals ernsthafte Differenzen, unsere Freundschaft war nie einer Bewährungsprobe ausgesetzt und länger als einen Nachmittag lang war keine von uns je sauer auf die andere.

Katja hat auf meine Mail geantwortet. *Es tut mir leid, was sie über dich schreiben. Ich sage allen, dass es gelogen ist. Wann kommst du wieder zur Schule?*

Danke. Weiß ich noch nicht, habe ich geantwortet und seither auch von ihr nichts mehr gehört.

Keine Silbe von Fabienne – aber das war ja klar.

Ich weiß gar nicht, was schlimmer ist: die Trennung von Ray oder das Verhalten meiner Freundinnen. Beides zusammen ist jedenfalls der Super-GAU.

Immerhin schaffe ich es nach dem Mittagessen, mit meinem Vater zu telefonieren und mich bei ihm zu entschuldigen.

»Ist schon in Ordnung«, sagt er. »Du warst eben sehr durcheinander. Trotzdem lieb von dir, dass du anrufst. Und es … es war ja nicht ganz falsch, was du mir gesagt hast.«

»Du bist also nicht sauer auf mich?«

»Nein, Krümel. Aber sag mal, was habt ihr denn nun für Gegenmaßnahmen ergriffen?«

»Was meinst du?«

»Na, wegen dieser unsäglichen Artikel überall.«

»Gar keine«, sage ich lahm.

»Was? Aber wieso nicht? Meinst du nicht, du solltest dich an die Presse wenden und die Lügen von diesem Ray richtigstellen?«

»Mum hat's versucht und in zwei oder drei Redaktionen angerufen. Aber sie waren nicht interessiert. Sie haben ihr zu verstehen gegeben, dass praktisch jeder Stalker von sich behauptet, er wäre keiner.«

»Wie bitte?« Mein Dad ist auf Hundertachtzig, das kann ich deutlich hören.

»Sie wollen nicht zugeben, dass sie nur vorgekauten Mist verbreitet haben, ist doch logisch«, sage ich.

Aber mein Vater gibt nicht so schnell auf. »Was ist mit seriösen Zeitungen?«

»Die interessiert das Thema nicht.«

»Oder Internetforen. Du bist doch auf Facebook.«

»Nicht mehr«, sage ich. »Und ich kann es ja nicht beweisen, dass es nicht so war.«

»Gibt es denn keine Zeugen, die euch zusammen gesehen haben?«

»Nur *seine* Freunde«, antworte ich. Und Mum, aber die zählt in dem Fall nicht, und die Leute im *48a*, füge ich in Gedanken hinzu. Aber ich kann ja schlecht dorthin gehen und wildfremde Leute bitten, der Presse zu sagen, dass sie Ray und mich zusammen tanzen gesehen haben. Ohne Ray käme ich ja nicht einmal in den Club hinein.

»Es gefällt mir ganz und gar nicht, dass meine Tochter von der Boulevardpresse als verrückte Stalkerin hingestellt wird«, knurrt mein Vater.

»Meinst du, mir gefällt das, Dad?«

»Es muss doch Mails geben, SMS oder so etwas.«

»Ja, die gibt es. Aber ich finde nicht, dass meine SMS die Öffentlichkeit was angehen. Lass es gut sein, Dad, bitte.«

»Wie? Du willst das auf dir sitzen lassen?«

Ich muss an die Parole denken, die der Kauz beim letzten Mal ausgegeben hat. »Dad«, entgegne ich, »es ist mir egal, was die anderen Leute von mir denken. Hauptsache, die Menschen, auf die es ankommt, wissen, dass es nicht stimmt.«

»Das ist … eine sehr reife und couragierte Einstellung«, sagt er gedehnt.

»Hast du mal daran gedacht, was passiert, wenn sie mir glauben? Okay, ich bin dann keine Spinnerin und Stalkerin mehr, aber dann rennen sie mir wieder die Bude ein und wollen Einzelheiten über meine Beziehung zu Ray wissen, wer mit wem Schluss gemacht hat und warum und all so was. Darauf kann ich wirklich verzichten.«

»Ja, das ist natürlich eine Überlegung wert«, räumt nun auch mein Vater ein.

»Ich will nur noch meine Ruhe, Dad.«

»Kann ich verstehen. Das alles ist verdammt blöd gelaufen.«

Wir reden noch ein bisschen über Klein-Leo und verabreden uns für Samstag.

»Nur du und ich, Krümel. Wir könnten zusammen shoppen gehen, was hältst du davon?«

»Klingt toll«, sage ich, obwohl mir nicht im Geringsten danach ist.

»Wann gehst du wieder zur Schule?«

Aha, er hat also mit Mum telefoniert.

»Morgen.« Obwohl ich da noch nicht so sicher bin.

»Sehr gut. Kopf hoch, Jill. Das alles geht vorbei.«

»Ja, Dad«, sage ich und lege auf.

Ich setze mich an meinen Frisierspiegel. Ein hohläugiges Gespenst blickt mir daraus entgegen. Zum Fürchten. Mein Haar ist fettig, meine Nase glänzt, und wann habe ich eigentlich zum letzten Mal geduscht?

Es klopft an meine Tür und ich rufe »Ja«, weil ich denke, es ist meine Mutter, die mich mit irgendwas Leckerem aus meiner Schmollhöhle herauslocken will. Die Tür geht auf.

»Katja!«

»Hi, Jill. Du siehst echt scheiße aus. Und hier drin riecht's wie in einem Raubtierkäfig.«

»Warum hast du nicht geschrieben, dass du kommst?«

»War eine spontane Idee.«

»Schön, dass du da bist«, sage ich, und das beschreibt nicht im Entferntesten, wie froh und erleichtert ich in Wirklichkeit bin.

»Ich hab ein paar Sachen von der Schule dabei.«

Ich weiß, dass das nur ein Vorwand ist, trotzdem sage ich. »Danke. Das ist echt nett von dir.«

Sollte nicht eigentlich Linda hier sein, meine angeblich allerbeste Freundin?

Ohne dass ich gefragt hätte, berichtet Katja: »Fabienne fasst es als Majestätsbeleidigung auf, dass du uns das mit Ray verschwiegen und uns angelogen hast. Sie hat gesagt, dass sie mindestens einen Monat lang nicht mit dir reden wird, und auch mit niemandem, der mit dir redet.«

Ich schnappe nach Luft. Einen ganzen Monat! Umso mehr freut es mich, dass Katja nun hier ist. »Es tut mir wirklich leid, dass ich euch angelogen habe.«

»Ich weiß ja, dass du es nicht zum Spaß gemacht hast.«

»Nein, im Gegenteil, es war furchtbar«, gestehe ich.

»Mensch, Jill!« Katja breitet die Arme aus und wir drücken uns ein paar Sekunden lang ganz fest. Dann zieht sie die Nase kraus. »Boah, du solltest echt mal duschen!«

»Wollte ich gerade.«

Wir lächeln uns an.

»Ich bin so froh, dass du da bist!«, bricht es aus mir heraus und ich bin schon wieder den Tränen nah.

»Weißt du, ich habe mir gedacht: Wir werden in den nächsten Jahren alle mehr oder weniger Probleme mit Jungs kriegen, da brauchen wir einander. Und Fabiennes Verhalten finde ich einfach total kindisch.«

Wir setzen uns aufs Bett und Katja zieht ein paar Fotokopien aus dem Rucksack. Schulkram, den ich erstmal nicht weiter beachte. »Wissen die anderen beiden, dass du hier bist?«, frage ich.

»Nein. Aber ich werde es ihnen sagen. Ich finde nämlich nicht, dass ich mich an Fabienne orientieren muss. Sie ist meine Freundin, okay, aber ich bin nicht ihre Leibeigene. Wir sind ja schließlich nicht im Kindergarten. Ich glaube auch nicht, dass Linda es einen Monat durchhält.«

»Hat sie etwa gesagt, dass sie das will?«, frage ich entsetzt.

»Was? Nein. Eigentlich hat sie gar nichts gesagt. Sie ist komisch drauf.«

»Wie, komisch?«

»Sobald die Rede auf dich kommt, lenkt sie ab.«

»Aha.« Es tut weh, das zu hören. Hat diese ganze Ray-Sache zur Folge, dass ein Riss durch unser Vierergespann geht, mit Fabienne und mir als Gegenpole? Hat Linda sich auf Fabiennes Seite geschlagen? »Sie war auch noch nicht hier«, entschlüpft es mir traurig.

»Vielleicht hat es gar nichts mit dir zu tun.« Katja wirft ihr Haar zurück und lächelt vielsagend.

»Was meinst du?« Fragend reiße ich die Augen auf.

»Olli und Linda. Da läuft was.«

Ich lehne mich zurück. Das erklärt so manches. »Erzähl! Ich will Details.«

»Auf seiner Party neulich haben sie den ganzen Abend zusammen abgehangen. Seitdem hört man von Linda plötzlich keine sarkastischen Bemerkungen mehr zum Thema Liebe und Jungs.«

»Stimmt, jetzt wo du es sagst.«

»Viel mehr weiß ich auch nicht. Aber am Wochenende will er mit ihr in einen Club gehen. Das wissen wir nur, weil Olli es einem Kumpel erzählt hat, der es wiederum Fabienne gesteckt hat. Linda hat uns gegenüber nämlich noch kein Wort darüber verloren. Wenn wir sie auf Olli ansprechen, sagt sie, wir spinnen und wir sollen sie mit diesen Kindereien in Frieden lassen. Bin gespannt, was für eine Ausrede *sie* haben wird, wenn sie keine Zeit mehr für uns hat«, sagt Katja augenzwinkernd.

»Ach, sieh an!«

»Fabienne will jedenfalls ›zufällig‹ in dem Club auftauchen. Aber ich weiß nicht, ob ich mitkommen soll. Ich finde, Fabienne mischt sich zu sehr ein. Warum lässt sie Linda nicht einfach in Ruhe?«

»Wem sagst du das? Anstatt in anderer Leute Privatsphäre rumzuschnüffeln, sollte sie sich mal um ihr eigenes Liebesleben kümmern.«

»Oh, angeblich wird sie von einem Studienkollegen ihres Bruders umschwärmt. Aber gesehen hat den noch keine von uns.«

»Typisch«, sage ich. »Und wie läuft's mit dir und Jonas?«

»Ich glaube, das geht nicht mehr lange.« Katja zuckt mit den Schultern.

»Wirklich?« Das wundert mich.

»Weißt du, er ... er ist mir einfach zu unreif. Manchmal benimmt er sich wie ein kleines Kind.«

»Hat es mit diesem No-Sex-Pakt zu tun?«

»Nein. Aber inzwischen bin ich so was von froh, dass ich darauf bestanden habe!«

Die Tatsache, dass sie nicht nachfragt, ob Ray und ich miteinander geschlafen haben, verrät, dass sie über die letzte Unterhaltung zwischen Linda und mir genauestens im Bilde ist.

»Weiß Jonas das schon?«, frage ich.

»Ich glaube, er hat gemerkt, dass etwas nicht stimmt. Ich muss den richtigen Zeitpunkt abwarten, dann sag ich es ihm. Gott, mir graut so sehr davor!«

»Ja, so was ist ... schwierig.« Ich muss an Ray und mich auf dem Spielplatz denken.

»Was ist denn jetzt mit dir und Ray?«

»Nichts mehr«, sage ich.

»War ja klar, nach dem Stuss in den Zeitungen.«

»Nein, so war es nicht. Ich hatte schon vor diesem Artikel mit ihm Schluss gemacht.«

Katja sieht mich mit gerunzelter Stirn an. »*Du* hast mit ihm Schluss gemacht?«

»Ja, weil ich die Heimlichtuerei nicht mehr ausgehalten habe. Glaub es oder glaub es nicht, das ist mir egal. Ich hoffe nur, du denkst nicht auch, dass ich eine Stalkerin bin.«

»Quatsch, natürlich nicht. Niemand, der dich kennt, denkt das. Aber jetzt verstehe ich das so langsam. Dieser Typ ist es nicht gewohnt, dass jemand mit ihm Schluss macht. Muss ihn ganz schön geschockt haben. Aus Rache und gekränkter Eitelkeit hat er dich dann als Stalkerin hingestellt.«

Ich will schon widersprechen, aber dann frage ich mich: Ist das wirklich so unvorstellbar? Zweifel nagen an mir, dennoch sage ich: »Vermutlich steckt sein Manager dahinter.«

»Das ist ja noch feiger. Du musst stinksauer sein auf ihn.«

»Sauer ist gar kein Ausdruck«, antworte ich. Ich hasse ihn, denke ich, sage es aber nicht laut. Nein, ich hasse ihn nicht, ich verachte ihn nur. Weil er so schwach ist und es zugelassen hat, dass ich verleumdet werde.

»Wann kommst du wieder zur Schule?«, will Katja wissen.

»Weiß ich noch nicht. Morgen vielleicht. Wie ist denn die Stimmung?«

»Na ja, ein paar saudumme Sprüche wirst du dir schon anhören müssen.«

»Bin ich ja gewohnt.«

Außerdem, füge ich in Gedanken hinzu, schreibt Sokrates: *Stagnation ist der Anfang vom Ende.*

Als Katja weg ist, merke ich, dass es mir schon deutlich besser geht. Es tat so gut, mal wieder mit einer Freundin zu quatschen. Ein wenig enttäuscht bin ich zwar, dass es nicht Linda war, die den ersten Schritt gemacht hat, aber wenn das mit Olli wahr ist, kann ich es auch verstehen. Meine beste Freundin Linda, für die die Liebe nur eine hormonelle Angelegenheit und ein Hirngespinst weltfremder Romantiker und der Filmindustrie ist, hat sich verknallt. Dürfte ziemlich schwer für sie sein, das zuzugeben. Erst recht mir gegenüber, die ich sie wegen Ray andauernd belogen habe. Das verbietet ihr bestimmt schon allein der Stolz. Ja, so muss es sein.

Was Fabienne angeht, hadere ich noch mit mir selbst. Ich nehme ihr übel, dass sie den anderen vorschreibt, wie sie mich zu behandeln haben. Andererseits kenne ich sie und ihre Art. Sie hält bestimmt keinen Monat durch. Falls doch, braucht sie für den Rest ihres Lebens nicht mehr mit mir zu reden. Dann sind wir endgültig fertig miteinander. Vielleicht, grüble ich, ist es mit Freundschaften wie mit Lieblingsklamotten: Aus manchen wächst man mit der Zeit heraus.

Mit Linda ist es etwas anderes. Morgen zur Schule zu gehen, ohne mich mit ihr ausgesprochen zu haben, kommt mir undenkbar vor. Außerdem interessiert mich die Sache mit Oliver brennend. Mir kommt ein Gedanke. Habe ich nicht sehr darunter gelitten, meinen Freundinnen nichts von Ray erzählen zu können? Geht es Linda vielleicht genauso, auch wenn sie andere Gründe hat als ich?

Katjas Empfehlung befolgend, stelle ich mich unter die Dusche, ziehe mich an, schminke mich ein bisschen und verlasse das Haus. Ich bin fest entschlossen, die Scherben meines Lebens, die Ray hinterlassen hat, wieder einzusammeln und zu kitten. Dieses Bild habe ich vor Augen, als ich durch die vertrauten Straßen gehe, die ich auf einmal mit einem anderen Blick betrachte. So, als wäre ich gerade von einer längeren Reise zurückgekommen. Alles kommt mir kleiner und enger vor als noch vor ein paar Tagen. Dabei war ich doch die ganze Zeit hier. Aber mein Inneres hat eine Reise gemacht. Ich kann nur hoffen, dass es mich auch klüger gemacht hat.

Nie hätte ich gedacht, dass ich einmal regelrecht Angst vor einer Begegnung mit Linda haben würde. Aber so ist es. Linda ist eine wichtige, große Scherbe meines Lebens, eine, die es zu retten gilt. Als ich auf die Klingel drücke, habe ich Herzklopfen. Was, wenn sie mir die Tür vor der Nase zuschlägt?

Sie ist da und macht auf. Spielt die Überraschte.

»Kann ich reinkommen?«, frage ich.

Sie nickt und geht voraus. Wir sind allein. Tagsüber sind Lindas Eltern so gut wie nie da. Ihre Mutter ist im Laden und ihr Vater bei Kunden oder auf Messen oder sonstwo. Als wir noch in der Grundschule waren, hat Linda deshalb fast jeden Mittag bei uns gegessen und wir haben zusammen Hausaufgaben gemacht.

Ich betrete nach ihr die Küche und sage mit einem kleinen Lächeln auf den Lippen: »Ich hab gehört, dass da was mit dir und Olli läuft?«

Ihre Augen werden noch größer und dann stiehlt sich dieses gewisse Lächeln über ihr Gesicht, das ich auch kenne. Oh ja, und wie ich das kenne! Aber schon im nächsten Augenblick ist es verschwunden.

»Da hast du was Falsches gehört«, sagt sie. Sie steht mit abweisend verschränkten Armen an der Spüle und ich sitze mit halbem Hintern auf dem Küchentisch.

Ich weiß, dass sie mich anschwindelt, aber wenn sie nicht mit mir darüber reden will, ist es auch in Ordnung. Wie du mir, so ich dir. Hauptsache, sie redet überhaupt wieder mit mir.

»Okay«, sage ich. »Dann hab ich wohl was falsch verstanden.«

»Was willst du?«, fragt Linda. Ich starre sie an. Eine solche Frage wäre bis vor Kurzem zwischen uns unvorstellbar gewesen.

»Ich will wissen, ob wir noch Freundinnen sind«, sage ich.

Linda schaut mich an und ich bemerke, dass sie auf einmal Tränen in den Augen hat. Das erschreckt mich, denn Linda ist nicht der Typ, der allzu leicht heult. Ich muss ihr wirklich sehr wehgetan haben. Sie dreht mir abrupt den Rücken zu und geht zum Kühlschrank. »Auch ’ne Diätlimo?«, fragt sie mit erstickter Stimme.

»Ja«, sage ich.

Sie kramt übermäßig lang im Kühlschrank herum, schenkt die Limo ein, und dann müssen es auch noch Eiswürfel sein.

Ich weiß, dass sie nur Zeit schindet, um ihre Tränen wegzublinzeln. Ich schäme mich für mein Benehmen ihr gegenüber und sage: »Linda, es tut mir alles so furchtbar leid. Ich hab mich unmöglich benommen. Aber sei bitte wieder meine Freundin! Ich brauche dich doch. Ich weiß, ich war mies zu dir mit meiner Heimlichtuerei, aber …«

»Ist schon gut«, sagt Linda barsch zum Kühlschrank. Dann endlich dreht sie sich um, die vollen Gläser in der Hand. »Hör schon auf. Ja, wir sind noch Freundinnen.«

»Wirklich?«

»Ja, wirklich.« Sie lächelt. Es ist jenes tapfere Lächeln, das sie immer dann zeigt, wenn sie zu etwas wild entschlossen ist.

Ich stürze auf sie zu und umarme sie, die Limonade schwappt aus den Gläsern und platscht auf den Küchenboden, und dann hänge ich über ihrer Schulter und fange an zu heulen, bis Linda sich von mir loseist und sagt, wir sollten uns nicht so kindisch benehmen und vor allen Dingen sofort mit der Heulerei aufhören. Das klingt wieder ganz wie die alte Linda.

»Okay«, sage ich und wische mir die Augen mit einem Küchentuch trocken. Ich stürze den Rest der Limo in mich hinein, während Linda das Verschüttete vom Fußboden aufwischt.

»Wollen wir nachher noch eine Runde joggen gehen?«, fragt sie dann. »Nur wir zwei?«

RAY

»Ich finde, zwei von den neuen Songs sind gar nicht so übel.« Renato unterdrückt dezent einen Rülpser, ehe er weiterspricht. »Aber der Rest ist eher mau, und der angebliche Titelsong …« Er fuchtelt mit der Bierflasche herum und scheint nach Worten zu suchen.

»… ist gequirlte Scheiße!«, ergänzt Silas und zur Bekräftigung seiner Worte nimmt er noch einen großzügigen Schluck aus seiner Flasche.

»Ja, den Rhythmus könnte auch ein Schimpanse runterklopfen«, meint Amon.

»Der Text! Der Text ist das Allerletzte«, ruft Renato.

Sechs Tage sind seit der verpatzten Probe vergangen. Zwischenzeitlich haben noch zwei Proben stattgefunden, bei denen ich mich zusammengerissen und funktioniert habe. Aber mehr auch nicht. Es gab zwar keinen Streit mehr, aber die Atmosphäre war alles andere als toll. Weil auch die anderen das so empfunden haben, treffen wir uns heute, am Sonntagabend, in unserer Wohnung zur Krisensitzung. Ohne die Chormädchen und ohne Martin, nur wir vier, der knallharte Kern der Broken Biscuits. Natürlich haben wir es nicht Krisensitzung genannt, aber es läuft darauf hinaus.

Ich blicke in die Runde, hebe meine Flasche und sage. »Cheers! Gut, dass wir darüber gesprochen haben.«

Die anderen grinsen breit, Renato wischt sich Bierschaum vom Mund.

Vielleicht hätten auch die anderen drei schon viel früher was zu den neuen Songs gesagt, wenn wir bei den Proben zwei, drei Bierchen gekippt hätten, so wie wir das in den guten alten Zeiten gehandhabt haben, ehe Martin Alkohol bei den Proben verboten hat. Weil das nicht *professionell* sei. Denn jetzt, nachdem jeder von uns ein gewisses Quantum innehat – nicht zu viel, wir wollen ja noch klar denken können, aber genug, um den Mut zu finden, den

Mund aufzumachen – rücken sie plötzlich raus mit dem, was sie wirklich bedrückt.

»Mir stinkt's. Ich will, dass Silas wieder unsere Songs schreibt, mit uns zusammen«, sagt Renato.

»Ich auch«, sagt Amon.

Ich ergänze: »Meines Wissens war nie davon die Rede, dass wir unsere Musik nicht mehr selbst schreiben und stattdessen von unserem Geld irgendwelche Fuzzis dafür bezahlen. Oder wie seht ihr das?«

»Martin behauptet, wir hätten das am Ende der Tour so abgesprochen«, meint Silas. »Von wegen mehr Professionalität und so.«

»Professionalität am Arsch«, knurre ich.

Renato stellt die Flasche hin und wedelt mit beiden Händen. »Nein, nein, nein, so war das nicht. Ich erinnere mich genau. Er hat es *angeboten*, so ganz nebenbei, auf der letzten After-Show-Party, als wir schon alle nicht mehr ganz nüchtern waren. Beschlossen wurde da überhaupt nichts. Stimmt's, Amon?«

»Stimmt.«

»Ich weiß nicht mal was von diesem Angebot«, sage ich.

»Du warst ja auch hackedicht«, grinst Renato.

»Jedenfalls hat nur Martin das beschlossen«, brummt Amon.

»Kann er das?«, frage ich provokant.

»Eigentlich nicht«, sagt Silas. »Jedenfalls nicht ohne unser Einverständnis. In seinem Vertrag, den er mit uns hat, steht nur was von Organisation und PR.«

»Ich finde, wir sollten Martin auf seine gierigen Finger klopfen«, sage ich. »Und das nicht, weil ich das Arschloch auf den Tod nicht ausstehen kann, sondern weil ich befürchte, dass er etwas aus uns machen will, was wir gar nicht sind und nicht sein wollen. Eine Art Wiedergänger der Backstreet Boys oder so was.«

»Iihh«, sagt Amon und schüttelt sich, während ich an diese Schwulengeschichte denken muss, die Martin Silas und mir andichten wollte. Und an das, was er Jill angetan hat. Zur Hölle mit Martin!

»Es macht keinen Spaß, wenn wir nicht unsere eigene Musik machen können«, fasst es Renato zusammen.

»Allerdings müssen wir uns fragen, was uns wichtiger ist: der Spaß oder das große Geschäft«, sagt Silas, der meinen bösen Seitenblick ignoriert. *Silas, du kleine Hämorrhoide in Martins Arsch!*

»Nein, so sehe ich das nicht. Beides muss stimmen«, widerspricht zum Glück Renato. »Wenn wir keinen Spaß an der Sache haben, sind wir nicht gut. Das merken die Fans. Wieso sollten denen Songs gefallen, die nicht mal uns gefallen?«

Ich stimme Renato aus vollem Herzen zu. »Dorthin, wo wir jetzt sind, sind wir mit *unseren* Songs gekommen.«

»Okay, ich wollte es ja nur mal ansprechen«, sagt Silas. »Denn genau das wird Martin uns erzählen.«

»Soll er doch«, brummt Amon.

»Die Frage ist, was machen wir jetzt?«, fasst Silas zusammen.

»Wir sagen Martin klipp und klar, dass es so nicht läuft. Dass wir unsere Songs wieder selber schreiben wollen«, platzt es aus mir heraus. Eigentlich wollte ich mich zurückhalten, aber das alles ist mir zu wichtig, und nach drei Bier ist es mit der Selbstbeherrschung nicht mehr gar so weit her.

»Ja, und dass wir wieder bei den Proben allein sein wollen«, fügt Amon hinzu. »Martins ständiges Dazwischengequatsche geht mir nämlich tierisch auf den Sack.«

»Mir erst!«, bekräftigt Renato und der Rest nickt dazu.

»Okay, und wer sagt's ihm?«, fragt Amon.

»Wenn ihr wollt, mach ich es«, sage ich. »Ich hab's bei ihm eh verschissen, und mir wird es ein Vergnügen sein.« Außerdem habe ich die Befürchtung, dass die anderen die Schwänze einziehen und kuschen, wenn sie wieder nüchtern sind und bei Martin im Büro stehen.

»Nein, das halte ich für keine gute Idee«, wehrt Silas ab. »Sorry, Ray, aber wenn dein irischer Hitzkopf mit dir durchgeht, bringst du es noch fertig, dass Martin ganz hinschmeißt. Als Manager wollen wir ihn doch behalten. Oder? Immerhin hat er uns bis ganz nach oben gebracht.«

»Ja, das ist wahr«, räumt Renato ein. »Von mir aus soll er uns ruhig weiter managen. Aber mit *unserer* Musik. Ist sowieso fraglich, ob wir mit dieser *Baby-I-do-like-you*-Kacke in den Charts landen werden.«

Ich proste Renato zu und ernte ein bierseliges Grinsen.

Amon gibt zu bedenken: »Aber wird er nicht stinksauer sein?«

»Und wie er das sein wird.« Voller Vorfreude auf Martins verkniffene Fresse reibe ich mir die Hände.

»Aber dann wird er uns vielleicht nicht mehr so gut managen«, gibt Amon zu bedenken. »Also sollten wir ihn vielleicht gleich ganz feuern.«

»Das glaube ich nicht. Dazu ist er zu geldgierig«, widerspreche ich, obwohl der Gedanke, Martin zu feuern, in meinen Augen auch was hat.

»Jetzt mal langsam, wir sollten das Kind nicht gleich mit dem Bade ausschütten«, bremst Silas.

»Hä? Was für ein Kind badet?«, fragt Amon.

»Deins. Das du bald deiner persischen Importbraut machen wirst«, grölt Renato und boxt Amon in die Seite.

Wir müssen lachen und stoßen auf Amons künftiges Kind an.

»Arschlöcher!«, nuschelt der.

»Ich verrate euch was«, sagt Renato, beugt sich über den Küchentisch und flüstert mir zu: »Morgen will er mit ihr skypen.«

Amon läuft rot an, nennt Renato einen Arsch mit Ohren und ein geschwätziges altes Waschweib und verteidigt sich: »Mein Alter hat gedroht, dass er mich sofort enterbt, wenn ich nicht wenigstens einmal mit der Tusse skype.«

Silas unterbricht ihn. »Okay, Leute, darüber könnt ihr euch auch später austauschen. Lasst uns das andere Thema zu Ende bringen.«

Wir machen wieder ernste Gesichter und Silas fährt fort: »Ich schlage vor, wir machen Folgendes: Wir vereinbaren kommende

Woche ein Treffen mit Martin und teilen ihm mit, was wir beschlossen haben. Ray bekommt so lange einen Knebel in den Mund.«

Ich zeige ihm den Mittelfinger.

»Nein, jetzt im Ernst«, sagt Silas. »Wollen wir ihm in aller Form mitteilen, dass er sich in Zukunft aus unserer Musik raushalten soll? Wer dafür ist, hebt die Hand.«

Vier Hände schnellen nach oben, unsere Bierflaschen klirren aneinander. »Auf die Broken Biscuits!«

»Da ist nur ein Problem«, sagt Renato, nachdem wir einen ordentlichen Schluck getrunken haben. »Im Februar soll die neue Platte rauskommen. Jetzt ist Oktober und wir stehen gerade mal mit zwei halbwegs brauchbaren Stücken da.«

»Notfalls kommt die neue Platte eben später raus. Lieber später und dafür authentisch. Oder was meint ihr?«, frage ich.

»Richtig, Ray.« – »Stimmt genau.« Renato und Amon nicken.

»So läuft das nicht, Leute«, sagt Silas. »Die Konzerte für nächstes Jahr sind gebucht. Das CD-Release-Konzert ist Mitte Februar. Wenn wir bis dahin ohne fertige Platte dastehen, reißt uns *Jungle Records* dermaßen den Arsch auf! Wir müssen liefern, so oder so. Das bedeutet, dass wir uns die nächsten Wochen tierisch reinhängen müssen.«

Amon reißt seine schwarzen Augen weit auf. »Okay, aber was sollen wir denn zum Beispiel morgen proben?«

»Tja, also ...«, sagt Silas gedehnt, »... ich war in der letzten Zeit nicht ganz untätig. Ein paar unausgegorene Sachen gäbe es da schon ...«

»Super, lass hören!«, fordert Renato.

Wir stehen ruckartig auf und gehen in Silas' Zimmer, wo er sich ans Keyboard setzt. Renato holt sich als Bassersatz eine meiner Gitarren, ich nehme die andere. Amon trommelt in Ermangelung eines Schlagzeugs mit den Händen auf Silas' Schreibtisch herum und probiert so verschiedene Rhythmen zu dem Thema aus, das Silas auf dem Keyboard anspielt.

Na also, das wird doch, denke ich und hole uns für alle Fälle noch eine Lage Bier.

Wenigstens mein Job fängt wieder an, mir Spaß zu machen. Es lohnt sich, darum zu kämpfen. Vielleicht, denke ich in einem plötzlichen Anflug von Traurigkeit, vielleicht hätte ich um Jill auch mehr kämpfen sollen.

18

Ray hängt nicht mehr über Fabiennes Bett. Das registriere ich mit Genugtuung. Wir befinden uns in Woche zwei *n.R.*, was in meiner persönlichen Zeitrechnung *nach Ray* bedeutet, und alles ist so wie immer. Oder zumindest beinahe.

Nachdem Fabienne plötzlich allein in Rachepose dastand, hat sie mir großmütig verziehen und ich habe ihr zuliebe die Reumütige gespielt. Sie ist nun mal, wie sie ist, habe ich mir gesagt, damit muss man sich abfinden. Wir alle haben unsere Macken und sind nicht immer die mustergültigen Freundinnen. Ich am allerwenigsten. Außerdem ist kein Mensch vollkommen, und selbst wenn, dann wäre derjenige total langweilig und ich garantiert mit nicht ihm oder ihr befreundet.

Mein Verhältnis zu Linda hat sich wieder fast normalisiert. Fast, weil da immer noch so ein Rest an Distanz ist, so klein, dass ich manchmal nicht sicher bin, ob ich es mir nur einbilde. Ich kann es mir nur damit erklären kann, dass es Linda noch immer schwer fällt, mir hundertprozentig zu vertrauen. Gleichzeitig hoffe ich, dass diese kleine Kluft mit der Zeit wieder verschwinden wird.

In der Schule war es weniger schlimm, als ich befürchtet habe. Offenbar haben sich meine Mitschüler inzwischen daran gewöhnt, dass ich in regelmäßigen Abständen von irgendwelchen Medien durch den Kakao gezogen werde. Natürlich haben die üblichen Verdächtigen, Tatjana, Silke und Konsorten, ihr Gift verspritzt, aber ich habe es ignoriert, so wie es sich schon beim letzten Mal bewährt hat. Prompt ging nach ein paar Tagen wieder alles seinen üblichen Gang. Der

Schulalltag hat mich wieder. Wir haben viel zu tun, manche Klausuren zählen jetzt schon fürs Abi.

Das »Freitagsaufbrezeln« findet heute bei Fabienne statt, denn der kommende Abend verlangt nach einer gehobenen Ausstattung, was Schmink- und Frisierzeug angeht, und mit Fabiennes Ausrüstung können wir alle nicht mithalten. Wir gehen nämlich zur Eröffnung eines neuen Clubs. Wir, das sind wir vier, dazu Oliver, Paul und Sascha, ein Freund von Paul, der den Besitzer des neuen Clubs kennt. Weil es eine geschlossene Veranstaltung ist, macht es auch nichts, dass wir Mädchen noch nicht volljährig sind.

Es ist fast wie früher. Außer, dass jetzt Linda diejenige ist, die von uns aufgezogen wird wegen der Sache mit Olli. Ich mache eifrig dabei mit und genieße es, dass mal nicht mein Gefühlsleben im Mittelpunkt des Interesses steht.

Ich habe darauf verzichtet, Linda auf ihren radikalen Meinungsumschwung in Sachen Jungs anzusprechen. Ich weiß, dass in unserem Alter die Hormone verrücktspielen, da sind Veränderungen an der Tagesordnung. Wäre ja schlimm, wenn wir schon in allem so festgefahren wären wie die Erwachsenen. Jedenfalls gönne ich Linda das Verliebtsein und hoffe, dass es bei ihr unproblematischer verläuft als bei mir. Irgendwann, sage ich mir, werde ich einen ganz normalen Jungen treffen, in den ich mich wieder verliebe. Auch wenn ich mir das im Moment nur schwer vorstellen kann.

Mir fällt ein, dass ich nächste Woche Geburtstag habe. Am 31. Oktober, weshalb meine Geburtstagspartys immer gleichzeitig Halloweenpartys sind. Dann werde ich siebzehn – fast erwachsen. Außerdem ist die Siebzehn eine Primzahl, und ich mag Primzahlen. Sobald ich das denke, fällt mir ein, dass Ray im Januar neunzehn wird. Ebenfalls eine Primzahl.

Vergiss Ray! Das sage ich mir immer wieder, aber es ist leichter gesagt als getan.

Der Club ist schick und edel und voller Hipster. Wir vier Mädchen scheinen mit einigem Abstand die Jüngsten zu sein. Der Security-Typ, der die Einladungen kontrolliert, zuckt ein bisschen, als er uns sieht, aber Einladung ist Einladung, und so tummeln wir uns jetzt unter dem Partyvolk. Cocktails werden herumgereicht, aber ich halte mich zurück. Ich habe nämlich festgestellt, dass ich unter Alkoholeinfluss viel mehr als sonst an Ray denken muss und dann das heulende Elend kriege. Stattdessen tanze ich mitten in der Menge, nur für mich allein. Die kraftvollen elektronischen Beats sind wie ein Herzschlag, der mich mit den anderen Tanzenden verbindet, sie pusten mir den Kopf frei, bis ich mich ganz leicht und leer fühle. Ich tanze fast eine Stunde, und erst als der DJ etwas Langsameres auflegt, setze ich mich an den Tisch.

Fabienne, die genauso ausdauernd getanzt hat wie ich, lässt sich neben mich plumpsen. »Der Wahnsinn hier, was?«

»Ja, echt toll.« Ich bin noch ein wenig außer Atem und meine Wangen glühen. Der Club und das Publikum sind eigentlich nicht so ganz meine Welt, aber ich habe mir fest vorgenommen, den Abend zu genießen. Meine Freundinnen tun es jedenfalls.

Linda und Oliver sind noch immer oder schon wieder auf der Tanzfläche und Katja flirtet mit Pauls Freund Sascha an der Bar. Ist das der Freund von Paul, der angeblich auf Fabienne steht? Falls ja, ist das nächste Drama vorprogrammiert. Das Leben war echt einfacher, als noch keine Jungs darin vorkamen.

»Dass wir hier sind, haben wir dir zu verdanken, indirekt«, meint Fabienne. »Und natürlich auch mir und meinem Scharfsinn und meinem diplomatischen Geschick.«

»Hä? Wieso?«

»Paul hat mich gefragt, ob du wohl mitkommen würdest, wenn er Einladungen besorgt, und ich habe gesagt, dass du ohne deine besten Freundinnen ganz bestimmt nicht mitkommen wirst, weil du sozusagen noch in Trauer bist. Deshalb sind wir nun alle hier.«

»Du hast nicht *in Trauer* gesagt, oder?«, frage ich entsetzt.

»Ich würde doch mein Bruderherz nicht anlügen.«

»Aber das stimmt nicht!«, protestiere ich. »Ray ist nicht gestorben, und außerdem habe *ich* mit *ihm* Schluss gemacht!«

Das glaubt mir Fabienne nämlich bis heute nicht.

»Ist ja auch egal«, winkt sie ab. »Paul steht jedenfalls auf dich, deshalb hat er sich schwer ins Zeug gelegt. Aber das dürfte ja nicht neu für dich sein.«

»Quatsch. Wir sind nur gute Freunde.«

»So siehst *du* das vielleicht …«

Ich erinnere mich, wie er mich gegen die Furien verteidigt hat, die vor der Schule auf mich gewartet haben. Obwohl das alles erst vier Monate her ist, kommt es mir vor, als wären seither Jahre vergangen.

Fabienne lächelt mich ein wenig dümmlich an und zupft nervös am Spaghettiträger ihres Kleides herum, das sich hauteng an ihre Kurven schmiegt. Ich brauche ein paar Sekunden, ehe ich kapiere, dass dieses Lächeln verführerisch sein soll und gar nicht mir gilt, sondern einem Typen mit Dreitagebart in weißem Hemd und Sakko, der an der Bar steht und Fabienne weltmännisch mit einem Whiskyglas zuprostet.

»Hier sind wenigstens mal richtige Männer, nicht nur pubertierende Jungs«, stellt Fabienne verzückt fest. Sie drückt das Kreuz durch, streckt ihren Busen vor und schleudert ihre Locken durch die Gegend, dass ich gerade noch ausweichen kann.

»Krieg dich wieder ein! Der Typ ist alt, bestimmt schon fast dreißig«, zische ich, aber Fabienne hört mir nicht mehr zu, denn Mr Dreitagebart kommt an unseren Tisch geschlendert und wenig später folgt Fabienne ihm powackelnd zur Tanzfläche. Die Musik hat gewechselt, vorher spielten sie Elektro und House, jetzt wird es ein wenig poppiger. Sascha und Katja setzen sich zu mir. Sie reden auf Russisch miteinander und scheinen sich nicht nur sprachlich gut zu verstehen. Sascha wirkt echt nett und sieht auch nicht übel aus, obwohl er sein Haar fast zur Glatze geschoren hat, was ich persönlich ja nicht so mag. Ich liebe es, wenn ich einem Jungen durch sein Haar wuscheln kann. Automatisch denke ich an Rays Haar und genau in diesem Moment höre ich auch Rays Stimme. Ich kenne das Stück, es war auch auf der Setlist des Konzerts auf dem Mixtape. Rays Sandpapierstimme kriecht mir ins Ohr und sofort unter die Haut. Ich beiße die Zähne zusammen, meine Hände krampfen sich um mein Glas. Verdammt, warum kann man eigentlich seine Ohren nicht ebenso einfach schließen wie die Augen? Am liebsten würde ich sie mir zuhalten. Stattdessen stehe ich auf und eile nach draußen. Vor der Tür steht ein Grüppchen Raucher. Paul ist dabei und dreht sich zu mir um. »Oh, erwischt!«

»Seit wann rauchst du?«, frage ich mit gespielter Strenge.

»Ich bin nur ein Gesellschaftsraucher. Willst du auch eine?«

»Nein. Ich wollte nur frische Luft schnappen«, sage ich und wedle demonstrativ den Rauch von mir weg.

Meine Lüge wird im nächsten Moment aufgedeckt, denn mit dem nächsten Gast, der die Tür öffnet, dringt auch ein Schwall Musik nach draußen, und Paul erkennt natürlich sofort den Song der Broken Biscuits.

»Frische Luft also«, grinst er.

»Ja, frische Luft«, beharre ich.

Er tritt die Zigarette aus. »Wollen wir ein paar Schritte gehen – wegen der Luft?«

Ein Spaziergang mit Paul durch die nächtliche Stadt? Wohin soll das führen? Wenn es stimmt, was Fabienne sagt, dann sollte ich besser ablehnen.

Andererseits – was stört mich an Paul? Eigentlich gar nichts. Im Gegenteil, ich mag ihn, und seit er Student ist, wirkt er richtig erwachsen. Er sieht gut aus, er kann recht witzig sein und er war da, als ich ihn dringend gebraucht habe. Vielleicht sollte ich versuchen, mich in Paul zu verlieben. Eine neue Liebe soll ja angeblich das beste Heilmittel gegen Liebeskummer sein.

»Es ist ein bisschen kalt«, sage ich. Das stimmt, wir haben schließlich Oktober und mir klappern schon die Zähne in meiner dünnen Tunika, die ich über schwarzen Leggins trage.

»Warte, ich hole unsere Jacken.«

»Okay«, höre ich mich sagen. »Aber nicht lange, sonst …« Ich lasse offen, was sonst ist, weil ich es selbst nicht so recht weiß. Sonst kommst du auf falsche Ideen? Oder die anderen?

Der Club ist in Prenzlauer Berg und wir streifen ein bisschen durch den Kiez, der inzwischen überwiegend von Öko-Spießern bevölkert wird und Gefahr läuft, seinen Status als Szeneviertel wieder zu verlieren.

Ich lasse es zu, dass Paul seinen Arm um mich legt, und es fühlt sich nicht einmal schlecht an. Wenn er versucht, mich zu küssen, werde ich mich nicht wehren, beschließe ich. Das Leben geht weiter. Es muss weitergehen.

Als wir vor dem erleuchteten Schaufenster eines Ladens für vegane Kosmetik stehen, ist es so weit. Paul bleibt stehen, fasst mich an den Schultern, schon spüre ich seinen Atem in meinem Gesicht.

Nein! Nein, ich kann das nicht!

Alles in mir sträubt sich dagegen. Wäre Paul irgendein Typ, den ich gerade aufgegabelt hätte, würde ich es vielleicht sogar ausprobieren, aber ich kann nicht zulassen, dass Paul mich küsst. Was, wenn ich ihm womöglich in ein paar Tagen sagen muss, dass ich es nicht schaffe, mich in ihn zu verlieben? Für derlei Experimente ist Paul als Bruder von Fabienne nicht der Richtige, und außerdem ist er dafür einfach viel zu … nett. Ja, er ist nett. Aber er bringt mein Herz nicht zum Flattern und meinen Puls nicht zum Rasen. Nicht so wie Ray.

Auch wenn ich es gern anders hätte: So wenig, wie ich mich zwingen kann, mich in Paul zu verlieben, so wenig kann ich durch pure Willenskraft damit aufhören, Ray zu lieben. Und ich liebe ihn immer noch, trotz allem, das wird mir in diesem Augenblick klar.

Also weiche ich einen Schritt zurück und sage: »Wir sollten zurückgehen. Die anderen suchen uns vielleicht schon.«

Bittere Enttäuschung legt sich über Pauls Gesicht. Ich kann ungefähr nachvollziehen, wie er sich gerade fühlt, und ich möchte es ihm so gerne erklären oder ihm wenigstens sagen, dass es mir leidtut, aber irgendwie schaffe ich es nicht.

»Okay«, sagt er dann ziemlich kurz angebunden. Kein Wunder, dass er sauer ist, bei den verwirrenden Signalen, die ich aussende.

Ich schlage die Arme um mich selbst, weil mir auf einmal eiskalt ist, trotz der Jacke. Eilig setze ich mich in Bewegung, wobei ich keine Ahnung habe, ob es der richtige Weg zurück zum Club ist.

Wir gehen eine Weile stumm nebeneinander her. Jetzt erkenne ich die Straße wieder, da vorne ist der Club. Ich will nur noch weg von Paul, denn eines habe ich auch soeben gelernt: Vom Falschen begehrt zu werden, tut zwar nicht weh, aber es fühlt sich gar nicht gut an.

Kurz vor dem Ziel sehe ich Fabienne auf ihren hohen Hacken über den Parkplatz stolpern. Sie scheint gewaltig einen im Tee zu haben, denn sie hängt wie ein Regenschirm am Arm ihres Begleiters. Mr Dreitagebart hält den Wagenschlüssel in der freien Hand und gerade blinken die Lichter eines Jaguars vor ihnen auf.

»Scheiße«, sage ich zu Paul. »Der Typ da … Der hat Whisky getrunken und jetzt schleppt er Fabienne ab.«

Paul rennt zu den beiden hin, ich hinterher. Der Kerl hat die rechte Wagentür geöffnet und Fabienne auf den Beifahrersitz bugsiert. Ihr ohnehin recht kurzes Kleid ist ziemlich weit hochgerutscht, was sie nicht zu bemerken scheint, er aber schon. Jedenfalls fallen ihm fast die Augen aus dem Kopf.

»He!«, schreit Paul. »Das Mädchen steigt aus, sofort.«

Der Typ baut sich vor Paul auf. »Sagt wer?«

»Ich. Ich bin ihr Bruder. Die ist erst fünfzehn!«

Der andere schielt auf Fabienne hinunter. »Echt? Solche Möpse mit fünfzehn?«

»Du lügscht. Isch bin schechtschen«, nuschelt Fabienne. »Fascht schiebschen.«

»Da hörst du es, *Bruder*«, grinst der Dreitagebart, der seine Beute offenbar nicht so ohne Weiteres aus den Fängen lassen will. Fataler Fehler von ihm, Paul ist genau in der richtigen Stimmung für eine Auseinandersetzung dieser Art. Ehe ich etwas tun oder sagen kann, schnellt seine Faust vor. Es gibt ein hässliches Geräusch, so ähnlich, wie wenn man einen Hähnchenschenkel durchbricht. Der Typ jault auf und stützt sich mit einer Hand auf die Kühlerhaube, mit der anderen hält er seine Nase. Aus der tropft jetzt Blut auf sein weißes Hemd und auf den Jaguar. Ich bin inzwischen zu Fabienne gegangen, um sie aus dem Auto zu zerren. Besoffen wie sie ist, leistet sie Widerstand. »Jill, lammich los, wir fahn innas Pennhaus!«

»Nichts da mit Pennhaus, du steigst jetzt aus und pennst zu Hause«, herrsche ich sie an. Inzwischen sind auch Oliver und Linda aufgetaucht. Sie kapieren sofort, was Sache ist. Zu dritt zerren wir Fabienne aus dem Wagen, während Paul noch mit Mr Dreitagebart diskutiert, der sich angesichts der Überzahl seiner Gegner und seiner vermutlich gebrochenen Nase ans Steuer seines Autos gesetzt hat.

»Ey, Alter, du willst doch jetzt nicht fahren, du hast doch auch getrunken«, sagt Paul zu ihm.

»Verschwinde, du Arschloch, das geht dich einen Scheißdreck an!«, kreischt der andere. »Ich zeig dich an, du Schwein!«

Aber Paul lässt sich nicht beeindrucken, er hält dem Kerl die rechte Faust unter die lädierte Nase, während er mit der linken rasch den Wagenschlüssel aus dem Schloss zieht.

»Hey! Gib den sofort her!«

»Den kannst du dir morgen im Club abholen«, sagt Paul. »Und jetzt gib Ruhe und ruf dir 'ne Taxe, oder willst du dir noch eine einfangen?«

Wir sammeln Katja ein, die sich nur widerstrebend von Sascha verabschiedet, und rufen zwei Taxen für uns. Paul setzt sich neben den Fahrer, Katja und ich nehmen Fabienne in die Mitte. Im anderen Wagen sind Linda und Olli. Ich teile die Befürchtung des Taxifahrers, Fabienne könnte in den Wagen kotzen, aber sie schläft an meiner Schulter ein, nachdem sie lallend gefragt hat, wieso wir jetzt alle mitkommen ins *Pennhaus*.

»Ich find's gut, dass du dem Typen den Schlüssel abgenommen hast«, sage ich zu Paul.

»Na ja. Der hätte sonst noch sich oder jemand anderen niedergemäht, wenn's dumm läuft.«

Mehr reden wir nicht.

Am Ziel laden wir Fabienne aus. Paul bezahlt, aber ich bitte den Taxifahrer, auf Katja und mich zu warten. So leise es geht, um Pauls Eltern nicht zu wecken, schleifen wir Fabienne in ihr Zimmer, wo sie wie ein gefällter Baum auf ihr Bett kracht. Ich streife ihr die Peeptoes ab und Katja öffnet den Reißverschluss von Fabiennes Kleid, damit sie ungehindert atmen kann. Sie brabbelt unzusammenhängende Wörter, dann umarmt sie das Kissen und ist im nächsten Moment eingeschlafen. Ich werfe die Decke über sie und sage: »Nacht, Süße. Deinen Kater möchte ich morgen wirklich nicht haben!«

»Alles klar mit ihr?« Paul lehnt in der Tür und sieht besorgt aus.

»Sie pennt. Muss ganz schön getankt haben«, sage ich.

»Diese verdammten Cocktails, ich merk die auch schon«, meint Katja.

»Danke, ihr beiden, für eure Hilfe. Ihr habt sie gerettet«, sagt Paul.

»Keine Ursache.«

Wir stehen unter der Tür, das Taxi wartet. Auf einmal wird mir ganz seltsam warm ums Herz und ich bitte Katja, schon mal vorzugehen. Sie nickt nur und steigt ein. Ich sage: »Paul, du bist ein prima Kerl. Es tut mir leid, ich … ich bin im Moment einfach noch nicht bereit für … du weißt schon. Aber ich hätte gern, dass wir Freunde sind.«

»Okay«, sagt Paul und lächelt, wenn auch ein bisschen wehmütig. »Du bist auch ein prima Kerl, Jill. Ich hoffe, das weißt du.«

»Dieser Sascha scheint's dir ganz schön angetan zu haben«, sage ich zu Katja, als wir wieder im Taxi sitzen.

Katja lächelt verklärt und ein wenig beschwipst.

»Au weia, da hat's jemanden erwischt.«

Von Katja kommt keine Gegenrede und ich grinse nur.

»Was ist mit dir und Paul?«, fragt sie.

»Gar nichts. Wir sind Freunde«, sage ich, und dann sind wir schon vor Katjas Haus angelangt und sie steigt aus. Bis zu mir sind es knapp zwei Kilometer, und als der Wagen vor meinem Haus anhält, sehe ich, dass jemand vor den Stufen der Haustür sitzt. Einen irrwitzigen Moment lang habe ich den Gedanken, dass es Ray ist. Aber warum sollte er mitten in der Nacht vor meiner Haustür sitzen? Er ist es auch nicht, sondern es ist Linda, die sich bibbernd und steif von den Stufen erhebt.

»Was ist los?«, frage ich, ein wenig erschrocken.

»Wie geht's Fabienne?«

»Gut. Sie schläft«, sage ich. Deswegen hat sie auf mich gewartet? Das hätte sie mich doch auch per Handy fragen können.

»Jill, ich muss mit dir reden. Jetzt.«

Was kann so dringend sein, dass es nicht bis morgen warten kann, wenn wir ausgeschlafen haben? Ist sie betrunken? Ein bisschen beschwipst vielleicht, aber nicht sehr. Ich verkneife mir eine Bemerkung über die sonderbare Uhrzeit und sage nur: »Aber nicht hier draußen in der Kälte. Und wir müssen leise sein, sonst wecken wir Mum.«

»Ist was mit Olli?«, frage ich, als wir in der Küche sitzen und der Wasserkocher rauscht. Mir ist schon wieder kalt, ich brauche dringend einen heißen Tee. Ich spüre ein Kratzen im Hals, wahrscheinlich ist eine Erkältung im Anzug.

»Nein, es ist nichts mit Olli.«

»Okay …«, sage ich gedehnt, während ich aufstehe und das heiße Wasser in zwei Tassen mit Teebeuteln gieße.

Als ich mich umdrehe, sehe ich, dass Linda Tränen in den Augen hat.

»Linda, was ist denn los, jetzt sag schon!«

»Setz dich lieber hin.«

»Gut, ich sitze«, sage ich und lasse mich auf dem Küchenstuhl nieder.

Lindas Stimme zittert, als sie sagt: »Jill, ich war es. Ich habe an diesem Abend diese Klatschmagazine angerufen und ihnen gesagt, dass du bei Ray bist.«

Ich brauche ein paar Sekunden, um zu kapieren, was ich gerade gehört habe. Dann merke ich, wie ich ganz stocksteif werde. Ich will Linda fragen, warum sie das getan hat und woher sie Rays Adresse kannte, aber ich bekomme keinen Ton heraus.

»Ich bin dir nachgegangen«, sagt Linda. »Bis vor seine Tür.« Sie starrt auf ihre dampfende Tasse.

»Warum hast das getan?«, rufe ich ohne Rücksicht auf meine ein Stockwerk höher schlafende Mutter, als ich meine Sprache wiederfinde.

»Ich weiß nicht«, sagt Linda, den Tränen nah. Sie lässt den Kopf hängen und starrt auf ihre Finger, die das Karomuster der Tischdecke nachzeichnen.

»Du weißt es nicht?«, wiederhole ich fassungslos.

»Ich war so … eifersüchtig. Jahrelang haben wir alles zusammen gemacht, haben alles miteinander geteilt und uns immer alles erzählt, und auf einmal hast du dich für gar nichts anderes mehr interessiert als für deinen Ray.«

»Aber das stimmt doch gar nicht«, erwidere ich matt. Ich bin so vor den Kopf geschlagen, ich kann nicht einmal richtig wütend sein.

»Doch.« Linda schüttelt den Kopf. »Selbst wenn du mit uns zusammen warst, warst du in Gedanken dauernd woanders. Fabienne und Katja haben das auch gemerkt. Als ich an diesem Samstagabend von dir wegging, war ich erst ganz froh, dass du jetzt keine Geheimnisse mehr vor mir hast. Aber dann, auf dem Heimweg, sind mir der Reihe nach wieder die ganzen Lügen eingefallen, die du uns aufgetischt hast: Dass du deiner Mutter helfen musst, dass du Kopfschmerzen hast, dass du lernen musst … Die Krönung war dann noch der angebliche Geburtstag von deinem Vater.«

»Ja, das war nicht okay, aber ich habe mich dafür entschuldigt und ich hatte gute Gründe für das alles!«

»Du hast dich nicht entschuldigt. Du hast erklärt, warum du es getan hast, aber entschuldigt hast du dich nicht«, erwidert Linda. »Jedenfalls nicht an dem Tag.«

»Hätte ich auf Knien vor dir rumkriechen sollen?« Ich merke, wie ich nun doch wütend werde. »Was wolltest du denn damit bezwecken? War es Rache, weil ich dich angelogen habe?« So sauer ich bin, ich würde das ums Verrecken gern verstehen.

Linda schluckt. »Ja, zum Teil. Aber ich … ich fand das Ganze auch so armselig. Ich meine, dieser Ray – warum hat er nicht die Eier in der Hose, um sich öffentlich mit dir zu zeigen?«

»Das mag ja sein«, zische ich. »Aber ist dir mal der Gedanke gekommen, dass dich das gar nichts angeht? Dass das ganz allein mein Problem ist – oder war – dank dir!«

»Es wäre nicht passiert, wenn du mich von vornherein eingeweiht hättest!«, sagt Linda trotzig.

»Also habe ich es dir zu verdanken, dass alle Welt glaubt, ich wäre eine irre Stalkerin?«

»Nein«, sagt Linda. Sie hebt den Kopf und sieht mir zum ersten Mal direkt in die Augen. »*Das* hast du Ray zu verdanken. Ich hätte nie gedacht, dass er so was über dich schreibt.«

»Und ich hatte die ganze Zeit Fabienne im Verdacht!«, schnaube ich. »Hast du mich auch in diesem Fandom geoutet?«

»Was? Nein, ehrlich nicht. Und Fabienne war es auch nicht. Ich habe sie gefragt, und ich merke es, wenn sie lügt – genau wie bei dir. Sie glaubt, dass es Tatjana war, sie kann es nur nicht beweisen.«

»Warum sagst du mir das jetzt, mitten in der Nacht? Ich hätte es ja nie rausgefunden.«

»Ich weiß nicht. Vielleicht, weil ich zu viel getrunken habe. Ich wollte es dir schon längst sagen, eigentlich schon gleich am nächsten Tag, aber als dann noch der Stalking-Artikel rauskam und jemand eure Scheibe eingeworfen hat, habe ich mich nicht mehr getraut. Ich konnte dich kaum noch ansehen, ohne dass ich gedacht habe: *Du hast deine beste Freundin verraten.*«

»Deshalb hast du dich kaum hier blicken lassen. Und ich dachte, du bist noch sauer auf mich!«

»Nein, es war … weil ich so ein furchtbar schlechtes Gewissen hatte.«

»Und jetzt ist dir also wohler?«, frage ich, triefend vor Sarkasmus.

»Irgendwie schon«, gesteht Linda. »Selbst wenn du mich nie mehr sehen willst. Glaub mir, es tut mir furchtbar leid. Ich weiß auch nicht, was an dem Abend mit mir los war. Ich habe es schon hundertmal bereut, ehrlich.«

Mein Kopf schwirrt wie ein Bienenstock. »Ich muss jetzt ins Bett«, sage ich.

»Okay«, sagt Linda.

Ich stehe auf und sage nur: »Komm gut nach Hause.«

19

RAY

Weihnachten war bei uns noch nie ein rauschendes Fest und seit Beccas Tod war es jedes Jahr eine ziemlich trübselige Angelegenheit, obwohl Mum sich alle Mühe gab. Ich habe lange überlegt, ob ich mir das in diesem Jahr antun soll. Zumal ich ja noch immer nicht mit meinem Vater rede. Aber Mum hat mich so eindringlich darum gebeten, dass ich schließlich nachgegeben habe. Vermutlich ging es Mum nicht so sehr um das Fest, sondern darum, dass ich mich wieder mit meinem Vater versöhne. Also habe ich eingewilligt, am ersten Feiertag zum Mittagessen vorbeizukommen.

Gleich nach der Ankunft habe ich das Unangenehmste hinter mich gebracht und mich bei Dad für meine damalige Bemerkung entschuldigt. Er hat die Entschuldigung angenommen, wahrscheinlich, weil Mum ihm sonst die Hölle heiß gemacht hätte. Und, welch ein Wunder, Dad hat sogar zugegeben, dass er auch nicht immer alles richtig gemacht hat. Das ist das Äußerste, was man von ihm verlangen kann, damit hat er sich für seine Verhältnisse sogar schon ziemlich weit aus dem Fenster gelehnt.

Das Essen – Ente, wie immer – verlief einigermaßen stressfrei. Heikle Themen wurden vermieden, bestimmt hatte Mum den Alten entsprechend eingenordet. Statt über meinen Job zu reden, lästerten wir über die Verwandtschaft, das gibt immer was her.

Ich frage mich, wie Jill wohl die Feiertage verbringt. Sollte ich sie mal anchatten? Oder ihr schreiben, eine Weihnachtskarte oder so was in der Art? Andererseits mag ich ihr die Festtage nicht verderben. Vielleicht hat sie mich und die Demütigungen, die sie durch mich erleiden musste, gerade überwunden, und dann würde der ganze Mist wieder an die Oberfläche gespült werden.

Du hast es verkackt, Ray Thackeray. Sieh das ein und lass sie in Ruhe!

Mein Dad steht auf und meint, er müsse sich für ein Stündchen hinlegen nach dem schweren Essen. Ich atme insgeheim auf. Versöhnung hin oder her, ich fühle mich in seiner Gegenwart beklommen. Mit müden Schritten stapft er nach oben. Er ist alt geworden, finde ich. Viel älter als Mum. Dabei ist er erst zweiundfünfzig. Macht vielleicht der langweilige Job bei seiner Versicherung, denke ich ein klein wenig boshaft.

»Danke«, sagt Mum.

»Wofür?«

»Dass du hier bist und dass es keinen Streit gab. Bis jetzt.«

»Wird es nicht. Auch wenn er ruhig mal ein bisschen Anerkennung zeigen könnte für das, was ich erreicht habe.«

»Kennst ihn doch. Irischer Sturkopf. Im Geheimen ist er stolz auf dich, bei seinen Arbeitskollegen gibt er sogar mit dir an.«

»Wirklich?«

»Wenn ich's dir sage!«

Ich muss grinsen. Wir räumen zusammen den Tisch ab.

»Und wie geht's dir?«, fragt sie, während sie die Teller in die Spülmaschine stellt.

»Sehr gut«, sage ich. Ich könnte ihr von der Mini-Affäre berichten, die ich zwischenzeitlich mit der Sängerin einer Punk-Band hatte. Aber das ist nichts, womit man bei seiner Mutter punkten kann, und außerdem ist es längst vorbei. Wirklich abgelenkt von den Gedanken an Jill hat mich die Sache auch nicht.

»Wie geht's dir wirklich?«, bohrt Mum erbarmungslos nach.

Ich seufze. »Wir arbeiten am neuen Album. Es ist schwierig und die Zeit drängt. Nachdem das erste so erfolgreich war, dürfen wir natürlich nicht nachlassen und müssen mindestens genauso gut sein, wobei wir jetzt nicht mehr den Newcomer-Bonus haben. Und es soll auch nicht einfach nur dasselbe in Grün sein, wir wollen uns ja weiterentwickeln. Aber wir schaffen es. Die Stimmung in der Band ist gut, nachdem wir ... ein paar Sachen geklärt haben.«

»Was für Sachen?«, fragt sie interessiert.

»Mit Martin, unserem Manager. Der hat sich zuletzt ein bisschen zu sehr eingemischt. Wollte uns irgendwelche Songs von Profi-Songwritern reindrücken. Aber wir haben ihn gemeinsam wieder auf Normalmaß zurechtgestutzt. Künftig muss er sich raushalten aus dem künstlerischen Bereich.«

Wie zu erwarten war Martin ziemlich angefressen, als wir ihm zwei Tage nach der Krisensitzung eröffnet haben, wie wir uns die Zusammenarbeit in Zukunft vorstellen. Es fiel das Wort *Zwergenaufstand*, und er meinte skeptisch, er sei nun wirklich sehr gespannt auf das Ergebnis. Und es sei uns schon klar, dass das Album bis Ende Januar fertig aufgenommen sein müsse, sonst drohe uns Gott weiß was.

»Klingt gut«, sagt Mum.

»Na ja, wir haben einen Kompromiss gefunden. Auf der neuen CD gibt es drei von den sogenannten Profi-Songs und elf neue von uns.«

»Du meinst, von Silas.«

»Nicht nur. Wir müssen alle ran, sonst schaffen wir das nicht. Du wirst es ja demnächst hören ...«

»Das heißt, es wird sich bald entscheiden, ob ihr euch in diesem Geschäft etabliert oder ob ihr wieder in der Versenkung verschwindet«, bringt Mum es auf den Punkt.

»Äh, ja«, sage ich.

»Ich habe von diesem Mädchen gelesen. Dass sie angeblich eine Stalkerin gewesen sein soll. Aber das stimmt doch alles gar nicht, oder?«

»Nein. Martin hat das geschrieben.«

»Martin«, wiederholt meine Mutter. »Und was hast du getan?«

»Nichts«, gestehe ich.

»Wie bitte?«

Ehe ich es mich versehe, habe ich meiner Mutter die ganze Geschichte erzählt.

»Hast du dich wenigstens bei ihr entschuldigt?«, fragt Mum am Ende. Ihre blauen Augen sind auf einmal hart und kalt wie Glasmurmeln.

»Sie hat doch mit mir Schluss gemacht!«, rufe ich.

»Ach, und deshalb darfst du sie in aller Öffentlichkeit verleumden?«

»Wenn ich die Wahrheit gesagt hätte, hätte ich womöglich die ganze Band aufs Spiel gesetzt. Das konnte ich doch nicht machen!«

Plötzlich merke ich, dass mir Tränen in den Augen stehen. Ich setze mich an den Küchentisch und vergrabe mein Gesicht in meinen Armen. Ja, ich schäme mich. Ganz schrecklich sogar. Das Gefühl hatte ich in den letzten Monaten schon öfter, aber noch nie war es so deutlich wie jetzt. Es ist, als würde das Kartenhaus meiner Selbsttäuschungen und Pseudo-Rechtfertigungen unter dem eisblauen Blick meiner Mutter in sich zusammenfallen, und was übrig bleibt, widert mich an. *Ich* widere mich an. Ich spüre, wie sich meine Mutter neben mich setzt und mir die Hand auf die Schulter legt. Ich hoffe auf mütterlichen Trost, aber sie sagt kühl: »Raymond. Bis eben war ich noch stolz auf dich. Aber das ist nicht der Sohn, den ich großgezogen habe und dem ich beigebracht habe, was Anstand ist.« Sie steht wieder auf, geht zur Spüle und klappert viel lauter als nötig mit den Töpfen herum.

»Aber was soll ich denn tun?«, frage ich. »Okay, ich kann mich entschuldigen, aber …«

»Wie viel liegt dir an diesem Mädchen?«, unterbricht sie mich und dreht sich um, die Spülbürste wie eine Waffe auf mich gerichtet.

»Viel«, sage ich. »Ziemlich viel, glaube ich.«

»Dann musst du dir, verdammt noch mal, was einfallen lassen!«

»Aber das ist nicht so einfach«, jammere ich. »Martin hat gedroht, dass mich die Plattenfirma auf Schadensersatz verklagt, sollten die Verkäufe wegen dieser Sache zurückgehen oder die Konzerte nicht mehr ausverkauft sein.«

»Ach, wirklich?«, höhnt meine Mutter. »Wie wollen sie dir das denn beweisen? Werden sie alle, die eure Platten und Konzerttickets *nicht* gekauft haben, nach ihren Gründen fragen?«

Hin und wieder vergesse ich, dass meine Mutter einmal Jura studiert hat. Sie arbeitet halbtags als Justiziarin für eine Behörde, Medienrecht ist also nicht gerade ihr Spezialgebiet, aber dennoch klingt ihr Argument schlüssig.

»Du hast gut reden«, erwidere ich kleinlaut. »Du kennst diese Typen nicht. Die Musik ist ein eiskaltes, knallhartes Geschäft, da ist kein Platz für … Sentimentalitäten.«

Meine Mutter tritt an den Tisch. Steht einfach da und schaut auf mich herab. Wie schon vorhin ist nichts Weiches in ihrem Blick. Und dann sagt sie etwas wirklich Brutales zu mir: »Du tust mir leid, Raymond.«

Das Gespräch mit Mum hängt mir noch nach. Auch am zweiten Weihnachtsfeiertag, den ich chillend zu Hause verbringe, will bei mir keine rechte Entspannung oder gar Feiertagsstimmung aufkommen. Sie hat völlig recht, sage ich mir. Ich hab mich wie ein Schwein verhalten. Ein feiges Schwein noch dazu.

Am Nachmittag ruft Amon an, ob er vorbeikommen könnte.

»Stimmt, ihr Moslems kennt ja kein Weihnachten«, seufze ich.

»Ach, wir nehmen es damit nicht so genau. Wir haben's trotzdem ganz schön krachen lassen«, sagt Amon. »Ray, ist Silas auch da?«

»Ja, ist er.«

»Kann ich vorbeikommen? Ich muss dringend mit euch reden.«

»Wunderhübsch«, grinst Amon wenig später beim Anblick der Scheußlichkeit aus Plastik mit elektrischen Kerzen und buntem Flitterkram, die Grace angeschleppt, in der Küche aufgestellt und als Weihnachtsbaum bezeichnet hat.

»Was ist los?«, fragt Silas, während Grace selbst gebackene »Kekse« auf den Tisch stellt. Die Dinger sind so süß, dass sie einem augenblicklich Löcher in die Zähne fressen und man schon von ihrem Anblick Diabetes bekommt. Zum Glück hat Silas von zu Hause auch noch einen Stollen abgezweigt.

»Ich habe euch doch von Schirin erzählt ...«

»Etwa die schreckliche Frau, die dein Vater gegen deinen Willen für dich ausgesucht hat?«, sagt Silas breit grinsend.

»Und der du nach eurem ersten Skype-Telefonat hoffnungslos verfallen bist, sodass du neuerdings ein glühender Verehrer der arrangierten Ehe bist, meinst du diese Schirin?«, ergänze ich, denn während der letzten Wochen hat uns Amon bei jedem Treffen mit seinen Schwärmereien die Ohren vollgesülzt.

»Ja, natürlich diese Schirin, was glaubt ihr denn?«, ereifert sich Amon, taub für unseren Spott.

»Und was ist mit ihr?«, fragt Grace neugierig. »Habt ihr euch inzwischen getroffen?«

»Ja«, strahlt Amon. »Heiligabend ist sie gekommen, natürlich mit ihren Eltern, und heute früh ist sie wieder abgeflogen. Ihr wisst doch, dass sie in London Anglistik studiert.«

»Wissen wir«, seufzt Silas.

»Sie ist dermaßen scharf ...«

»Wissen wir auch«, unterbricht Silas. »Aber was hat das mit uns zu tun?«

»Nun ja, also ... äh ... es ist so: Wir werden uns im Frühjahr offiziell verloben.«

»Schön für euch«, sage ich.

»Und ich werde ab dem nächsten Wintersemester, also ab Herbst nächsten Jahres, in London studieren.«

»Wollte dein Vater nicht immer schon, dass du in England studierst?«, hakt Grace nach.

»Ja, aber das ist Zufall«, murmelt Amon verlegen.

Silas hat als Erster kapiert, was Amon uns sagen will. »Das heißt, du bist dann raus aus der Band.«

»Äh, ja. Die Promotion-Tour für die neue CD und die Festivals im Sommer mache ich aber auf jeden Fall noch mit. Ich wollte, dass ihr es als Erste wisst. Renato ist leider in Italien, aber ich sag's ihm, sobald er wiederkommt. Ich will ihm das nicht per WhatsApp schreiben.«

»Sehr schade, aber ich kann's verstehen«, sage ich.

»Ja, Kumpel, kein Thema«, sagt Silas. »So ist halt das Leben. Wenn du meinst, dass das dein Glück ist.«

»Ist es«, versichert Amon. Er wirkt erleichtert wie nach einer Beichte. Hat er erwartet, dass wir ihm an die Gurgel gehen?

»Ist ja noch eine Weile hin«, sage ich. »Das gibt uns jede Menge Zeit, einen Nachfolger für dich zu finden.«

»Wobei dich natürlich niemand wirklich ersetzen kann«, sagt Grace.

»Das ist ja wohl klar«, grinst Amon. »Jemand mit meinem Genie und meiner Ausstrahlung und meinem Talent dürfte schwer zu finden sein.«

»Bescheidenheit hast du vergessen«, merke ich an.

»Eins würde mich interessieren«, beginnt Silas. »Wie regelst du das mit *Jungle Records*? Unser Zweijahresvertrag mit denen ist nächsten Herbst noch nicht abgelaufen.«

Amon beißt sich auf die Lippen. »Also, es ist so: Mein Alter hat schon mit unserem Anwalt gesprochen. Er ist so froh, dass ich ›zur Vernunft‹ gekommen bin, wie er es ausdrückt, dass er keine Kosten und Mühen scheuen will. Notfalls kauft er mich raus.«

»Verstehe«, sage ich und verspüre einen Anflug von Neid. Neid auf Amons ungetrübtes Liebesglück und auf seinen reichen Vater, der ihm die Steine aus dem Weg räumt. »Wie wirst du es bis dahin mit Paragraf 12 halten? Der steht doch bei dir auch drin, oder?«, füge ich vorsichtshalber hinzu.

»Ja, wieso? Der steht doch bei uns allen drin.«

»Bei Silas nicht«, sage ich.

»Echt nicht?«, fragt Amon.

»Nein. Hab ich abgelehnt«, sagt Silas.

»Interessant«, meint Amon.

»Also darfst du das mit deiner Verlobung nicht an die große Glocke hängen«, sage ich zu Amon. »Sonst wird's für deinen Herrn Papa noch ein bisschen teurer.«

Amon schüttelt den Kopf. »Darüber haben wir auch mit dem Anwalt gesprochen. Der Anwalt meint, er könnte sich durchaus vorstellen, dass ein Gericht diesen Paragrafen als sittenwidrig einstuft. Damit wäre dann jeder Vertrag, der diese Vereinbarung enthält, ungültig, auch deiner. Und mein Dad würde in dem Fall einen Haufen Geld sparen.«

Ich werde hellhörig. »Interessant. Hätte ich das nur mal früher gewusst. Sag mir unbedingt Bescheid, was dabei rauskommt.«

»Ja, klar, mach ich. Aber diesen dämlichen Paragrafen kannst du so oder so knicken, sagt der Anwalt.«

»Echt? Wieso?«, frage ich.

»Weil es ein zahnloser Tiger ist. Wenn schon, dann hätten sie einen festen Betrag als Strafe bei Verstößen gegen den Paragrafen festsetzen müssen. Aber das haben sie versäumt, und die Formulierung *kann Schadensersatz verlangt werden* ist für'n Arsch, meint der Anwalt. Selbst wenn die CD-Verkäufe, die Downloads und der Verkauf der Konzerttickets runtergehen sollten – kann doch sein, dass den Leuten einfach plötzlich unsere Musik nicht mehr gefällt. Wie wollen sie jemals beweisen, woran es liegt? Also vergiss diesen Paragrafen, die können dir gar nichts.«

Amons Worte versetzen mich in nervöse Unruhe.

»Genau das hat meine Mutter gestern auch schon gesagt«, bemerke ich.

»Schlaue Frau«, sagt Amon.

»Worauf du einen lassen kannst!«

Als Amon weg und auch Grace zu sich nach Hause gegangen ist, sitzen Silas und ich eine Weile grübelnd herum. Schließlich spricht Silas aus, was ich auch gerade denke. »Kann es sein, dass dies der Anfang vom Ende der Broken Biscuits ist?«

»Ach was«, wiegle ich ab. »Schon viele Bands haben Mitglieder verloren und neue sind dazugekommen. Und mal ehrlich: Amon ist gut, aber ersetzbar. Schlimmer wär's, wenn du gehen würdest.«

»Oder du«, sagt Silas.

»Wir könnten versuchen, eine Schlagzeugerin zu kriegen«, sage ich. »Frauen am Schlagzeug finde ich sexy.«

»Hm, ja.«

Wieder versinken wir in nachdenkliches Schweigen.

»Hast du schon mal daran gedacht, was wir in ein paar Jahren machen?«, frage ich. »Ich meine, wir können nicht ewig 'ne Boyband sein.«

»Ja«, sagt Silas.

»Was: ja?«, frage ich irritiert.

»Ja, ich hab darüber nachgedacht.«

»Und was ist dabei rausgekommen?«, frage ich, ganz die Geduld in Person.

»Wir beide könnten unsere eigene Plattenfirma gründen.«

»Was?«

»Wir beide könnten ...«

»Ja, ich hab's gehört«, sage ich. »Du meinst, wir sollten für unsere Band unser eigenes Label gründen?«

»Für unsere und für andere Bands, die uns gefallen.«

»Wir wären dann Musiker und gleichzeitig Produzenten ...«

»Wir säßen jedenfalls am anderen Ende der Nahrungskette und würden unsere Verträge mit uns selber machen«, erklärt Silas.

»Aber braucht man dafür nicht einen Riesenhaufen Geld?«, überlege ich.

»Im Moment verdienen wir doch auch einen Riesenhaufen Geld, oder?«

»Aber wir kennen uns mit so was gar nicht aus.«

»Dann lernen wir es eben. Es eilt ja nicht.«

Es klingt für mich, als hätte Silas schon länger darüber nachgedacht. Bestimmt sogar. Silas ist nicht der Typ, der so etwas einfach mal so rausrotzt. Könnte das wirklich unser Plan B sein? Oder überhaupt ein Plan?

»Coole Idee«, sage ich nach einer Weile.

Silas grunzt zustimmend. Mehr wird an diesem Abend auch nicht mehr über das Thema geredet.

20

Der Umschlag trägt den Poststempel vom 2. Februar und mein Name und die Adresse sind handgeschrieben. So was kommt nicht oft vor. Wenn ich es mir recht überlege, ist meine Oma aus Bayern die Einzige, die mir ab und zu einen Brief schreibt, und meistens liegt ein Geldschein mit drin. Aber dies ist nicht die zittrige Schrift meiner Oma und außerdem schreibt sie mir nur zu Weihnachten und zum Geburtstag.

Obwohl nirgends ein Absender steht, weiß ich sofort, dass der Brief von Ray ist. Nicht, dass ich seine Handschrift erkennen würde. Ich habe keine Ahnung, wie die aussieht, ich besitze nicht einmal ein Autogramm von ihm. Ich sehe nur, dass es eine typische Jungsschrift ist. Aber wer sonst sollte mir einen Brief schreiben? Er fühlt sich ziemlich dick an. Ein seitenlanger Entschuldigungsbrief? Irgendwie sieht ihm das nicht ähnlich, so ein altmodischer Brief. Oder doch?

Ich habe eine Woche Winterferien, deswegen war ich am Briefkasten und nicht Mum. Die ist gerade zu einer Besprechung mit einem Kunden gefahren. »Ein *White Dinner* im Tiergarten für 150 Personen, drück mir die Daumen!«, hat sie gesagt, ehe sie losfuhr.

Bis eben hatte ich noch Hunger und wollte mir ein spätes Frühstück machen, aber jetzt ist an Essen nicht mehr zu denken. Ich trage den Brief in mein Zimmer, lege ihn auf den Schreibtisch und starre ihn an.

Und wenn er doch nicht von Ray ist?

Wie wär's, wenn du ihn einfach öffnest?

Aber ich zögere. Während der letzten Monate bin ich viele kleine Schritte gegangen, um mein inneres Gleichgewicht wiederzufinden.

Es ist mir einigermaßen gelungen, jeden Tag ein bisschen mehr. Noch immer denke ich oft an Ray, aber es tut nicht mehr so weh wie am Anfang. Ich weiß jetzt, dass sich zu verlieben ein Wagnis ist, bei dem man verletzt werden kann. Sehr sogar. Aber ich bereue es dennoch nicht. Ich bin sicher, es wird irgendwann wieder passieren, und dann nimmt es vielleicht einen besseren Verlauf. An dieser Hoffnung halte ich mich fest.

Ich arbeite zurzeit viel für die Schule, denn ich will einen möglichst guten Abi-Durchschnitt, der mir alle Möglichkeiten offen hält. Ich überlege mir – kein Witz! –, ob ich nicht vielleicht Mathematik und Philosophie studieren soll. Hat wohl mit dem Kauz zu tun, aber vielleicht wäre ich auch so darauf gekommen.

Mit meinen Freundinnen läuft alles gut. Linda habe ich ihren Verrat längst verziehen. Ich war zwar zunächst sehr wütend und enttäuscht und hab erst mal nichts von mir hören lassen, aber sie hat mir einfach gefehlt, und zwar schon nach wenigen Tagen. Auch Mum und der Kauz meinten, ich solle – O-Ton Kauz – *Großmut walten lassen.*

»Klar, sie hat was Schlimmes gemacht, aber ist es so schlimm, dass du sie deswegen für immer als Freundin verlieren willst?«, hat Mum zu bedenken gegeben.

Nein, ich will Linda nicht verlieren wegen eines einzigen dummen Fehlers, einer blöden Kurzschlusshandlung, die sie aus Eifersucht oder weiß der Teufel warum begangen hat. Also haben wir uns ausgesprochen und versöhnt.

Katja turtelt jetzt mit Sascha herum, nachdem sie sich von Jonas getrennt hat. Als ich sie gefragt habe, ob sie auch mit Sascha ein No-Sex-Abkommen geschlossen hat, hat sie nur breit gegrinst und ist feuerrot angelaufen.

Obwohl Linda es zuerst abgestritten hat, ist sie jetzt doch fest mit Oliver liiert.

Fabienne ist etwas vorsichtiger geworden, seit wir sie vor dem Club aus dem Jaguar gezogen haben. Sie behauptet, sie hätte gar nicht viel getrunken und der Typ hätte ihr vermutlich K.-o.-Tropfen in ihren

Drink geschüttet. Wenn wir sie ärgern wollen, müssen wir nur das Wort *Pennhaus* lallen und sie geht an die Decke. Sie wartet nach wie vor auf Mr Right. Sind wir also schon zwei.

Letzte Woche habe ich von Fabienne erfahren, dass Paul mit einem Mädchen von der Uni zusammen ist. Es hat mir seltsamerweise einen Stich versetzt. Dabei finde ich es im Grunde gut, dass er jemanden hat.

Wenn zwischen lernen und Freunde treffen noch Zeit übrig ist, helfe ich Mum im Laden. Aber nicht mehr so oft und eigentlich mehr zum Spaß. Die Auftragslage ist inzwischen so gut, dass Mum eine Hilfskraft eingestellt hat: Signora Damiani, eine italienische Mamma wie aus dem Bilderbuch – herzlich, resolut und schnurrbärtig. Sie kocht einfach fantastisch. In regelmäßigen Abständen treffe ich mich mit meinem Vater und meinem Halbbruder Leo. Den Kleinen habe ich inzwischen echt ins Herz geschlossen. Seine Mutter und ich haben eine Basis des höflich-gelassenen Miteinanders gefunden.

Mein Leben wird wieder von Vernunft bestimmt und nicht von romantischen Träumereien. Es verläuft in geraden Bahnen, ohne große Höhen und Tiefen, aber wer braucht das schon? Ich jedenfalls so bald nicht wieder, ich hatte im letzten Dreivierteljahr genug Achterbahnfahrten.

Was also fürchte ich, dass dieser Brief mir anhaben kann? Wenn Ray sich bei mir entschuldigt, wäre das eine schöne Geste, aber das wird nichts ändern. Wenn er mir Vorwürfe macht? Dazu hat er überhaupt kein Recht, es würde nur bestätigen, dass er ein Arsch ist.

Wieso kriege ich dann jetzt auf einmal Herzrasen und einen ganz trockenen Mund?

Stell dich nicht so an, Jill Goldberg!, sage ich mir und reiße den Umschlag auf.

Heraus fallen sechs Tickets für das Tour-Opening der Broken Biscuits am 13. Februar im Velodrom. Dabei liegt eine Karte: ein triefäugiger Basset mit einem klassisch reumütigen Hundeblick. Auf der Rückseite steht:

Liebe Jill,
was passiert ist, tut mir unendlich leid. Falls du mich noch nicht vergessen hast oder total sauer auf mich bist, dann komm doch bitte zu unserem nächsten Konzert. Es würde mir sehr viel bedeuten. Bitte sei mutiger, als ich es war, und spring über deinen Schatten.
Dein Ray

Das mit dem Herzrasen ist jetzt nicht wirklich besser geworden. Ich renne ins Bad und trinke Wasser aus dem Hahn.

Soll das seine Entschuldigung sein? Ein halbes Dutzend Konzertkarten? Was hat er davon, wenn ich komme? Wieso würde es ihm viel bedeuten? Ich hätte es verstanden, wenn er sich mit mir treffen wollte, um sich bei mir wegen des gemeinen Artikels zu entschuldigen, aber das? Ich kann das nicht einordnen, deshalb lasse ich alles auf dem Schreibtisch liegen, gehe runter in die Küche und mache mir erst mal einen Kaffee. Während ich ihn trinke, texte ich Linda an: *Sofort rüberkommen, wichtig!*

Ich bin gerade bei der zweiten Tasse, als Linda ihr Fahrrad durch die Pforte schiebt – und hinter ihr Fabienne. Zum Teufel, wieso ist sie denn dabei?

»Wir wollten gerade unser Englischreferat in Angriff nehmen«, erklärt Linda. »Ich hoffe, es ist wirklich wichtig.«

Fabienne drückt mir einen angedeuteten Kuss auf die Wange und fragt: »Was ist los, hat dich Moritz endlich um ein Date gebeten?«

»Wer?«

»Ollis Cousin. Der mit uns im Kino war.«

Ich verkneife mir ein Augenverdrehen. In letzter Zeit bin ich mehr Verkupplungsversuchen ausgesetzt worden, als ich warme Mahlzeiten hatte.

»Nein. Kommt mit rauf.«

Sie folgen mir in mein Zimmer und ich deute auf meinen Schreibtisch.

»Heiliger Strohsack!«, schreit Fabienne. »Das sind Tickets für die VIP-Loge. Sind die von …?«

»Lest die Karte.«

Fabienne seufzt nur, während sie die Zeilen überfliegt.

»Süßer Hund«, sagt Linda, nachdem auch sie die Karte gelesen hat.

»Mehr hast du nicht dazu zu sagen?«

»Was erwartest du denn von mir?«

»Keine Ahnung, ich bin total durcheinander«, gestehe ich. »Ich meine, soll das vielleicht eine Entschuldigung sein? Will er damit sein Gewissen erleichtern? Mit Eintrittskarten für ein Konzert, die ihn keinen Cent kosten?«

»Es ist das CD-Release-Konzert«, stellt Fabienne mit leuchtenden Augen fest.

»Das Velodrom ist voll cool«, meint nun auch Linda. »Es sieht aus wie ein Ufo.«

»Nicht, dass du die Tickets wegschmeißt, die sind Gold wert«, ermahnt mich Fabienne.

»Ihr seid wirklich eine Riesenhilfe«, maule ich.

»Was denn?« Fabienne hebt in einer theatralischen Geste die Arme. »Geh hin oder lass es. Das ist doch ganz einfach.«

»Was würdet ihr denn an meiner Stelle tun?«

Linda presst die Lippen zusammen und zuckt mit den Achseln. Obwohl ich ihr verziehen habe, ist das Thema Ray zwischen uns immer noch ein heißes Eisen.

Fabienne brütet eine Weile über der Karte und versucht dann, zwischen den Zeilen zu lesen. »Ich nehme an, die Formulierung *Falls du mich nicht vergessen hast* soll eigentlich heißen: *Falls du noch keinen neuen Freund hast.*«

»Ich könnte ihm ja schreiben, dass ich gern mit meinem neuen Freund kommen werde«, sage ich giftig.

»Du hast keinen neuen Freund«, stellt Linda sachlich fest. »Dir ist ja keiner gut genug.«

»Weil sie immer noch Ray-verseucht ist«, ergänzt Fabienne.

»Es sind noch zehn Tage«, erwidere ich trotzig. »Die Welt wurde in nur sechs erschaffen.«

»Red keinen Stuss!«, ermahnt mich Fabienne und fährt mit der Textanalyse fort: »Er hätte auch ganz unverbindlich schreiben können, dass er sich freuen würde, wenn du zum Konzert kommst, und so weiter. Stattdessen schreibt er: … *komm doch bitte.* Und: *Es würde mir sehr viel bedeuten.* Zweimal benutzt er das Wort *bitte.* Es scheint ihm wirklich viel daran zu liegen.«

»*Spring über deinen Schatten* soll heißen, dass du deinen Stolz runterschlucken sollst«, interpretiert Linda. Unsere Deutschlehrerin hätte ihre helle Freude an den beiden.

Fabienne setzt sich umgekehrt auf meinen Schreibtischstuhl, legt das Kinn auf die verschränkten Arme und sagt über die Lehne hinweg: »Warum rufst du ihn nicht einfach an und bedankst dich für die Karten? Dann hörst du schon, wie er so drauf ist.«

»Ich hab seine Nummer gelöscht.«

»Du hast was?«, kreischt Fabienne und fährt in die Höhe. »Also wirklich! Du hättest sie wenigstens vorher mir geben können.«

»Warum macht er das?«, frage ich, während ich im Zimmer auf und ab tigere. Ich kann mich nicht hinsetzen, dazu bin ich viel zu hibbelig. »Warum bittet er mich nicht einfach um ein Treffen? Warum das Konzert?« Andererseits, fällt mir gerade ein, hat er beim letzten Mal auch den Umweg über den Partyservice meiner Mum und das Fest bei den Navids genommen. Direkte Kommunikationswege sind Ray anscheinend zu langweilig.

»Ich würde vorschlagen, dass wir hingehen und es rausfinden«, sagt Fabienne und wirbelt mit meinem Stuhl einmal um die eigene Achse.

Linda meint: »Es ist womöglich seine Art, Entschuldigung zu sagen. Vielleicht hat er Angst, dass du Nein sagst, wenn er dich geradeheraus um ein Treffen bittet. Das Konzert ist da doch ideal. Er kann die Loge checken und sehen, ob du da bist.«

»Das ist ja das Allerletzte!«, rufe ich. »Wenn er mir was zu sagen hat, dann soll er das tun. Nein, wisst ihr was? Ich vergesse ganz einfach, dass er mir die Karten geschickt hat. Aus, Ende. Es ist nie passiert.«

»Quatsch. Jetzt hast du seinen Brief geöffnet, jetzt kannst du nicht mehr so tun, als gäbe es ihn nicht«, stellt Linda fest.

»Vielleicht macht es dir ja gar nichts aus, ihn zu sehen«, spekuliert Fabienne. »Geht mir andauernd so. Einen Kerl, auf den ich total abgefahren bin, sehe ich nach ein paar Monaten wieder und weiß gar nicht mehr, was ich an ihm fand.«

Linda blickt Fabienne so resigniert an wie eine Lehrerin ihre allerdümmsten Schülerin. »Glaubst du das wirklich?«

Fabienne grinst und schüttelt den Kopf. »Nein. Ich denke, sie wird ihn sehen und das große Flattern kriegen.«

»Und ein feuchtes Höschen«, ergänzt Linda.

»Hey!«, brülle ich die beiden an. »Ich bin *hier*! Reißt euch gefälligst mal ein bisschen zusammen!«

Sie kichern, während ich leise Flüche vor mich hin murmele und dabei nachdenke. Schließlich sage ich voller Überzeugung: »Ich bleibe hier. Ich will da nicht hin. Gerade hat sich alles wieder normalisiert, mir geht es gut – und jetzt das. Nein, das brauch ich echt nicht.«

»Gut! Ich dachte schon, das ganze Theater fängt wieder von vorne an«, sagt Linda und bietet mir sogar an, mit mir zusammen zu Hause zu bleiben. Ich überlege, ob sie das sagt, weil sie einiges wiedergutzumachen hat.

»Du kannst ruhig hingehen«, sage ich. »Aber bei mir ist das was anderes. Schließlich habe ich auch meinen Stolz.« Er hätte mir ja wenigstens zum Geburtstag oder zu Weihnachten schreiben können, füge ich in Gedanken hinzu und drücke Fabienne den Stapel VIP-Karten in die Hand. »Macht euch einen schönen Abend.«

»Das meinst du nicht wirklich«, sagt Fabienne, während sie sich den Kartenstapel in ihren Ausschnitt steckt – ein Anblick, der mich mehr irritiert, als mir lieb ist.

»Doch, es ist mein voller Ernst«, sage ich. »Ich will nichts mehr davon hören. Irgendwann muss einfach Schluss sein.«

RAY

Heute ist der Tag des CD-Release-Konzerts. Ich bin total nervös. Mal denke ich: Das kann nicht gut gehen, wir haben die Platte viel zu schnell produziert. Dann wieder höre ich unsere Stücke im Geist und finde sie richtig gut. Silas geht es ähnlich. Wir beide sitzen beim Frühstück und bringen kaum einen Bissen hinunter. Solches Lampenfieber hatte ich noch nie, und ich glaube, Silas auch noch nicht.

Ich kann mich beim besten Willen nicht erinnern, jemals in meinem Leben so viel geschuftet zu haben wie in den letzten paar Wochen, und die anderen auch nicht. Irgendwie haben wir es geschafft, bis Ende Januar vierzehn Songs aufzunehmen und elf davon selbst zu schreiben. Wegen des besseren Spirits haben wir wieder unseren alten Probenraum in Beschlag genommen, den Lagerraum der Pizzeria von Renatos Eltern. Tage-und nächtelang haben wir dort herumprobiert, so lange, bis der jeweilige Song allen gefiel. Dann wurde geprobt, verbessert und über den Lyrics gebrütet. Manchmal war es auch umgekehrt, jemand hatte eine Textidee und wir suchten verzweifelt nach einer groovigen Melodie und den richtigen Arrangements dazu. Und dann kam der nächste Song dran …

Es grenzt an ein Wunder, dass das alles geklappt hat. Der Termindruck, der uns im Nacken saß, spornte uns an, aber vor allen Dingen wollten wir es Martin zeigen. Das vor allem anderen. Vor ihm zugeben zu müssen, dass wir es nicht schaffen, war für uns alle undenkbar. Also haben wir uns reingehängt wie die Irren und am Ende ist eine wilde Mischung herausgekommen. Songs mit einem wuchtigen Groove, dazwischen etwas Blueslastiges oder auch mal ein spaciger Soul. Man spürt Graces Einfluss auf Silas, aber das bedeutet nichts Schlechtes, im Gegenteil. *Soulrock* nennt Grace unsere neue Linie.

Zwischendurch haben Silas und ich an unserer Idee *eigenes Plattenlabel* herumgestrickt. Manchmal nur so rumgesponnen, dann wieder ganz ernsthaft. Wenn der ärgste Stress vorbei ist, haben Silas und ich uns vorgenommen, werden wir uns ausgiebig damit beschäftigen. Ich habe Mum davon erzählt und sie findet die Idee sehr gut. Tatsache ist aber, dass wir ein finanzielles Polster brauchen, und schon allein deswegen muss die neue Platte ein Erfolg werden. Mit einem eigenen, neuen Label an einen Misserfolg anzuknüpfen, wäre ja auch einigermaßen idiotisch.

Amons Anwalt hat sich mit Martin Niemeyer und *Jungle Records* ordentlich gezofft und dann geeinigt. Streit gab es um den berüchtigten Paragrafen 12 und die Frage, ob die Klausel sittenwidrig ist oder nicht. Renato und ich segelten quasi in Amons Windschatten und schalteten ebenfalls einen Rechtsbeistand – nämlich meine Mum – ein, um zu prüfen, ob unsere bestehenden Verträge überhaupt gültig sind. *Jungle Records* wollte die Sittenwidrigkeit zwar partout nicht einräumen, aber gleichzeitig unbedingt einen Prozess und das damit einhergehende Aufsehen und eventuell schlechte Presse vermeiden. Nach einigem Hickhack bot man uns allen, auch Silas, neue Verträge an: ohne Liebesverbot-Paragrafen und nur für das laufende Projekt. Damit waren wir alle zufrieden, nicht zuletzt Amons Anwalt, dessen Mandant, Herr Navid, auf diese Weise um eine saftige Ablösesumme herumkam.

Ich mache mir allerdings ziemliche Vorwürfe, weil ich nicht selbst darauf gekommen bin, die Verträge prüfen zu lassen, sondern erst Amon kommen musste, um mir zu zeigen, dass es einen Ausweg gibt. Warum bin *ich* nicht zu einem Anwalt gegangen, als ich noch mit Jill zusammen war? Warum habe ich nicht mehr um uns gekämpft? Stattdessen habe ich mich von Martin und dem Management der Plattenfirma einschüchtern lassen. Was für ein Idiot ich war anzunehmen, das alles wäre in Stein gemeißelt! Ehrlich gesagt, zu wissen, dass Jill und ich die ganze Zeit hätten zusammen sein können, wenn ich weniger feige gewesen wäre, macht mich fertig. Vergessen hab ich sie keine Sekunde, im Gegenteil: Je länger die Sache her ist und je glücklicher Amon mit seiner Schirin ist, desto mehr denke ich an Jill und desto mehr fehlt sie mir. Umso nervöser bin ich wegen heute Abend – nicht nur wegen des Auftritts, sondern auch weil ich inständig hoffe, dass sie meine Entschuldigung akzeptiert hat und zum Konzert kommt. »Glaubst du, Jill wird da sein?«, frage ich.

Silas stöhnt. »Mann, Alter, das fragst du mich jetzt schon zum hundertsten Mal und ich sage dir: Ich weiß es nicht. Ich kenne sie kaum, keine Ahnung, wie sie sich entscheiden wird. Warum rufst du sie nicht einfach an oder schreibst ihr 'ne Nachricht?«

Ich schüttle den Kopf. »Nein. Wenn sie kommt, ist alles gut. Wenn sie mir aber vorher sagt, dass sie nicht kommt, dann weiß ich nicht, ob ich das heute Abend durchstehe.«

»Aber vielleicht könntest du sie notfalls noch überreden«, meint Silas.

»Jill überreden? Das glaube ich nicht. Dazu ist sie viel zu stur.«

»Also seid ihr praktisch Seelenverwandte.«

»Ach, fuck you!«

»Nicht, dass du heute Abend Scheiße baust, nur weil sie nicht da ist!«

»Ich bau keine Scheiße, versprochen.«

»Alter, bin ich froh, wenn dieser Abend rum ist!«

Die Türklingel schellt. Ich stehe auf und brumme »Wer da?« in die Sprechanlage.

»Werbung!«

Ich drücke den Summer und bin gerade im Bad, als es erneut klingelt. Dieses Mal an der oberen Tür. Ich höre, wie Silas öffnet und mit jemandem redet. Unbekannte weibliche Stimme, ziemlich jung. Aber nicht Jill, nein, nein, ganz ruhig, sie ist es nicht!

»Ja, der ist da«, höre ich Silas sagen. Jetzt sind sie in der Küche.

Wer ist denn das jetzt? Ich wasche mir schnell die Hände und das Gesicht und betrete neugierig die Küche. Ein großes, hageres Mädchen mit blondem Haar und Sommersprossen steht da und scheint auf mich zu warten. Sie kommt mir vage bekannt vor.

»Hi«, sagt sie. »Ich bin Linda. Jills Freundin.«

»Linda«, sage ich. »Stimmt. Hab dein Foto auf Jills Facebook-Seite gesehen. Was ist los? Wie kommst du hierher?«

»Wir haben ein Problem«, sagt sie. »Vielmehr du hast eins. Jill will nicht mit zum Konzert kommen.«

21

Pünktlich um sieben Uhr abends steht Linda vor der Tür. Für einen gemütlichen Abend zu Hause ist sie mit ihrem engen kurzen Rock allerdings ziemlich overdressed, vor allem, da ich demonstrativ in meinem Häschenoverall stecke. Deshalb sage ich: »Linda, es ist okay. Du musst nicht mit mir zu Hause rumsitzen, du kannst ruhig mit den anderen zum Konzert gehen.«

»Wir werden nicht zu Hause rumsitzen, wir gehen aus«, antwortet Linda, während sie mir die Treppe hinauf in mein Zimmer folgt.

»Sagt wer?«

»Ich sage das. Und Olli. Der steht auch nicht so auf Boybands. Lass uns in einen Club gehen.«

»Wer kommt sonst noch mit?«, frage ich ahnungsvoll. »Wieder einer von Ollis zahlreichen Cousins?«

»Nein, nur wir drei.«

»Lass mal«, sage ich. »Ich will nicht das dritte Rad am Wagen sein.«

»Das fünfte.«

»Hä?«

»Es heißt: das fünfte Rad am Wagen, aber das bist du nicht. Und jetzt hab dich nicht so und zieh endlich dieses grässliche Hasendingsda aus.«

»Ich will wirklich nicht.«

»Okay, setz dich hin und schließ die Augen.«

»Was wird das denn jetzt?«

»Tu es einfach.«

Ich setze mich aufs Bett und schließe die Augen.

»Versetzt dich in folgende Lage: Du sitzt hier und ziehst dir irgendwelchen YouTube-Kram rein oder hängst unten vor der Glotze in deinem Hasenkostüm. Du trinkst Kakao und pflegst deinen Stolz. Im Velodrom steppt der Bär und dein Handy piepst am laufenden Band, weil Fabienne dir Fotos und Videos vom Konzert schickt und Nachrichten, wie geil alles ist …«

»Das Ding hat auch einen Knopf zum Ausschalten.«

»Hör zu: Ich lass dich auf keinen Fall allein hier sitzen. Aber ich bin andererseits auch noch nicht so alt, dass ich den Samstagabend vor der Glotze verbringen will. Also bitte zieh dich jetzt an und klatsch dir ein bisschen Make-up ins Gesicht, Herrgott noch mal!«

Vielleicht hat sie ja recht, vielleicht sollte ich wirklich nicht zu Hause rumsitzen und grübeln. Harmoniesüchtig, wie ich bin, gehe ich ins Bad, schminke mich und ziehe mir das schwarze Kleid meiner Mutter an, das ich auf der Party der Navids getragen habe. Keine Ahnung, warum ich ausgerechnet das aussuche, vielleicht habe ich eine masochistische Ader. Oder vielleicht brauche ich gerade heute Abend das Gefühl, gut auszusehen.

»Ich dachte, ihr bleibt heute hier. Ich habe Linseneintopf gekocht.« Mum kommt aus der Küche und mustert uns. »Steht dir wirklich gut, das Kleid«, sagt sie zu mir. »Wo soll's denn hingehen?«

»In einen Club. Mein Freund kommt auch mit«, sagt Linda rasch.

»Ah. Und ich dachte schon, du hast es dir anders überlegt«, sagt Mum zu mir.

»Keineswegs«, sage ich hoheitsvoll. Mum ist nämlich mit mir ganz einer Meinung: Mit ein paar Konzertkarten als Entschuldigung ist es nicht getan.

»Na dann, viel Spaß!«

»Ist es nicht ein bisschen früh für einen Club?«, frage ich, als wir durch den Vorgarten gehen.

»Olli will noch was essen.«

»Typisch. Wo ist er überhaupt?«

»Er holt uns hier ab. Müsste jeden Moment um die Ecke biegen, ich hab ihn angerufen, als du im Bad warst.«

Irgendwas ist faul, ich spüre es. Linda ist so komisch, sie führt etwas im Schilde. Falls sie vorhaben, mich doch noch ins Konzert zu schleppen, werde ich mich strikt weigern und notfalls an der nächsten roten Ampel aus dem Wagen springen.

Wir stehen auf dem Gehweg, es ist kalt und längst dunkel und es regnet. »Hoffentlich beeilt er sich ein bisschen!«, nöle ich. Ein paar Scheinwerfer nähern sich. Was ist das denn? Das ist nicht der Kleinwagen von Ollis Mutter, den kenne ich bereits. Der Wagen ist schwarz und endlos lang und hat getönte Scheiben. Das ist eine Stretch-Limo. Die Dinger sieht man in der Stadt öfter mal rumfahren. Mir dämmert, was da los ist, und ich sage zu Linda. »Falls Ray glaubt, er müsse mir nur so eine Protzkarre schicken ...«

»Ich war bei ihm, heute Morgen«, unterbricht mich Linda.

»Was? Woher wusstest du, wie du an ihn rankommst?« Ich starre sie an. Dann dämmert es mir. »Klar, du weißt ja, wo er wohnt. Aber warum bist du da hin? Und was hat er gesagt? Wie hat er reagiert?«

»Nun, ich musste ja sicherstellen, dass er dir nicht wieder das Herz bricht. Er lässt dir übrigens was ausrichten.«

»Und was?«

Linda grinst.

»Jetzt sag schon!«

»Das erfährst du, wenn wir in der Loge des Velodroms sitzen.«

Was für ein gemeiner Trick! »Linda, ich bring dich um, ich schwör's!«

Während wir diskutieren, wird eine Tür des Gefährts geöffnet und Katja steigt heraus. Aus dem Wageninneren höre ich Fabienne quäken: »Los jetzt, Jill, rein mit dir. Wir kommen sonst zu spät!«

Während ich noch zögere, ob ich in diesen Wagen steigen soll, nimmt Katja meine Hand und dann höre ich es klicken und spüre etwas Kaltes, Metallisches um mein Handgelenk. Handschellen! Das sind verdammt noch mal Handschellen, eine um mein Handgelenk, die andere um Katjas. Ich fasse es nicht.

»Hey! Seid ihr jetzt komplett verrückt geworden?«

»Sorry.« Katja dreht sich um und steigt wieder in den Wagen, wobei sie mich an der Handschelle hinter sich her zerrt.

»He, Moment mal …«

Linda gibt mir einen Schubs und ich stolpere ins Wageninnere und falle neben Katja auf die Sitzbank. Gegenüber sitzen schon Fabienne, Olli und Sascha.

»Das wäre geschafft«, stöhnt Linda, die nach mir eingestiegen ist.

Irgendjemand schließt die Tür, die Karosse setzt sich in Bewegung, ein Korken knallt an die Decke, Gelächter, Gekreische, ich spüre nasse Spritzer auf meiner freien Hand.

»Mach mich sofort los!«, zische ich Katja zu.

»Nur über meine Leiche!«

»Genau«, sagt Fabienne. »Und über meine!«

»Ihr lasst mich jetzt sofort aussteigen!«, zetere ich.

»Geile Karre«, meint Sascha.

»Und wie geil das ist!«, kräht Fabienne. »Ich komme mir selber schon vor wie ein Rockstar. Hey, weiß jemand, wo die verdammten Gläser für den Sekt sind?«

»Das ist Schampus«, klärt Katja sie auf.

»Noch besser!«

Die Kette der Handschellen klirrt, als Katja versucht, ein Glas zu greifen. Auf einmal gewinnt mein Sinn für's Komische die Oberhand und ich muss lachen. »Ihr seid das Letzte, wirklich! Okay, ihr habt gewonnen. Kannst du mich jetzt bitte losmachen, Katja?«

»Erst wenn wir da sind. Wie sagte schon Lenin? Vertrauen ist gut, Kontrolle ist besser.«

Die Stretch-Limo fährt uns bis zu einem Seiteneingang, wo wir abseits der Massen das Gebäude betreten. Vorher schließt Sascha unsere Handschellen auf. »Würde ja doch einen komischen Eindruck machen«, meint er.

»Woher habt ihr die eigentlich?«, will ich wissen.

»Sind meine«, sagt Sascha und grinst.

»Wenn du wirklich nicht mit willst, kannst du jetzt noch umkehren«, meint Katja.

»Vergiss es«, sage ich.

»Endlich kommst du zur Vernunft«, stellt Fabienne fest, während Sascha die Handschellen einsteckt. »Hat ja gedauert.«

Meine Befürchtung, dass mich die Groupies erkennen und voller Wut auf mich stürzen könnten, erweist sich als überflüssig. Die kommen nicht einmal in meine Nähe.

Ein Security-Mensch nimmt uns in Empfang und begleitet uns sechs zu einer Loge, die eigentlich doppelt so viele Plätze bietet.

Wir setzen uns hin.

»Irgendwie ist es komisch hier oben.« Linda lässt ihren Adlerblick über die Menge unter uns schweifen.

»Ja, man fühlt sich wie ein römischer Kaiser beim Gladiatorenkampf«, bestätigt Fabienne.

Ich weiß, was sie meinen, mir geht es genauso. In meinem Leben war ich vielleicht auf drei oder vier Rockkonzerten, aber immer habe ich irgendwo im Gewühl gestanden, bin rumgeschubst worden, habe spitze Ellbogen zwischen die Rippen gekriegt, habe meinerseits zurückgerempelt und bin anderen auf die Zehen gelatscht, um meinen Viertelquadratmeter Platz vehement zu verteidigen. Aber ich konnte herumzappeln und nach Herzenslust auf und ab hüpfen und mich als Teil jenes großen Organismus namens Publikum fühlen.

Das ist jetzt anders. In der Arena des futuristisch anmutenden Velodroms drängelt sich das Volk unter dem freitragenden Stahldach. Wir aber thronen über dem Geschehen. Sich eine Oper von der Loge aus reinziehen, meinetwegen, aber ein Rockkonzert? Es fühlt sich wirklich komisch an. Am allerkomischsten fühlt sich jedoch die Tatsache an, dass ich überhaupt hier bin. Kein Lebenszeichen von Ray in den zehn Tagen bis zum Konzert – und dann dieses Auto ... Das alles ist völlig surreal.

»Und was lässt Ray mir nun ausrichten?«, frage ich Linda.

»Eigentlich gar nichts. Das war nur ein Trick, damit du einsteigst. Ich wusste ja nicht, dass Katja einen Freund hat, der Handschellen besitzt. Ray hat allerdings die Stretch-Limo organisiert.«

»Ich bring dich um, Linda, wirklich, ich tu's!«

Nicht zu wissen, was ich heute Abend von Ray zu erwarten habe, macht mich völlig fertig. Insgeheim hoffe ich, er würde sich während des Auftritts der Vorgruppe wenigstens ganz kurz bei uns sehen lassen, und sei es nur, um sich zu vergewissern, dass ich seine Einladung angenommen habe. Aber er kommt nicht, und ich bin von Minute zu Minute enttäuschter und nervöser.

Was, wenn gar nichts geschieht? Wenn wir das Konzert anhören und dann rausgehen und das war's? Andererseits – hätte Linda mich dann heute hierhergeschleppt? Und hätte er dann die Limo geschickt? Was soll ich von alledem halten? Obwohl es mich innerlich vor Spannung fast zerreißt, versuche ich mir nichts anmerken zu lassen. Meine Hände sind zwar feucht, aber mein Lächeln ist mir ins Gesicht gemeißelt, besonders jetzt, wo die Vorgruppe aufgehört hat und das Licht wieder heller geworden ist. Ob Ray uns – mich – von irgendwoher beobachtet? Vermutlich. Ich spüre, wie wieder die altbekannte Wut auf Ray in mir hochsteigt.

Unten, am Boden der Arena, sirrt die Luft. Das Spektakel steht unmittelbar bevor. Das Drängeln und Schubsen nimmt zu, die Masse wogt hin und her, das Gekreische schwillt an. Oliver hält sich die Ohren zu. Mir kommt der Gedanke, dass da vorn sicher einige der Mädchen stehen, die hässliche und gemeine Dinge über mich geschrieben haben. Wahrscheinlich auch die drei, die mich angegriffen haben, und die, die mir vor unserer Tür aufgelauert haben. Nicht zu vergessen die nach wie vor unbekannte Steinewerferin. *Die Ermittlungen verliefen im Sande*, wie es so schön heißt.

Das Licht wird runtergedimmt, der Kreischpegel ohrenbetäubend.

Schatten huschen auf die Bühne, die Scheinwerfer flammen auf und dann wird die Band auf der Bühne angeleuchtet. Mir stockt der Atem, als ich Ray ganz vorn stehen sehe. Vier Monate sind vergangen, aber die Symptome, wenn ich ihn sehe, sind kein bisschen anders als früher. Hitzewellen überrollen mich, mein Puls rast und mich ergreift eine geradezu unbändige Gier nach seinem Körper, so als säße ich in seinem Zimmer, auf seinem Schoß, und er würde meinen Hals mit Küssen bedecken.

»Hallo, Berlin!«, dröhnt seine Stimme durch die Halle. *»Are you ready?«* Die Groupies rasten aus und produzieren Töne, die ich menschlichen Kehlen niemals zugetraut hätte.

Ich stöhne auf. Ich wusste, warum ich nicht herkommen wollte. Ray auf der Bühne zu sehen, reißt die mehr schlecht als recht verheilte Wunde sofort wieder auf.

Katja, die neben mir sitzt, scheint meine Gedanken lesen zu können, jedenfalls drückt sie meine Hand, an der vorhin noch die Handschelle hing, und schenkt mir ein aufmunterndes Lächeln. Ich atme tief durch. Das Kleid klebt mir am Rücken.

Der erste Song ist einer der Hits, die in den Charts waren, und die Leute beginnen sofort begeistert zu grölen.

Trotz allem wäre ich jetzt gern da unten. Dort könnte ich meine Empfindungen wenigstens raustanzen.

Die Songs der neuen Platte sind weniger balladenartig, sie klingen mehr nach Soul und Funk, was mir nicht schlecht gefällt. Die Stücke sind absolut tanzbar, der Rhythmus geht sofort ins Blut und in die Beine und die drei Backgroundsängerinnen haben zu jedem Song eine Choreografie eingeübt. Insgesamt wirkt das Ganze sehr professionell.

In der Arena hüpfen sie auf und ab und auch Fabienne und Linda zappeln auf ihren Sitzen herum. Irgendwann wird es ihnen zu dumm, sie springen auf und tanzen, ebenso Sascha, der den Arm um Katja gelegt hat, während sie beide im Takt auf und ab federn. Nur OIiver macht einen auf cool und bleibt mit kaum merklich wippendem Kopf sitzen. Ich ebenso. Äußerlich gebe ich mich unbeteiligt, doch ich bin alles andere als cool. Die Knie zittern mir so, dass ich nicht aufstehen kann, und ich will meinen Blick nicht von Ray abwenden, keine Sekunde lang. Ich sauge jede Bewegung, jedes gesungene Wort von ihm auf wie ein Schwamm.

Ganz egal, wie sehr er mich enttäuscht hat – in diesem Moment wird mir klar, dass es mir unmöglich ist, ihn zu hassen, zu verachten oder ihm böse zu sein. Im Gegenteil: Ich sehne mich mit jeder Faser nach ihm. Hat nicht der Kauz das Verliebtsein genau so geschildert? Und hatten er oder einer seiner Philosophen ein Rezept für mich, einen Rat, wie man das abstellt? Sokrates, Kant, Descartes? Fehlanzeige, ihr Luschen!

Die Broken Biscuits spielen fast anderthalb Stunden, ehe sie von der Bühne gehen und die Menge lautstark nach der ersten Zugabe verlangt.

Katja gibt als Erste ihre Meinung zum Besten: »Also, wenn ihr mein fachmännisches Urteil hören wollt: Sie sind gut, sie sind professionell, aber wenn ich nicht gesehen hätte, dass das die Broken Biscuits sind, hätte ich sie nicht erkannt. Höchstens noch Ray, an der Stimme.«

»Also, ich fand's geil«, sagt Fabienne und Linda stichelt: »Wieso soll dein Urteil fachmännisch sein, Katja?«

»Vier Jahre Blockflöte?«

Wir müssen lachen.

Sascha küsst Katja auf den Mund, und ich muss wieder einmal feststellen, dass die beiden ein tolles Paar sind. Da ist irgendetwas zwischen ihnen, so ein harmonischer Gleichklang, der bei Jonas fehlte.

»Es stimmt, was Katja sagt«, meint Oliver. »Sie sind gut, aber nicht mehr so authentisch. Ein paar Songs haben sogar ziemlich seichte Texte.«

»Wer hört schon auf Texte?«, grummelt Fabienne.

Vermutlich aus Rücksicht auf mich und die zwei Jungs macht niemand eine schwärmerische Bemerkung über Ray. Das war nach dem Mixtape anders. Ich erinnere mich, wie sie gar nicht mehr aufhören konnten zu betonen, wie heiß und sexy Ray doch sei.

Vor der Bühne brandet Lärm auf.

»Es geht wieder los«, sagt Linda.

Dieses Mal betreten nur Silas und Ray die Bühne. Ray hat eine Gitarre umhängen, was den Groupies Schreie des Entzückens entlockt. Silas hat ebenfalls sein Instrument dabei: ein Akkordeon.

»Was wird denn das?«, flüstert Fabienne.

Ray tritt ans Mikro. »Schön, dass ihr noch da seid«, grinst er.

Die Menge johlt. Ray wartet, bis sie sich wieder beruhigt haben, und fährt fort: »Die Nummer, die wir jetzt spielen, ist sozusagen außerplanmäßig. Es ist ein Lied, das ich selbst geschrieben habe, und Silas hat mir ein wenig dabei geholfen. Der Song ist für ein Mädchen, das heute hier ist. Sie ist etwas ganz Besonderes. – Und ich liebe sie.«

Gellendes Wutgeheul tönt aus den ersten Reihen, irgendjemand in meiner Nähe quiekt wie ein Ferkel. Mir wird ganz schwummerig. Bloß gut, dass ich sitze, sonst würde ich womöglich umkippen, so wie vor ein paar Monaten in der Schule. *Der Song ist für ein Mädchen, das heute hier ist … Und ich liebe sie.* Kann es sein, dass er mich damit meint? Mich, Jill Goldberg?

Einen Moment ist mir, als würde nach einem langen, dunklen Winter plötzlich ein Sonnenstrahl auf mich herabscheinen, doch in der nächsten Sekunde zuckt ein schrecklicher Gedanke durch mein Hirn: Vielleicht meint er ein anderes Mädchen? Vielleicht ist das seine Rache, weil ich mit ihm Schluss gemacht habe?

Ungeachtet der Buhrufe und Pfiffe legt Silas mit dem Akkordeon los, und plötzlich überläuft es mich siedend heiß, denn jetzt weiß ich ganz bestimmt, dass ich damit gemeint bin. Das Stück ist ein Tango, ich erkenne es nach wenigen Akkorden, und während sich Silas noch mit dem neuen Instrument eingroovt, wirft Ray hinterher: »Das Lied heißt übrigens *Tango Girl.*«

Die Gitarre hat nicht viel zu tun, sie ist mehr oder weniger schmückendes Beiwerk. Der Schwerpunkt liegt auf dem Akkordeon und dem Gesang. Der Text klingt wie ein melancholisches Gedicht. Es geht um eine Person, die auf sehr lakonische Weise kleine Alltagserlebnisse beschreibt, um dann, in einem eher simplen Refrain, zu gestehen:

And whatever I do, and wherever I go,

Tango Girl, I miss you so.

Ich bin so aufgewühlt, dass ich anfange zu zittern und mir die Tränen herunterlaufen, aber es ist mir egal, ich wische sie nicht einmal weg. Mir ist, als würde Ray über die lange Distanz der Halle hinweg zu mir herschauen, als würden sich unsere Blicke treffen. Vielleicht bilde ich mir das auch nur ein, aber es ist der schönste Moment, den ein Mensch erleben kann.

Das ist *mein* Lied. Mein Lied, das er für mich spielt, vor ein paar tausend Leuten. Es ist so unglaublich, es kann einfach nicht wahr sein, dass mir das passiert! Ich zwicke mich heftig in den Arm. Nicht dass ich gleich wach werde und zur Schule muss!

Der Song ist klar und einfach und ein bisschen traurig, wie es sich für einen Tango gehört. Und er ist wunderschön. Die Melodie des Refrains geht sofort ins Ohr und der Text sowieso. Das geht anscheinend nicht nur mir so: Bei der ersten Strophe wird vorn noch gepfiffen und gebuht, dann aber scheinen die ersten Handys und Feuerzeuge auf. Mehr und mehr Lichter wogen da unten herum und die Proteste verstummen nach und nach. Beim dritten Refrain von *Tango Girl* hört man schon die Leute mitsingen.

»Oh Gott, das gibt's nicht, ich glaub es einfach nicht, das ist voll der Kitsch, das ist ja total romantisch!«, höre ich Fabienne von hinten in mein Ohr jaulen.

Katja lehnt an Saschas breiter Schulter und blinzelt ein paar Tränen weg. Linda hat sich an meinem Oberarm festgekrallt, während sie fassungslos die Geschehnisse auf der Bühne und in der Arena verfolgt.

»Leute, das wird ein Megahit«, sagt sie vor sich hin.

Das Lied ist zu Ende. Ray nimmt die Gitarre runter und verbeugt sich. Einen Moment lang ist es ganz still, dann bricht tosender Beifall los. Schreie und anerkennende Pfiffe mischen sich darunter, Buhrufe hört man kaum noch. Als er sich wieder aufrichtet, treffen sich unsere Blicke. Dieses Mal bin ich ganz sicher, dass es so ist.

Vom Rest der Zugabe und von der zweiten Zugabe bekomme ich irgendwie nicht mehr viel mit. Als das Konzert endgültig vorbei ist, die Lichter angehen und die Menge zu den Ausgängen strömt, sitze ich immer noch inmitten meiner rosa Wolke und rühre mich nicht vom Fleck.

Um mich herum herrscht Aufbruchsstimmung. »Komm, Jill. Sicher wartet er irgendwo Backstage auf dich«, sagt Linda.

»Wollten wir nicht noch in diesen Club gehen?«, nölt Oliver.

Langsam finde ich wieder zurück ins Hier und Jetzt.

»Ja, kommt, lasst uns Ray suchen und dann noch ein bisschen um die Häuser ziehen«, sagt Sascha.

»Ich gehe nirgendwohin«, sage ich.

Alle sehen mich verwundert an.

»Wenn er glaubt, dass ich ihm hier durch die Katakomben dieses Ufos hinterherlaufe und ihn suche und mich von den Security-Typen dumm anquatschen lasse, täuscht er sich. Er weiß, wo er mich findet. Ich warte hier. Wenn er nicht kommt, dann finde ich schon nach Hause.«

»Meinst du nicht …«, beginnt Linda, aber Fabienne schneidet ihr das Wort ab. »Bravo! Jill, du hast vollkommen recht. Du darfst ihm nicht nachlaufen, auf gar keinen Fall. Sonst stimmt da von vornherein gleich wieder die ganze Basis nicht.«

Oliver murmelt etwas, von dem ich lediglich das Wort *Prinzessinnen* verstehe.

Fabienne wirft ihm einen vernichtenden Blick zu und sagt: »Ich warte hier mit Jill. Geht ihr doch schon mal in diesen Club, wir kommen dann nach.«

Als sie weg sind, sage ich zu Fabienne: »Wow, danke. Das rechne ich dir hoch an.«

Sie kommt auf mich zu und umarmt mich. »Jill, ich war in letzter Zeit nicht immer eine gute Freundin. Zeitweise war ich total eifersüchtig und neidisch auf dich. Und danach war ich beleidigt und …«

»Ich weiß. Ich war auch phasenweise sauer auf dich. Ich habe dich sogar wegen der Fandom-Sache verdächtigt. Aber das ist doch jetzt vorbei!« Ich umarme sie ebenfalls. Ich hätte jeden umarmt, so glücklich bin ich noch immer. »Was würde ich nur ohne dich machen?«, seufze ich.

»Du würdest scheiße aussehen.« Fabienne öffnet ihre Handtasche und reicht mir einen Puderschwamm. »Wisch dir die verschmierte Wimperntusche weg, bevor dich ein gewisser Jemand so sieht.«

Hastig komme ich der Aufforderung nach. »Gut so?«, frage ich.

»Nein. Lass mich mal.«

Fabienne tupft mit dem Schwämmchen unter meinen Augen herum, sodass ich sie lieber zumache. Als sie aufhört und ich sie wieder öffne, steht wie aus dem Boden gewachsen Ray vor mir. Er trägt noch sein Bühnenoutfit und hat zu viel Gel im Haar. Er muss gerannt sein, denn sein Brustkorb hebt und senkt sich. »Jill«, keucht er. »Gott sei Dank, du bist noch da.«

»Dem kannst du wirklich danken, und mir auch.« Fabienne klimpert mit den Augen und streckt ihren Busen vor. Das muss ein Reflex bei ihr sein.

»Das ist meine Freundin Fabienne. Denk dir nichts, sie ist immer so peinlich«, sage ich.

»Hi, ich bin Ray.«

»Tolles Konzert, Glückwunsch!«

Scharf beäugt von Fabienne stehen Ray und ich im Abstand von zwei Metern voreinander und sehen uns in die Augen.

»Na los, nun fallt schon übereinander her!«

»Abflug«, sage ich und wedle mit der Hand, ohne dabei den Blick von Ray abzuwenden.

»Pah! Das ist der Dank!« Fabienne schleudert ihr Haar zurück und setzt ihren Hintern in Bewegung.

»Die anderen warten draußen«, ruft Ray ihr nach. »Sag ihnen, wir kommen gleich und fahren dann alle zusammen zur After-Show-Party.«

Fabienne bleibt ruckartig stehen und reißt die Augen auf. Dann presst sie die Hand auf ihren Mund und tippelt auf ihren Highheels vor Begeisterung quietschend hinaus.

Dann, endlich, werfe ich mich in Rays Arme.

Nach viel zu kurzer Zeit und viel zu wenigen Küssen sammelt Fabienne uns ein, wir verlassen die V. I. P.-Lounge und fahren zur After-Show-Party. Fabienne schmeißt sich an Renato heran, kaum dass wir den Club in Mitte betreten haben. Der scheint für vordergründige Reize durchaus empfänglich zu sein, es geht die ganze Zeit *bella ragazza* hin, *bella ragazza* her.

»Nehmt euch ein Zimmer«, rät Katja.

»Ich würde keine zehn Cent mehr auf ihre Tugend setzen«, brüllt mir Linda über die Musik hinweg ins Ohr.

»Zehn? Nicht einen!«, brülle ich zurück.

Ich bin überglücklich, ich kann es kaum fassen, dass das gerade wirklich passiert. Davon habe ich immer geträumt: mit Rays und meinen Freunden zusammen zu feiern, ohne Versteckspiel und Heimlichtuerei. Die gesamte Band ist da, die Crew und die Freunde der Band und der Crew. Alle feiern das erfolgreiche Konzert, es gibt ein Buffet und die Getränke sind frei. Ich schreibe Mum, dass es spät werden wird. Sie wird das schon verstehen, ich bin ja alt genug und sie vertraut mir.

Ray und ich setzen uns in eine etwas ruhigere Ecke. Gerade, als wir uns küssen wollen, kommt Grace zu uns gelaufen.

»Schön, dich zu sehen, Jill. Aber jetzt auseinander, ihr beiden!«

Ray zeigt ihr den Stinkefinger. Sie hat ihr Smartphone in der Hand. »*Tango Girl* hat schon über dreißigtausend Klicks auf YouTube. Dabei sind es nur lausige Handy-Uploads.«

Ray stößt einen Juchzer aus und reckt die Faust.

»Das wird ein ganz großes Ding«, grinst sie.

»Das muss es auch. Weil Martin mich sonst den Löwen zum Fraß vorwirft.«

»Verdient hättest du es. Du hast uns einen ganz schönen Schreck eingejagt mit deinem Überraschungssong.« Sie versetzt Ray einen nicht gerade sanften Klaps auf den Hinterkopf.

»Wie, du hast das nicht gewusst?«, frage ich sie.

»Niemand wusste das, außer Silas natürlich. Wo ist der überhaupt schon wieder?« Sie verschwindet wieder im Partygewühl.

Ray grinst ihr hinterher. »Grace hat seit gestern einen Vertrag für eine Solo-LP.«

»Das ist großartig, oder?«, frage ich.

»Ja, das ist es.« Ray nimmt meine Hände und sieht mich ernst an. »Jill, ich war so ein Feigling. Ernsthaft, ich bereue das alles so sehr. Kannst du mir verzeihen?«

»Ich muss darüber nachdenken«, sage ich mit gespieltem Ernst.

Er holt tief Luft und nickt.

Ich lächle und und ziehe ihn an mich. »Okay, ich hab nachgedacht. Ich verzeih dir.«

»Puh, das war knapp«, stöhnt Ray und grinst. Es geht nicht anders, wir müssen uns schon wieder küssen.

»Ich habe auch nachgedacht«, sagt Ray danach. »Über mich und den Job.«

»Aha.« Ich spüre, wie ein ungutes Gefühl in mir hochsteigt. Kommt jetzt doch wieder ein Dämpfer?

»Ich werde die Promotion-Tour der neuen CD noch mitmachen und dann ist erst mal Schluss mit den Broken Biscuits. Keine Angst, das hat nichts mit dir zu tun«, schiebt er rasch hinterher.

Ich bin völlig perplex. »Aber … Aber was wirst du dann machen? Und was ist mit Silas und … den anderen?«

»Amon zieht sowieso nach London zu seiner Verlobten, Renato findet seinen Weg bestimmt allein und Silas wird mit mir zusammen ein neues Label gründen. Wir investieren die Tantiemen, die wir mit den Biscuits verdient haben und künftig noch mit der neuen CD und mit *Tango Girl* verdienen werden, und gründen damit unser eigenes Plattenlabel.«

»Was für Musik wollt ihr denn produzieren?«

»Alles, was uns gefällt und woran wir glauben. Ich möchte gern eine Linie für modernen Tango aufbauen. Silas will in Richtung Weltmusik die Fühler ausstrecken. Aber wir sind für alles offen.«

Ich nicke, ich kann gerade nichts sagen, zu wild geht es in meinem Kopf zu.

»Ach ja, der Liebesverbot-Paragraf ist übrigens hinfällig.«

Ich starre ihn an. »Was? Einfach so?«

»Ist 'ne lange Geschichte.«

»Wirst du das nicht vermissen?«, frage ich. »Die Bühne? Die Groupies?«

»Keine Ahnung. Es heißt ja nicht, dass wir nicht noch mal irgendwann eine eigene Platte aufnehmen, wenn uns danach ist. Aber dann unter unserem eigenen Label.«

»Verstehe.«

»Meine Mum meinte, dass man manchmal etwas verlieren muss, um etwas zu gewinnen. Und ich hatte dich beinahe verloren, und das war unerträglich«, murmelt Ray, plötzlich sehr ernst. Er nimmt meine Hände und fragt allen Ernstes: »Würdest du mich noch mögen, wenn ich kein Rockstar mehr bin?«

»Hm, tja … mal sehen«, sage ich gedehnt.

»Ich wusste es! Du bist das raffinierteste Groupie von allen!«

Und dann küssen wir uns schon wieder.

»Hast du *Tango Girl* wirklich selbst geschrieben? Ich meine, Musik und Text?«, frage ich danach.

»Traust du mir das etwa nicht zu?«, fragt er mit gespielter Entrüstung.

Ich hebe die Hände. »Doch, natürlich. Ich kann es nur nicht fassen, dass der schönste Song, den ich je von euch gehört habe, von dir stammt und auch noch für mich geschrieben wurde.«

»Silas hat nur noch ein bisschen daran gefeilt«, gesteht er. »Hat es dir wirklich gefallen?«

»Was für eine Frage.«

»Warte.« Ray steht auf, geht hinüber zum DJ, fummelt an seinem Handy rum, und noch während er wieder zurückkommt, erklingen die ersten Akkorde von *Tango Girl*.

Ray stellt sich vor mich hin, macht eine kleine Verbeugung und hält mir seine Hand hin. »Darf ich um diesen Tanz bitten?«

Ich stehe auf und lege meine Hand in seine. Man macht uns Platz, als wir zur Tanzfläche schreiten. Plötzlich stehen alle um uns herum. Der DJ dreht die Anlage auf. Dann tanzen wir zu *Tango Girl*, und es ist, als ob wir nie etwas anders getan hätten, als miteinander zu tanzen.